你听谁说我爱你

狐小妹 著

远方出版社

图书在版编目(CIP)数据

你听谁说我爱你 / 狐小妹著. —呼和浩特：远方出版社，2017.8
（紫水晶情感小说系列）
ISBN 978-7-5555-0958-5

Ⅰ.①你… Ⅱ.①狐… Ⅲ.①长篇小说—中国—当代 Ⅳ.① I247.5

中国版本图书馆 CIP 数据核字（2017）第 227643 号

你听谁说我爱你
NITING SHEISHUO WOAINI

作　　者	狐小妹
责任编辑	蔺　洁
责任校对	蔺　洁
出版发行	远方出版社
社　　址	呼和浩特市乌兰察布东路 666 号　邮编 010010
电　　话	（0471）2236471 总编室　2236460 发行部
经　　销	新华书店
印　　刷	三河市华东印刷有限公司
开　　本	170mm×240mm　1/16
字　　数	316 千
印　　张	19.75
版　　次	2017 年 8 月第 1 版
印　　次	2018 年 1 月第 1 次印刷
标准书号	ISBN 978-7-5555-0958-5
定　　价	48.00 元

如发现印装质量问题，请与出版社联系调换

目录

第 1 个梦想：让霍知非疯狂爱上我 / 001

第 2 个梦想：做一个为了正义发声的记者 / 014

第 3 个梦想：今天晚上，我是大明星 / 034

第 4 个梦想：一天只说真话，不管别人怎么想 / 051

第 5 个梦想：把商场里的漂亮衣服都穿一遍 / 065

第 6 个梦想：成为爸爸的骄傲 / 082

第 7 个梦想：我真的飞起来了 / 105

第 8 个梦想：开个泳装派对，邀请同学来参加 / 127

第 9 个梦想：和泰国人妖一起表演 / 153

第 10 个梦想：做派对上最抢眼的女王 / 169

第 11 个梦想：喂长颈鹿吃胡萝卜 / 186

第 12 个梦想：把头发染成粉红色 / 210

第 13 个梦想：战斗吧，少女 / 236

第 14 个梦想：你是我生命中的那道光 / 258

第 15 个梦想：没有人比我更幸福 / 279

霍知非番外：他其实很爱你 / 300

林欣欣番外：我的老妈子人生 / 303

第1个梦想：让霍知非疯狂爱上我

1

今天是一个阳光明媚的好天气。

初夏的微风拂面而来，带着夏日特有的炎热与干燥，吹散了天空中的云朵，也让S大校园的林荫道显得格外幽静。夏小满看着面前的阶梯教室，紧紧握拳。她下蹲、弯腰，活动手腕和脚腕，来回小跑，最后用力拍打脸颊。她很紧张，因为她为了今天已经准备了一个月，胜负在此一举。

她，要在今天做一件大事。她必须要让S大最年轻、最英俊、身家最丰厚、性格最强势的教授对她一见钟情。

夏小满深吸一口气，努力调整面部表情，露出了在镜子前练习过无数次的微笑。当风再次吹过树梢的时候，她在栀子花的香气中走了进来，白色的裙摆在风中飘扬。她近距离看着讲台上那个穿着黑色正装的男人，发现他简直比资料照片上的那个人还要风度翩翩。

她的目标对象身材高挑，有着大学男教授罕见的好相貌。幽亮深邃的眼眸中，透露着一丝冰雪般的清冷。一双薄唇微微抿起，唇角上扬浮现出若有似无的笑意。黑色西服里是淡紫色的衬衫，别人穿会显得俗气的颜色却意外衬出他优雅的气质。他点燃了面前的酒精灯，在冰蓝色火焰的照射中，扬起脸庞。他微抬下颌，居高临下地睨视夏小满，夏小满紧紧握住了手中的书本。

这就是霍知非——她心爱的男人。

霍知非看着这个突如其来的"闯入者"，唇角挂着最华丽的微笑，"请问，有什么可以帮你的吗？"

他的声音，就好像大提琴琴弦划过，又好像最名贵的翡翠敲击，低沉又令人沉醉。他看起来是那样优雅有礼，让夏小满暗骂资料上居然说他是S大最可怕的人，实在太不靠谱了。她轻捋发丝，用最温柔的嗓音说："霍教授，对不起，我迟到了。也许，是今天的风太令人沉醉。"

夏小满说着，轻轻甩了一下刚洗过的头发，微微低头，露出了雪白的脖子。她已经想好了，一会儿就找个位子坐下，要把《诗经》放在桌子上，以凸显她的文艺气息；课上要和霍知非深情对视，让他心里小鹿乱撞，羞涩难当；课后则勇敢请教他问题，然后一起吃饭，一起去图书馆看书，一起看星星……

她脑中的小剧场已经演到了霍知非对她火热表白的场景，霍知非突然一把抓住了她的手臂。夏小满真没想到，看起来温文尔雅的霍知非对她一见钟情后，会这样激情似火……她忍住雀跃的心情，对他云淡风轻地一笑："霍教授？"

"保安。"霍知非微笑着说。

他的声音好听到令人沉醉。就在夏小满在想自己是不是什么时候改名叫"保安"的时候，突然手臂一痛，几个保安架起了她！夏小满的拖地白裙被踩了好几脚，文艺青年状顿时破了功。这时，她听到霍知非问："难道你以为你看起来像大学生吗，这位小姐？说，你到我的班级来，到底是为了什么？"

霍知非步步紧逼，夏小满步步后退，直到退无可退。她的后背贴着冰冷的黑板，一股恐惧也油然而生。霍知非见她一直没有回答，嘲讽地转身离开。夏小满一下子就急了，她上前几步想抓住他，没想到穿着高跟鞋的脚崴了一下，不受控制地跪倒在地。教室一下子安静了下来，她悲剧地以下跪的姿态，看着霍知非，"因为……因为我喜欢霍教授你。"

学生都沸腾了，因为大家从没想到居然有人向霍知非表白，而且还下跪了——"哥"，你真是铁铮铮的"汉子"！在喧闹的教室里，没有人发现夏小满脸上痛苦不堪的神色，而霍知非笑了，声音就好像最华丽的黑丝绒，"你，喜欢我？"

"山无棱，天地合，乃敢与君绝。"夏小满紧咬牙关，目光闪亮地看着他。

她抬头看着霍知非，觉得和他的对视简直长达一个世纪。后来，霍知非终于点头，"明白了。身份不明人士擅闯校园，影响学校秩序，还企图攻击教授。"

什么？

夏小满没想到她准备已久的表白会成这样，不受控制地抓住了他的衣袖，"霍教授，我真的好喜欢你……"

霍知非嘲讽地一笑，突然挥手。

就在这时,惊悚的事情发生了。夏小满眼睁睁看着霍知非挥手的瞬间,酒精灯上突然涌现了好像八爪鱼一样的生物,它们正狰狞地朝她扑过来!学生间传来阵阵惊呼,夏小满吓得腿都发软,舌头打结,"这,这,这是异形吗?末世?"

就在夏小满觉得自己的人生要从言情剧变成惊悚剧的时候,霍知非熄灭了酒精灯,用最动人的声音说:"硫氰化汞受热易分解,会因体积迅速膨胀,曲折生长成蛇形,这也是著名的'法老之蛇'。校长说在座的各位都立志要从事化学研究,希望我亲自教导,我不得不说,你们做了最正确的选择。比起金融系研究别人口袋里的钱,中文系忙着吟诗作对,哲学系企图让自己分裂而来,化学,是那么美妙。在这里,你能超越时间,超越极致,甚至体验到造物主的神奇。"

夏小满呆呆地看着霍知非,觉得他简直就像一个魔法师,强大又引人沉沦,资料上的所有形容词也突然变得一片苍白。她还想多待一会儿,可是保安硬生生把她拖了出去,在挣扎中她的美好形象一下子就没了!夏小满垂头丧气地被保安带到了校门口,突然把裙子往上拉,露出了洁白的大腿来。

保安们都愣住了,却见她把裙子打了个结,把高跟鞋拿在手里,对他们嘿嘿一笑,然后狂奔起来。她轻盈地跨过一个个障碍物,很快就把气急败坏的保安甩在身后,跳上了正好经过的公交车。她在公交车上冲他们吐舌头做鬼脸,直到他们消失在视野后,才捂着因为剧烈运动而跳得飞快的心脏。她轻声说:"第一次见面就拉了他的衣袖,所以说,已经算完成一垒了吧?"

她想起霍知非的手曾经抓住她的胳膊就觉得不自在,急忙拿出纸巾拼命擦拭,擦到发红才觉得那股讨厌的感觉淡了一些。她忍不住叹息:尤娜,你到底为什么会喜欢霍知非这样的男人?

尤娜,尤娜……

公交车外,景物慢慢朝身后倒退,而夏小满不受控制地想起发生意外的那个夜晚。

在那一天,尤娜死了。

尤娜的第一个梦想就是要让霍知非爱上自己,夏小满发誓要帮她完成。因为,这是夏小满的债。

2

下了公交车后,夏小满往报社跑去,终于赶上了会议时间。她飞快地到茶水间泡了十几杯咖啡,小心翼翼地端着咖啡往里走,艰难地维持着平衡,突然一只手帮她托住了托盘。她抬头,看到的是何之洲淡然的面容。

"社长……"

何之洲帮她把托盘放在了桌子上后就离开,夏小满简直无法想象高高在上的何社长居然会做这样的事情,而其他女同事已经在用一种吃人的目光看着她。夏小满讪笑一声,坐在了最靠角落的位子上,不受控制地想起霍知非的微笑来。她越想越觉得自己做错了,简直恨不得重新回到学校,对霍知非喊"重拍"。

霍知非穿的衬衫是紫色的,这表示他的内心很闷骚啊。他每天见到的都是有文艺气息的女生,腻歪都腻歪死了,他喜欢的肯定会是艳丽妩媚类型的女人!她怎么会犯了这么大的错误,早知道就该穿着比基尼在他面前跳艳舞的啊!比基尼可以去淘宝上买……

当夏小满完全忘记了比基尼,在网上买了一个烤箱、几片面膜后,会议结束了。大家都起身离开,她急忙冲了上去,挺不好意思地对主编萧姗开口:"萧老师,那个,我的转正申请……"

"你在说什么?我听不到。"萧姗示意她声音说大点。

"我的转正申请批复了吗?"夏小满大声喊。

萧姗冷笑一声,用更大的声音回敬她:"转正你个鬼啊,上个月的稿费又是你最低!你自己抓不住好新闻也就算了,有通稿给你,你都能把公文改写成言情小说!你说你那么会想象,怎么不去做编剧啊!"

你以为我不想嘛,我都准备把辞职信甩你脸上了,可尤娜有个梦想就是做一个伸张正义的记者啊!

夏小满心里腹诽,还是觍着脸说:"主编,你就可怜可怜我吧!我只能拿低保工资啃老,我什么都没有了……"

"你怎么什么都没有,明明还有脸啊,你看你还有脸赖在这里,那不挺好的嘛!"萧姗语重心长地拍拍夏小满的肩膀,"看到了吗?门在那里。我建议你还是快点把脑袋塞进去,让它夹一夹说不定会更清醒点!对了,今天审稿老师不在,晚上的校对你来负责。"

同事们传来轻轻的笑声,夏小满郁闷地离开。作为在报社工作3年还没有转正的苦逼"实习记者",她的工作是出门采访、撰写稿件、维护关系,以及泡咖啡、擦桌子、刷厕所等。当一天的工作结束时,又是晚上9点了。夏小满揉揉酸胀的眼睛,下班回家,肚子已经饿到绞痛。

夏大锤见女儿恹恹地回来,急忙给她下了一碗面,心疼地说:"闺女啊,你说你非要做什么记者干吗,在家里帮帮忙,安心嫁人也就算了。你不是前段时间要辞职吗,怎么又不辞了?看你,小脸都饿瘦了,爸爸真是好心疼啊。"

夏小满一边吃面,一边含糊不清地说:"唉,我暂时不会辞职,爸你就别管了。"

夏小满准备帮尤娜实现梦想这件事,不准备让爸爸知道,因为她不想解释自己在未来,为什么会去做那么多匪夷所思的事情。她甚至好笑地想,如果爸爸知道她正准备去参加比基尼派对,把头发染成粉红色,他会是什么表情。

"这孩子疯了。"他一定会这样说。

事实上,夏小满也认为自己疯了。

作为一个从小到大都是班级中游的孩子,她长相一般,性格不好,学历不高,简直是丢在人群里不会有人多看一眼的所在。她最大的优点就是有自知之明,对未来毫无想象力和信心。她觉得能继承爸爸的面馆,做一个老板娘,然后顺利地把自己嫁掉就是人生最好的结局。可是,她害死了尤娜。

夏小满不知道杀人犯为什么有勇气在杀完人之后还好好地活着,因为光是想起自己和尤娜起了争执后,她掉到河里溺水死亡,夏小满就足够让自己死一万遍。虽然大家都说这是意外,和她没关系,但是她到底无法原谅自己。她不止一次地想,如果那天她没有找尤娜去吃夜宵,如果她们没有吵架,如果她们以前不在一所初中念书……

如果,尤娜根本就不认识她,一切是不是会不一样,她是不是不会死?

夏小满越想越郁闷,就在这时,她的手机响了。她一见来电人是张莹就两眼放光,知道这个以八卦著称的闺蜜总是会带给她许多惊喜。张莹这一次果然没让她失望,"夏小满,你不是要知道那个什么霍知非住在哪里吗?我打听出来了!就在桃源小区顶楼!他隔壁还没被租出去,我帮你预定了,你以后想怎么'邂逅'就怎么'邂逅',悄悄吊死在他家门口都没问题。"

夏小满果然激动了："哇，你这是什么情报人员啊，不做记者实在太可惜了！不如我和主编说一下，让你也来上班？"

回应她的，是闺蜜的冷哼，"和你一样做免费劳动力吗？我才没那么贱。我现在卖卖脸就可以了，谁高兴再卖身啊。"

夏小满从不知道张莹这样嚣张跋扈的个性，到底怎么能做奢侈品专柜的柜姐，再一次无言以对。她讨好地说："姐，那你把地址发给我呗。"

"以后这种小事别找我啊。"

张莹说着，干脆地挂了电话，而夏小满看着那个地址，后知后觉地开始发愁。她深知桃源小区是寸土寸金的地方，就算是租金也要每个月大几千，她现在的状态……她一咬牙，试探性地看着夏大锤，"爸，妈当年是不是给我留下了一笔嫁妆？"

"是啊，你怎么突然问起这个？你有男朋友了？"夏大锤顿时激动了。

夏小满含糊地说："算是吧，呵呵。"

她想，如果她承认自己有男友的话，也许爸爸会答应她用这笔钱，但夏大锤警惕地问："他是真实存在的吗？"

……

夏小满真的想掐死18岁信口开河的自己。

当时，爸爸也是旁敲侧击地问她有没有男友，她开玩笑说湘北篮球队的"流川枫"是自己的男朋友，谁知道爸爸居然满世界地打听一个姓"刘"的男孩，还嫌弃他爱打篮球不务正业！夏小满真不知道这件事怎么会被他记了那么多年，无奈地看着父亲，"爸，他是真实可靠的。他是大学的化学老师，长得帅又有品位，唯一的缺点就是喜欢他的学生多了点。所以，我想……"

"你想和他同居？"

眼见夏大锤一副要和霍知非火拼的样子，夏小满急忙为莫名其妙"被同居"的霍知非解释："没有啦，我只是想搬得离他近一点，而且那里离报社也很近。房子我已经看好了，就是比较贵。爸，爸……"

她不住地摇晃夏大锤的手臂，夏大锤一脸坚决，"不行！"

"爸，你最好了，爸……"

这次，夏大锤超水平发挥，在夏小满的软磨硬泡下足足坚持了5分钟才服软，含着热泪接受了闺女就要搬出去住的现实。夏小满顿时松了一口气，而夏大锤关心地问："小满啊，你是真的喜欢那个老师？"

夏小满一愣，然后微微笑了笑，"是啊，真的喜欢他。"

"有……有多喜欢？"

"一定要他亲口说喜欢我，不然我做鬼都不放过他。"她轻声却坚定地说，脸上满是异样的神采。

3

搬家公司一大早就到了，夏小满在夏大锤依依不舍的目光中，带着所有家当去了新家。她不是不知道一向与她相依为命的爸爸会伤心，但是为了霍知非……只能对不起你了，爸爸。

夏小满不敢再去想自己这么做有多过分，把东西收拾完毕后，就进了厨房——上次走文艺女青年路线失败后，她积极吸取了经验教训，这一次决定走贤惠路线。为了显示贤良淑德的内心，她特地把围裙穿在了连衣裙外，头发也盘成了妈妈最爱的发型。她做了最拿手的蛋包饭，带着餐盘到紧锁的2608房间，试探性地敲门，门纹丝不动。夏小满没有失望，而是对着门实地彩排，"你好，我是你的邻居，来给你送乔迁之喜……咦，为什么你看起来那么眼熟，难道你是……不不不，你不要说，让我来想！你是我昨天见到的霍教授对不对！天啊，这真是太有缘了！你怎么会住在我的隔壁呀！"

她时而摆手，时而做出惊喜状，沉浸在表演的乐趣里，没想到一只手轻轻拿走了她手里的盘子。她回过头，在看到霍知非的瞬间表情变得僵硬了，"霍、霍、霍教授……"

"是霍知非教授，不是霍霍霍教授。跟踪很有意思，对吗？"

霍知非的脸上明明带着笑意，而夏小满却在大夏天感觉到了彻骨的寒冷。她害怕被霍知非讨厌，急忙说："不是，我刚搬到这里来住，不信你问保安啊！霍教授，我们好有缘分，怎么这样都会遇到？"

"是啊，怎么这样都会遇见？这可真是奇妙的缘分啊。"

霍知非近乎感慨地说，说出来的话那么像缠绵的情话，但夏小满不知道为什么感觉毒蛇慢慢缠绕到了她的脚腕。她想起自己今天要走贤惠路线，羞涩地低头，"霍教授，这是我亲手做的蛋包饭，请你尝尝。"

"谢谢，可我似乎还不知道你的名字。"

霍知非凑近夏小满，慵懒的语调让她觉得特别不自在。她轻轻咳嗽一声，扭捏地说:"我叫夏小满。"

"夏小满,真是好听的名字。"

夏小满是在小满节气出生的,她一直觉得自己的名字有点太随心所欲了——幸好是在小满,不是在惊蛰或者处暑出生啊!她没想到,自己的名字在霍知非口中居然会变得那样婉转动人,羞涩地低头捏着衣角,"哪有,霍教授的名字更好听。树枝的'枝'字就好像教授挺拔的身材一样,'飞'字也很……接地气呢。"

霍知非可疑地沉默了一下,准备转身回家,夏小满反应迅速,"霍教授,你慢慢吃,我先回去了。"

张莹告诉她,女人一定要欲擒故纵,所以她必须抢在霍知非前面说"再见"!她争分夺秒地往回走,没想到狠狠撞到了门上,发出巨大的声响。她反应迅速,娇呼一声缓缓往下倒,期盼霍知非就好像电视剧里演的那样一把搂住她的腰,和他来个最亲密的接触。可是,霍知非只是冷眼看着她,一点儿都没有走上前帮忙的意思。眼见自己的小脸蛋就要贴到地上了,她只好一个鲤鱼打挺,动作漂亮地站直身体,然后继续低头羞涩地说:"霍教授,那我先回去了。"

霍知非没有回答,淡淡一笑,把门关上,而夏小满在看不到他的瞬间立马变了表情。她急忙一脸厌恶地关上房门,用力洗那只被霍知非触碰过的手,忍不住嘟囔,"霍知非真是一个看了就忍不住对他动手动脚——不抽他一巴掌简直睡不着的男人啊。尤娜,你这到底是什么眼光,你到底为什么喜欢他?"

夏小满从包里拿出了墨绿色的日记本,那上面是尤娜的字迹。

1. 让霍知非疯狂地爱上我。

2. 做记者,为正义发声。

3. 打一场架。

4. 拯救世界。

5. 减肥到105斤,把商场的漂亮衣服都穿一遍。

6. 把头发染成粉红色。

7. 和真正的王子一起跳舞,做世界上最幸福的女人。

8. 喝醉一次酒,看一次日出。

9. 有一天只说真话，不管别人怎么想。

10. 吃最辣的辣椒。

11. 成为爸爸的骄傲。

12. 和泰国人妖一起表演。

13. 有超能力飞起来。

14. 开演唱会，让大家为我欢呼。

15. 开个泳装派对，邀请同学都参加，我做派对的女王。

16. 尝试一下仙人掌的刺有多疼。

17. 到挪威看极光。

18. 去太空站旅行，看看地球是什么样。

19. 喂长颈鹿吃胡萝卜。

20. 生个最可爱的宝宝。

看着日记本，夏小满眼前突然浮现出最后一次见到还会跑会笑的尤娜的场景。那天，她找尤娜一起吃夜宵，尤娜拿出这个本子来，说她准备在一年内完成这些梦想。夏小满随便看了几眼，嘿嘿一笑，"梦想？尤娜，我们都快30岁了，你怎么还和小女生一样啊。"

"不管多大年纪，我们总有想要做的事情啊。"尤娜看着酒杯，温柔却坚定地说。

"得了吧，那都是骗小孩子的，我们早就该现实点了。"

"可是如果不疯狂一次，以后会后悔。我不想我每一年都在后悔以前的碌碌无为。"

夏小满认为安于现状才是成年人的选择，尤娜却想给生活来一场翻天覆地的变化，这个话题让她们越聊越不开心，后来夏小满赌气提前离开。再后来，她知道了尤娜醉酒后落水的消息。

"尤娜，如果我帮你实现了这些梦想，你会不会醒过来？我真的，好想你啊。"夏小满轻声说，闭上了眼睛。

夏小满的情绪是那么低迷，这时萧姗突然打电话给她，要她去警察局采访一个突发的肇事案。当夏小满知道肇事者是一个在校园里飙车的富二代后，觉得浑身的血液开始燃烧，连连点头答应。她想，尤娜的第二个梦想就要实现了！她绝对不会畏惧强权，一定会成为一个为了正义而发声的记者！

4

夏小满没想到,再一次见到霍知非的时候,不是在人来人往的街道,不是在有着浪漫烛光的餐厅,甚至不是在家门口的一次邂逅,而是在吵闹的警察局。

在警察局里,她知道了那个叫沈萱的女大学生被一辆保时捷跑车撞倒,陷入了昏迷,而车主是一个叫林欣欣的富家千金。当夏小满两耳竖起,认真挖掘新闻点时,有个色情狂正在上下打量着夏小满,嘿嘿一笑,"小妞,你是A罩杯吧。"

夏小满猛然回头。她多想甩给他一巴掌,但是她笑嘻嘻地说:"是不是都和你没关系,反正你看得到也摸不着啊。你有空关心女人的罩杯,不如关心一下你的……怪不得你是色情狂呢,那么小,怎么会有女人愿意跟你。"

"啊呵呵——老娘挠死你个小狐狸精!"

色情狂被刺激得要打夏小满,被警察慌忙拦住,就在所有人都吵闹一片的时候,霍知非走了进来。他的脚步沉稳而有力,似乎带来了一阵凉风,他的面无表情让全场变得安静了下来。夏小满眼睁睁看着他从自己身边走过,终于松了一口气,然后听到霍知非对林欣欣说:"飙车还被抓……欣欣,你真是越来越有本事了。"

他只是简单几句话,就让林欣欣露出恐惧的神色来,夏小满忍不住刷存在感,"那个,霍教授,其实不光是飙车,还有伤人……"

然后,她觉得自己瞬间被霍知非的目光冰冻住了。夏小满突然丧失了语言能力,而霍知非优雅笑着,"夏小姐,你在说什么?"

"那个,沈萱不是被林欣欣撞了嘛,我是来采访的。对了,我在《都市快报》工作哦,我是记者。"

张莹告诉过她,自信的职业女性会让男人喜欢。夏小满希望职业能为她加分,但霍知非还是不为所动,"所以,现在警局可以任由无关人员出入了吗?"

"我是记者。"夏小满强调。

"记者证给我看一下。"

霍知非伸出了洁白修长的手指,而夏小满的脸可疑地红了起来。她不知道要怎么解释自己是个超龄实习生，还没拿到记者证，警察的注意力也到了她身上，"夏小姐，你把证件给我们看一下。"

夏小满急忙去翻包，装模作样地找了许久后，一脸"慌张"地说："怎么办，我今天没有带……我这是什么记性啊，好可爱是不是？"

她说着，捂着脸哈哈大笑了起来，但是其他人都没有笑。警察面无表情地说："那你的名片给我看看。"

夏小满只好把一张满是涂改痕迹的名片给了警察，警察无奈，"姓名、电话号码、部门都被改过，你确定这是你的名片？"

夏小满挺不好意思地说："印错了，会计说为了省钱，让我自己手写改一改……"

她越说越羞愧，霍知非低声问："《都市快报》？"

夏小满没想到他居然会主动和自己说话，忙不住点头，"是啊是啊，就是我们市规模最大的报纸，霍教授也知道？"

霍知非伸出手来，"手机给我。"

所以说，他认识到职业女性的魅力，在主动问我要电话号码吗？啊！少女心突然泛滥了怎么办？

夏小满忍住雀跃的心情，故作淡定地把手机给霍知非，霍知非在上面按了什么就还给了她。夏小满不住地找他的号码，但是并没有找到。这时，警察对一直低头不语的少女发火，"林欣欣，你承认是你肇事撞了沈萱吗？你不说话也无法逃避法律的制裁！"

"我没有。"林欣欣终于开口，声音沙哑。

"你还说没有，她昏迷前就说是被你撞的，也有许多目击者看到了！你非要执迷不悟被起诉吗？"

"我说了没有就是没有，你想怎么样啊！死秃子，你知道我爸是谁吗，你居然敢这样对我说话！"

那个叫林欣欣的女孩画着浓重的烟熏妆，穿着超短裙，脖子上的钻石项链大得惊人。她一脸不耐烦，手指更是要戳到可怜的秃头警察的脸上，把警察气得快要爆炸了。夏小满很讨厌这样嚣张跋扈的大小姐，看着霍知非微微皱眉，是那么担心他会直接给林欣欣一巴掌，但林欣欣看到他的瞬间居然哭了，"知非哥哥，我真的没撞沈萱……"

"我们走。"

霍知非说着，就要带着林欣欣走，夏小满一下子呆住了。她拦住了霍知非，急切地说：“霍教授，她撞了沈萱，她是凶手！你们现在怎么能走？”

"你在质问我？"

霍知非的语调上扬，巨大的压迫感瞬间袭来。夏小满轻轻咬住嘴唇，一时之间不知道说什么好，而霍知非身后的律师一板一眼地说：“我们已经办好了取保候审的程序，霍先生有权带走林欣欣。警官，通融一下？”

警官难以置信地打了个电话，然后恶狠狠地嘟囔了一句"这帮该死的有钱人"！他看霍知非的眼神是那么愤怒，霍知非没有理会他，继续往前走，林欣欣突然哭了起来，"我真的……真的没有撞她！知非哥哥你信我！"

林欣欣的泪水滑下了面颊，冲淡了浓重的妆容，看起来狼狈到可笑。在这一刹那，她哭泣得就好像孩子，也让夏小满心中说不出是什么感觉。她没想到霍知非用权势来颠倒黑白，在看到重症监护室的沈萱时更是非常难过。医生告诉她，她后续医药费要几十万，但现在还没有一个人来垫付，希望她作为记者号召热情市民来捐助。

现在，到底要怎么做？是选择命中注定的男人，还是实现长久以来的梦想？尤娜你的愿望为什么要前后矛盾啊！霍知非你又到底为什么总是和麻烦牵扯到一起！

夏小满用力抓头发，在变身为秃子前，终于下了决心。她知道，一心袒护林欣欣的霍知非看到这条新闻后一定会生气，但她相信尤娜会很高兴看到她这样选择。尤娜，给我勇气吧！

夏小满打定主意后，发了条"我相信这个世界上还有真理"的微博，定了早上4点的闹钟，怀着最美好的希望入睡。她原打算第二天早起看日出，完成尤娜的第8个梦想，可是等她真正醒来的时候太阳已经高高升起。她看了时间后吓了一跳，匆匆忙忙洗漱后出门，心情有点郁闷。

这么简单的事都做不到，这可真不是好的开始，夏小满皱眉。

夏小满打着哈欠到了报社后，第一时间去找她写的新闻稿，没想到今天的报纸上根本没有她写的内容。不光《都市快报》没有，其他各大媒体也对这件事封了口，这件事好像从没发生一样。

可是，与各大媒体好像集体被掐断了脖子不同，网上热闹无比，好像一夜之间，大家都在热议"富家女校园飙车被保释，同学正陷入重度昏迷"的话题。各大论坛、微博、网站、微信都是铺天盖地的照片，更有人把林欣欣的照片和沈萱的照片都放在了网上，林欣欣的豪宅和奢侈品、沈萱的成绩单也都被扒了出来。夏小满看着越来越多人参与"人肉林欣欣"的搜索中来，再看着昨天晚上随手发的微博被疯狂转发，不知道为什么开始担心了起来，总觉得事态会一发不可收拾。

不过，应该和她没关系吧？

夏小满想着，突然看到桌子上有一封信。她心知不妙，打开一看，果然又是退回的汇款单。

"尤阿姨，你果然还是不肯原谅我吗？"夏小满想着尤娜的妈妈，觉得眼睛开始发酸。

巨大的失落朝夏小满压来，她突然真的很想实现尤娜的愿望——真正喝醉一场。

第 2 个梦想：做一个为了正义发声的记者

1

夏小满心情郁闷的时候，张莹突然来电话，让她火速到附近的餐馆吃饭。夏小满假装要去采访新闻，溜到了西餐厅，在人群中一眼就看到了漂亮抢眼的张莹。她没想到除了张莹外，还看到许多熟悉的面容，悄悄把张莹拽到了一边，"这到底怎么回事儿啊，怎么那么多人？"

"傻子，今天是王老师 60 岁生日，群里有人组织，我们来给他贺寿——关键是何之洲师兄会来，何之洲啊！你不是一直暗恋他的嘛！"

张莹一脸"老子做了好事你快表扬老子"的表情，而夏小满愣了一秒钟后拔腿就跑。张莹一把抓住了她的头发，阻止她离开，夏小满连忙哀求，"姐姐，求你放了我吧姐姐！都是 800 年前的事情了，我都忘了你怎么还记得啊！"

"忘记你个大头鬼，你以前圣诞还买了个小人儿，上面写着'何之洲'然后睡了他，你当我不知道吗？"

"什么睡了他啊，真的没有，你记错了！"

张莹挑眉，"怎么那么多年过去了，你还是那么胆小又轻易放弃啊。你最近都在忙什么，还在实现那个尤娜的梦想吗？"

"是啊。"夏小满叹气。

"你完成了几个？"

夏小满烦躁地说："一个……或者半个——她希望做记者，我做到了。"

"可你本来就是记者。"张莹揭穿她。

"是啊，如果不是这样的话，我恐怕一个都完成不了吧。当初我还发誓要在一年内实现这么多梦想，现在看来我下辈子也完成不了。"夏小满垂头丧气。

张莹摆摆手，饶有兴趣地说："你还别说，她的梦想都很有意思，泳池派对实在太棒了！不过，她为什么没有裸泳这个梦想？这个也很酷啊！"

"唉，这些都还算现实的！那什么拯救世界啊，去太空站啊，根本不可能完成好不好！她又不是15岁的小姑娘了，怎么有那么多奇奇怪怪的想法。"夏小满郁闷地说。

"瞧你说的，你就没什么梦想吗？"

"我啊……"

夏小满发现，自己还真的没什么梦想。

她小时候倒是有一些做主持人啊，成为大明星啊，做画家啊一类的美梦，还特别喜欢和小伙伴们一起做着有关未来的畅想。可是，等她长大后，发现这些梦想是那么不靠谱。她们只是平凡人家的孩子，又没有倾国倾城的美貌，怎么可能过着那么随心所欲的生活。工作这3年，她学会了示弱，学会了隐忍，只盼望平平安安地拿到退休金养老——要不是尤娜的事情发生，她也许真的听爸爸的话回去管理面店了，反正做一个记者和做一个老板娘对于她来说没有任何区别。

她只喜欢蜷缩在自己的小世界里，默默生活，默默老去，可是她现在居然要做这么大的事情……

"夏小满，你又要放弃吗？"幻想中，浑身湿淋淋的尤娜阴森森地问她。

"不不不。"夏小满急忙说。

夏小满在认真思索，张莹则给她出馊主意，"我觉得你别把事情想得太复杂了，这样活得多累啊。比如她希望一天只说真话，你可以一天不出门；她希望减肥，你把体重秤调轻不就好了嘛；至于去泳池派对什么的，这个我带你一起去，绝对毫无压力。"

看着张莹闪闪发亮的脸，夏小满没好气地说："别说了，我不想糊弄过去。"

就在夏小满和张莹说话的时候，门突然开了，何之洲走了进来，她们的谈话也暂时告一段落。在他推门的瞬间，夏小满仿佛能看到时间在刹那停滞，屋子的光线也突然变得柔和了起来。

不管在什么场合，何之洲都是人群中最耀眼的所在。

何之洲在上学期间就是学霸加运动健将的完美组合，再加上他还很擅长乐器，没有哪个女生不把他当作白马王子，年少无知的她也不例外。夏小满总觉得何之洲是她年少时期的一个最美的梦想，只能在远方默默仰望他，却没想到他会在半年前接管报社，和她成了同事。这次是她第二次和何之洲在私人场合见面,她紧张到简直恨不得躲在张莹身后。张莹反而迎了上去,把夏小满推到何之洲面前,"师兄,这是夏小满,你们是一所中学的,你还记得吗?夏小满现在是《都市快报》的记者哦,我记得你家是不是和《都市快报》有什么关系?"

何之洲的目光终于聚焦在夏小满身上,微微点头,"我是《都市快报》的社长。"

"呵呵,真巧。啊,社……社长?"

张莹没想到夏小满居然瞒了她这么大的事情,一个眼刀杀过来。夏小满只想以光速消失,而上帝这一次听到了她的祈祷,因为,门又开了,一个男人逆着光走了进来。

他明明带着微笑,但是喧嚣的宴会在他出现的瞬间变得安静。在幻觉中,夏小满似乎看到黑暗一丝丝朝自己蔓延,努力想看清楚,而霍知非走到她身边,一把抓住她的手臂,"上车。"

"霍教授?"

"不要让我说第二遍。"霍知非低头,在她耳边轻声说。

所以说……这是知道我和男神在一起,因为妒忌而来搅局吗?我们的进展为什么突然那么快!

夏小满还来不及反应,就被霍知非拉了出去,坐上了他的车。她近距离看着霍知非的侧颜,似乎看到了胜利正在不远处拼命冲她挥舞小手绢。她强忍住喜悦,柔声问:"霍教授,你怎么知道我在哪里?"

她以为会听到类似"我们心有灵犀""这是命运的安排"这一类话,但霍知非说:"我在你手机里装了定位系统。"

"嗯,定位系统啊……定位!你在说什么?霍教授这是个玩笑吧!你到底什么时候给我装了那东西啊!"

夏小满气急败坏地拼命发问,而霍知非没有吝啬解释:"在警察局,问你要手机的时候。"

"所以说,你不是为了把你的号码存到我手机里?枉我回家找了好久……不,你为什么要这么做?"

夏小满皱着眉看着霍知非,霍知非只是安静地开车。夏小满轻轻咬着嘴唇,终于说出了猜测:"你对我有那么大的占有欲,是因为你疯狂地爱上我了吗?"

霍知非猛地踩了刹车,夏小满的身体不受控制地往前倾,安全带几乎把她勒成两半。夏小满发现，霍知非的嘴角分明轻轻抽搐了一下，"原本沈萱家都答应和解了，可是你的微博被人转发，现在检察机关对欣欣提起了公诉。这件事，你想怎么解决？"

夏小满心里一沉，但是做出迷茫状，"微……微什么啊？好复杂的样子，我从不玩这些高科技。"

"是吗？"

霍知非云淡风轻地笑着，一把拿过她的手机，登录页面是她的小号"霍知非你怎么不去死"。夏小满觉得血液瞬间倒流，不知道该怎么圆过去，霍知非淡定地继续刚才的话题，"大家人肉出你是《都市快报》的记者，认为你这条微博是对于林欣欣撞人后却无法报道的控诉。这件事，你必须解决。"

夏小满刚在昨天下决心做一个正义的记者，当然不会向恶势力低头。她满怀激情地说："有钱人就可以貌视法律吗？做错了事情就要接受惩罚，我只是如实报道，我不认为我有错。"

霍知非缓缓开口："说得很好。只是你真的了解情况吗？"

"那么多双眼睛都看到林欣欣撞了沈萱，我怎么会不了解情况？"

"那么多人看到，就一定是真相吗？就好像，现在这样……"

霍知非说着，单手把夏小满揽在怀里。男人的体温就这样突然袭来，霍知非低下头，呼吸近在咫尺。夏小满呆若木鸡地感受着霍知非的气息，都可以看到他长长的睫毛和漆黑的眼眸。这样近距离的接触让她脑中一片空白，停车场里也有不少人往他们的方向看去，甚至有人拿出了手机，招呼朋友来看这场"激情戏"。夏小满只觉得手脚发麻，而霍知非在她耳边轻声问："明白了？"

"明白什么啊！"夏小满用力去推他。

他们只是在说话，但暧昧的姿势让大家都误会了她和霍知非在上演少儿不宜的画面。霍知非抵着她的额头，呼吸近在咫尺，"欣欣告诉我，是沈萱故意躺在她车下的。"

夏小满从来没和一个男人这样近距离接触过，因为缺氧而眩晕。她呆呆地说："所以说……沈萱是因为……突发性腿软症，正好被林欣欣撞倒吗？"

夏小满忍不住在脑中幻想，当林欣欣哼着歌开车的时候，沈萱正好站在林欣欣面前。沈萱和林欣欣对视一眼，然后突然腿软，倒在车下，林欣欣好像失明了一样直挺挺撞了上去……

不不不，怎么可能是这样！肯定有别的原因！

然后，她脑中的画面又成了这样：旖旎的音乐中，林欣欣和沈萱深情互视，林欣欣挑起了沈萱的下颚，笑得很邪魅，沈萱的目光很温柔。然后，画面突然转为林欣欣要走，沈萱抓住她的场景。沈萱半跪在地上，哀怨地说："欣欣，你真的要离开我吗？如果是这样，我要在你心里留下位子，死也在所不惜……"

夏小满开始不受控制地幻想富家女与贫穷女相爱相杀的故事，沉浸在各个故事里不能自拔。霍知非看着她，突然微微一笑，"腿软吗？呵，很有趣的设定……不过，你确定沈萱是一朵出淤泥而不染的白莲花？你该看看这个。"

霍知非把手机放在了夏小满面前。她惊愕地发现有人在扒沈萱的皮，甚至爆出了她做坐台小姐时的照片。夏小满捂住了嘴巴，不知道说什么好，霍知非笑了起来："呵，真是容易被牵着鼻子走的可笑群体啊……走吧，夏小姐。让你和我一起查明真相，确实没有这个必要。"

"啊？"

"路上小心。"

霍知非温文尔雅地说完，毫不留情地把夏小满赶下了车，她的怒火也到达了顶点！她真不知道像霍知非这样，对她招之即来挥之即去的男人，怎么会有脸存活在世界上！还有，什么叫一起查明真相是失误啊，难道她就不会自己调查了吗？她偏偏要做给他看！

2

虽然主编萧姗早就打电话怒骂她，禁止她继续跟进这件事，但夏小满还是查到了沈萱在一家叫百丽宫的夜总会上班，决定潜伏进去了解情况。她偷偷给工作人员塞了钱后，终于以新人的身份混了进去。那些女人对她窃窃私语，而她拿出包里的零食，对她们微微一笑，"吃吗？"

事实证明，食物总是能拉近女人之间的距离。那些女人一边吃着夏小满的零食，一边叽叽喳喳聊着八卦，从股票行情聊到了男人尺寸，从国际问题延伸到了该不该和隔壁夜总会开战，可她们没有任何人提起和沈萱有关的事情。夏小满好几次插话未遂，这时有人召唤她们去客人的房间。夏小满脖子一缩想装死，后背被人重重一拍，"露娜你在做什么，还是实习期就那么不积极，还想不想转正了！快去见客户！"

所以说她不管到哪里，都是被责骂的新人命嘛！

夏小满郁闷地跟在大部队身后，进了传说中最豪华的包房，抬起头来的时候居然看到了霍知非——他身为教授，公然来娱乐场所，真的可以吗？夏小满不可置信地揉揉眼睛，但那个人影没有消失，他分明就是霍知非无疑。

摇曳的灯光下，霍知非手中的酒杯发出璀璨的光芒，但这光芒还是比不上霍知非那只转动酒杯的、骨节分明的手来得耀眼。夏小满拼命往人群后面缩，降低自己的存在感，霍知非突然招手，"夏小姐，过来。"

"谁是夏小姐啊？"

大家窃窃私语，夏小满认命地叹口气，微笑着从人群中走了出来，坐到他身边。霍知非抚摸她的长发，在她耳边轻声说："夏小姐，想不到，我们又见面了。"

霍知非的声音是那样充满诱惑力，夏小满只好一再给自己洗脑，对自己说这是让他陷入爱河的绝佳机会，让自己忍耐到底。她闭上眼睛，努力把自己想象成一只泰迪犬，这样似乎就能忍受那只在她头顶摩挲的大手。包厢里响着暧昧的音乐，夏小满有些脸红心跳，霍知非轻声问："你到这里来做什么？"

"做兼职啊。"夏小满丢给他一个自认为妩媚的眼神。

既然霍知非不喜欢文艺派和贤惠派，那么诱惑系是不会有错的了！没穿有水袋的文胸是有点可惜，不过她的后背可是绝对赞！夏小满想着，特地撩起头发，在霍知非面前露出了雪白的背部。霍知非的大手上道地搂住了她的腰，"做兼职吗？还真是一个勤勉的丫头。不过，没有人告诉你不要说谎吗，尤其是在教授面前。"

夏小满的脑子一下子不够用了。一时之间，她不知道是该为他一下子看穿她在说谎而担心，还是该忧愁一下她吸肚子的姿势能维持多久——该死的，早知道就不吃晚饭了！幸好，霍知非没有再问下去，而是给她倒了一杯酒，示意她喝下。

夏小满既然决定走妩媚妖娆风，当然不会惺惺作态。她给了霍知非最灿烂的笑颜，然后猛地把酒一饮而尽。她擦擦嘴巴上的酒渍，一种奇异的感觉油然而生。她觉得，她的身体慢慢变软，精神却非常亢奋。

该死的，我真该早点完成尤娜"喝醉一场"这个梦想！我太喜欢这种感觉了！

夏小满又给自己倒了一杯红酒，全部喝光，感觉真是棒极了。她觉得她的身体留在了夜总会，但是灵魂一直往上飘，她从没有这样自由过。她大吼一声，把坐在霍知非身边的女人们一个个推走，反坐在霍知非的大腿上。她一只手搂住霍知非的脖子，另一只手指着其他花花草草，神情倨傲，"这是我男人，你们谁都不许碰！你们向左转，齐步走，全给我滚出去！"

霍知非没有下达让她们离开的命令，她们不敢走，但是都在心里骂死了夏小满。霍知非没想到她只是喝了两杯酒就有这么好玩的效果，饶有兴趣地等待着夏小满的下一步动作。他近距离看着夏小满，发现她脸颊酥红，眼睛却亮得惊人，那里面简直有万千星光。夏小满慢慢凑近了他，嘟起嘴巴，"霍教授，你喜不喜欢我？"

她说着，就要亲吻霍知非，然后被一只手用力地推开。霍知非的手掌抵住了她的额头，似乎在看什么有趣的东西，"你认为呢？"

夏小满笑嘻嘻地说："我聪明又漂亮，你当然喜欢我啦！你说嘛，你说嘛你说嘛。"

"那夏小姐到底为什么对我如此……一往情深？"

男人的最后4个字说得很慢，好像是有些疑惑，又好像充满了讽刺的意味。夏小满看着霍知非的面容，发现这个男人真是越看越好看，不假思索地说："因为你叫霍知非啊。"

她说着，就要去搂霍知非的脖子，想品尝一下他嘴唇的味道，但是霍知非怎么会让她得逞？夏小满不断要去强吻，但怎么都无法靠近他，气急败坏地想强来。她眯起眼睛，突然一把抓住了他的领带，倨傲地说："说，你喜欢我。不然，我打你屁股哦。"

她说着，重重地在霍知非的屁股上打了一下，然后全场寂静得可怕。

再然后，夏小满一个人站在了大街上。

夜晚的风让夏小满的理智稍微恢复了一些，所以她知道得紧紧扒着霍知非的车门，这样才不至于流落街头。霍知非似乎在让她放手，她充耳不闻，只是死死拦着不让他开车。霍知非单手拉着车门，语气冷漠，"我最后说一遍，放手。"

"不放不放！霍知非，你不要又抛下我……"

夏小满可怜巴巴地企图抓住霍知非的衣袖，但霍知非微微侧身，她不受控制地撞到了车上。额头上传来火辣辣的疼痛感，夏小满对霍知非怒目而视，"你到底怎么回事啊，要你说喜欢我有那么难吗？看到女孩子这样，是个人就会心软，你怎么这样！"

"因为，我不是人啊。"霍知非毫无压力地说。

夏小满被气到吐血，死活不让霍知非离开。就在两个人僵持之际，突然有交警过来要检查酒驾。霍知非正打算摇下车窗，却见夏小满抢过酒精测试仪就开始吹。

她喝了那么多酒，测试仪当然有反应，那红灯亮得刺眼。夏小满倒退几步，哀伤地看着霍知非说："霍教授，我酒驾了，我会舍不得你的……不要抓我走，不要啊！"

她一副悲痛欲绝的样子，警察终于崩溃了，"我检查开车的人，你走在大马路上凑过来干吗啊！你，快把这个喝醉的酒鬼带走，不要出现在我面前！"

霍知非看着醉醺醺的夏小满，第一次有了一种类似头痛的感觉。他单手抚摸下巴，认真思考把她丢在这里比较好，还是开到荒郊野外后把她丢下更好。警察见霍知非不动弹，大声说："没长耳朵吗，快把你女朋友带回家！"

然后，警察觉得夏夜的空气突然降了好几度，甚至打了个哆嗦。他警惕地看着霍知非，看到的却是霍知非和气的笑容，"知道了，警官。"

于是，夏小满终于如愿以偿进了霍知非的车子。她托着腮，一直盯着霍知非嘿嘿笑着，发现这个家伙还真是越看越好看，真的和他发生点什么的话，吃亏的也不会是她。她好像背后灵一样跟着他进了电梯，还想跟他回家，没想到霍知非关上了房门。她愣了一下，拼命敲门，"霍知非，你出来啊！求求你出来啊，你不要抛弃我……霍知非，霍知非！"

楼道里的灯一个个亮了起来，大家都很八卦地准备看一出狗血剧。夏小满不知道自己穿着夜总会的制服，睫毛膏糊成一团的脸有多恐怖，用尽浑身力气敲门。当门终于打开时，她控制不住跌了进去，看着霍知非嘿嘿地笑："霍知非，好巧，又见到你了哦。"

"是啊，在我家里见面，真是很巧啊，夏小姐。"

霍知非已经换上了居家服，看着闯入他房间的夏小满，嘴角微微上扬，脸上带着最令人沉沦的笑意。如果现在有熟悉他的人在，一定会以光速脱身，但这些人中不包括夏小满，更不包括喝醉的夏小满。夏小满踉跄着从口袋里掏钱往他怀里塞，"这钱给你，今天我买单！霍教授，我……我请客，你不收下就是不给我面子！"

她的力气实在太大，一直把霍知非推到了墙角。百元大钞纷纷扬扬撒了出来，她踮起脚尖，搂住了霍知非的脖子，看着他单薄的嘴唇，就吻了上去。

酒气和女人身上的芬芳交织成奇妙的味道,霍知非的身体有了瞬间僵硬,然后慢慢放松。他缓缓把夏小满环住,听到夏小满继续愤怒地说:"尤娜你怎么会喜欢上这样的男人啊,你真是太没品位了!我好讨厌他,好讨厌……"

霍知非轻挑眉毛,在她耳边轻声说:"夏小姐,现在,你到底想做什么?"

"我想……"

夏小满微笑着说,伸手抚摸霍知非的嘴唇。

然后,她就轰然倒地。

3

第二天,夏小满头痛欲裂地醒来,看着天花板发呆。她依稀记得昨天喝了酒,似乎还打了架,然后……然后她断片儿了……

所以,根本就不该喝酒的嘛!夏小满郁闷地想。

尤娜的这个愿望看起来很容易满足,但对夏小满来说并没那么简单——因为她逢酒必醉,逢醉必疯,没有哪次能脱离这可悲的宿命。她只记得见到了霍知非,然后到底发生了什么?为什么浑身会那么酸痛?

夏小满怎么也回忆不起来,头痛欲裂地出了房间,然后惊讶地发现客厅里是霍知非和一个漂亮女人。看到夏小满的瞬间,霍知非表情平静,而那个女人猛地站起身来,声音在颤抖,"知非,这就是你不见我的理由吗?"

"你在说我吗?"

夏小满呆滞的脑袋还没来得及运转,霍知非却走到了她的身边。他用手指为她整理一下蓬松的头发,态度暧昧,"随你怎么想。"

"你……你真是太过分了!"

安紫陌愤怒地起身,重重地关上了门,而霍知非神情自若地坐在沙发上继续喝咖啡。夏小满突然觉得前胸发凉,后知后觉地捂住了几乎半露的胸口,"霍教授,你怎么会在这里?"

"这是我家。"

霍知非云淡风轻的一句话让夏小满石化。反胃的感觉突然袭来,她急忙跑去了洗手间,然后在镜子里见到了自己恐怖的样子。

她穿着春光乍泄的低胸礼服,头发呈爆炸式,口红蔓延到下巴,眼睛下面也是一片漆黑。闭上眼睛,昨天发生的许多事开始一幕幕在脑海中回放,她想起自己似乎打了架，强吻了霍知非，还打了他的屁股……

"你真的做了那件事情了吗？真的做了吗？"

夏小满不住地控诉自己打过霍知非屁股的掌心，手开始不受控制地颤抖。她知道，就算霍知非对她有好感，昨天的事情一出，也都黄了——有谁会喜欢一个比男人还彪悍的女汉子！她走出洗手间，来到霍知非面前，简直欲哭无泪，"霍教授，我昨天喝醉了……你有没有，讨厌我？"

霍知非低头看着她。

明明是那么近的距离，明明是那么清澈的眼神，却让夏小满感觉不到一丝一毫的爱意。她不明白，为什么有人可以像霍知非这样永远优雅动人，却永远让人觉得遥不可及。在霍知非开口前，她低头，"我先走了。"

她几乎是落荒而逃。

回到家后，夏小满拿出日记本，划掉了"大醉一场"。虽然这个梦想实现得很顺利，但她并不开心，她甚至怀疑自己到底能为尤娜的那么多梦想坚持多久。如果，尤娜没有留下这个日记本；如果，尤娜根本没有出事……她的生活会不会不像现在这样一团糟。

夏小满浑浑噩噩地到了报社后，被萧姗叫到了办公室去。虽然她早就把微博删除了，但萧姗还是愤怒地扣了她半个月的工资，并且告诫她如果再闯祸就别想再来上班。从萧姗办公室出来后，夏小满的脑子还是一片混乱。她坐在座位上发呆，总觉得自己昨天好像得到了什么消息，但又什么都回想不起来，而她脑中出现最多的场景居然是她强吻霍知非的画面……不不不，她为什么要想这么丢脸的事情啊！

为了让脑子清醒，她去天台上吹风，没想到见到了何之洲。她一下子愣住了，转身想走，何之洲却叫住了她，"夏……小满？"

夏小满想，她真的应该庆幸，因为一向和员工没什么交流，甚至叫不出秘书名字的何之洲，居然能记得她的名字。她转过身，紧张地看着何之洲，"社长，有什么事吗？"

"那个肇事案的稿子为什么没有刊登？"何之洲问。

"什么？"

"你一定要把最真实的情况写出来。"

夏小满没想到会得到和萧姗完全不同的答案，一下子愣住了。她犹豫地说："真实的？我觉得真实就是林欣欣撞了沈萱后逃逸，沈萱是不是夜总会小姐和这个案件一点关系都没有。可是,现在大家更关心的是沈萱的私生活,主编的意思也是……"

何之洲看着她,"你认为,什么叫真实?"

夏小满没想到他会问这个问题,想了一下才说:"真实是新闻的生命,真实性指的是在新闻报道中的每一个具体事实必须合乎客观实际,不能有自己的立场和看法。"

她越说越觉得自己距离一个合格的记者实在太遥远,何之洲却摇头,"没有自己的立场和看法吗?这根本不可能。事实上,每个记者在采访的时候都有自己的立场,写出来的稿件即使面面俱到也会有偏向性,没有谁能真正做到不偏不倚。既然那样,就相信心中所想,然后去证实它。有时候,许多片段都是真实的,但是他们连起来就不一定是真实的。所以,与其相信这些,不如相信自己。"

上学加上班的时间加起来,何之洲都没有对夏小满说过那么多话。夏小满轻声说:"可是这件事各大媒体都被封口,主编也不希望我得罪林家。"

"她是主编,我是社长,你知道该怎么选。"

何之洲对夏小满淡淡一笑,夏小满觉得他的笑容简直点亮了她的天际。她没想到,居然能在有生之年看到"面瘫社长"的笑容,她激动得可以听到自己心跳的声音。

所以说,我可以在社长的支持下,做一个为正义发声的记者吗?尤娜,我真的要这样做了!

"何之洲……"她在心里默默念着这个曾经占据了她年少时光的名字,轻声说:"好。"

4

为了做一个正义的记者,夏小满开始了她的调查之旅。

据在夜总会得到的消息,沈萱确实已经在那儿工作了两年,也就是说她在上大学半年后就开始了半工半读的人生。她也去学校了解情况,发现沈萱和林欣欣早就不睦,更有女生八卦,林欣欣喜欢校草王昊天,可是王昊天喜欢沈萱……

所以说,这是一场狗血的三角恋吗?

夏小满在采访本上记满了女学生们对沈萱的唾弃，对林欣欣的鄙视和对王昊天的花痴，还是没有一点头绪。她发现，与林欣欣高跟鞋、露背裙、成人化的浓艳不同，沈萱就好像出水芙蓉一样清纯，就好像她手上的玉镯一样温婉。她们一个是嚣张任性的大小姐，一个是勤奋努力的女学生，社会大众当然会倾向可怜的沈萱，但沈萱又偏偏被爆私生活混乱……不过，真相到底是什么？霍知非是知道了什么，还只是想混淆视听？

夏小满还想继续采访下去，上课铃突然响了，所有学生都立马毕恭毕敬地坐好，采访对象的嘴巴也突然变得比河蚌还紧。她忍不住开口，"那个林欣欣……"

然后，她的嘴巴被好几双手集体捂住。他们的表情是那么惊恐，"别说话，你不知道今天是霍知非教授的课吗？"

霍知非的课？

夏小满真没想到怕什么来什么，吓了一跳，急忙想从教室后排逃走，但是已经晚了。因为，霍知非已经走进了教室。在霍知非朝他们看来的一刹那，夏小满反应迅速地用书遮住了脸，心里暗暗祈祷能逃过这一劫——不然她到底要怎么解释，她成了一个"跟踪狂"啊！

夏小满脑子里乱糟糟的，幸运的是，霍知非似乎没发现她，只是用最平稳的声音说："上次随堂考的成绩出来了，虽然对你们的智商已经有了最深刻的认识，但你们的表现还是让我非常惊喜。下面，请念到名字的同学出列。"

他说着，就念了 10 个人的名字，那 10 个人如丧考妣地站到了讲台边。夏小满虽然明知道这名单里不会有自己，但还是松了一口气——天啊，她真怕老师，她真讨厌上学！她好想快点离开这个屠宰场！随着 10 个人出列，教室的氛围明显松弛，而这时霍知非说："叫到名字的，请走出教室，其他的，请遵守你们的诺言，一起到操场。"

所有人都面色灰白，但没有人敢说一句话，纷纷顺从地走出了教室。夏小满没想到事态会这样急转直下，心里暗暗叫苦，可怎么也找不到机会趁乱溜走。当她看到所有人都乖乖在操场上青蛙蹲时，整个人惊呆了——这是什么年代了，怎么还有体罚学生的事情出现！她这一想，就蹲得慢了一拍，在所有人中特别抢眼。随着霍知非的目光扫来，她急忙飞速蹲下，身边也有人低声诅咒她："快点，霍教授让你做什么就做什么，千万别连累我们一起死！"

"呵呵。"夏小满苦笑。

所有人都开始青蛙跳，夏小满只跳了几个就体力不支，真想直接躺在地上装死。她还没想好到底是晕倒好一些，还是假装崴脚好一些，身体突然不受控制地踉跄地往前冲，膝盖重重跌倒在塑胶跑道上。她艰难地抬起头，看到的是一尘不染的西裤，然后是霍知非淡然的笑容。他低下头，近乎怜悯地说："你就喜欢我喜欢到这种程度吗，夏小姐？"

我只是来调查沈萱和林欣欣的事情……

夏小满的心脏因为剧烈运动而飞速跳着，大脑缺氧，一句话也说不出来。她多么希望霍知非对她网开一面，但霍知非充满诱惑地说："既然这样，就跳双倍的吧。这样，我会考虑一下，我们的事情。"

他的手指轻轻在她满是汗水的面颊划过，然后拿手绢擦去手上的污渍，是那么高雅绝伦，也是那么冷漠无情。夏小满觉得被蛇缠绕的感觉再一次来了，但她不能放过这个机会，咬牙问："霍教授，你说真的吗？"

"尝试的话有机会，不尝试的话一点可能都没有，你自己选择。"霍知非意味深长地说。

夏小满紧紧咬着嘴唇，没有开口，却努力向前青蛙跳。当同学们都疲惫地倒下时，她还继续往前跳，她觉得自己这辈子都没这么拼过！每当要放弃的时候，尤娜的容颜就会浮现在她的面前，鼓励她前进，迫使她继续。

"小满，我好羡慕你能做记者！"

"小满，我打算下个月开始减肥，我一定要穿上最漂亮的裙子。"

"小满，还记得我们以前在操场上看男生打球吗？"

"小满……"

尤娜的声音回荡在耳边，夏小满眼前发黑，浑身没有一丝力气，却还在继续蛙跳。

有时候，能让人坚持下去的，除了爱之外，还有债。

当夏小满瘫倒在地的时候，所有学生都惊呆了。他们围着她，给她擦汗送水，更有人敬佩地轻声说："霍教授看你不顺眼，让你翻倍，你还真跳了那么久啊！"

"是啊，我跳了一半就想死，更别说你了。你好强，我佩服你。"

学生是最单纯的群体，她们虽然对夏小满的来历不清楚，但一个个都对她竖起了大拇指。她们没等夏小满回应，就从霍知非聊到了王昊天，然后开始聊起了八卦。有人笑着说："幸好林欣欣不在，不然这娇小姐又要和霍教授撒娇了吧。"

"是啊，只是父母辈和霍教授的父母认识罢了，搞得他们跟一家人似的。不过沈萱也不亏啊，拿了钱正好还高利贷。"

"什么高利贷啊，沈萱借了高利贷？"

"是啊，说不定要把她戴的妈妈留下来的镯子都卖了，她最喜欢那个了……你这衣服哪里买的啊？真好看。"

女生们的话题越扯越远，夏小满觉得浑身一颤。她觉得，脑中的迷雾散了许多，但她就是抓不住最关键的那一点。她轻轻咬着嘴唇仔细思索，这时霍知非朝她们走了过来。随着他越走越近，夏小满周围一片寂静。霍知非低下身，看着夏小满，"你的毅力超乎了我的想象。你到底想要什么？"

"我想要，尤娜能醒过来。"

夏小满心里说着，她的面前突然浮现出尤娜的笑容来，而她也紧紧握拳。就算汗水已经浸湿了她的衣服，滴滴滚落到水泥地上，她还是努力地看着霍知非。她的倔强，让霍知非目光深邃，霍知非轻笑一声，突然拿出了一个玻璃瓶，"闻闻你会好受点。"

夏小满下意识地用力一嗅，然后觉得自己闻到了世界上最恶心的味道，一下子从地上蹦了起来！她发誓，以后武器专家都不用研究什么核弹了，谁不听话就给他闻这个味道，绝对能征服全世界！她对霍知非怒目而视，"你、你、你对我做了什么？"

"只是给你闻了点氨气，果然恢复了精神啊。"霍知非看起来很欣慰。

"氨气？你随身带着这个？"虽然不明白氨气是什么，但夏小满知道绝对没有人随身带化学药品。

"一会儿的实验要用，就随手放在了口袋里。"

"你为什么要带杀伤性武器啊？"夏小满愤怒地问。

霍知非的声音突然冷了，"氨极易溶于水，常温常压下1体积水可溶解700倍体积氨，除去压力后吸收周围的热变成气体，是一种制冷剂。氨是许多食物和肥料的重要成分，也是药物直接或间接的组成成分。同时氨还具有腐蚀性等危险性质。它是很可爱的元素，不是杀伤性武器。"

喂喂喂，霍教授你一副不许别人侮辱你女朋友的表情，到底是为了什么啊？还有，请问化肥原料到底可爱在哪里啊？

辛辣的气味让夏小满一句话都说不出来，霍知非也懒得和她废话，直接把她一把抱了起来。夏小满觉得自己的后背被射成了筛子,但她已经快虚脱了,根本没有力气反抗,只能依偎在这个她讨厌的男人的胸前,任由霍知非把她抱进了车里。直到现在,她觉得自己面前还是弥漫着那股刺激性的气味,而霍知非一手把着方向盘,一手轻轻抚摸她的头发,"小满,想吃什么?"

"小满……请问我是怎么从'夏小姐'飞跃成'小满'的,这进度也太快了吧!"夏小满心中怒骂,接过了霍知非递来的纯净水,"我,我想回报社。"

"想吃什么?不如就吃日式料理吧。"

霍知非自说自话地帮夏小满决定了接下来的行程,开车带着她去了一家日料店,点了一大桌的菜,却并不吃,只是看着夏小满。夏小满被他看得毛骨悚然,对着满桌子的菜没有了胃口,警惕地说:"霍教授,你先吃。"

霍知非笑了。他的手指轻轻敲打着桌子,声音是那么温柔:"这是给你点的,我看着你吃就好。"

"可是被你这样看着谁吃得下啊!"

夏小满心里怒骂,继续僵持着不动。看着霍知非,昨天晚上的记忆不受控制地袭来,她突然想起自己似乎……可能……打了一下霍知非的屁股,所以他要让她青蛙跳来报复?真的,不应该喝酒啊……

夏小满想着,面前突然出现了一把勺子,抬头一看,霍知非正笑着看着她,"张嘴。"

夏小满不自觉地张开了嘴巴,嘴里就有了一个奇怪的凉凉的东西,辛辣的气味更是让她气急败坏地找水喝。她暗骂自己居然不长记性又吃了奇怪的东西,真想扣嗓子把它吐出来,霍知非托着腮看着她,"不喜欢生鱼片的味道吗?那吃点拉面怎么样?"

他说着,又把筷子放在了夏小满的嘴前。夏小满松了一口气,没有张嘴,抑郁地说:"关键不在这个……我已经成年了,手也没有断,你为什么要喂饭给我吃啊,霍教授?"

"因为你完成了青蛙跳,我给你机会,让你做我的女朋友。"霍知非温文尔雅地笑着。

夏小满口中的柠檬水一下子就喷了出来,而霍知非的手正好挡住了喷薄而出的液体。他拿手帕擦手,顺势把手帕丢进了垃圾桶,夏小满目瞪口呆地看着他,纠结地说:"可你当时答应的是,说喜欢我。"

"做你男朋友,和喜欢你,有什么大的区别吗?"

当然有！尤娜只要你说喜欢她就好了，没要你做男朋友啊！谁让你把这件事升级的！

夏小满并没有付买汉堡的钱，却得到了一个巨无霸的惊喜，努力争取霍知非的理解，"从理论上说，也没有什么区别，但是我觉得不用那么麻烦，你直接对我说一下'我喜欢你'就够了嘛。霍教授，你快说嘛，我们别浪费时间了，好吗？"

霍知非轻轻挑眉，"不想做我的女朋友，却想让我喜欢你……小满，你的要求让我非常不理解。你，似乎别有目的。"

他的眼神极其清明，夏小满一愣，尴尬地解释道："哪有什么别的目的，就是觉得大家都挺忙的，我们把过程省略了，直接到结果也是挺好的嘛。霍教授，你说你喜欢我，好不好？"

夏小满一脸急切，唯独没有羞涩与紧张，而霍知非的嘴唇轻轻勾起，"不。"

"为什么啊！"

"只有尝试过，才知道到底是什么感觉。还是说，你只是想得到'我喜欢你'这句话？而且，这句话必须是我说。"

"我们交往吧！"

在霍知非说出疑问的时候，夏小满立马以光速打断了他。她一把握住了霍知非的手，死死不肯放开，眼神也是要多真挚就有多真挚。霍知非并没有太大的惊喜，只是优雅地说："我想，你做了一个正确的决定。"

"那个，我先去一下洗手间。"

夏小满对霍知非含情脉脉地说，做出羞涩的表情走开，然后在洗手间里洗了把脸。冰冷的水让心里的腻烦感稍稍减退了些，她知道自己刚才做了一件傻事，不过……也没有回头路可以走了。

5

虽然菜肴非常丰盛，面前的男人又秀色可餐，可夏小满这顿饭吃得如鲠在喉。与她截然相反的是，霍知非迅速进入"男友"的角色里，喂食、擦嘴角等一系列动作完成得行云流水。夏小满实在受不了他的温柔似水，又好像是在看待宰羔羊一样的眼神，轻声说："霍教授，我还要写稿，没别的事情的话我就先走了。"

"知非。"他开口。

"啊?"

"既然是男女朋友了,我允许你直呼我的名字,知非。"

他的声音好像带着某种魔咒,让人深陷其中,但夏小满偏偏打了个冷战——那该死的感觉又来了!她抑制住起鸡皮疙瘩的感觉,继续刚才的话题,"没事的话,我先走了啊,霍……知非。"

"霍知非……这样也可以,循序渐进。"霍知非的声音简直让人沉沦,"不过,你确定不想见沈萱了吗?"

夏小满猛地瞪大了眼睛,"可是,医生不允许外人去见她啊。"

"从来不包括我。"霍知非自信地说。

夏小满对事情的真相实在太好奇,跟着新出炉的男朋友霍知非一起去了医院。她看到霍知非和护士说了些什么,果然顺利进去,当他们推开病房门的时候,沈萱正坐在床边。沈萱见到他们,苍白的脸上浮现出惊慌,怯怯地问:"霍教授,你怎么来了?"

她虚弱的样子简直会让每个男人心疼,霍知非却面色不变,"你是我的学生,出了这么大的事,我当然要来看看你。怎么,见到我不高兴吗?"

"没……没有。很高兴。"

"沈萱,你这个诬赖我的贱人,我要弄死你!"

就在气氛显得很诡异的时候,一个女孩好像炮弹一样冲了过来,揪起沈萱的衣服就要打。夏小满认出那个女孩是林欣欣,心里顿时闪过无数个念头,最终,她决定用母爱感化林欣欣,也让霍知非欣赏她温柔的一面。于是,夏小满的表情非常圣洁,简直自带光晕,"大家都是同学,有话好好说,这个世界还是很和平的……我靠,林欣欣你再揪我头发试试!大家一人退一步,没什么不好解决的……林欣欣你再挠我,我发飙了啊!"

林欣欣这个臭丫头的杀伤力简直能比得上核弹,她抓不到沈萱就朝夏小满身上招呼,夏小满真是想撒手不去管这烦心事,让她们打出个胜负来!场面混乱成一团,这时霍知非终于淡淡地说:"闹够了没有?"

他的声音是那么低沉,但所有人都瞬间安静了。夏小满此时才发现,沈萱在混乱中倒在了地上,手掌一片鲜红,她正心疼地看着手腕上的玉镯。记忆的碎片突然在她头脑中拼凑了起来,她呆呆地问:"你被撞的那一天,手上是不是没戴镯子?"

夏小满说着，突然觉得腹部剧烈疼痛了一下，暗想这可能是刚才吃了太多生冷东西的关系。她立马捂住了肚子，然后看到沈萱的脸色变得惨白。沈萱不知道为什么突然激动了起来，把夏小满推了一个趔趄，"我戴不戴镯子和你有什么关系，要你管！"

林欣欣不知道是为了帮夏小满，还是单纯为了反对沈萱，瞬间挺身而出，"不就一个破镯子嘛，我家有几十个我都不稀罕，你凶什么凶！我警告你，你快点给我澄清真相，不然我让你混不下去！"

林欣欣说着，又要去打沈萱，夏小满此时觉得肚子又疼了一下，冷汗都要流下来了。她捂着肚子，暗想快点解决后好找个洗手间，霍知非突然一把抓住了她的手臂。他看着她用显微镜才能看得出来的瘀青，走到了沈萱面前，猛地摘下了她的镯子。过小的圈口把沈萱的手腕勒得通红，她发疯一样想要抢回来，但霍知非把镯子举起，淡淡地说："你很喜欢这镯子，对吗？"

"关你什么事！"沈萱声嘶力竭地喊。

"这并不算名贵，你又那么喜欢，应该是很有纪念价值吧。听说你的母亲在你15岁的时候去世，这也许是她留给你的纪念——呵，看来我猜对了。你的同学说过，这镯子你不离身，那么为什么，在你被送往医院的那一天，你的手上偏偏没有戴？你早就知道了自己那天会被撞，是吗？"

霍知非的语气是那么轻柔，夏小满只觉得浑身一颤，她脑中的迷雾终于散开了！她目瞪口呆地看着沈萱，只见沈萱一脸惨白。沈萱想解释什么，可霍知非玩着手中的镯子，"我讨厌被欺骗，你最好不要浪费我的时间。"

看霍知非的架势，他随时可以把玉镯"失手"摔到地上。沈萱的脸色越来越白，最后紧咬嘴唇，认命地说："就算我是故意设计她的，那又怎么样！凭什么她就是大小姐，我只能做夜总会的小姐，而且她还把我的事情四处宣扬！凭什么！"

"因为你勾引我爸！"林欣欣忍不住叫，"如果你不勾引我爸，我怎么会针对你？"

沈萱惨笑，"是啊，那是你爸，但那也是我的金主……我爸欠了高利贷，我在夜总会上班也赚不回来那么多钱，我只能让你把我撞伤，然后赔偿一大笔钱……可是，你为什么不肯认输？这个世界都是你们有钱人的天下吗？"

记者的本能让夏小满记录下眼前的一切，她不知道是该同情无辜的林欣欣，还是该可怜沈萱。这时霍知非走到了沈萱面前，他低下头，优雅地说："是，这个世界当然是有钱人的天下。你有时间抱怨林欣欣，不如想想她的爸爸在为了儿女打拼的时候，你的爸爸在做什么，打麻将，或者是醉生梦死？你的医药费，林家一分钱都不会再付，你工作的地方也不再欢迎你回去。如果你愿意在这儿继续上学，那也可以，只是高利贷会找到学校。你觉得你还有什么，沈萱？"

霍知非说着，手突然一松，玉镯掉在地上碎成了两半。沈萱的脸色简直白到透明，跪着捧着玉镯，到后来终于痛哭流涕，"为什么，为什么都不肯放过我……为什么要打碎我唯一的梦，为什么！"

她看起来是那么悲伤，那么凄惨，让夏小满都禁不住同情了起来。可是，霍知非不为所动，"没有人有义务为你的梦买单，你既然敢算计，就要承担失败的后果。还有，林欣欣你记住……"霍知非走到林欣欣面前，一把抓住了她的手腕，"不要企图招惹小满。她是我的女朋友。"

霍知非说着，手指用力，林欣欣疼得几乎痛哭，而夏小满突然觉得晚上的风冷到刺骨。她是那么想逃避这一切，霍知非却温柔地看着她，"小满，这就是你想要的真相。你看起来很累，我送你回家。"

就算腹部疼到抽搐，夏小满还是乖乖地任由霍知非带她上车，终于明白了为什么那么多人说他是恶魔——这样的随心所欲，这样的做事不计后果，他简直是变态中的变态！车里，夏小满捂着肚子一直没有开口，她觉得在霍知非身边的每一秒都是煎熬。她实在不好意思开口让霍知非停车找个洗手间，为了转移注意力，夏小满拿起手机刷关于林欣欣肇事的微博，霍知非一把把手机抢了过去，"小满，和我在一起的时候，不要想别的事情。"

夏小满是那么害怕他把手机丢出去，这时又一阵疼痛来袭。她控制住强烈的欲望，疼到说不出话来，眼中逐渐浮出了泪水，霍知非却笑了，"你在可怜沈萱吗？"

夏小满用力掐着自己的掌心，用疼痛让自己忍耐住！她不断地告诉自己，还有一会儿就能到家了，坚持到底就是胜利！她一言不发，霍知非继续问："你认为，什么是真实？"

夏小满没想到霍知非会问出和何之洲一样的问题，忍耐着疼痛说："当然就是……事情的真相。"

"或者是，制造出的'真相'。"

看着霍知非的面容，夏小满突然有了一个几乎不敢相信的猜测：霍知非和这些网友……

"那些攻击林欣欣的小号都是沈萱找人去发布的,我只是,用她的方式,回报给她罢了。新闻,不光是要做一个记录者,更要做一个掌控者。"

夏小满看着霍知非的侧颜,总觉得他就是优雅又阴险的蛇,看起来华丽无害,却会给人致命一击。她的肚子已经疼到钻心,这时车子终于来进了小区。眼看家门口就在面前,她几乎要热泪盈眶,霍知非偏偏伸手挡在了门上,阻止了她的脚步。夏小满疼到跳脚,霍知非低下头,在她耳边轻声说:"沈萱利用了我,你看到了她的下场。你可不要欺骗我啊,小满。"

"不会,绝对不会。"

夏小满吓了一跳,急忙举手发誓,用最真挚的表情表示忠心。霍知非满意地轻轻摸摸她的头,"乖。"

"霍知非,我先回去了。"

夏小满努力再努力,终于憋出了个类似羞涩的表情,跑回家后直奔洗手间。她畅快地释放了出来,回想今晚的经历,觉得信息量大到她迄今没办法消化。她莫名其妙就成了霍知非的女朋友了,而且沈萱的事情也终于水落石出……可为什么,她没有一点高兴?

她根本不喜欢霍知非,撒了一个不该撒的谎,而一个谎言注定要用其他无数个谎言去弥补。她不觉得自己的智商可以赢过那个阴险的教授,尤其当他发现她根本是在利用他后……你到底为什么给我出这样的难题啊?尤娜!

夏小满郁闷地叹气,决定不去想这个问题。她眯起了眼睛,"下一个做什么好呢,开演唱会还是做派对女王?我可以先开个演唱会,在演唱会结束后开个无任何女人的派对,这样我肯定就是派对女王了啊……好,就这样定了!"

第3个梦想：今天晚上，我是大明星

1

夏小满的好闺蜜张莹从小就相貌出众，在大家的恭维声中长大，她也暗暗发誓，以后要过着被水貂大衣和名牌包包围的人生。毕业后，她实现了她的梦想——她当上了本市最高端商场里最高端品牌的售货小姐。当知道夏小满要开演唱会的消息时，张莹放下了手中的名牌包，瞪大了眼睛，"演唱会？你？哈哈哈哈……你等我先笑一会儿，哈哈哈哈……"

张莹抱着肚子笑得打滚，在夏小满作势要往包上吐口水的前一秒钟，终于擦干眼泪，"夏小满，我记得你因为唱歌跑调被赶出了合唱队，你还想开个人演唱会？你确定？"

"有被赶出去吗？我记得我唱歌一直有'天籁之音'的外号，你可能记错了。"夏小满露出了"现世安稳，岁月静好"的微笑。

"什么'天籁之音'啊，大家都说你是'天外之音'，地球人听了都要崩溃。被赶出合唱队的时候，你哭着抓住老师的裤腿不肯放，被她拖了好几米，这样的场景我能记错？"

夏小满深吸一口气，努力让自己平静，"好吧，也许是有过，但那是小时候。现在，我是一个成熟的女性，有良好的文化修养和底蕴，当然也会精通唱歌。"

"也许你该去五官科测试一下听力。"张莹挑眉。

夏小满真的很想拿一瓶卸妆油泼到闺蜜的脸上，"尤娜还有个梦想是要打一架，你说我现在要不要完成这个？"

张莹活动手腕，"好啊，我也对这个很有兴趣。"

夏小满想起张莹是跆拳道黑带，瞬间怂了，"既然我唱歌那么难听，我喊你一个人来听就好，那也是演唱会。"

张莹不顾她难看的脸色，托着下巴说："我想，她的意思是想要一场真正的演唱会，是大家安安静静地听着歌，沉浸在美好的歌声里的那种，不是我们两个人小打小闹。这样吧，我帮你在网上发一个邀请函，然后你准备一下唱歌。花点钱找人来捧场，总有人会愿意吧。"

夏小满疑惑地问："你以前不是总让我敷衍过去的嘛，怎么现在突然转了性子了？"

张莹笑嘻嘻地说："因为，我突然觉得这件事很有意思。要坚持下去啊，小满。"

和张莹商量好初步计划后，夏小满头痛地回报社。她对着电脑发呆的时候，总觉得有一道目光一直停留在自己身上。她猛地回头，看到罗燕平似乎正在看自己。注意到夏小满的目光后，罗燕平对她举了举杯子，夏小满也干笑着转移视线。

这个罗燕平是报社广告部的副总，也是地道的富二代，平日最大的兴趣就是和不同类型的女人恋爱。虽然他的私生活混乱到极点，可因为长相出众又身价不菲，报社里还是有许多女人把他视为男神。和何之洲冷静内敛到近乎孤僻的个性不同，罗燕平风度翩翩、平易近人，对女人也特别温柔，所以他的人气反而比何之洲还要高一些。

夏小满自认为自己相貌、身材都很一般，罗燕平不会无聊到看上自己，但他今天似乎偏偏瞎了眼，居然朝夏小满走来。他的态度简直称得上殷勤，"夏小满，最近忙吗？"

"还可以。"夏小满谨慎地说。

"如果遇到了什么问题，可以和我说。"罗燕平对她眨眼睛放电。

夏小满只觉得浑身的汗毛都竖起来了，木木地点头。罗燕平带着宠溺的神情离开后，她飞速去了洗手间。她看着镜子里那张很清秀，但绝对算不上倾国倾城的脸蛋，怎么都没看出来，她有哪一点会让罗燕平另眼相看。

所以说，他今天只是太无聊了吗？夏小满摇头，不再去想这件事。

虽然早就完成了工作，但夏小满磨磨蹭蹭地不想回家，因为她还没想好要怎么面对新鲜出炉的男朋友霍知非。事实上，她一想起霍知非，面前根本浮现不出任何旖旎的画面，甚至觉得小腿肚子开始发颤——这可真是小时候见老师时留下的好习惯啊！

尤娜，你到底为什么会喜欢霍知非这样的男人？

尤娜，尤娜……

这个名字就好像魔咒一样，轻易击溃了夏小满的心。直到今天，她还能清晰地记得尤娜算不上漂亮的容貌，总是给人温柔感觉的眼神，以及面颊上可爱的单个酒窝。她用她的悲剧在新闻版上占据了500字的版面，而夏小满是新闻的制造者。

她有罪。就算所有人都说，这是命中注定，和她没关系，但是如果她不叫尤娜吃夜宵，不和尤娜吵架的话，尤娜就不会发生意外。

她有罪，所以她必须完成尤娜的梦想来赎罪。

下班后，夏小满慢慢地在路上走着，看着不远处那家甜品店，徘徊许久，终于鼓足勇气走了进去——这是尤娜死后，她第二次进去。夏小满点了一杯奶茶，在角落里坐着，似乎看到了尤娜在这里忙碌的身影。她轻轻叹气，从包里拿出了一盒红色的辣椒，艰难地咽着口水。

尤娜，你有个梦想是吃最辣的辣椒，我买了超市里的墨西哥辣椒，在这里吃给你看。这样，你会高兴吗？

哈，应该不会吧。就好像被砍了一刀后，有人给你一块创可贴，你会开心得起来吗？不要自欺欺人啦，夏小满。

夏小满想着，鼓足勇气把辣椒放进嘴里，飞快咀嚼，但就算这样，她的嘴巴还是迅速肿胀了起来。她猛地喝下了早就准备好的冰奶茶，但嘴巴还是烫得惊人，她觉得现在说话的话，嘴巴里简直会喷出火焰来。

夏小满飞奔到柜台前，想要一杯冰水，但没有人听得懂她在说什么。慌乱之中，她看到有个男人手里有一杯饮品，里面有她最想要的冰块。她的身体不受控制地伸出手，把饮料抢在手里，咕嘟咕嘟喝了个精光，然后在看清楚那人的时候呆住了。

何之洲好看的眉毛微微皱起，低沉的声音有些迟疑，"你是……夏小满？"

"是的，社长。您……您也来啊，真巧。"

夏小满嘴巴疼，但是她心里更疼，因为她分明看到何之洲脸上写着两个字——开除。

天啊，她为什么要抢社长的饮料喝，而且还被他认出来了！她刚才就该死不承认她是夏小满的！而且，还是以那么丑的姿态……

夏小满觉得嘴巴疼到发麻，眼泪和鼻涕直流的样子肯定好看不到哪里去，可何之洲偏偏没有要走的意思。他看着夏小满桌子上的辣椒，挑眉，"现在流行在甜品店吃这个,还是说这是你的个人爱好?"

"其实是……为了梦想。"

夏小满情急之下居然说了实话,何之洲似笑非笑,"吃辣椒是你的梦想?"

"不是我的,是一个姑娘的梦想。我想帮她实现。"

天啊,我吃的不是辣椒,是"说实话的果实"吧!到底为什么要把这件事告诉他啊!夏小满只想一头撞死,何之洲继续发问:"为什么要你帮她实现,因为她不能吃辣椒?"

"不,因为她死了。"夏小满说。

气氛随着她的开口变得诡异至极,而甜品店还放着欢快的音乐,就好像他们只是在聊明天的天气一样。夏小满觉得时间仿佛静止了,何之洲却若有所思,拿一根辣椒在手里,然后塞进了嘴巴。他被呛得咳嗽起来,脸色微微泛红,然后平静地说:"确实很辣。"

这是什么情况!他……他居然吃了我的辣椒!

夏小满瞪大眼睛看着何之洲,而他淡淡地问:"那个女孩的梦想就只有吃辣椒这一个吗?"

"不,有20个。"夏小满轻声说。

"都要完成吗?"

"我会尽我的全力。"

夏小满真的不知道,自己怎么会和何之洲说起那么私人的事情——他们在报社说过的话,加起来都不会超过10句。幸运的是,何之洲没有再追问下去。他没有问她为什么要实现这些梦想,也没有问她这样做是不是疯了,而是给她点了一杯冰奶茶,不置可否地说:"确实很有趣。"

何之洲离开后,夏小满又喝了好几杯冰水才解救了她的舌头。她暗暗发誓,以后不会再吃任何和辣味有关的东西!她从包里拿出日记本,划去了这一项,这时手机突然响了。她见来电是陌生号码,没多想就接了,没想到霍知非华丽的嗓音瞬间穿越了电网,把她包围,"小满,下班了吗?怎么还没回家?"

"我……我还有点事。"

不知道为什么,夏小满突然有了一种被捉奸的尴尬感。她并不想再见到霍知非,所以选择了撒谎,而霍知非沉默了片刻,轻声笑着说:"我来接你?"

"不用了,我自己回来。啊,有人找我,我先挂了啊。"

夏小满装作火急火燎的样子,抢先挂断了电话,长舒了一口气。她在甜品店磨蹭了很久，算算不会在楼道里和霍知非相遇，才敢踏上回家的路。她好像最优秀的特工一样，时不时警惕地环视四周，一直到家门口都没看到霍知非，终于松了一口气。她心情愉悦地开门，在看到屋里人的时候呆住了，"霍……霍知非？你怎么会在我家？"

霍知非坐在夏小满家的沙发上，正悠然自得地喝着咖啡。如果不是看到面前还放着她昨天刚买的苹果，夏小满简直怀疑空间扭曲，她因为某种神秘的力量走到了霍知非的房间！她愤怒地看着闯入者，而霍知非微微一笑，"我来女朋友家，有问题吗？"

霍知非放下咖啡杯站起身，巨大的压迫感也随之而来。他伸出手，夏小满不自觉地后退，在他的指尖触碰她脸颊的时候，更是忍不住颤抖了一下。夏小满的皮肤洁白细腻，触感简直比最温润的玉石还要好，霍知非很满意，又抚摸了几下。夏小满实在很讨厌他这种好像逗宠物一样的感觉，微微侧过身，"霍知非，你到底是怎么进我家的，难道你有我的钥匙？"

看到夏小满就好像小猫一样露出了可爱的爪子，霍知非耸肩，"只是恰好猜出了你的密码。生日加上罩杯的组合，很有创意。"

霍知非的脸上没有任何窘迫的神色，夏小满的脸却一下子变得通红，觉得有一股烟从头顶冒了出来。她不自觉地低头看看胸部，是那么想骂霍知非下流，但她怎么也说不出口。她自顾自地生气，霍知非却转移了话题，"没吃饭吧？桌上有。"

夏小满狐疑地往桌上看去，然后愣住了——什么叫桌上有饭啊，这简直是满汉全席！桌上有中式、西式、泰式等各个种类的菜肴，还配有果汁和红酒，她简直怀疑自己刚才划了一根火柴，才看到了这样的幻觉。霍知非很满意她的表情，坐在椅子上，招呼她过来。他摇晃着红酒，神情宛若高高在上的帝王，"稿子写得怎么样了？我相信，这篇稿件应该足够让你在报社立足。"

想到沈萱，夏小满心里就说不清是什么滋味，低声说："也许吧。对了，你还没对我说你喜欢我呢。"

夏小满装出兴高采烈的样子，又开始纠缠霍知非。霍知非没有回答，转移话题，"你想办个演唱会，对吗？我在网上看到了一个召集帖，上面写着歌手是你，还有你的照片。"

该死的，还有什么是他不知道的！

夏小满心里暗暗咒骂，但仍乖巧地说："是啊，我想弄点好玩的事情。"

"你总是会有稀奇的想法。我很好奇，你到底想做什么。"

霍知非的眼神好像能穿透夏小满的心，看到她那狼狈不堪的曾经。夏小满很不喜欢被他这么看，生怕霍知非下句话就是想听她的演唱会，幸好霍知非不再问下去，"需要我帮你看一遍你的稿子吗？"

夏小满忙说："不用了，我想自己写。"

霍知非摸摸她的头，"我还有点事，你慢慢吃。"

"好啊好啊，快回去吧，千万不要担心我！"

最好一辈子别过来啊！

夏小满眉开眼笑地把霍知非送到门口，正准备关门，霍知非突然转身。夏小满没控制住脚步，一下子撞到了他的胸口上，疼得摸住了鼻子。她很快就忘记了疼痛，因为她听到霍知非问："那天你喝醉的时候，说起过一个叫什么娜的女人。她是你的朋友？"

夏小满猛地抬起头。她的脸上，交杂着来不及掩饰的惊慌和悲伤，霍知非缓缓地笑了，"可能是我听错了。明天到学校来，我带你去吃好吃的。"

霍知非说着就离开了，夏小满愣了很久，才给门换了个他绝对想不到的密码，然后疲惫地倒在了床上。桌上的菜看起来就很好吃，但她根本没有任何胃口。这正如霍知非一样——很华丽，但是并不适合她。她想到和霍知非在一起后，这样的场景还会发生无数次就发怵，而她那天喝醉到底有没有说一些不该说的话……

应该没有，不然霍知非怎么会放过她？也许她那天说的是"张莹"，结果发音很像"张娜"啊。她自欺欺人地想。

夏小满在房间里陷入了纠结，就在离她10米远的地方，霍知非正一边泡澡一边接电话。他的表情，不再是面对夏小满时的温柔儒雅，而是充满了危险与冷静，"一个星期内，我要关于夏小满的所有资料，包括她1年前到底发生了什么。还有，查一个叫尤娜的女人……"

2

连夏小满都没想到，她的稿件会引起那么大的轰动。这篇写明"富家女肇事真相"的稿子被各大媒体疯狂转载，她的名字也被同行挂在了嘴边，几乎所有人都知道了这个初出茅庐的小记者。一时之间，同事们都在窃窃私语她的好运气，萧姗却只觉得脸上挂不住。她一想到，这篇稿子的发表没有经过她的允许，就觉得怒火中烧，把夏小满叫到办公室来铺天盖地地责骂。夏小满逆来顺受地听着，没有人敢为夏小满说话，罗燕平却敲门进去，英俊的脸上满是笑容，"萧姐，你有什么好和她计较的，这又不是什么大事。"

萧姗没想到，对报社所有事情都不闻不问的罗燕平居然会为夏小满出头，脸色有些难看，不客气地说："罗总，这是我们新闻部的事情，和您的广告部没什么关系，您还是不插手的好。"

罗燕平斜靠在门上，悠悠地说："是啊，这是你新闻部的事情，但夏小满是我的小学妹。你就事论事我自然不会说什么，你这样上升到人身攻击我可就听不下去了。小满，我们走，你不要做什么记者了，来我的部门吧。"

罗燕平说着，伸出手想去搂夏小满的腰，但似乎想到了什么，手生生停在了半空，最后尴尬地插到了口袋里。夏小满愣住了，疑惑地问："罗总，我们有在一所学校学习过吗？"

罗燕平自信地说："我查过了，我们在同一家幼儿园上过课。"

萧姗看到夏小满和罗燕平肆无忌惮地聊天，更加愤怒，"罗总这是要越权管理吗？你没资格命令我！"

"那么，我呢？"

随着清冷的声音响起，门开了。见到何之洲的瞬间，萧姗虽然还是怒气未消，但还是生生地闭了嘴。何之洲了解了情况后，问夏小满一个并不算重点的问题："你还没有转正？"

"啊，是。"夏小满羞愧地说。

萧姗抢着开口："社长，这样的大稿子是不能让没转正的人写的！夏小满违反了报社的规定！"

"为什么？"何之洲没有理会萧姗，还是问夏小满。

"因为，稿件一直写得不过关。"

夏小满觉得自己八辈子的脸都在这里丢了个干净，何之洲只是淡淡地说："那尽快转正，你去人事部填个单子，争取月底考评可以通过。"

萧姗没想到事情居然会发展成这样，气得几乎尖叫，"社长，她什么都不懂，你怎么……"

何之洲的目光从萧姗脸上扫过，萧姗下半句话生生咽了下去，脸色苍白到可怕。她看着夏小满许久，最后头也不回地离开了自己的办公室，夏小满至今还不敢相信自己的耳朵。何之洲转过身，突然问她："你觉得萧姗以后会怎么对你？"

夏小满考虑了一下，还是说了实话，"给我穿小鞋，尽可能把我挤走。"

"你怕吗？"

所以……这是霸道总裁对我的保护吗？他知道我被女上司排挤，亲自把我拯救出苦海？难道……他在上学时就开始暗恋我，现在才有勇气表白？

"社长，你会帮我吗？"夏小满满怀希望地问。

"不会。"

何之洲干脆地拒绝了她，夏小满觉得自己瞬间被打倒在地上爬不起来。看着夏小满鼓成包子的脸，何之洲很没有诚意地说："加油，希望月底考评的时候你能通过。"

"我怎么觉得社长你有种看好戏的感觉……"

"错觉。"何之洲认真地说。

何之洲说着就离开了，罗燕平若有所思地看着他，再看着夏小满，很奇怪地一直没有开口。虽然不知道罗燕平为什么会帮助自己，夏小满还是向他道谢，罗燕平摆手，笑容可掬，"举手之劳，小满没必要那么客气。以后有事情一定要告诉我，知道吗？你有事情就去忙，迟到早退一会儿都没关系。"

他看夏小满的眼神活像是大灰狼看着小白兔，夏小满心惊胆战地点头，回到座位上还是心绪难平。她一会儿担心萧姗会脱了高跟鞋往她的头上抽，一会儿又因为何之洲的话心怦怦直跳。转正，社长亲自说给她转正的机会，她终于要时来运转了吗？她的心情时而惶恐时而甜蜜，突然发现手机里有霍知非发来的微信。看到他约她在学校见面，夏小满先是险些把手机丢到一边，然后还是咬牙答应。她确实很害怕见到这个大魔王，但她想再尝试一下，让霍知非亲口说喜欢她。

如果，这次还不成功的话……那就算了吧。虽然这是尤娜的梦想，但是她有那么多梦想，只是有一个没完成的话也是瑕不掩瑜嘛。

毕竟，如果真的要和霍知非交往的话……夏小满耸肩，简直不敢想下去。

夏小满一向是行动派，说好和霍知非见面后，立刻就到S大校园寻找霍知非的办公室。当她问霍知非在哪里办公的时候，保安殷勤地说是顶楼。夏小满继续问是哪个办公室，保安用奇怪的眼神看着她说："顶楼都是霍教授的办公室。"

好吧，她真的不该那么土包子！可教授的办公室是一层楼，这现实吗？校长也没有这样的待遇吧！这个霍知非，到底是什么人？

夏小满带着满肚子疑惑，走到了办公室的红木大门前。她对着镜子整理一下头发，正打算轻轻敲门，突然听到里面传来一声尖叫！她吓了一跳，急忙冲进去，却看到一个女生正趴在窗台前，作势要跳楼。她吓得魂都要飞了，急忙抱住她，"小心！"

"放手！"女生愤怒地喊。

"小满，放手。"

夏小满此时才发现，就算有人要跳楼，霍知非还在喝着该死的咖啡，浑身散发着这一切和他无关的气场！他的目光极其清明，就好像在欣赏一出有意思的歌剧，夏小满硬着头皮好言相劝："同学，我是你的话绝对不会选跳楼。你跳下去，血啊脑浆子溅一地，脸也会摔得和印度飞饼似的，多难看啊。要是你没死成，摔成个瘫痪什么的就更惨了，头歪着口水流着，要是哪天能开口说话简直就是'身残志坚'的典范，简直能去达人秀一展风采了。对了对了，偏瘫可是会大小便失禁的，你真的要这样吗？"

女生愣了一下，开始在脑中幻想自己瘫痪的样子，有些迟疑。夏小满再接再厉，"回来吧，生活哪有那么多坎儿啊！你看，不还有你们霍教授吗……"

"我死了算了！"

夏小满一提起霍知非，女生更是寻死觅活，她觉得她的耳膜就要被那尖锐的声音刺穿了。这时，霍知非轻轻放下了咖啡杯，那么轻柔的声音，却偏偏在这样喧闹的环境里显得格外触目惊心，连女生都吓得放弃了寻死。夏小满看着霍知非朝自己走来，以为他想把女生劝下来，可他只是温柔地问："晚上想吃什么？"

"……"

现在谈这个问题，真的适合吗？夏小满心里的小人儿在捂着头尖叫，而嘴巴已经说："火锅。"

"麻辣的还是清淡的？"

"麻辣的吧，味道正。"

"好，我一会儿去预定位子。"

于是，画风突然朝很诡异的方向发展。那个女生一时之间不知道该不该跳下去，大声说："喂，还有我呢！我准备跳楼了，如果我从这里跳下去的话，霍教授你觉得你会怎么样?"

"和我有关系吗?"霍知非终于看了她一眼。

女生吓呆了,"可是……可是我死了的话,学校领导会来找你算账……教授,我只是想过了这科,求求你让我过吧!这门再挂的话,我会被退学的,我爸妈肯定不会放过我的!教授!"

在她的痛哭声中,霍知非朝她走去。他居高临下地看着她,伸出手来。夏小满松了一口气,以为他会拉那个女生上来,但他居然慢慢掰开她的手指。女生尖叫一声,急忙抓住了窗栏,吓得魂飞魄散。霍知非继续执着又坚定地把她往下推,夏小满只觉得头大如斗,急忙抱住霍知非的腰,"霍知非你不要杀人啊!"

在她抱住他的瞬间,霍知非的身体似乎有了诡异的僵硬。他没有再动,回过头看着正紧贴着自己的夏小满,正好看到她的头顶。夏小满的头发没有烫也没有染,是最自然的黑色,在阳光下发出光芒,让他微微眯起了眼睛。他很奇怪,自己为什么会任由那个女孩如此接近他,但他似乎并不讨厌这样的感觉。到底是为什么呢?

夏小满见霍知非没有反应,松了一口气。她松开手,走到那个女孩面前,突然发火了,"遇到点事情就寻死觅活,你还真有本事!不就是挂科吗,有什么大不了的,你爸妈辛辛苦苦把你养这么大,就是为了让你自杀的吗?你毕业以后还会失恋,还可能找不到工作,还会被上司骂,那你要怎么办,一次次地去死吗?你想过想活下去却活不了的人的痛苦吗?"

"对不起……"女生被吓到了,小声说。

"大声点!"

"对不起!"

女生急忙道歉,然后飞快地离开了办公室,夏小满长长叹息一声。霍知非看着夏小满,突然问:"为什么要为了不相干的人发脾气?"

夏小满当然不好说是她想到了尤娜,轻声说:"只是觉得……他们太不懂事。"

"小满,你怕我吗?"

夏小满心里一跳,急忙摆出最真挚的表情,"你那么帅,那么和善,简直是感动中国的典型,我怎么会怕你?"

"呵,真是个小马屁精。不过……很好。"霍知非愉悦地笑了。

霍知非的手轻轻抚过夏小满的发丝，带来奇异的酥麻感。这一次，夏小满没有闪躲，而是满怀期待地看着他的眼睛，"那你喜欢我吗？"

霍知非轻笑一声，没有正面回答，而是看着她，"小满，你知道她为什么想用自杀来威胁我吗？"

"因为，你让她挂科？你不被威胁是对的，这才公正嘛。"夏小满努力拍马屁。

霍知非摇头，"她用错了方法。她抄袭了论文，很不巧，那篇论文是我写的。我最讨厌的就是欺骗，所以，不要骗我啊，小满。"

夏小满不知道霍知非为什么到最后会绕回她的身上，也分明听出了威胁的意思，觉得心里开始发寒。她怀疑霍知非是不是看出了什么，紧张到浑身僵硬，脸上的笑容都几乎维持不住。这时，霍知非继续问："你，是不是有什么话要对我说？"

"我……"夏小满终于开口。

3

夜宵摊的桌子上，正摆着一大盆麻辣小龙虾。张莹洁白如玉的手剥开一只只龙虾，细细品味，而夏小满连吃龙虾的心情都没有，一直扶着脑袋。

"啊啊啊！我的脑袋是被门夹了吗？我居然邀请他来听我的演唱会！啊——嗝……"

夏小满抱着头拼命摇晃，突然打了一个大大的嗝，顿时捂住了脸。张莹被恶心坏了，一只手捂住鼻子，一只手用力把她往外推，"走开走开，别在我面前做那么恶心的事情！"

夏小满嘿嘿地笑，"人家又不是故意的，吃火锅的时候吃撑了嘛。"

"哇，你居然一个人去吃火锅都不叫我，绝交！"

张莹愤怒地把小龙虾的钳子对准了夏小满，夏小满急忙安抚张莹受伤的心灵，"我不是故意不叫你的，事发突然，这也是我和霍知非难得的约会嘛。而且，你长得比我高，比我漂亮，身材比我好，如果他爱上你的话，我可怎么办啊。"

"那倒也是。唉，谁让我长得那么漂亮啊，我注定没闺蜜，一辈子孤单，真是悲哀。"

张莹感慨地咕嘟咕嘟喝下一瓶啤酒，也带了几分醉意。她拿瓶子对着夏小满，笑嘻嘻地问："喂，你和那个教授，有没有发生点什么？"

"他把我累得醉生梦死，算不算啊？"夏小满没好气地说。

"哟哟哟，那么激情啊！他把你怎么着了啊！"

"我们别说他行吗？"夏小满心烦意乱地摆手，"还是说说演唱会的事情吧。乐队你帮我找到没有？"

"找到了啊，他们就在附近，喊他们一起来吃饭好了。"

张莹说着，就打了电话，不一会儿就有5个人出现在夏小满面前。夏小满看着他们红红绿绿的头发，浓重的烟熏妆，居然在里面发现了一个熟人。她揉揉眼睛，不确定地问："林欣欣？"

"小满姐，你，你还记得我啊？"

林欣欣一改往日嚣张跋扈的个性，满怀激动地看着夏小满，如果夏小满眼神足够好，也许能在她厚厚的粉底下看到一丝红晕——你到底害羞什么啊，少女！

夏小满用眼神谴责张莹为什么会找这么不靠谱的乐队，张莹挑眉在心里说因为你的预算就那么点，只有他们不要钱，有本事你自己去找啊，姑奶奶还不管了！夏小满顿时怂了，讨好地看着张莹，而张莹用冷哼结束了眼神交流，再一次取得了胜利。

"小满姐，我们是很有经验的乐队，经常在酒吧演出，肯定会把你的演唱会办好！小满姐，我们不要钱，还会自带灯光音响，你就和我们合作嘛。"

林欣欣好像看出了夏小满的犹豫，背后简直要变出一条尾巴来左右摇晃。夏小满虽然不知道这富家千金为什么突然转了性子，但想到可以省一大笔钱后还是对她露出了鼓励的笑容。林欣欣看到夏小满对自己微笑后，越发觉得头晕目眩，再三拍胸脯表决心，直到后来被乐队同伴拉走。张莹看着林欣欣离去的背影，疑惑地问："你和这丫头认识？"

夏小满漫不经心地说："认识啊，就是被诬赖肇事逃逸的那个富家千金。"

"她简直长着一张'仗势欺人'脸，你到底是怎么找到真相的？"

夏小满想起那天霍知非嗜血的笑容，不知道为什么打了个寒战，勉强笑着说："还不是因为我聪明？好了，我要回去了，今天你买单啊。"

"喂！"

夏小满没有回头，可是她能想象张莹愤怒的样子，嘿嘿笑了起来。夜晚的风吹散了白天的燥热，夏小满的酒意也慢慢消散在风中，脑子出奇地清醒。她站在马路的一边，看着灯光温暖的甜品店，眼前浮现出尤娜在那里工作的样子来。

尤娜不算是一个漂亮姑娘，但是她不可否认，尤娜认真工作的样子非常迷人。她的手丰腴洁白，虽然不算细腻，小拇指也不能弯曲，却仿佛有着魔法一样，把简单的食材搭配成沁入灵魂的美味。夏小满几乎无法想象，在这个喧闹的都市里，怎么会有像尤娜这样安静的女孩，所以她才会那么早离开了吧。

夏小满抬头看着天空，苦笑了起来。她感觉到面颊开始湿润，以为自己又流泪了，在看到大家都开始躲避的时候才发现是天空开始下雨了。她急忙躲到一边的店铺下，看到了不远处有个乞丐依旧坐在地上，已经被雨淋成了落汤鸡。夏小满心里有些不忍，可是她知道她没有能力做什么。她出神地看着远方，没有想到会有一把雨伞放在乞丐的头顶，而雨伞的主人居然是何之洲。

夏日的暴雨里，衣衫褴褛的乞丐在看着面前的瓷盆，贵气高雅的何之洲在为他打伞，两个人都没有说话，诡异的场景却和谐到可怕。虽然所有认识何之洲的人，都会赞美他的温文尔雅和绅士风度，但这一幕还是深深震撼到了夏小满，她甚至为自己之前迷恋他身上的光环而感到羞耻。

因为，这是一个，那么悲天悯人的贵公子啊……

当夏小满看到何之洲把伞给乞丐，自己淋雨往前走的时候终于忍不住了。她飞快地去便利店买了两把伞冲了出去，递了一把给何之洲。何之洲显然没想到夏小满会在这里出现，挑了挑好看的眉毛，面色在雨夜中显得有些苍白。夏小满突然也不知道说什么好，期期艾艾道："何社长，我正好带了两把伞……"

"谢谢你的伞。"何之洲接过夏小满手中的雨伞。

他说着，就要往前走，而夏小满叫住了他。他回头，夏小满鼓足勇气对他说："社长，上次你让我坚持真实，谢谢你。"

何之洲微微颔首，没有说话，继续往前走。夏小满看着他离去的背影，捂住了面颊。她觉得自己每一寸肌肤都开始燃烧了起来，在脑中回放着他曾经对她说的每一句话，就好像一个18岁的少女那样沉醉其中。

"你的书掉了。"

"我不喝咖啡，谢谢。"

"要坚持真正的自己。"

"谢谢你的伞。"

……

所以，这样的感觉，就叫陷入爱河了吗？

夏小满不记得自己是怎样回家的，躺在床上幻想何之洲拉起她的手的画面，觉得自己就要沉醉其中。张莹打她电话总是无人接听，愤怒地到她家来，猛地戳破少女的粉红色气泡，"夏小满，都几点了，你怎么还不换衣服？你忘记今天是你演唱会的日子了吗？"

张莹看到夏小满蓬头垢面的样子简直气不打一处来，用力把她从床上拉起。夏小满此时才想起来今天似乎是演唱会举行的日子，打个哈欠，心不在焉，"是啊，我都忘了。演唱会几点开始啊？"

"就在两个小时后！你不会什么都没准备吧？！"

"放心，我背了歌词，还准备了这个。"

夏小满得意地指着手里的磁盘，张莹不好的预感越来越强，"你不会打算……"

"明星都假唱，你还真以为我会真唱啊。"夏小满白了张莹一眼，"反正就是大家玩玩，不要太认真啦。"

"可是尤娜的愿望，肯定不会只是玩玩而已。"张莹冷笑。

夏小满转过身，没有再回答。

4

为了节省费用，夏小满选的是郊区一个荒无人烟、几近废弃的体育馆。她原打算穿着牛仔裤上台唱两首就结束，没想到张莹递给她一个礼盒。夏小满打开一看，发现里面是一条深蓝色的礼服裙，一下子就愣住了。那裙子渐变的蓝色就好像是一片汪洋，华美到令人不敢直视，细碎的钻石更是不断叫嚣着"我好值钱"。夏小满都不敢去摸裙子，深吸一口气问张莹："这裙子你是从哪里租的，也太大手笔了吧。"

张莹笑嘻嘻地说："你就别管这个了，快穿上给我看看啊。"

女人都爱美，夏小满当然也不例外。她换上了裙子，再配合着张莹为她精心画上的妆容，连她都认不出来，镜子里的那个女人居然是自己。她觉得自己就好像准备去参加舞会的灰姑娘一样，对着镜子转圈，心跳的频率简直是前所未有的快。就在夏小满紧张不安的时候，舞台上传来了吉他的嘶吼声。非主流的音乐让夏小满的表情抽搐了一下，认命地说："走吧，我该上场了。"

虽然知道这场演唱会敷衍的程度居多，但在上台前，她还是深深吸了一口气，来平复自己纷乱的心情。她带着坚毅的神色迈开步子，往台上走去，然后好像看到了恐龙突然复活一样，飞速往里跑。她踉跄着抱住张莹，面色惊恐，一句话也说不出来。张莹根本不知道发生了什么事，往外一看，也愣住了。

破旧的体育场，根本不是她们所想的那样空无一人，而是密密麻麻地坐满了观众，起码有上万人。舞台上，林欣欣的手都在颤抖，求救地看着夏小满所在的后台方向，却不知道夏小满正在往出口跑去。张莹的尖叫被抑制在喉咙里，因为她眼睁睁看着夏小满撞到了一个高大的身影上，那人怀着最宠溺的笑容，"小满，喜欢我给你安排的惊喜吗？"

"霍知非！"

愤怒给了夏小满莫大的勇气，她居然敢对霍教授直呼其名，甚至能在语气里带有毫不掩饰的愤怒。霍知非搂住了她的腰，低着头看着她的眼睛，近距离接触让夏小满的勇气在瞬间灰飞烟灭。她的舌头不受控制地说："霍知非，真是谢谢你，你怎么给我……那么大的惊喜啊！"

"是你邀请我来参加演唱会，你怎么忘记了？"

霍知非穿着黑色的休闲服，好像融在了夜色里，乌黑的眼眸更是好像要把她吸进去一样。夏小满也不知道为什么，心跳会那么快，脑海里也在迅速回放那段记忆。

"你，是不是有什么话要对我说？"霍知非办公室的窗台前，他这样问她。

"我……我想请你参加我的演唱会。"夏小满这样说。

天啊，她当时只是想随便说个话题遮掩过去，没想到就顺口说了这个，更没想到他居然会找到这里来！该死的张莹，她肯定知道他会来，居然不告诉她！这个叛徒！

"小满，这裙子很衬你。"

霍知非的目光在裙子上停留，夏小满偏偏觉得他简直从裙子看到了她的内衣里，下意识地捂住了胸口。霍知非伸出手，摸摸夏小满的头，"现在，准备好上台了吗？"

"不，我不行……"夏小满拼命挣扎。

"走吧。你的梦想，我都会帮你实现。"

霍知非说着，用力拉住夏小满的手，使劲一推，硬生生把她带到了台前。

在见到台下观众的瞬间，夏小满觉得腿发软，转身就走，可是霍知非封住了她的去路，她只好又慢慢挪到了台上。她对着话筒"喂"了几声，认命地叹气，怯怯地对林欣欣说："开始吧。"

然后，震耳欲聋的音乐就把她包围。

"是谁说的漂亮女生没大脑，

只懂得爱美和傻笑。

你看你说话的表情多么的骄傲

难道不怕我 Say Sorry Get Out……"

当夏小满开始唱歌的时候，惊讶地发现歌声居然不是事先准备好的，而是自己的声音。然后，非主流的乐队，燥热的夏天，树上的蝉鸣，漫天的星辰，好像都定格了。就连一向优雅沉稳的霍知非，也禁不住微微皱眉。张莹更是绝望地捂住了耳朵，因为她清楚地知道，一切都完了。

是的，夏小满是个音痴。

虽然夏小满面容甜美，说话声音也很软萌，但她唱起歌来就是不折不扣的走调天后。张莹迄今记得，合唱队老师把夏小满踢出门的坚决和夏小满抱住老师大腿的悲伤，但她更记得当她第一次听到夏小满唱歌时的感觉。

如果真的有"音攻"的话，夏小满绝对是杀伤性武器。张莹想着。

"爱情三十六计，就像一场游戏，我要掌握遥控器……"

台下的反应夏小满尽数看在了眼里，知道自己再次成了笑话，可她必须坚持下去——因为，这可是尤娜的梦想啊。这首歌只有几分钟，但她感觉这比一个世纪还要长。当最后一个音符终于唱完的时候，她如释重负，转身就想逃走，可台下突然响起了如雷的掌声。所有人都站起来欢呼，好像还有人冲上来给夏小满献花。夏小满呆呆地接过花束，不确定地问："这花……真的是送我的？"

他确定这里面没有放着炸弹一类的东西？

送花人激动地说："是给你的！夏老师，你唱歌实在太好听了，我爱你！"

送花人是一个20岁出头的男孩，满脸都是红晕，把花塞给夏小满就羞涩地跑下了台。夏小满此时才发现来的人大多数是年轻人，顿时激动了。她的心中满是豪情，对着话筒说："谢谢，我没想到会有那么多人来看我……真的谢谢你们！其实，我一直觉得我唱歌不好听，没想到你们居然那么喜欢……我也没有什么好回报的，不如我再唱一首歌吧。"

不要啊！所有人心里都这样想。

可是，没有任何人敢轻举妄动，因为召唤他们到这里来的是霍知非。

虽然霍知非只是在课后，貌似漫不经心地说了他的"女朋友"会在这穷乡僻壤开演唱会，但是没人敢不来捧场。他们甚至自发地准备了鲜花和荧光棒，可他们真的没想到，这个世界上居然会有那么惨绝人寰的歌声！而且她还要再虐杀一次！

送花上去的狗腿小伙子顿时被大家群殴，而夏小满好像打了鸡血一样热情满满。她不住地唱着，甚至还模仿明星跳起了舞。

"我爱你，塞北的雪……"

"我是女生，漂亮的女生……"

"爱情来得太快就像龙卷风……"

当8首歌唱完，夏小满累到喉咙沙哑时，才依依不舍地和大家告白，不断挥手飞吻。一到后台，夏小满立马抱住张莹，激动地说："原来我还担心自己唱歌不好听，看来我真是太谦虚了。你看，大家都那么喜欢听我唱歌，我是不是应该转行当个歌手什么的？可我现在出道年纪是不是大了点？无所谓吧，很多歌星都是40好几了才成名啊，我还不到40呢。咦，张莹你干吗不说话？"

"你高兴就好。"张莹实在无法昧着良心夸她，只好敷衍地说。

夏小满一直处于亢奋状态，但她显然忘记了大魔王还在这里。霍知非一把把激动的夏小满拉到怀里，在她耳边低沉地说："小满，演唱会结束，现在该是我们的时间了。"

然后，他不顾所有人都看着他们，抓住夏小满的手就离开了。夏小满满心都是对于就要和大魔王单独相处的恐惧，有很多事情并不知道。

她不知道，张莹看着霍知非两眼冒桃心，"小满这丫头，怎么找到那么帅的男人啊！"

她也不知道，那些观众在看到霍知非离开了终于松了一口气，"霍教授走了，我们活下来了，呜呜呜！"

她更不知道，在体育馆的不远处，一辆黑色轿车停在路边，坐在后排的何之洲闭着眼睛听完了全场。

第4个梦想：一天只说真话，不管别人怎么想

1

音乐会让夏小满亢奋，也带来了意想不到的后果。最直接的后果，是她的喉咙沙哑、说话困难，而另一个后果显然要严峻得多。因为，她无法解释，自己为什么一晚上在霍知非的办公室里，还被两个女生看个正着。

"啊！我们什么都没有看见！霍教授办公室没有女人啊！"

两个女生在见到夏小满的瞬间，好像见到鬼一样扭头就跑，跑步速度简直可以突破人类的记录。夏小满有点百口莫辩的郁闷，就算追上去也不知道解释什么才好，昨天晚上所发生的一切更不受控制地在脑中回放。

她还记得，在演唱会结束后，霍知非把她拉到了他新买的拉风跑车里，然后径直开到了学校。当霍知非把她带到空无一人的办公室的时候，她说什么都不敢进去，而霍知非在门口就开始解领带，"开始吧。"

当时的夏小满，极力忍住到了喉咙里的尖叫，因为她知道尖叫声似乎能激起某些变态的兽欲。她捂住胸口，极其警惕地看着霍知非。她的脑中已经幻想到风雨交加的夜晚，一个禽兽如何凌辱一个纯真少女的场景，没想到霍知非丢给她一支笔，似笑非笑，"我让你帮我批改作业，你这是什么表情？"

夏小满傻傻地站着，心里不知道为什么，居然有了点遗憾的味道。她坐在了霍知非指定的位子上，后知后觉地发现眼前的一面墙居然都是书柜，里面塞满了各种书籍——他也太爱看书了吧，这些书都看得懂吗？她忍不住问："霍知非，你怎么会有那么多本书，有好几千本吧？"

"暂时是5421本，月底还会多25本。怎么，对这些书很感兴趣吗？"

夏小满花了很大力气，才从一堆英文工具书中找到了一本中文的，看了一页后发现它和天书简直没什么区别，智商再一次受到了碾压。她吐吐舌头，

把书放了回去，霍知非偏偏殷勤地说："我这里的书比图书馆还要齐全，你感兴趣我可以借给你。"

"呵呵……还是先批改作业吧！"夏小满忙转移了话题。

"那些都是，晚上辛苦你了。"

霍知非修长的手指指着一旁堆积如山的作业本，夏小满的脸色一下子就变了，她不甘地问："霍知非，那你晚上做什么？"

"有点事要忙。"

霍知非说着，换上了白色的工作服——这也是夏小满第一次看到霍知非穿白色的衣服。虽然白色总会给人温暖、纯洁的感觉，但霍知非穿上白色后，越发显得难以接近。不知道是不是错觉，夏小满发现在他换上工作服的瞬间，脸上的笑容完全消失，取而代之的是凝重，甚至带着一丝虔诚。他用密码开了一旁的房间大门，进去后就没有了声音，而夏小满批改了一会儿作业后，实在是好奇到不行。她悄悄在窗口往里看，然后呆住了。

她终于知道了霍知非的办公室为什么要一层楼，因为光书柜就有一面墙那么大，实验室更是占据了三分之二的面积！那些她叫不上名字的瓶瓶罐罐和奇怪装置，正在白炽灯的照射下发出璀璨的光芒，霍知非脸上的表情也是她前所未见的认真。他正皱眉看着淡紫色的液体，拿着纸笔记录着什么，拿滴管滴入其他液体的时候，神情近乎虔诚。当液体变成无色透明时，他终于放松了眉头，却突然往窗口的方向望去。夏小满急忙想躲开，可门还是开了，霍知非将她抓了个正着。夏小满讪讪笑着："我有点累，随便走走，你继续忙。"

"你可以看，没有关系。"

霍知非对她提出了邀请，但眼中满是威胁的意味，夏小满哪里敢反抗他，只好也去了实验室。霍知非为她介绍每一种设备的名称，夏小满装作了解的样子不住点头，但她怎么可能记住那么专业的术语啊！为了不让自己显得那么白痴，她和霍知非谈起了天气，有点遗憾地说："前几天下雨，好多人都看到了彩虹，可惜我没有看到。"

"你想要彩虹？"霍知非问。

"是啊，你能变给我吗？做不到的话，我不帮你改作业了哦。"夏小满狡猾地说。

"如果你指的是7种颜色的话……当然可以。"霍知非用手托着下巴，自信地说。

于是，夏小满看着霍知非拿出一支装有绿色溶液的玻璃管，在两端都滴入液体，然后翻转数次，整支玻璃管突然呈现出完整的七彩颜色，犹如空中的彩虹，夏小满一下子就尖叫了起来，恨不得抱住他，"彩虹！霍知非，你、你、你怎么做到的！"

"分别滴入了酸和碱，就能完成这个简单的实验——你以前没上过化学课吗？"

霍知非毫不浪漫地质疑，夏小满怎么好意思告诉他，她高中化学只考了三十几分的惨痛历史？她做出崇拜的样子，"想不到化学可以那么浪漫，霍知非你真的好像魔法师！"

霍知非淡淡一笑，高深莫测，"除了这些，我还可以改变空气的味觉。"

夏小满呆了，"真的吗？那能把空气变成甜味吗？"

"当然。你张嘴尝一下，现在空气的酸碱度已经变了。"霍知非低声说，引诱着夏小满。

夏小满好奇地张开嘴，感受着甜味的空气，可是似乎没感觉到。她有点疑惑，想再尝试一下，却看到霍知非笑着低下了头，吻住了她的嘴唇。他的舌尖轻轻滑过她的舌头，在她口腔里留下淡淡的薄荷香味，夏小满好像被点燃了引线一样，浑身发麻。她反应过来后，急忙推开霍知非，而霍知非轻轻抚摸他单薄的嘴唇，"真是甜的。"

"我……我去帮你改作业。"

夏小满猛地往外跑，觉得脸红得难受，心乱如麻。她脑中不断回放着霍知非的亲吻，强迫自己集中精神批改作业。她不记得忙了多久，到最后趴在桌子上睡着了，连霍知非什么时候走了都不知道。再然后，两个女生唤醒了沉睡中的公主，她也想起昨天那场疯狂的演唱会……

我天，难道我昨天真的在那么多人面前唱歌了？我终于能洗刷被赶出合唱队的屈辱了？

尤娜，我为你实现了梦想，你高兴吗？我要趁热打铁，下一个梦想就实现"一天只说真话"吧！夏小满想着，心情突然好到不能再好。

2

夏小满愉悦地离开了霍知非的办公室,突然发现上班时间就要到了,急忙拦了一辆车赶往单位,下了出租车后拼命狂奔。在电梯门要关上之前,夏小满用力掰开门,口中说:"不好意思,我要迟到了,挤一挤……社……社长好。"

夏小满真不知道她怎么会倒霉成这样,上班迟到还被领导抓了个现行!她心虚地安慰自己,何之洲不会无聊到管员工迟到这样的小事,但她根本不敢和何之洲对视。早上的电梯拥挤不堪,她被人群挤到何之洲身边,牢牢贴在他的胸前。

这个暧昧的姿势让夏小满尴尬到了极点。她总以为何之洲会生气,试图往外挤,没想到何之洲单手撑在电梯上,给她环出了一个安全空间来。狭小的空间让她免于被挤压的痛苦,她愕然地看着何之洲,而他没有看她,好像他做的只是一件平常不过的事情。

原来……看起来有些冷漠的社长,是这么温柔的人啊。夏小满想着,脸不知道为什么有些发红。

电梯到达以后,何之洲径直去了办公室,夏小满也急忙跑到茶水间为大家冲泡咖啡。递咖啡给萧姗的时候,萧姗的眼神一直在她身上停留。夏小满预感到不妙,萧姗下一句话果然直接问:"夏小满,你怎么没换衣服?昨天你没回家睡吗?"

所有同事的目光瞬间都看着夏小满,她也尴尬了起来。大家都一副看好戏的表情,唯有罗燕平轻轻咳嗽了一声:"萧姐,这是员工的私生活吧。"

夏小满是那么感激罗燕平为自己说话。她第一反应就是说点什么掩饰过去,可是又想起今天准备实现尤娜说实话的梦想,纠结了起来。她张口,听到自己的声音说:"嗯,是啊。"

没有人会想到,夏小满居然会承认夜不归宿,耳朵纷纷竖了起来。正在喝茶的罗燕平被茶水呛到了,剧烈咳嗽了起来。萧姗也愣住了,再次确认,"你……你夜不归宿?我没听说你有男朋友啊。"

"是啊,夏小满,你有男朋友我们怎么不知道?把他介绍给大家啊。"

罗燕平反应迅速,看夏小满的眼神突然热烈无比。夏小满不知道他为什么前后矛盾，一下愣住了，用他的话来回敬他："谢谢罗总关心，但这是我的私生活。那个，我先写稿子去了啊，主编。"

夏小满好像泥鳅一样溜走，让八卦的同事们觉得意犹未尽，罗燕平更是扼腕不已。夏小满回到座位上，总觉得今天的梦想好像并不是那么容易实现，最后下了一个决定——绝不主动和人交谈。

所以，当有人问夏小满她的新裙子好不好看时，夏小满慌忙跑了出去；当有人问夏小满昨天有没有收集采访资料时，夏小满又一脸惊恐地跑了出去……她总以为这一天会平稳地过去，没想到今天下午要召开报社的半年度会议。在会上，全员都要当众宣读自己这半年来所做的工作和工作上的不足，夏小满当然也不例外。

天啊，为什么偏偏是今天！难道这个梦想注定要失败了吗？

夏小满怀着去刑场的心情，一步一挪地到了会议室，纠结万分。她看着同事们一个个去台前演讲，发现他们每个人都把自己的工作说得天花乱坠，萧姗的演讲更是恨不得从人类起源开始。夏小满一直低着头，脑中在天人交战，这时终于轮到她上台。

对不起了，尤娜，我从来不知道说实话有那么难。我总不能说我这半年一事无成，所以这个梦想，还是晚点再帮你完成吧。

夏小满终于决定放弃，轻轻叹气，拿起了发言稿走上台来。她的手微微颤抖，刚准备照本宣读，会议室的门突然开了。所有人都看着那个不速之客，女孩涨红了脸，"不好意思，是谁定的蛋糕？"

她身上，穿的是尤娜生前工作过的甜品店的制服。

夏小满看着她，眼前突然变得模糊了起来。她似乎看到尤娜就在不远处对她微笑，好像在说，她早就知道夏小满并不会为她实现梦想。尤娜的鲜血就这样铺满了她的视野，夏小满紧紧抓住手里的演讲稿，指甲用力插入掌心，努力不让自己晕倒过去。

有人注意到夏小满的异状，窃窃私语起来，也有人问她是不是不舒服，而夏小满只是摇头。她听到自己的声音清晰地传遍了全场，"我叫夏小满，在报社工作了3年还没有拿到记者证。这半年时间里，我真正出去采访的时间加起来估计不到两个礼拜，因为我做得更多的是给记者老师们冲咖啡、擦桌子和倒垃圾。如果非要给我上半年的工作打分，我觉得是1分。"

在一片歌功颂德里，没有人想到居然会有这样不和谐的音符出现，所有人都目瞪口呆地看着夏小满，暗想她是不是疯了。夏小满知道自己说完这些话就会被开除，可是她既然开了头，还是往下说："社长希望我们每个人都对报社提意见，可我觉得这没有任何必要，因为报社根本不可能改变。难道，我们能改变新闻部在出现新闻时互相推诿的现状吗？或者是改变广告部企图控制新闻的决心？又或者，让财务部的审核环节不要那么烦琐？我想，这都很难做到。其实，我没有任何资格说别人，因为我自己也是其中一员。谢谢。"

夏小满说着，鞠了一躬走下台去，看起来镇定自若，其实小腿都在颤抖。所有同事看她的眼神都好像要吃人，萧姗更是懒得掩饰"你死定了"的威胁表情，只有罗燕平一脸若有所思。在一片安静中，突然传来了掌声。何之洲从座位上站起，看着夏小满，清冷地说："很好，我终于听到了我最想要听到的。我接手报社不到半年时间却发现了许多问题，我知道大家都已经习惯了老社长的领导方式，但那种老作风，在这个时代已经行不通了。纸媒的需求逐渐下滑，这是市场规律，如果我们继续和以前一样，等待我们的只可能是灭亡。我很高兴，今天有人说了这个，我希望看到更多勇于反省的员工。"

何之洲的话让大家沉默半晌，然后掌声如雷。所有人都夸赞夏小满说得实在太好了，简直说出了他们的心里话，而夏小满在一片喧闹中一直看着何之洲。她觉得，他的目光实在太温柔了，让她几乎要沦陷其中。

也许……说真话，做一个真实的自己，并没有那么糟糕。

3

会议结束后，夏小满原来想和大家一起去聚餐，可张莹突然来找她，看起来有些不对劲。在小餐馆里坐下后，张莹一副欲言又止的样子，也让夏小满紧张了起来。夏小满环视四周，压低了声音问："你怎么了，是不是有了？"

"有你个大头鬼，你满脑子都是什么啊！"张莹怒了，"我是为你担心！小满，你对你家霍知非教授了解多少？"

"什么你家我家的……你干吗问这个？"夏小满奇怪地问。

"我和你说个事儿，你保证不能激动啊。你家霍知非……好像有未婚妻。只是好像，还不确定。"

张莹一脸怜悯，夏小满当然知道她说的"好像"，应该就是肯定了。她心里莫名其妙不舒服了起来，忍不住问："你是怎么知道的？"

"上次我参加一个聚会，有人说她的闺蜜叫安紫陌，她闺蜜的未婚夫叫霍知非，是S大的教授。你也别着急，这锥子精还说自己的脸天生那么尖呢，满嘴谎话，谁知道这事儿是真是假啊。"

"应该是……真的。"夏小满说。

张莹呆住了，"啊？他居然脚踏两条船？这到底什么情况？"

"那个叫安紫陌的，是一个很漂亮、很高挑的卷发美女吧？我在霍知非家见过她。"

夏小满脑中灵光一闪，想起了那天见到的高雅女人，心情突然不太好，然后意识到自己的低落实在太没有理由——她和霍知非之间，本来就没有任何关系，自己还真的以女友身份吃起醋来，真是可笑。夏小满想通后顿时豁达了，而张莹担心地问："喂喂，你没事儿吧，你寻死觅活的话我可担不起这责任啊。"

"谁会寻死觅活啊，我们……我说了你也不懂啦。对了，你又买新包了？"

"是啊，我省吃俭用3个月才买的，漂亮吧！"

张莹笑眯眯地把包放到夏小满面前。夏小满看着那暗红的颜色，悠悠地说："姨妈红。"

"你说什么？"张莹的笑容凝固在脸上。

"这暗红色你不觉得很像姨妈色吗……"

"夏小满，你活腻了是不是！过来，我保证打死你！"

"不要啊……"

说真话的结局是惨烈的，因为张莹就好像被侮辱了孩子的妈妈一样。虽然张莹面目狰狞，可夏小满还是开口道："事实上，我一直觉得你的品位……有些奇怪，比如你胸大腰细，穿性感妩媚的衣服多好，你偏要穿什么白裙把胸口藏住，我都听到了它们在深夜的哭泣声。"

"还有什么，你一次性说完。"张莹鼓励她。

她的笑容让饭店突然多了一股凉意，但夏小满继续说了下去，"还有，你做饭真的很难吃，非常难吃。上次你做小猪面包，草莓酱都从小猪的鼻孔里流出来了，简直是一部惊悚片。你说你靠着这脸就能勾引男人了，何必装什么贤良淑德啊。"

"说完了吗？"张莹开始活动手指。

夏小满嘿嘿一笑，悄悄往后退，"差不多就这些了。"

"既然遗言说完了，那就可以愉快地上路了。"

张莹狞笑着去追打夏小满，把她成功压在身下时，夏小满的手机响了。夏小满推开张莹，努力接了电话，电话那头给夏小满布置了任务，"小夏，会展中心那儿有人在游行示威，你快去看看。"

"啊，好！"

夏小满突然收到了新闻线索，急忙往外跑，张莹一把抓住了她的头发。夏小满不住地叫痛，张莹面无表情，"你说得对，我要做一个真实的自我，现在真实的我就想把你揍一顿——或者你告诉我，你到底吃错了什么药？"

"一天只说真话，这是尤娜的梦想。"夏小满轻声说。

张莹的手情不自禁地松开，夏小满也沉默了。然后，夏小满突然笑了起来，"说真话的感觉真不错，你要不要也试试看？"

"我可不像你那么讨厌。"张莹翻了个白眼。

就在张莹牢牢抓住夏小满头发的时候，罗燕平等人正好吃完了饭，过来和夏小满打招呼。在看到张莹的瞬间，罗燕平明显一怔，张莹的手也缓缓松开了。罗燕平微微皱眉，然后眉头舒缓开来，脸上带着最迷人的笑意，"张小姐，又见面了。上次你离开后，我一直在想念你。"

"你在想念我吗？"张莹用手指缠绕着卷发，慢慢走到了罗燕平面前，姿态妩媚至极。

"当然，无时无刻。"

罗燕平的深情款款让服务生都面红耳赤，张莹也露出了微笑，"是啊，我也很怀念我用最柔软的部位迎接你最坚硬的地方时，那销魂的感觉和你富有磁性的叫喊声呢。"

一直以来，都只有罗燕平让别人面红耳赤的份儿，他真的没想到张莹居然这样豪放，呆呆地站着，一句话都说不出来。夏小满脸红得就要烧起来了，急忙去拉张莹，然后看到她狠狠一脚踩到了罗燕平脚上，还狠狠碾了几下。罗燕平疼得说不出话来，张莹感慨地说："我的脚，真是想念你啊。小满，我去上班了，有空再找你。"

张莹优雅地离开了，夏小满看着罗燕平，总觉得他们的关系有点怪。她终于忍不住问："罗总，你和张莹，是不是认识？"

罗燕平难得有些恍惚，"我还有点事，我先走了。"

夏小满决定有机会好好拷问一下张莹，但她现在还有其他事情要做。她赶到会展中心的时候，果然看到有一队人正举牌，上面写着大大的黑字"黑心车商害人命",而和他们遥遥相对的是整装待发的特警。夏小满见到其他媒体的熟人也在这里,急忙凑上去满脸堆笑,"岳老师,又见面啦!"

岳记者看到夏小满也很高兴,"这不是小夏吗,你还做记者,没被开除啊?"

夏小满突然觉得说实话的人实在太讨厌了,讪笑着说:"是啊,还做记者,没被开除呢……对了,岳老师,这到底是怎么回事儿啊?"

岳记者指着为首的示威人说:"他说他的儿子买了大兴集团新研发的智能汽车,在高速公路上开车的时候超速也没有提醒,所以造成了悲剧,现在找厂商要个说法。"

夏小满点头,"那厂商那儿是怎么说的?"

岳记者耸肩,"他们在会展中心里面,能进去的都是受邀嘉宾,一个媒体也进不去,我们怎么可能采访到。再过10分钟,我也撤了,这样的稿子本来就难做,何必浪费时间。"

夏小满知道岳记者是好心提醒她,心里也打起了退堂鼓。她准备和其他记者一样走个过场就算了,拿着采访本到示威人面前。看到夏小满,示威人就好像看到了希望一样,把所有的事情都告诉了夏小满,满怀希望地说:"夏记者,你一定要报道出去啊!这黑心汽车公司必须关门,不然会害死更多人!他们要为我儿子的死负责!可怜我的孙子,才5岁……"

年老的男人哭诉着,抓住了夏小满的手。夏小满发现这手就和枯枝一样,心里突然一抽。相片里那个年轻的男人,不知道为什么变成了尤娜的笑脸,夏小满觉得自己几乎无法呼吸了。她极力想抽出手来,而周围的人已经把她包围,"夏记者,你一定要报道,给我们讨回公道。你一定会写的,对不对?"

夏小满知道,只要点头也许就能脱身,他们需要的,可能只是一个虚无缥缈的安慰。可是,她今天要说真话,所以她犹豫了一下,还是说:"我会认真写,但是不一定能刊出……"

"为什么不能刊出,你是不是拿了他们什么好处?"

"是啊,为什么不刊登啊,难道这新闻不够大吗?"

愤怒的示威者把夏小满包围,刚才的父亲更是一脸暴虐,好像要把夏小满撕碎。夏小满感觉到了巨大的压力,硬着头皮解释道:"因为,我们暂时没有采访到另一方的说法,新闻不算完整,而且还要采访公安那里……"

"什么啊,我看你就是不想报道,你收了他们多少钱?"

"我告诉你,你如果不报道,今天就别想离开这里!"

有个女人狠狠推了夏小满一把,把夏小满推倒在地上。那帮人好像突然找到了宣泄口一样,把恶毒的话纷纷砸向和这件事毫无关系的夏小满身上,直到岳记者实在看不过去,大声说他们会回去写报道的,才把夏小满救了出来。他把夏小满拉到一边,无奈至极,"小夏啊,你随便说点什么敷衍敷衍他们也就算了,干什么说什么不会刊登?你这不是给自己找事儿吗?你连撒谎都不会,怎么做记者啊。"

夏小满轻轻咬着嘴唇,"为什么做记者一定要撒谎,真实才是我们的追求啊。"

岳记者被气笑了,"是啊,我怎么忘记了,你可是揭露富家女肇事新闻的名记者,我怎么能在你面前班门弄斧。再见了啊,夏记者。"

他说着就离开了,夏小满郁闷地捂住了脸颊。她意识到,说真话没有那么简单,因为真话的背后是赤裸裸的真实,可不是每个人都能接受真实。

而她现在必须要做一件事。

因为,就算没有转正,她也是一个记者。

4

作为顶级名车,雷诺什么都要最好的,最好的设计师,最好的配件,最好的宣传,车模当然也要最强大阵容。这次车展上,受邀嘉宾的目光和往常一样,停留在雷诺车旁的车模上,却总觉得画风似乎有点奇怪。

以往的主打车型都由2个车模站台,而这一次却成了3个,其中2个是他们所熟悉的金发长腿的外国模特,另外一个却是穿着高跟鞋,还是比外国模特们矮了一头中国模特。大露背的礼服华丽璀璨,但在中国模特身上却显得不太合身,她的胸部甚至撑不满礼服的罩杯。这个车模似乎看不到大家隐晦的异样目光,对着大家灿烂地笑着,在摄像机面前也毫无怯意。有人忍不住想,是不是车模现在流行"接地气"的类型,却不知道夏小满就快跪倒在地了。

她一心想采访大兴集团的负责人,完成这个正义的报道,所以在模特进场的时候混了进去。夏小满原来想在化妆间里等负责人到来,却没想到两个外模见夏小满一副可怜兮兮的样子,把她脑补成怯场的新人,好心把她带上场,甚至把最好的位置给了她。

在聚光灯下,夏小满能感觉到汗水一滴滴滚落,不知道精致的妆容有没有受到影响。她看起来笑容满面,其实腿已经在颤抖。她是那么期盼能早点见到负责人,就算他只回答一个问题,也让她不虚此行。所以,当大兴集团的负责人一行朝她们走来时,夏小满深吸一口气,高兴得简直就要哭出来了。可是,她准备好的开场词在见到来人的瞬间,什么也说不出来。

在那群人中,霍知非是最显眼的一个。他穿着黑色正装,戴上了眼镜,脸上虽然带着笑容,但那笑容实在够敷衍的。他彬彬有礼地对一个身材高挑的美女说着什么,微微皱起的眉头说明他正在极力忍耐。夏小满暗暗猜测,是什么居然能让他忍耐,突然认出来那个美女就是上次见到的安紫陌,这时霍知非也看到了她。

惨了!夏小满几近流泪。

她是那么害怕霍知非揭穿她,可出人意料的事情发生了。霍知非并没有认出她来,或者说,他并不想认出她来。他的目光从夏小满身上掠过,停留在车子上,就好像出现在他面前的,只是一个最普通的车模。夏小满先是松了一口气,然后莫名有些生气——他居然敢不看她!她还没想明白自己到底为什么会生气,保安队长指着她,声音都在颤抖,"你、你、你是谁,你是怎么混进来的?"

夏小满刚做出一副不知道他在说什么的迷茫样子,保安队长已经一把把她揪了下来,"快说,你到底怎么混进来的?我们的车模可从来没有长这样的,你太明显了好不好!快下来快下来,别影响我们的车展!"

高大上的车展突然变成了一场闹剧,所有人的目光都在夏小满身上,安紫陌也发现了这个奇怪的女孩。安紫陌抬手,阻止了企图把夏小满拉走的保安队长,笑吟吟地看着夏小满,"夏小姐,又见面了。不知道你这样兴师动众地找我们,是为了什么事?"

找他们?大兴集团董事长,好像姓安……

夏小满只觉得一道惊雷劈过,整个人瞬间清醒了过来。她下意识地看了一眼霍知非,在他的脸上看不出任何情绪。她突然有了一种被抛弃的失落感,咬牙说了实话,"我是为了找大兴集团的负责人。"

安紫陌来了兴趣,"我父亲就是,不过你找他有什么事情?"

"因为……你们的车子,涉嫌虚假宣传,还有可能涉及一条人命。"

夏小满的声音很低,却传遍了整个大厅。安紫陌的笑容凝固了,简直怀疑她是不是对手公司特地请来砸场子的。霍知非不动声色地看着香槟酒杯，好像这个酒杯里的液体比惊天新闻还要令他感兴趣，而其他人的目光几乎要把夏小满戳穿。夏小满分明感觉到汗水顺着后背滚落到地上，可她强迫自己挺直胸膛，不要露出一丝胆怯来。

尤娜，我从来不知道，说真话有那么困难。所以，这才会是你的一大梦想吗？

夏小满的心中满是说不清道不明的情绪，而与慢慢往下滑落的礼服比起来，这些情绪似乎并没有那么重要。当胸口突然传来异样的清凉感时，夏小满猛地低头，看到了自己新买的粉色内衣，正在聚光灯下发出耀眼的光芒。她反应迅速地捂住了胸口，还是有人低低笑了起来，然后大家齐声大笑。刚才正义凛然的质问，突然变成了一场闹剧，夏小满窘迫到想死。安紫陌轻轻皱眉，什么都没有说，而霍知非看着夏小满，唇角居然浮现出笑意来。

在众目睽睽下，他朝着夏小满走去，朝她伸出了手。夏小满不知道霍知非在想什么，警惕地看着他，而他一把把她搂到了怀里。他的手巧妙地为她挡住胸前的春光，华丽的声音响起："各位见笑，我的小女朋友总是喜欢给我惊喜。"

女朋友？惊喜？

可他的未婚妻还在身边啊！

所有人都竖起了八卦的耳朵，安紫陌更是眼眶一红，强颜欢笑，"我还有点事，我先出去一下，各位失陪。"

安紫陌的背影充满了忧伤，夏小满觉得自己瞬间从笑话荣升成了小三，这可真是一个质的飞跃！因为衣衫不整的关系，夏小满一动不敢动，依偎在霍知非的怀里，任由他把她抱到了车里。霍知非丢了西服外套给她，从后视镜里看着夏小满，微微一笑，"小满，我倒是没想到，你那么迷恋我，居然想出这招来吸引我的注意力。不过，我必须承认，你成功了。"

夏小满不知道，如果这时候说她根本不是为了霍知非来的会有什么下场，又不能说谎，只能装作害羞的样子低头。她披上了霍知非的西服，感受着他的温度，没想到她的下颌被霍知非抬起。霍知非看着她，眼中没有笑意，"夏小姐，你到底想要什么？"

我只是想要实现尤娜的梦想罢了。

真实的话就这样哽在喉咙，夏小满一句话也说不出来。她突然觉得浑身的力气被抽干一样，因为她知道自己有多傻。

　　坚持写真实的报道、一天只说真话、吃辣椒、喝醉一次……这些梦想，是她以前从来没有想过的，她甚至不知道尤娜为什么会给自己出这样的难题！她甚至阴暗地想，她的梦想为什么不是吃一顿火锅，编个辫子，买双新鞋子之类的？那样她一天就能完成！不会像现在这样，像个傻瓜……

　　"我想要你喜欢我。"她终于说出口。

　　夏小满知道在霍知非面前哭泣有多丢脸，她努力咬住嘴唇，但是眼泪到底忍不住落了下来。她的眼泪好像被开了阀门一样，怎么都关不住，而霍知非低低笑了起来。夏小满在心里疯狂怒骂霍知非实在太没有风度，居然都不知道来安慰她，突然感觉到一只温热的手触碰她的面颊。霍知非伸手拭去了她脸上的泪水，"不说没关系，我总有一天会知道，你到底想要什么。"

　　霍知非离她那么近，但是她知道，他们之间的距离，简直比一光年还要遥远。就好像霍知非从来不知道，她真正想要的是什么一样，夏小满也根本不了解霍知非。她为当初那个找到了一些资料，就自以为足够能拿下他的自以为是而羞耻，有句话不经思考就问了出来："霍知非，你有没有更喜欢我一点？"

　　"在你给我闯了这么大的祸以后吗？"

　　霍知非微微笑着，发动了车子，而夏小满诧异到忘记了哭泣。然后，她听到他说："你'暗恋'我那么久，不会不知道霍家在大兴集团也有股份的事情吧。"

　　"所以安紫陌才是你的未婚妻？"

　　夏小满抓住了关键词，可是在霍知非的笑颜上看不出任何真实的情绪。他一手把着方向盘，一手抚摸夏小满的发丝，"有时候，女人太聪明并不讨人喜欢。不过，你吃醋的样子，真是很可爱。"

　　鬼才在吃你的醋啊！

　　夏小满心里的小人在疯狂呐喊，也意识到这是自己和霍知非摊牌的最好机会。她用力掐了大腿一把，含泪看着他，"霍知非，既然你有了未婚妻……那么，我们之间还是算了吧。我不恨你，因为我们在一起的每一刻都是快乐的回忆。在离开之前，你能不能对我说句，你喜欢我？"

　　她满怀期待地看着霍知非，真想把一切都终结，可回复她的是男子若有所思的笑容。在她没反应过来之前，霍知非在她唇上轻轻一吻。

　　在嘴唇触碰的一瞬间，她似乎感觉到时间静止了，甚至能闻到他身上淡淡的烟草味道。她瞪大眼睛看着霍知非,后知后觉地捂住了嘴唇,而霍知非微微一笑,"放心,我会解决好一切。"

解决……他到底要解决什么?

夏小满没有再问,因为她的脸已经因为刚才那个吻,红得就要燃烧起来了。她根本不敢看霍知非一眼,出神地看着窗外。她看着车子驶过一条条繁华的街道,从一家咖啡店面前经过。夏小满没有注意到,咖啡店的女人是霍知非的未婚妻,安紫陌也没有看到,今天来砸场子的"假车模"正坐在本该属于她的座位上。她一边喝咖啡,一边翻看着夏小满的资料,微笑摇头,"霍知非的品位真是越来越奇怪了,居然会喜欢这个乳臭味干的黄毛丫头。"

她对面的男人被安紫陌的笑容晃了眼,急忙讨好地说:"是啊,这丫头学历不高,长得不好看,家里条件也一般,只有瞎了眼睛的男人才会看上她!"

"什么瞎眼啊,我家知非才没有。"

安紫陌突然沉了脸,目光锐利地扫射去。男人被她的喜怒无常吓到了,一句话也不敢说。安紫陌的手指轻轻敲打桌面,丝毫没有方才的慌乱无助,脸上满是娇媚的笑容,"按照他的性子,怕是要立马宣布和我解除婚约了吧。我不会让他得逞,因为看到他不高兴,我才高兴啊。所以,帮我个忙好不好?我想给夏小满一点惊喜。"

安紫陌突然凑近,笑吟吟地对男人说,而她当然不会被拒绝。

第 5 个梦想：把商场里的漂亮衣服都穿一遍

1

车展上的示威，到底因为证据不足而不能刊登，后续发展更是大大出乎夏小满的意料。在鉴定结果说明车辆毫无问题后，那帮示威者提出了让大兴集团赔偿 1000 万的天价要求。他们最后拿了 500 万心满意足地离开，真让夏小满觉得她的愤慨简直是笑话一场。好像看出了她的心思一样，老记者别有用意地说："小夏啊，很多事情都不像你想得那么简单。"

"是吗？"夏小满喃喃自语。

她没心情在报社待下去，而是去了一个她很久都不敢踏足的地方。她站在墓碑前，一直看着墓碑上的照片，直到下起了大雨。刘海在雨水中狼狈地贴在额头上，遮挡了她的视线，而她还是直直地站着。

墓碑上的照片，是一个容貌平凡，扔到人群就找不出来的女孩。和她不起眼的外貌一样，她的墓志铭也简单到了极点，"尤娜，女，1987 年—2016 年。生前曾为甜点师，深受大家喜爱。"

夏小满想，怪不得尤娜会希望有一天只说真话，因为这个世界实在太虚假，就连她的墓志铭也是谎话连篇。别说鲜花了，她的墓碑前连一根狗尾巴草都没有，到底是怎么"深受大家喜爱"的？就连她，也是第一次鼓足勇气来这里……尤娜，你会寂寞吗？

夏小满轻轻叹气，把白玫瑰放在了尤娜的墓前，因为她觉得比起白色菊花来，她一定更喜欢玫瑰。雨水让视线逐渐模糊了起来，夏小满伸手拂去面前的雨水，紧紧咬住了嘴唇，呼吸不受控制地变得急促。她觉得自己的意识在雨里逐渐抽离，她的眼前不断回放尤娜的笑颜，和她躺在冰冷床上的场景，痛苦地捂住了额头。她知道，在知道尤娜死讯那几天的感觉又袭来了，压得她无法动弹。

是的，在知道尤娜失足落水后，夏小满的精神一度崩溃。虽然她现在看起来好像还是元气满满的样子，但她知道自己的情绪就好像表面看不出裂痕的玻璃杯，轻轻碰一下就会支离破碎。夏小满呆呆地站在墓碑前，负面情绪铺天盖地地袭来。她的耳边不断有声音谴责她杀害了尤娜，就在这时，身后传来一个清冷的声音，"夏小满？"

那个男人的声音，把她拉到了现实世界中来。夏小满虚弱地回头，看着何之洲正撑着一把黑色的雨伞，安静地看着她。她有些好笑地想，为什么和何之洲的见面都和雨天有关系，喉咙却干涩到发不出任何声音。何之洲把伞撑在了夏小满的头上，声音仿佛来自外太空，"你在这里淋雨做什么？"

"不是淋雨，只是忘记带伞了……社长也是来这里看望谁吗？"

何之洲没有回答，夏小满猛然意识到自己居然问了一个那么傻的问题——来墓地不是为了缅怀亲友，难道是来野餐吗？她不知道该拿什么话题掩饰过去，何之洲却开始发问："你和那个女孩很熟？"

看着面前的尤娜的照片，夏小满轻轻点头。她苦笑："我们曾经是最好的朋友。"

"你来看望她，她一定会很高兴。"

"我并不觉得她会高兴。她是因为我才死的。"

看着何之洲愕然的眼神，夏小满深深叹了一口气。她也不知道为什么，会把这个深埋的秘密告诉社长，而她现在实在太需要有个人来倾诉。她轻声说："上学的时候，我和她是最好的朋友。后来，她成了一家甜品店的糕点师，做的蛋糕特别好吃。也不知道为什么，长大后我们经常吵架，那天我找她吃夜宵，可是到后来我们又吵了起来。我先回家了，她却掉到了水里，死的时候只有28岁。"

何之洲沉默半晌后，轻声说："这只是意外，和你没有任何关系。"

夏小满低声说："是啊，也许是这样，但我无法欺骗自己。如果我没有叫她喝酒的话，也许这一切都不会发生。她死前，还留下了一本日记，上面写着她要在一年内完成的梦想。不过，这些梦想，她注定是无法完成了，只有我来替她完成。"

"日记本？那上面写了什么？"何之洲问。

"很多匪夷所思的事情。比如说，吃最辣的辣椒，喝醉一次酒，做派对最耀眼的女人，还有说一次真话……"

"真话……是你半年总结时说的那个？"

何之洲看着夏小满，突然笑了起来。他的笑容很淡，却好像闪电一样，划亮了整个天空。包括夏小满在内的许多下属，都没有见过何之洲微笑的样子，所以她一下子愣住了。她眼睁睁看着何之洲凑近了她，伸出手，擦拭了她额前的雨水。他幽深的眼眸似乎能把她吸进去，而他下一句话更是让她愣住了。

"你浑身都湿透了，去换身干净的衣服吧。"

他没有等夏小满回答，把雨伞递给了夏小满，就往前走去。夏小满看着手里的雨伞，犹豫了一下，还是跟着他走了过去。何之洲为夏小满开了车门，她浑身湿漉漉地坐到真皮座椅上，心里很忐忑，生怕自己把他的车子弄脏了。好像是看出了她的窘迫一样，何之洲看着后视镜说："抱歉，车里有点乱。"

什么啊，他的车子简直比她的脸都要干净了！夏小满心里在疯狂呐喊，但她低着头，什么也没有说。

何之洲开车把她带到了一所老房子的门口。那房子是地道的中式建筑，非常古朴，爬山虎在雨中显得格外青翠。她跟着何之洲进了房子，发现这里面是一个小小的四合院，简单又精致，房间的摆设更是让她觉得好像穿越到了古代。一个穿着灰色开衫的老妇人走了进来，和善地说道："阿洲，这位小姐被雨淋湿了，我先带她去洗个澡，换身衣服。"

"辛苦吴婶了。"何之洲微微点头。

夏小满跟着吴婶到了浴室，发现这里居然没有淋浴，而是古老的梨花木澡盆，迟疑着不敢入内。吴婶以为她嫌弃，忙解释："这浴室平时没有人用，肯定是干净的，小姐你可以放心使用。"

"不，我不是这个意思……好，谢谢吴婶了。"

夏小满没有再解释下去，干脆有礼貌地道谢，然后在浴缸里泡澡，温热的水瞬间把她包裹，驱散了渗透到骨子里的阴寒。当她换了新衣服出来的时候，觉得整个人又活了过来。

这样的感觉，真好。

何之洲家里没有女士的衣服，夏小满只好暂时借穿吴婶的。吴婶的衣服又宽又大，在夏小满身上不太合身。她是那么担心把衣服弄脏，喝姜茶的时候小心翼翼地卷起了袖子，而何之洲的嘴唇微微勾起。火辣的姜茶让夏小满的眼泪都要出来了，故作镇定地放下杯子，但不断吸气的嘴唇还是暴露了她此时焦躁的心情。何之洲眼中笑意越发明显，挥手让吴婶拿了一杯凉水给夏小满，夏小满忙咕嘟咕嘟喝了，不好意思地说："社长，今天真是麻烦你了。"

"举手之劳罢了。"何之洲喝着茶，淡淡地说。

场面突然变得安静而尴尬，夏小满都能听到他们彼此的呼吸声。她本来就不是一个能说会道的人，和何之洲在一起更是紧张，只能集中注意力看着手里的杯子。她发现，除了房子古朴外，这里所有的东西都很有年代感，好像正诉说着来自远方的故事。她突然想到了何之洲的衣服似乎只有黑白灰三色，衬衫的扣子总是扣到下巴，手机也是前几年流行的机型，从来不去夜店喝酒……他简直不像是这个时代的男人。

所以说，社长他是从古代穿越到现代来的贵公子吗？

正在喝茶的何之洲，突然在她眼中变幻成穿着黑色汉服、端正跪坐的贵公子，举手投足都风雅至极。就在夏小满陷入幻想之际，何之洲打破了沉寂，"想喝茶吗？放心，不是姜茶。"

夏小满急忙点头。

然后，她看到何之洲坐在了摆放着整齐茶具的桌前。洗茶、冲泡、封壶、分杯、奉茶……当那双骨节分明的手出现在夏小满面前时，夏小满急忙接过茶杯，然后闻到了一股沁鼻的幽香，整个人简直要醉在这茶香里了。虽然不懂茶道，她轻品一口后，也知道这是她喝过的最好的茶。她忍不住把茶咕嘟咕嘟喝完，见何之洲只是喝了一口后就放下茶杯来，有些紧张地问："我，是不是不该喝完？"

"没关系，你高兴就好。"何之洲说。

虽然和何之洲认识了很久，但夏小满还是第一次和他这样近距离地接触，第一次说了那么多话。她发现，同样是优秀到极点的男人，何之洲却和霍知非那么不一样。

看起来有些冷漠的何之洲，有着拒人于千里之外、不好接近的气场，但是接触久了，会发现他是一个真正高贵又心怀慈悲的男人。而看起来风度翩翩，温文尔雅，永远在人群中最耀眼的霍知非，却是一个冷漠到骨子里面的男人。他们一个好像香茗一样清雅，一个好像红酒一样浓郁，就好像地球的两个顶点一样，都是她触不可及的对象。她忍不住想，万一他们一同出现的话，会是什么样的情形。

夏小满脑中不由自主地出现电闪雷鸣的画面来，打个冷战，不敢再想下去。

这时，她听到何之洲说："我今天，是去看我的父亲。"

夏小满过了一会儿才反应过来，他是在说老社长离世的事情，猛地抬头。何之洲拿着茶杯，看着窗外，神情安静，"他是去年冬天离开我的。对于许多人来说，他是报社的社长，乐善好施的慈善家，精明的企业家，但对于我而言，他只是父亲。"

"对不起……"

夏小满不知道说什么好，何之洲淡淡地说："他是心脏病突发离开的，和你没有关系，你没有任何对不起我的地方，为什么要道歉？"

"对不起，你对我提起这件事，肯定会很难过。"

夏小满轻声说，而何之洲没有回答。过了很久，他才起身，从一旁的柜子里取出一个相框来。那相框里的照片，是一个正在拉提琴的中年男人，和年少时期的何之洲。那时候的何之洲，已经有着清癯面容的雏形，干净得就好像午后的阳光一样，看父亲的眼神更是充满了崇拜和依赖。夏小满想起上学期间，曾经看到何之洲在琴房练琴，忍不住说："原来社长拉提琴是子承父业。"

"你知道我会拉提琴？"何之洲挑眉。

夏小满再一次为自己的存在感默哀，艰难地说："社长，我们曾经在一所中学，你比我高两届。"

"抱歉，我的记性不太好。"

夏小满干笑，"没关系。那个，时间不早了，社长我先回去了。"

"好，我叫司机送你。"

何之洲站起身，送夏小满到了门口。在等待司机开车过来时，何之洲突然说："我很好奇，她的清单里还有什么梦想，你又会给我什么惊喜？"

夏小满还没来得及回答，司机开车到了她面前。何之洲为她打开了车门，把她送进了车，然后目送她远去。吴婶站在何之洲身后，笑吟吟地说："阿洲，你还是第一次带女孩回来。如果先生看到了，也会很高兴的。"

何之洲没有说话，只是看着远方。雾气中，他的神色越发寡淡。吴婶过了很久，才终于听到他说话，他好像在说"是吗"，又好像在说"是啊"。

2

回到家后,夏小满把吴婶的衣服洗得干干净净,晾在了阳台上,松了一口气。她拿出手机,发了一段话给尤娜曾经用过的号码。虽然知道她肯定不会回复,但是她总觉得这样就好像尤娜还在她身边一样。她再次打开了尤娜的日记本,咬住了圆珠笔。

尤娜的那么多梦想,她已经实现了5个,等实现其他15个的时候,也许她能彻底解脱。剩下来的梦想里看起来稍微容易点的是"减肥到105斤,把商场的漂亮衣服都穿一遍"。这个梦想对微胖的尤娜来说,可能需要一两年的节食和运动,但对夏小满来说并不难——夏小满目前的体重是106斤,减少1斤,轻轻松松,说不定一天就能完成。

夏小满实在想快点解决这件事,所以没有吃午饭,晚饭也只吃了一根黄瓜。她脱光了衣服站在体重秤上,很高兴地看到自己已经轻了1斤,这个梦想晚上就能从清单上划去。没吃饭让她有些头晕,四肢无力,但还在可以忍受的地步。她忍不住乐观地想,如果她坚持几个月,是不是会瘦到90斤,身材和超模一样棒?

是啊,连尤娜的梦想都是做一个身材好的美女,像她这样条件得天独厚的,应该对自己要求高一点,起码做个超模啊环球小姐之类的嘛。也不知道是不是心理作用,夏小满总觉得自己的腹部因为饥饿平坦了许多,手臂似乎也纤细了一圈,甚至脸也越发小了。她心情愉快地化了妆,到商场去找张莹,在张莹面前转了一圈,笑嘻嘻地说:"看看我有什么变化?"

"脸上长了一颗痘痘。"张莹不耐烦地说。

夏小满不满地叫道:"什么啊,是我瘦了啊!你不觉得我的腰比以前细了很多吗?"

"有吗?你瘦了多少?"

"1斤。"

看着夏小满一副理直气壮的样子,张莹几乎要吐血。她翻了个白眼,"1斤你上个厕所就没了,至于那么高兴吗?等你瘦10斤的时候再和我说话好吗?"

"可是尤娜只要瘦到105斤。这个梦想真是太好实现了,真希望她其他梦想也都这样简单又皆大欢喜。"夏小满说着,想起罗燕平和张莹之间的暗涌,试探地问,"你和我们罗总认识?还说什么最坚硬、最柔软的,那到底是……你们不会睡了吧!"

张莹爽快地告诉了她,"最坚硬的地方是他的头骨,最柔软的地方是我的嘴,那是我狠狠咬了他的脑袋一口好嘛!你还别说,那个家伙可真经打,被我揍成那样还不认输。"

"你揍了他!为什么啊?"

夏小满失声尖叫,张莹白了她一眼:"前段时间在酒吧,他一个哥们想对我动手动脚,我就给了他一巴掌,然后他来劝架。哈,这家伙真是自不量力,被我揪着头发痛揍,还咬了几口,居然还有胆子问我要电话号码。不过,他的手感还不错,揍起来很有感觉。"

看到张莹一脸无所谓,甚至一副很怀念揍人的样子,夏小满悄悄流汗。她想起罗燕平对自己莫名其妙的殷勤,打了个寒战,"罗总最近对我很好,难道是因为你?他不会想把我骗出去,杀了我来报复你吧?"

"得了吧,他连我叫什么都不知道,怎么会知道我们是闺蜜?我看他一副种马附身的样子,估计就和萝卜一样,看到洞就想填进去。"张莹撇嘴。

"这倒也是……我今天在减肥,正好实现尤娜那个穿遍好看衣服的梦想。你陪我一起去啊。"夏小满对张莹撒娇。

"好,等我中午休息就陪你一起去。"张莹爽快地答应。

夏小满和张莹一起逛起了购物中心,却没想到这个梦想最难的不是减肥,而是试穿所有漂亮衣服。购物中心一共有4层,光女装专柜就有好几百个。如果夏小满不想糊弄过去的话,起码要从每个专柜里选一件好看的,那她就要穿400件。一想到这个数字,夏小满打了个冷战,非常怀疑自己会不会被当成神经病抓到警局。

不过,既然这是尤娜希望的,还是去做吧!

无论是淑女装、休闲装、运动装还是晚礼服,夏小满都试穿了个遍。她周围的衣服很快堆起了小山,营业员的脸色也从一开始的喜悦变成了强颜欢笑。夏小满非常怀疑,在下一秒,就会有人跳出来说自己祖籍是非洲食人族,不负任何责任地把她带往烤架。

可是,就算她们的目光简直可以吃人,夏小满还是很喜欢身上这条紫色的礼服裙，简直舍不得脱掉。她轻轻感受着丝滑的质地，看着镜中璀璨照人的自己，想起紫色是尤娜最喜欢的颜色，心里是那么怀念。她的手指触碰冰冷的镜面，轻轻说："尤娜，我好喜欢这条裙子。等你瘦下来，穿上这条裙子的时候，肯定比我还要漂亮。现在，你高兴吗？"

而她当然不会听到任何回答。

夏小满莫名郁闷了起来。她走出试衣间的时候，终于有人忍不住说："小姐，您试穿了这么多衣服，请问您喜欢哪些？要不要我给你包起来？"

"我还要再考虑一下。"夏小满一看到衣服里的标签就开始冒冷汗，只好强装镇定。

"不好意思，您已经试穿了那么多了，影响了其他客人购物。您要不还是买一件吧。"

"那个，这件我也不是很满意，我还是不要了。"

营业员火眼金睛地看出了夏小满的心虚，半强迫地让她买下身上的那条礼服裙，夏小满只觉得冷汗直流，急忙摆出冷艳高贵的样子拒绝。营业员冷笑一声，问夏小满对这礼服到底哪里不满意。夏小满还没开口，张莹就爆了，"你这是什么态度啊，知道的以为你是售货员，不知道的还以为你是抢劫的呢！都什么社会了，还强买强卖啊？"

售货员也火了，"你自己买不起还有脸说我？"

张莹嘿嘿冷笑，"是啊，你那么贵，很多人买不起哦。"

"老娘和你拼了！"

那么多年过去了，张莹搅局的功力还是那么强悍，成功在最短的时间里勾起对方的怒火。夏小满一句话都插不上，眼睁睁看着张莹和几个售货员从吵架发展到了撕打，是那么担心张莹。就在一年前，她刚把摸她屁股的色狼打去了医院，如果再出什么事可怎么办啊！夏小满硬着头皮去拉架，也不知道谁总往她身上下黑手。她的腰被狠狠掐了几把，头发也被拽得生疼，到后来终于怒了！

"别光打脸！"

夏小满怒吼一声，胡乱挥拳，被谁重重推了一下，狼狈地摔倒在了地上。她清楚地听到了脱线的声音，低头一看，裙子的胸口处裂了很大的口子。就在她倒地不起的时候，她看到面前出现了一双红色高跟鞋，那双鞋子一看就做工精良，价格不菲。她顺着鞋子往上看，居然看到了一张熟悉的脸。

"又见面了啊,夏小姐。"

夏小满没想到,自己那么狼狈的样子会被安紫陌看到,脸不受控制地变红。她面前的安紫陌,穿着合身的洋装,优雅又自信,而她却可笑地跌倒在地。她急忙爬起身,不知道该说什么,突然看到有个中年女人也站在安紫陌身后,面无表情地看着她。夏小满和那个女人对视后就转移了目光,那个女人却开口,"紫陌,难道她就是那个夏小满?"

"是的阿姨。夏小姐,这位是霍夫人,霍知非的母亲。"

夏小满没想到会在这里遇到霍知非的妈妈,眼睛一下子瞪得滚圆,手足无措了起来。霍母是一个容貌出色的美人,五官精致,眉眼间和霍知非极为相似,只是多了一分冷傲。霍母眉毛轻挑,冷淡地说:"看起来夏小姐很喜欢购物啊。"

霍母的目光扫过堆积成山的衣服,夏小满知道自己在她心里的印象分肯定噌噌往下降,但她总不能说:"阿姨,我的脑子没问题,我只是想完成尤娜的梦想罢了……什么,你问尤娜是谁?因为我的关系,她死了。"

真是无论怎么做,都死无葬身之地啊!

夏小满抑郁地看着她们,这时安紫陌开始问柜员到底发生了什么事。知道事情的始末后,安紫陌说:"真是抱歉,我们购物中心居然与客人发生了这样的争执,我代表柜台小姐向你道歉。她们从明天开始就不用来上班了,我会补偿你和你的朋友一人一身新衣,希望你们可以原谅我们的无礼。"

夏小满觉得羞愧了起来,"不不不,我们也有责任……"

张莹掐了夏小满一把,"既然你这样说,我们当然接受。我还有事我先走了。"

张莹说着,整理一下头发就离开,剩下她们3个人面面相觑。后来,霍母问:"紫陌,我去做按摩,你一起来吗?"

"不了阿姨,我想和夏小姐一起喝下午茶。可以吗?夏小姐。"

看着安紫陌得体的微笑,夏小满死活想不出拒绝的理由,只好点头。

3

安紫陌带夏小满到了顶楼贵宾室的咖啡厅。

当芝士蛋糕、提拉米苏、草莓派等甜品被服务生送上来的时候,夏小满闻到了诱人至极的气味。她看到了它们穿着三点式,正在拼命对她勾手指的样子,她的肚子也忍不住咕噜咕噜叫了起来。刚才打架的时候她没空想饿不饿的问题,但现在被刻意忽略的饥饿感疯狂地反扑过来,夏小满觉得自己就好像看到了血的吸血鬼一样,根本抑制不住内心的冲动。可能她看着甜点的眼神实在太露骨,安紫陌热情招呼道:"夏小姐,这里的甜点很有名,你可以尝尝。"

"不,我不爱吃甜食。"

夏小满违心地说,然后听到了自己咽口水的声音。安紫陌一愣,笑了起来,夏小满咳嗽一声,"那个,安小姐,不知道您和这个商场的关系是……"

"这商场是大兴集团旗下的产业,由我来主管。今天发生的事情,真是很抱歉。"

夏小满忙说:"我们也有责任,一下子穿了那么多衣服。那个,可以的话,也别辞退她们了吧,大家都不容易。"

"夏小姐很善良。"安紫陌若有所思地说,"上次你来车展采访,给我留下了很深的印象。比起其他记者来,你很有勇气。"

夏小满想到事情的鉴定结果是大兴集团没有责任,就觉得脸上火辣辣的,不知道说什么好。这时,安紫陌继续开口,"夏小姐,我就不和你客套了。你和知非,是不是男女朋友关系?"

夏小满正在喝低热量的柠檬水,听到安紫陌的问题,一下子被呛到了。她剧烈咳嗽,觉得肺都要咳出来了,等缓和下来才警惕地说:"那个……不知道霍教授是怎么和您说的?"

安紫陌优雅摆手,"不用那么客套,你喊我紫陌就好。你放心,我不是来兴师问罪的,我和知非的关系,不是你想的那样。我们从小就认识,算得上青梅竹马,所以看到他幸福,我也很高兴。"

安紫陌说着,脑中开始浮现出她跟在霍知非后面,霍知非突然闪身,她掉到了臭水沟的情景;霍知非在爸妈的催促下送给她生日礼物,她打开一看发现是大青虫的场景;她想报复霍知非,假装被他推进河里,哭哭啼啼和家里告状,但霍知非请出无数"目击证人"的情景……

我的好"青梅竹马",你一定要幸福啊!安紫陌想着,露出了残忍的笑容来,看夏小满的表情越发真挚,"小满,我虽然是他名义上的未婚妻,但对于这桩婚事我们都有默契,不到最后一步,我们是不会结婚的。"

"安小姐……"

夏小满不知道安紫陌为什么要和自己说这些，安紫陌温柔地笑了起来，"我和他只是朋友，并不是恋人，所以你们在一起没必要有压力，更不需要顾忌我。我真希望，你们能幸福。"

安紫陌的声音是那样温柔，语气是那样真挚，可眼中闪烁着说不出道不明的光芒，似乎恨不得立马把夏小满脱光了送到霍知非床上一样。夏小满觉得不自在了起来，"谢谢。那个，没什么事情的话，我先去逛街了。"

夏小满找了个借口离开，异样的感觉才慢慢消失不见。她长舒一口气，眯起眼睛看着安紫陌所在的方向，心情突然很抑郁：虽然安紫陌对她很客气，但她还是觉得自己就好像见不得人的"小三"一样，正在做她最不齿的勾当。

真的不能再这样了。和霍知非在一起的每一刻，她都紧张到快窒息，这个谎也越撒越大……也许，是时候下决定了，在事情没有变得一发不可收拾前。

夏小满终于决定去S大找霍知非，彻底解决这件事情——尤娜的梦想只是让霍知非亲口说一句"我喜欢你"，而不是做霍知非的女朋友，她实在是走错了路。她的心里既忐忑又觉得解脱，都没有注意到，一路上所有学生看到她的瞬间都脸色大变。她畅通无阻地到了霍知非的办公室，却得知霍知非此时不在这里，而是在学校的礼堂看学生彩排。

夏小满问离她最近的学生，学校礼堂在哪里。她打算去那里和霍知非摊牌，却见那个学生一脸惊恐，竟是头也不回就跑了。夏小满不知道到底发生了什么事，疑惑地下楼，在一群看到她就跑的学生中，终于看到了一个熟悉的身影。她心中一喜，一把揪住了那个人的衣服。

"谁啊？"

林欣欣猛然回头，刚想给这个吃了熊心豹子胆，居然敢触碰自己身体的贱民一点教训，见到来人是夏小满，生生把骂人的话咽了下去。她激动地看着夏小满，"小满姐，你是来找我的吗？你早点告诉我，我就穿得漂亮一点了！小满姐想吃什么，我带你去啊！"

林欣欣的热情让夏小满很不适应，她忍住心里奇怪的感觉说："那个，我不是来看你的，我是来找霍知非的。"

"找霍教授啊。"林欣欣的脸一下子垮了。

"据说他在礼堂看表演，你能带我去礼堂吗？"

"没问题，包在我身上！"

林欣欣拍着胸脯保证，有点遗憾夏小满的要求居然那么好满足，都没给她一点发挥的余地。林欣欣带夏小满到了礼堂门口，却被几个学生会的人拦住。他们看着林欣欣，一副欲言又止的样子，林欣欣不耐烦地摆手，"让开，小满姐要去找霍教授！"

"呵呵，欣欣啊，不如你们换个时间来？"有男生拼命对林欣欣使眼色。

"干吗老眨眼啊，你眼睛疼啊。快让开！"

林欣欣平时嚣张跋扈惯了，再加上想在夏小满面前显示自己的能力，一再被阻拦之后终于火大。她用力去推他们，他们还是站着不动，最后有人忍不住说："她不能进去，因为我们正打算整霍知非这个大魔王！"

"什么？"

"不是吧？！"

夏小满和林欣欣异口同声地惊叫，林欣欣顿时担心地看着夏小满，而夏小满的脸上居然浮现出一丝笑意来。夏小满把笑容压下去，清清嗓子，装作急切的样子问："到底怎么回事，你们告诉我啊！"

"是啊，快告诉小满姐！"林欣欣开始挥拳头。

男生郁闷，"我说的话，会被他们打死……"

"你不说的话现在就会被我踹死！你到底说不说！"

林欣欣的骄纵是出了名的，外加武力值爆表，在她的恐吓下还真没有人敢反抗。在林欣欣单手捏爆了一个手机后，终于有人忍不住告诉了他们事情的始末。

原来，因为霍知非的铁血作风，S大那些憎恨他的学生自发组织了一个团体，名字就叫"打倒黑魔王"社团。他们有人负责整理霍知非噎死人不偿命的语录，有人负责记录他上课时的言行，更有人把他的照片贴在了沙袋上，每天捶打来泄气。一帮怀有激情的年轻人凑在一起久了，除了发展了好几对奸情男女之外，更是决定要做点成绩出来，给霍知非一点颜色看看，最后，大家都同意了一条美人计。

是啊，就算霍知非再难搞，他也是个男人——英雄难过美人关，魔王一定也难过。

当教授最怕的是什么？绯闻！如果他和他的学生有了绯闻，网上一公布，就算霍知非有三头六臂也没办法压下这些传闻！到时候，他肯定会引咎辞职，S大可以重归以前的安静祥和了！而且，他的女朋友也不算漂亮，看来他对女人的要求并不高，找个勇敢的"志愿者"勾引他的胜算实在很大！

所有人都认可了这个方案。找"志愿者"也比预想的要简单许多，因为不少女生勇敢报名，纷纷表示要牺牲个人，拯救世界。他们经过精挑细选，最后定了一个叫张莉的女孩。

张莉今年大二，清纯美丽又饱读诗书，懂球赛又会做好吃的便当，从哪个角度看都很有吸引力，他们不信霍知非不上钩。他们准备假借排练毕业话剧，把霍知非骗过来。剧本里有霍知非亲吻张莉的情节，他们只要把照片拍下来，接下来的事情就能按照预想实现了！

可现在，正牌女友居然来了……

看着男生脸上难掩的郁闷，夏小满极力忍住笑意，严肃地问："所以说……你们给霍知非安排了角色？他演什么？"

男生尴尬地说："我们排的话剧是'睡美人'。'王子'会在第三幕的时候找借口离开，到时候他来演王子。"

"王子？你确定他去演勇士王子，而不是魔王什么的？"夏小满惊叫。

男生无奈，"可是只有王子能亲吻公主。夏小姐，你能不能假装这件事没发生？"

夏小满冷笑，"你觉得我会眼睁睁看着我男朋友被你们欺骗吗？"

"我绝对会闭上眼睛的！"

夏小满在心里暗暗说着，推门进去，林欣欣也急忙跟了上去。

然后，她们都被震住了。

4

她们面前的舞台是一片粉红色的世界，一个戴着王冠的女孩躺在华丽的大床上，她身边半跪着一个穿着王子服饰的男生。那个男生长得非常俊秀，和昏迷的公主看起来非常般配，可是他念着念着台词，居然捂着肚子就朝外面冲了出去。夏小满眼睁睁看着那帮学生假惺惺地互相推诿后，让霍知非继续这个角色，她也终于看到了一直坐在前排的霍知非。

在众人的请求中，霍知非站起身来，走到台前。他穿着紫色衬衫和米色西装裤，站在一群穿着夸张复古服饰的学生旁，却有着异样的和谐感。他走到张莉身边，轻挑眉毛，"所以，我现在要做的事情，是帮忙吻她？"

幸福来得太突然！大家都没想到霍知非居然会这样配合，忙不迭地点头。

霍知非微微一笑，俯下身去，他们几乎要尖叫出声。可是，他们预想中的场景并没有出现，因为霍知非在距离张莉1厘米的时候顿住了。他站起身，看着某个方向，笑容温柔得仿佛三月里从树上飘落的桃花，"小满，过来。"

被发现了！

夏小满心里在哭泣，但脸上硬生生露出了欣喜的笑容，脚也不受控制一样朝着霍知非走去。她走到了舞台上，刚想说话，没想到霍知非把她搂到了怀里。他一手蒙住了她的眼睛，另一只手抚摸她的嘴唇，口里念出了刚才"王子"的台词："我亲爱的公主啊，我翻越千山万岭，斩断万千荆棘，只为了在这里和你相遇。你是我的光芒，我的灵魂，我心脏不可或缺的那一块。醒来吧，我的公主。"

虽然夏小满的眼睛被蒙住，但她能感觉到霍知非传来的灼热气息，脸颊一下子变得滚烫。她不知道，长发及腰的她，被霍知非搂在怀里是多么美丽的场景，就连一心想算计霍知非的学生也忘记了任务，呆呆地看着他们。

在剧烈的心跳中，夏小满觉得有一个软软的东西触碰到了自己的嘴唇。她虽然看不到道具花瓣正纷纷扬扬地飘落，可因为闭着眼睛，所以触觉越发敏锐。她能感觉到，霍知非有些粗粝的手正揽住她的腰，他的下巴咯得她生疼。她能闻到他身上熟悉的味道，更能清晰地听到他心跳的声音。

"扑通、扑通……"你也会紧张吗，霍知非？

夏小满没有看到，此时的霍知非目光深邃，脸上更是一丝笑意都没有。他看夏小满的眼神是那么专注，却并不像在看情人，更像在看某个需要鉴别的藏品。他的手抚摸夏小满柔顺的发丝，想起调查报告，手指逐渐抚摸到她洁白又脆弱的脖子上来。

她，居然掩藏着那么大的秘密……要怎么收拾这个胆敢欺骗他的女人才好？

"咚！"

就在霍知非想得入神的时候，夏小满只觉得肚子饿得越发厉害，眼前一黑，突然重重摔在了地上。四周一片寂静，就连见惯了大风大浪的霍教授也愣了一下。霍知非看着昏迷不醒的夏小满，低声笑了起来，似乎想通了什么事情。魔王华丽转身，抱起了昏睡的公主就往外走去，没有任何人敢阻拦他。完美的计划就这样失败了，可是大家不知道为什么并没有遗憾。更有人捂住了脸颊，"天啊，霍教授真是好帅……刚才，他都把他女朋友吻晕了呢。"

"我那是饿晕的好不好！"

如果夏小满在场，她一定会大声反驳，可是她正在黑甜梦中。她不知道，以后的5年里，S大最让人津津乐道的话题就是霍知非教授魅力十足，当场把女友吻晕的传闻。以后的10年，他们继续讲着霍知非和女朋友在剧场里"天雷勾地火大战100回合"，最后把累到虚脱的女朋友送到校医室的传闻。

所以说，年轻人的想象能力，真是天赋异禀。

当夏小满醒来的时候，见到的是白色的天花板，闻到的是刺鼻的消毒水的味道。夏小满在校医准备给她扎针的时候猛然清醒，迷茫地问："我刚才怎么了？"

霍知非站在她床边，似笑非笑，"小满，我知道你很爱我，但一下子被吻晕了，还是让我很意外。"

夏小满在心里默默流泪，扭捏地说："不是啦，我是……我是饿晕的。"

霍知非饶有兴趣地问："饿晕？"

夏小满红着脸说："我最近想减肥，就饿了一天。"

好吧，她知道自己有多白痴，明明只是感觉到一阵心慌罢了，眼前居然就变得一片漆黑，然后她就没有了意识。这可真是……丢人。

虽然夏小满清醒了，但校医还是坚持给她挂葡萄糖。夏小满最怕挂水了，抵死不从。霍知非轻轻叹气，"小满，乖。"

"霍知非……"夏小满眼泪汪汪地看着他，企图装可怜让他心软。

她看到霍知非微微一笑。没等她松口气，就觉得手背一阵刺痛，原来霍知非这个杀千刀的直接把吊针打了进去！虽然霍知非的手脚很轻，但夏小满还是被吓到了，"你、你、你、你怎么给我打吊针啊，万一戳偏了我会肿起来的好不好！"

"这么点小事，我都做不好吗？还是说，你想用别的方式清醒过来？"

霍教授气场全开，简直可以媲美最强劲的空调，夏小满当然一句话都不敢再说——如果他把硫酸泼在她身上，让她"清醒"可怎么办啊！校医识趣地离开了，还帮他们关上了门，两个人的独处让夏小满觉得很尴尬。她看着不远处有男孩在打球，只觉得这热闹的场景简直恍如隔世，这时她的肚子突然响亮地叫了一声。夏小满觉得脸都被丢尽了，把头埋在了被子里，等再次探出头来的时候霍知非却不见了。她深舒一口气，百无聊赖地等着葡萄糖挂完。过了一会儿，霍知非推门进来。他的手里拿着一碗热粥，带着命令的口吻说："张嘴。"

夏小满手上有吊针，又舍不得拒绝到口的美味，只好任由霍知非来喂食。温热的粥在胃部停留的感觉，让她整个人都温暖了起来，暗暗发誓以后再也不会减肥。霍知非一勺一勺地喂她，她听话地一勺一勺吃着，很快就把一碗粥吃了个干净。霍知非看着空空的碗底，满意地摸摸夏小满的头，"真乖。"

请不要摆出一副看宠物的样子好吗？

夏小满白了霍知非一眼，不过想到一会儿他可能会伤心绝望，决定现在先给他一点面子。她想了想，还是问："霍知非，你……你有没有爱上我？"

"小满很想知道这个问题的答案？"霍知非玩着夏小满的发丝，没有正面回答。

虽然做好了被拒绝的准备，但夏小满的脸色还是一下子黯淡了。一时之间，她不知道该为尤娜难过，还是该为自己悲伤。霍知非掰正夏小满的脸，强迫她正视自己，"你到底想要什么？"

"没什么。"夏小满苦涩地笑着，带了些决绝的味道。

下定决心后，夏小满想快点解决这件事。因为在校医室的关系，夏小满不太好提分手的事情——校医室里有那么多利器，她可不想刺激大魔王，然后失去了年轻的生命！霍知非和她一起出了校医室，她一直沉默，认真思索到底要以什么作为开场白。

霍知非，对不起，我根本不喜欢你，当时是我闹着玩的！

知非，我爱你，可是我得了绝症……我不能耽误你！

霍知非，我遇到更合适的人了，我们好聚好散吧！

……

开场白一句句在她脑子里回放，可是为什么结局都是霍知非掐住她脖子的场景啊！他们走到校外的小路上，突然听到霍知非在问她："小满，你来学校找我，有什么事情吗？"

夏小满的小心脏越跳越快，她深吸一口气，轻声说："对，我是有话想对你说。我……我们在一起……"

就在她终于要说出那句话的时候，一个人骑着摩托车从她身边经过，突然伸手抢走了她的皮包！夏小满没想到事情居然会有这样的转折，哪里顾得上要和霍知非说什么，尖叫一声就往外冲。她铆足了劲儿跑到了道路尽头，可刚才骑着摩托车的男人已经不见了踪影。她又气又恨，想到包里有新买的手机和不少零钱就心疼不已。霍知非走到了她的身边，低声问："没抓到？"

"他骑着摩托车,我怎么可能抓到。霍知非,你怎么不帮我抓住他啊。"夏小满越想越窝火。

面对夏小满的迁怒,霍知非并没有恼火,只是淡淡地说:"走吧,我送你去警察局。"

"去干吗?"

"当然是报警。"霍知非说。

好吧,夏小满承认自己问了一个很傻的问题,可霍知非看起来实在不像是会依赖警察叔叔的好公民。她心情郁闷地跟霍知非一起去警察局录了口供,居然碰到了上次那个警察。警察八卦的眼神让她毛骨悚然,她报完案就想离开,警察却压低了声音问:"丫头,你终于得手了?"

"什么啊!"

"就是那个教授啊。上次你对人家死缠烂打的,终于成功啦。"

"我……呵呵,算是吧。"

看着警察一脸暧昧的笑容,夏小满无奈地苦笑,没有解释。她心情郁闷地拒绝了霍知非邀请她去他家喝一杯咖啡的邀请,回到家后无力地坐在了沙发上。她疲惫地划掉了"减肥到105斤,把商场里所有漂亮衣服都穿一遍"的那一条,长长地叹了一口气。

今天发生了太多事情,她的脑子乱成了一团,细细回想起来,霍知非的吻却比丢东西还要记忆深刻,简直烙印到了灵魂里。

他……真的吻了我?为什么我的脸会那么热?到底该怎么向他开口?

夏小满摸着嘴唇,心中一片茫然。她站起身,想给自己倒一杯柠檬水,却突然觉得有些不对劲。

她的家,有人来过。

她的呼吸一下子就急促了起来。

第6个梦想：成为爸爸的骄傲

1

每个人都或多或少有些特有的习惯和怪癖。

比如张莹，她最大的爱好就是在深夜里看恐怖片，家里更是堆满了限制级的漫画；比如萧姗，看起来一副和男人势不两立的女强人样，其实是某婚介事务所的贵宾级客户；比如何之洲，他的气质是那么清冷高洁，传闻他喜欢在洗澡的时候唱儿歌……

和他们比起来，夏小满觉得自己那一点点嗜好几乎是不值一提。

小时候，夏小满看各类电影太入迷，以至于一直怀疑会有间谍到自己家里来。她的爸爸再三劝说，也无法阻止她丰富的想象力，只好任由她每天在家门口做一个记号，来检查家里到底有没有来过人。等长大后，夏小满当然知道自己小时候有多幼稚可笑，但这个习惯还是保留了下来，作为纪念童年的一点乐趣。那么多年过去，记号总是完好无缺，而今天，那个记号被破坏了。

所以说……真的会有人来过吗？他不会到现在都没走吧！

夏小满想着，突然觉得浑身冰凉。

她慢慢后退到门口，猛地冲出去，拼命敲霍知非的房门。霍知非过了一会儿才开门，穿着居家服，头发湿漉漉的，身上还有沐浴露的味道。刚洗过澡的他，没有白天的盛气凌人，多了一丝慵懒与无辜，倒让夏小满的心猛地一跳。她急忙抓住了霍知非的胳膊，"霍知非，我家、我家可能有坏人来了。你帮我去看看，好不好？"

霍知非微微皱眉，和她一起到了她的房间。夏小满逼着霍知非把衣柜、床底、卫生间都检查了一遍，知道家里没有人埋伏起来才松了一口气。霍知非指着她家里乱七八糟的东西说："还是报警吧，你家的东西都被贼弄得乱成这样了。"

"我家本来就是这样啊。"夏小满无辜地说。

霍知非平静的脸上终于出现了类似诧异的神情来。夏小满有些羞涩，想为她的冒失道歉，"那个，今天真是麻烦你了。霍知非，你要不要喝茶？"

"茶吗？比起喝茶来，我更喜欢你。"

霍知非微微一笑，手指抵住了夏小满的下巴，把她逼到了床边。夏小满心里真是欲哭无泪，她居然把色狼引回了家，她还能更蠢一点吗？她看着霍知非，发现他的一缕发丝就这样遮住了额头，不知道为什么，生出一种想伸出手帮他把头发捋顺的冲动。

虽然她并不爱霍知非，但是她必须承认，这是一个耀眼到极点、让女人心动的男人。她很理解尤娜为什么会把让霍知非喜欢自己作为第一个愿望，就算明知道霍知非是长满荆棘的蔷薇，女人也会控制不住想靠近，因为，他是那么引人沉沦。夏小满深吸一口气让自己平静，做出天真无邪状，"不喜欢喝茶的话就喝咖啡吧，我泡咖啡的手艺很好哦。你等等，我现在就去。"

她说着，飞快弯腰，从霍知非的臂弯里钻了出去。她冲到了厨房，后怕地捂住了胸口，知道不能再这样下去了，再接触下去的话……会发生什么，她真的没有把握。

夏小满给霍知非泡了一杯浓咖啡，一点糖和牛奶都没有加——她不信霍知非喝了这么苦的液体后，还会对她有任何兴趣！她端着咖啡出了厨房，想去书房里找个漂亮的托盘放咖啡，在看到书架的时候愣住了——她的书架，分明被人翻过。夏小满急忙打开抽屉，发现里面的现金都在，一分钱都没少，甚至没有被动过的迹象。

为什么不拿那么好找的现金，反而会去翻书柜？这个人，到底在想什么？

夏小满怎么也想不明白，拿着咖啡发呆，霍知非也跟她到了书房。他见夏小满脸色不对，问她到底怎么了，夏小满没忍住，把心里的疑问都说了。她以为，霍知非会嘲笑她的神经质，但霍知非居然用手摸着下巴，冷笑了起来。他的笑容让夏小满不寒而栗，他在她耳边轻声说："看来，我的小姑娘被盯上了。"

"什么啊。"夏小满后退一步远离他。

霍知非在沙发上悠然自得地坐下，手里拿着她泡的咖啡。他喝了一口咖啡，继续说："你觉得走路被抢和家里进贼，这只是一场巧合？"

夏小满犹豫地说："可我有什么值得被人惦记？我家里也就1000多块钱的现金，他们为什么非要来偷我的东西？难道说……"

她看着霍知非，露出了狐疑的神色来。霍知非神色不变，等着她继续往下说，她终于试探地问："难道说，是你的学生看你不顺眼，又没办法把你怎么样，就故意来找我麻烦？"

"所以，我们分手吧，分手吧！"

她的脑中疯狂回荡着这句话，看霍知非的眼神简直充满了狂热。这一次，霍知非非常配合地问："小满，那你想怎么样？"

"不如，我们暂时分开一段时间。"

夏小满终于说出了这句话。她看着一旁的书架，心虚到不敢和霍知非对视，而房间里也安静到可怕。她知道，这样莫名其妙"被分手"肯定会让霍知非生气甚至暴跳如雷，没想到他的神色没有丝毫变化，甚至还带着一丝嘲讽的笑容，"小满，你确定？"

"确定。"夏小满硬着头皮说。

话音刚落，夏小满就被搂入了一个结实有力的怀抱里。霍知非的力气是那么大，她觉得自己的骨骼都被挤压到发疼，呼吸也变得艰难。她用尽全力挣扎，以为霍知非会生气到把她勒死，没想到他的气息逐渐平稳了下来。他轻轻吻了一下她的额头，声音悠长，"可是，我会舍得不小满，怎么办？"

"分手后我们还是朋友啊。"

夏小满艰难地说着，从他的怀抱里逃了出来。她看着神色如常的霍知非，觉得自己越发看不透他了——如果说他生气，他明明在笑；如果说他不生气，她为什么觉得周围的空间都扭曲了？而且，他和她在一起的时间也不算短，就真的一点都不介意吗？

"小满，晚安。如你所愿。"

霍知非低沉地说，最后4个字几乎轻不可闻。他猛然转身后关上了房门，夏小满长舒了一口气，只觉得压在她身上那么多天的大石头终于被搬走了。她有些失落，但更多的是说不出的轻松和畅快。

从现在开始，她无债一身轻，又是那个无所畏惧的夏小满啦！虽然霍知非没亲口说喜欢她是有点遗憾，但尤娜的梦想有那么多，只有一个失败了也不算什么。尤娜那么温柔，肯定能理解的，不是吗？

夏小满治愈了自己，高高兴兴地入睡，第二天上班的时候也是充满干劲。

她和往常一样，给大家都泡了咖啡，想分别放在他们的桌子上，可是那些人居然纷纷站起身来，表情有些尴尬。李记者咳嗽一声，"小夏啊，咖啡我们自己会泡，就不麻烦你了。你累不累啊，要不要去歇一会儿啊。"

张记者也殷勤地说："是啊，一天到晚在外面采访好辛苦，你今天就留在家里查查线索吧。"

夏小满早就习惯了给这两位记者打下手，他们突然这样改变态度，真是让她不太适应。她疑惑地点头答应，轻轻敲主编室的门，把咖啡送给萧姗。萧姗倒是接了，上下打量夏小满，别有深意地说："小夏，你现在可是社长的大红人，让你给我泡咖啡，我怎么好意思。"

"什么社长的大红人啊。"夏小满不解地问。

"你已经转正了，网站上都有公告了。能破格转正，你也是史无前例了，社长对你还真是寄予厚望啊。"

转正？

夏小满没想到苦等许久的机会就这样到来，一时之间简直不敢相信自己的耳朵。她想起上次何之洲确实让她在人事部填过表格，喃喃自语道："社长为什么突然给我转正了？"

"因为社长很欣赏你上次开会时说的'实话'。拜你所赐，现在制度有了很大调整，连茶水间都不免费提供茶叶了。你说大家要怎么感谢你才好，勇于说真话的夏小姐？"萧姗嘲讽地问。

夏小满终于明白，为什么大家都会用那么奇怪的眼神看着她，那两个记者的态度为什么会有这样大的改变。转正的喜悦突然烟消云散，她突然觉得，自己似乎拿了本不属于她的东西。她鼓足勇气敲了何之洲办公室的大门，秘书小姐笑容可掬地让她进去。何之洲正在窗边打电话，示意她自行坐下，夏小满在沙发上拘谨地坐着，悄悄看着何之洲。

何之洲今天穿着烟灰色的休闲西装，气质清癯。说来也奇怪，别人穿会觉得黯淡的颜色，却意外地衬出何之洲低调内敛的性子，让他越发显得卓尔不群。阳光照在他不苟言笑的面容上，更是为他平添了一丝温柔，也让夏小满的心怦怦跳了起来。他挂断电话后，夏小满鼓足勇气说："社长，这是吴婶的衣服，我洗干净了，麻烦您帮我还给她。还有，上次，真是谢谢你。"

夏小满把叠得整整齐齐的衣服递给何之洲，何之洲收下后等着夏小满继续开口。夏小满纠结万分，终于问："社长，您今天给我转正了？"

"是。"

"为、为什么啊?"夏小满紧张地问。

"什么为什么?"

何之洲拿起了茶杯,轻轻喝了一口,就好像她的问题无足轻重,根本没有回答的必要。夏小满咬牙继续问:"为什么您突然给我转正?按照流程,要主编上报名单后我才有机会。"

"你不想转正,是吗?"何之洲问。

"不不不,当然不是。我只是,觉得有些受之有愧。"

夏小满一脸迷茫和纠结,何之洲的神情却逐渐舒缓了下来,他不再去想刚才得到的那个不算好的消息,冷静地说:"从年限上来说,你在报社已经工作了3年;从工作能力上来说,你上次写的富家女肇事的新闻备受关注,你当然有转正的资格。其实,我给你转正还有个目的,有个大稿子想要交给你。你,有信心吗?"

何之洲看着夏小满,夏小满在他的注视下,似乎能听到自己心跳的声音。

17岁的夏小满绝对想不到,12年后她会和何之洲坐在同一间办公室,而29岁的夏小满,绝不会让自己像17岁的孩子一样手足无措。她知道何之洲不是莫名其妙给她转正,而是对她别有安排后,瞬间松了一口气,"社长,到底是什么稿子?"

"大兴集团计划把安镇打造成旅游景点,会把所有居民的民宅重新改建,但有人爆料说他们只是为了圈地盖房,我要你去查清楚这个传闻到底是不是真的。我要提醒你,你此行不会那么顺利,有可能会遇到危险,甚至出了事情也没有人给你善后。你敢让大众知道真相吗?"

"我敢。"夏小满听到自己的声音这样说。

夏小满觉得,何之洲的演讲技能简直是大神级别的,因为他居然能在几句话里,激起她曾经有过的新闻决心。当初那个立志要写大新闻,做深度报道,做人民喉舌的夏小满,在进入报社后,一度被生活磨砺到圆滑,但她现在觉得自己的血液就快燃烧起来了!何之洲似乎早就预料到了夏小满的回答,他放下茶杯,递给夏小满一个黑色的盒子,"给你。"

"这是什么?"

夏小满好奇地打开盒子,发现盒子里居然是一支粉色的新款手机。夏小满吓了一跳,"社长……"

"听说你的手机丢了,现在暂时用旧的。安镇信号不好,旧手机可能会耽误事情,这手机你拿好,算是报社给你的福利。"

夏小满急忙推辞,"社长,这怎么好意思。"

她要把手机还给何之洲,不小心碰到了何之洲的手。何之洲显然也没料到会这样,两个人都愣住了。何之洲的手就好像玉石一样有些微微的凉,夏小满的手却变得火热异样,她觉得自己就好像被煮熟的龙虾一样,从头到脚都成了红色。她暗骂自己的反应实在太过激了,何之洲的声音却听不出任何情绪,"你没有必要有心理压力,转正的记者都会配手机,这是你应得的。我期待你的稿子。"

夏小满努力平复心情,声音冷静,"社长,谢谢你。"

然后,她冷静地转身离开,甚至记得把门轻轻带上。

再然后,她冲到了洗手间,把水浇在脸上。

"社长……"

她用手捂住脸,轻轻笑了起来。

2

因为就要出差的关系,夏小满约了张莹中午一起吃饭,顺便和她提前告个别。当张莹知道她要去安镇的时候,嫌弃地撇嘴,"你怎么要去那个穷乡僻壤啊?听说那里的信号很差劲,连个电话都打不了。怎么,是不是那帮老资格又欺负你了?"

夏小满摆手,"不是啦,这是社长给我的任务,我当然要去。"

"社长?何之洲?"

张莹开始亢奋了起来,夏小满急忙捂住了她的嘴巴,在张莹犀利的眼神下又讪讪松手。夏小满左顾右盼,轻声说:"这里有很多同事会来吃饭,你不要那么大声啦。"

"不就是暗恋了他十年嘛,你胆子至于那么小吗?"张莹不耐烦地白了她一眼,"看你那矫情的样子,我都恨不得替你睡了他。"

"张莹!"夏小满忍不住尖叫。

"小声点,注意素质。"这一次,轮到张莹指责夏小满。

夏小满在心里翻了个大白眼,从包里拿出日记本来。她左看右看,准备划去第二条——做一个为正义发声的记者。张莹看到她的举动,好奇地问:"哇,你真的做到了?"

"是啊。上次做了个正义的报道,今天成了真正的记者,合起来就是做了一个为正义发声的记者。"夏小满理直气壮地说。

张莹用一种看白痴的眼神看着她,"我总觉得,她的意思是指一个长期的状态,可不是一天。你有把握天天为正义发声吗?上次那个富家女肇事案后,你也没干啥吧。"

夏小满没打算把她即将面临的挑战告诉她,耸耸肩,"也许可以做到。"

"那你应该等真正实现了再划掉这个。"

张莹的眼神是那么坚定,夏小满在她的注视下只能放下了手中的笔。不知道为什么,她觉得很累,很想休息一阵子,不要再管那些梦想——她能做成这样,已经很好了,不是吗?夏小满想起了自己上学时期没完成的小说,工作以后没念完的英语课,买回家绣了一半的十字绣……突然打了个冷战。她知道,她不能停下来,因为她可能没有再来一次的勇气。

"小夏,听说你要去安镇?"

就在夏小满摇摆不定的时候,罗燕平突然出现。他斜靠在不远处的吧台上,伸手捋了捋额前的发丝,桃花眼里满是笑意,引得饭店里的许多女人都偷偷看他。当夏小满和张莹注意到他后,他才大步朝她们走来,递给夏小满一个很大的包裹,声音魅惑而低沉,"安镇环境很恶劣,这是一些药品和吃的,也许你能用得上。"

罗燕平说着,故意侧面看着张莹,因为他研究过,自己45度角最好看,简直帅气逼人。他的嘴角是恰到好处的笑容,正自恋地认为张莹铁定要坠入情网,可是夏小满发声了,"谢谢罗总。罗总,你的脖子怎么了,是落枕了吗?"

罗燕平的脸色一黑,他干笑着刚要解释什么,张莹悠悠地说:"很像乌龟。"

罗燕平一时不知道该做出霸道总裁状给张莹一点新鲜感好,还是趁机和她说上话好,犹豫期间夏小满反驳说:"张莹你不要胡说,罗总还是很帅的。"

罗燕平听到这话,顿时充满了力量!他骄傲地抬头,居高临下地看着张莹,再然后,他听到张莹说:"是啊,脸贴在地板上的时候简直帅呆了。"

罗燕平一愣,想起了张莹的高跟鞋踩在他脸上的场景——这女人怎么不分场合,从来不给他面子!他气急败坏,却假装若无其事的样子往门口走去,背影简直带着一种凄凉感。夏小满忍不住说:"你对他是不是有点太毒舌了?"

"谁让他那么贱！我都说了无数遍，看到他一次揍他一次，还每天出现在我面前找虐。不说他了，你的日记本给我看看。"

张莹说着，抢过夏小满的日记本，啧啧称奇，"哟，你已经实现了一小半的梦想了，速度还挺快嘛。下一个，你决定实现哪个梦想？"

接下来的梦想，要么是要出钱，要么是要出力，好像只有"成为爸爸的骄傲"稍微简单一点。夏小满指着这一条，拿着笔说："这条我已经可以划掉了——我爸一直以我为骄傲。"

她说着，就要划去，张莹一把抓住了她的手，一字一顿地说："我想，她的意思是说她的爸爸，而不是你的爸爸。"

"让我成为她爸爸的骄傲？"

"不是，是她想成为她爸爸的骄傲！"张莹终于发火了。

眼看张莹一副要把她的脸往酸菜鱼盆里塞的样子，夏小满顿时讨好地说："对对对，你说得对。不过，有一个小小的问题——尤娜已经不在了，没办法成为任何人的骄傲。"

张莹叹气，"是啊。我记得她的老家就在安镇，你这次也正好要到那里去，我想你可以找找她父亲的下落。如果能让他知道，她的女儿有多么爱他，尤娜会很高兴吧。不过，能成为家长骄傲的，估计也只有'别人家的孩子'。"张莹轻声说。

和张莹告别后，夏小满满脑子在想，到底什么才会是家长的骄傲。

在上幼儿园的时候，得到小红花最多的孩子是家长的骄傲，上学的时候则改成了学习成绩和体育都名列前茅。大学毕业后，社会对女孩子突然"宽容"了起来，无论是工作出色，还是男友出色，都是爸爸妈妈走出门能挺直腰杆的本钱。

如果以上述要求为衡量条件，尤娜她只是一个为别人打工的甜点师，微胖又没有男朋友，学历也不高……她，真的能成为爸爸的骄傲吗？和尤娜比起来，没男友、工作3年才转正的她也没好到哪里去，她的爸爸也从来没说过以她为傲……爸妈想要的，到底是什么样的孩子？

夏小满越想越心虚，也越想越迷茫。她拿起手机，很想问问爸爸对于自己那么多年来碌碌无为是什么心情，但她到底没有勇气。她摇摇头，不再想下去，回家收拾出差所需的行李，把生活用品都装到了箱子里，想了想又把日记本放了进去。最后，她才小心地把手机放进小背包里，环抱住自己，后知后觉地感到了恐惧。

明天，就要去尤娜的家乡了啊。尤阿姨会原谅她吗？她能找到尤娜的父亲，对他说一声尤娜很爱他吗？她……真的能赎罪吗？

夏小满的眼睛突然发酸了，而她不知道答案。她去厨房倒咖啡的时候，习惯性地往窗外一看，居然看到了霍知非也在他家的厨房里。夏小满第一反应就是急忙蹲下身去，心怦怦直跳，直到腿脚发麻才敢抬头，发现霍知非已经不见了踪影。她长舒一口气，倒在床上，可霍知非穿着居家服的样子，不知道为什么总是在她脑海中挥散不去。

"睡吧，夏小满。一切都会好起来的。"她对自己说。

第二天，夏小满坐上了开往安镇的大巴车。她以为自己一到车上就能睡着，没想到禽类的鸣叫、小孩子的哭喊、中年大叔的咳嗽声汇合成奇葩的交响曲，她一忍就是5个小时，到下车的时候还觉得太阳穴疼得厉害。火辣的太阳晒得夏小满满头大汗，小腿发软，联系人也一直没有接听电话。她实在没办法，只好向一边卖西瓜的大婶打听那人的住址，"大婶，请问陈江家怎么走？"

大婶穿着乡下最常见的碎花短袖和黑色长裤，面色枯黄，一双眼睛却是标准的凤眼，微微上挑，和平淡的面容特别不相配。她看了夏小满一眼，继续看着西瓜，夏小满心领神会地买了一瓣西瓜，继续赔笑问："大婶，我和陈江约好了，可是他一直没接我电话。对了，他家是开理发店的，据说还是这里唯一一家的理发店，你们应该认识吧？！"

夏小满满怀期待，大婶终于开口，声音出奇的沙哑，"认识。"

"那他家怎么走？"

大婶没有说话，再次看了一眼西瓜。夏小满在心里暗骂她实在是够会做生意的，可还是忍气又买了一块。在她付了钱后，大婶指着一个方向，"往那走500米后左转，再走500米后右转，再走500米后再左转你会看到一根电线杆……"

夏小满满脑子都是"左转右转"，哪里记得住这些，急忙打断了她，"大婶，你能再说一遍吗？"

大婶不作声，继续看着西瓜，夏小满终于发火了！她忍不住大声说："大婶，我只是问个路而已，你要不要这样啊！我都买了两块西瓜了，你还不肯把地方告诉我！"

夏小满发誓，她分明在大婶脸上看到了冷笑的表情！然后，任由她怎么质问，大婶都不再开口，真是把夏小满气得发疯。这时，手机突然响了，陈江终于回了电话，一辆三轮车也停在她身边。

把头发染成绿色的陈江看起来只有20岁出头的年纪，长着一张讨喜的圆脸。陈江嘿嘿笑着，急忙道歉，"不好意思，不好意思，刚才在给客人做头发，没听到你打我电话。小满姐你饿不饿，我们先去吃点东西吧。"

陈江边说着，边帮夏小满把箱子放到三轮车上。夏小满瞪了那个大婶一眼，坐上了车子，拿手背挡着下午灼热的阳光，也看着这个从未来过的小县城。

和S城比起来，安镇显然要落后许多。这里并没有高楼大厦，路上也没有时尚男女，所见之处只是一望无际的稻田，偶尔可以看到有农民在田里劳作，一副安静又生机勃勃的景象。夏小满深深吸了一口气，总觉得这里的空气要比她所在城市的清新很多，面前也似乎浮现出尤娜在农田里对她微笑的场景。

尤娜，这就是你的家。我真的，好想你啊。夏小满默默想着，微微笑了起来。

陈江把夏小满带到了一家小店，点了当地特产给她吃，夏小满此时才觉得重新活了过来。原生态的食物做法简单，但滋味美妙到让她眯起了眼睛，在陈江大力称赞老板娘的姿色后他们更是免费得到了大份的面饼。夏小满见四下无人，问陈江关于大兴集团的事情。陈江玩世不恭的表情逐渐变了，沉默半晌后说："他们说要在这里重建古街，把我们的房子装修成明代的建筑来吸引游客，稻田也都保留，不会改为建筑用地，大家都很高兴。可是他们来考察的时候，我无意中听到他们和政府的人说什么圈地，才知道他们谎报了计划——他们确实是要建古街，可是他们的目的是把我们的房子买下来，然后把我们一个个赶走。我没有能力揭穿他们，只能找了曾经来这里采访过的何之洲社长，没想到他一下子就答应了，还派了你来。小满姐，你一定要帮我们啊。"

何之洲也来过这里？

这个疑问在夏小满心里一闪而过，她很快就问了重点，"你为什么不敢说？如果大家一起反对的话，力量才更大吧。"

陈江苦笑，"小满姐，你是吃穿不愁的人，你不会知道我们对金钱的渴望。安镇一直很穷，许多姑娘都不愿意嫁过来，所有人都铆足了劲儿想翻身。知道大兴会在这里重金打造一条古街，房子卖了能有很多补偿款，你知道他们有多高兴吗？就算是他们的家被侵占，以后再也回不去了，他们也不在乎。小满姐，这件事只有你报道出来，才会被重视，我求求你了。"

看着陈江一脸凝重的样子，夏小满轻轻点头，"我知道，我肯定会尽力，不过你也别抱太大希望。毕竟，我们只是媒体，只能呼吁，我们没办法改变那些人的决定。"

陈江挠挠头，"能试试看，我已经知足啦，我不会不讲理的。小满姐，真是谢谢你。"

夏小满喝了口酒，转移了话题，"对了，你们这儿是不是有个叫尤娜的女孩？她和我一样大，应该比你大两岁。"

夏小满没抱多大希望，只是随口一提，没想到陈江点头，"知道，尤娜姐，那个胖子嘛。她以前上体育课的时候总是不及格，被老师在操场上罚站了一下午都不知道休息，我们都说她脑子有点儿傻。小满姐，你说起她干吗？你不会说，你就是曾经的尤娜姐，现在变漂亮了衣锦还乡吧。"

陈江一脸惊恐，而夏小满没想到，尤娜的死讯居然没有传到这里来，嘴巴里苦涩得可怕。她不知道说什么好，继续喝了一杯甘甜的果酒，然后拿出了包里的日记本，轻轻摩挲着那些粗糙的封面，头也开始有些眩晕。

"她，以前是我同学。"夏小满的声音几乎轻不可闻。

陈江恍然大悟，"对对对，她初中是去市里上了，很久才回来一次。听说她大学毕业后就在城里工作，很久没回我们这里啦。小满姐和她的关系很好吗？"

"我们一直很好。上学的时候就是好朋友，工作以后也经常见面，可我们也经常吵架……你知道吗？她后来做了甜点师，大家都喜欢她做的蛋糕。"

夏小满轻声说，不受控制地想起尤娜微笑的容颜来，只觉得心痛得都要抽搐了。陈江没发现她的不对劲，兴致勃勃地说："是吗？她以前就爱吃甜食，还真做了这一行啊，尤阿姨怎么没和我们说过。那她现在怎么样？还好吗？结婚了吗？"

"尤阿姨？尤娜的妈妈还住在这里吗？"

夏小满想起因为"查无此人"一次次被退回的汇款单，心剧烈跳动了起来。她没想到，尤娜的妈妈居然会回到这个小城镇，而被暂时遗忘的记忆突然被唤醒，尤阿姨的相貌也变得清晰了起来。

她怎么会忘记，尤娜的妈妈是她当时见过的最美丽的女人。

和相貌平庸的尤娜截然不同，她的妈妈是一个高挑而妩媚的女子。她曾经到学校来找过尤娜，引起了全校的轰动，大家纷纷来看这个穿着时尚红裙，简直可以和明星媲美的阿姨。夏小满还记得她当时呆呆地看着尤阿姨漂亮的卷发和红唇，周围的同学悄悄议论，尤娜简直像她妈妈抱养来的孩子的场景，想不到可能会在这里再次见到她。

所以说，即使没参加葬礼，还是躲不掉吗？

你一定在恨我吧，尤阿姨。

对不起，真的对不起……

夏小满在心里不断道歉，突然很想逃离。她拿起行李箱就往外走去，陈江在后面喊："小满姐你怎么走了，不喜欢吃这菜吗？我换一个啊！小满姐！"

"别管我，一会儿我自己回去。"夏小满用尽最后的力气说。

"小满姐，小满姐！咦，这是什么啊。"

陈江看到夏小满不小心丢在位子上的日记本，帮她保管了起来，而夏小满已经不见了踪影。

3

走在安镇的小路上，夏小满觉得自己真的醉了。不然，她为什么会觉得夜晚的风那么凉，一直凉到了骨头里？她为什么会觉得身边一直有人在责骂她，质问她为什么要和尤娜吵架，不送尤娜回家？她为什么会觉得面前出现了一片血色，还看到了尤娜苍白的脸？

为什么，没有一个人能和她说话，没有一个地方能让她待一会儿，哪怕只是一会儿……

夏小满不知道走了多久，直到累得迈不动步子，才终于在一个破旧的球场里坐了下来。昏暗的灯光带给她些许温暖，可她还是控制不住内心的恐惧。她的手指在不自觉地颤抖，双手环抱着膝盖，觉得自己孤单无助到了极点。她清楚地知道，绝对不能任由情绪这样低落，再次把她拉向过去那个深渊，那个充满苍凉白色的、不愿再次回想的深渊……

不能再想下去了，夏小满！

夏小满想起心理医生的提醒，不想让自己沦陷下去，决定找点什么来转移注意力，突然，她看到一帮男孩嘻嘻哈哈地走过来。夏小满看到他们手里拿着烟，眼前一亮："不好意思，请问你手里的烟能卖给我吗？"

那帮男孩互视一眼，交换了一下意见，终于有人点头答应。夏小满从皮包里拿出100元给他们，拿过香烟后有些不熟练地点了一根，那辛辣的味道让她咳嗽了起来。她的喉咙好像被火烧一样，但混沌的思绪突然变得清醒了起来，冰凉入骨的滋味也好了许多。她舒了一口气，再次拿出一根香烟，可是手突然被人抓住，刚才给她烟的小青年笑嘻嘻地看着她，"美女，不要一个人抽烟嘛，我们可以陪你玩啊。前面有个歌厅，我们去唱歌好不好啊？"

"不好，放手。"夏小满冷冷地说，用力打掉他的手。

青年吃痛，脸上浮现出怒气，然后继续嬉皮笑脸，"美女，不要那么急着拒绝嘛，一起来玩啊。"

他们几个围了上去，把夏小满包围在其中。最近的居民区离这里也有几千米远，夏小满就算大声喊"救命"，得救的概率也并不大，她后知后觉地感觉到恐惧。她强迫自己不露出惊慌的神色，倨傲地说："你们知道我是谁吗，敢这样对我？"

夏小满的骄傲暂时吓唬住了他们，他们轻声议论这个陌生人是不是有什么来头，而夏小满抓住机会，猛地往前冲，跑出了他们的包围圈。平底鞋早就在奔跑中掉落，行李箱也顾不上去拿，她气喘吁吁地一边跑一边从口袋里拿手机报警！她刚按下了通话键，手机就被一个人抢走，她也被推得重重摔在了地上。夏小满只觉得手肘处疼得厉害，看到为首的男人靠近她，面目狰狞，"在安镇没有人敢不给我面子，你这丫头别给脸不要脸！走，和我们唱歌去！"

"放手！"

夏小满拼命挣扎，但一个女人在暴行面前是那样无力。她的手脚被人按住，脸上不知道被打了几个耳光，头也晕得厉害。她只觉得身体每一寸都很疼，但她不能放弃，因为她一旦退缩就再也无法脱身。她猛地拿额头撞向暴徒，在他吃痛松手的瞬间再次踉跄地往前跑，依稀看到前面有一个高大男人的身影。她不管不顾地朝他的方向跑去，大声喊："大哥，帮帮我大哥！大……"

她抓住了男人的衣服，男人也回头来看着她。月光下，夏小满终于看清楚了他的样貌。她的手先下意识一松，然后用力抓紧了他的衣袖。她只觉得自己这辈子从来没这样幸运过，"救救我，霍知非！"

"小满，想不到我们又见面了。"

月光温柔地照在霍知非的脸上，他简直好像是踏着月色而来。在朦胧的月色中，霍知非伸出手，擦拭夏小满脸上的污迹，也让夏小满心里满是说不出的安全感。她藏在霍知非身后，轻声说："现在先别说这个。刚才那帮家伙欺负我，我们快走吧。"

"喂，女人，你别跑，你别以为找了小白脸我们就会放过你！"

"快滚过来，不然我连他一起打！"

骂得好，继续骂，把他惹火了才好！

夏小满在心里为他们摇旗呐喊，阴暗地想他们得罪霍知非越狠，一会儿就会得到越深刻的教训！因为霍知非在身边的关系，她瞬间壮了胆子，从他身后探出头说："你们一起上吧，反正一起上也打不过他，他可是泰拳高手！"

"哟，你还敢挑衅我们了？"有人开始骂骂咧咧。

夏小满轻哼，"挑衅怎么了，一会儿看你们一个个满地找牙！你们这帮欺负女人的人渣、败类，去死吧！"

她说着，狠狠地对他们伸出了中指，拉着霍知非的手就要离开。可是，她没想到，霍知非一把反握住她的手，然后把她的手指一根根极其缓慢，却极其坚定地掰开。在她愕然的眼神中，他笑了，"夏小满，我为什么要帮你？"

他们认识一个月来，他曾经彬彬有礼地叫她"夏小姐"，也曾经亲密地叫她"小满"，这样冷漠地直呼其名还是第一次。夏小满觉得面前的男人简直在瞬间变了一个人，听到他在她耳边淡漠地说："我们现在没有任何关系，你为什么会觉得我会帮你？还是说，在你心里，我有那么爱多管闲事？"

他说着，微微一笑，笑容在月光下华丽到令人不能直视。微风拂过，他的头发在风中飘扬，却没有给人凌乱的感觉，反而让夏小满好像看到了魔王正在张开黑色的羽翼。眼下，这个魔王正露出残忍的微笑，"再见了，祝你好运。"

霍知非说着，毫不留恋地转身就走，刚才被夏小满羞辱了的小流氓们顿时冲了上来。夏小满吓得头发都要竖起来了，急忙跟在他身后，拽住了他的衣袖，不可置信地说："霍知非，霍教授，你是在开玩笑吧。他们会弄死我的，你肯定不会忍心的吧。"

"是吗？"

霍知非不置可否，继续往前走，他们的手已经抓到了夏小满的头发！她痛得眼泪都要流出来了，拼命甩开，大声说："霍知非，我们不是朋友吗，你不会见死不救吧！霍知非！"

"朋友？"霍知非没有回头，只是轻笑出声，"不，只是关系不佳的前任男女朋友。"

霍知非依然没有要出手帮忙的意思，夏小满突然觉得背上火辣辣的疼，原来是后背被人重重打了一拳。她被按倒在地，最后看到的是那人狰狞的面容，她用最后的力气大声喊:"不是前任男女朋友,我爱你,我爱你!"

男人的手顿住了,他觉得被忽视的感觉实在很糟糕——这对男女朋友为什么要在他行凶的时候拌嘴吵架啊,让他一点儿兴趣都没有了!这两个人太讨厌了,他全都不会放过!

"确定吗?"霍知非问。

"确定,确定!我爱你,爱死你了,霍知非!"

夏小满声嘶力竭地喊着,霍知非终于笑了起来,"这才乖。"

霍知非的笑容,简直有着万千光华,而小混混们终于生气了。他们围了上来就要打霍知非,没想到霍知非一拳就把其中一个人打倒在地。他一手把夏小满拉到自己身后,摸摸她的头发,"乖,再说一遍。"

"那个,我再说100遍也没关系,可现在不是时候吧。"

夏小满看着拿着木棍,蓄势待发的其他4个人,觉得心脏就要跳出来了,真不知道霍知非怎么还有闲情逸致和她聊天!她在霍知非的带领下左躲右闪,看到他又把一个人踢倒在地,忍不住鼓掌欢呼了起来。

霍知非就好像战神一样,把他们一个个打倒,除了额前有些汗水外,简直和在花园散步一样神清气爽。夏小满狗腿地递上了口袋里的纸巾来讨好魔王,霍知非满意地接过。就在他们手指要触碰到一起的时候,夏小满看到霍知非神色一凛,她的笑容也凝固了。霍知非伸出手挡在夏小满的头顶上,鲜血也在她上方滴滴落了下来,滚落到她的脸颊。夏小满看着霍知非猛地挥拳,打倒了一个突然冒出来的持刀男人,后知后觉地发现自己险些死在这里。

霍知非……霍知非!

"你没事吧?"

夏小满急忙扶住了霍知非,看到他手上的伤痕,只觉得心被猛地撞击了一下,感激、愧疚、愤怒等感情交织在一起。霍知非摇头,唇色有些苍白,"没事。"

"那我们走吧。"夏小满轻声说,狠狠瞪了那帮人一眼。

"好。"

霍知非任由夏小满把他架了起来,没有提醒她,他受伤的是手掌而不是腿。男人的重量就这样全部压在了夏小满的身上,她艰难地往前迈步,还必须警惕地观察四周,每一根神经都紧绷到了极点。

回陈江家的路是那么长,夏小满一次次觉得自己累得就要晕倒了,可她还是咬牙往前走。他们都没有开口说话，周围的虫鸣在夜色中显得格外清晰。霍知非看着她被汗水浸湿的样子，看着她通红的脸颊，发现自己从来没有看清楚过，夏小满到底是一个什么样的女人。

有时候，她比谁都要胆小；有时候，她是那么勇敢。她有着不能说的秘密，可是她居然在做这样的事情……呵，无论她是什么样，似乎都不再重要了。因为，至少在这时，他的眼中只有她一个人。

时间不知道过了多久，夏小满终于和他一起走到了陈江家。陈江一边刷牙一边开门，看到她和霍知非的时候愣住了。他的牙刷一下子掉在了地上，"小满姐，我们才分开几小时啊，你的速度也太快了吧，还是说你带着男朋友来出差了？"

"快你个头，快送我们去医院！他受伤了你看不到吗？"

夏小满烦躁地冲着陈江发火，霍知非却阻止了她，"不去医院。"

"为什么不去？你受伤了啊！"夏小满焦躁地问。

霍知非没有回答，而是看着陈江，"你们这里有多少家医院？"

陈江挠头，"哪有多少家啊，就一家啊。"

眼见夏小满还是一脸懵懂，霍知非嘲讽地问："还不明白吗？你觉得，你是他们的话，会不会埋伏在医院里？"

夏小满终于明白了过来，打了个冷战，"不至于吧，又不是多大仇多大怨……"

夏小满想起那帮人瘫倒在地的样子，不再说下去。她担心地问："不能去医院可怎么办，不如我们报警吧。有警察保护，我们就不怕了。"

"只是小伤罢了，给我找点酒精和绷带，我可以自己包扎。"霍知非不以为然地说。

"那我帮你。"夏小满轻声说。

霍知非没有拒绝。

4

陈江买了医疗用品送到夏小满所住的阁楼，又拿出日记本来，"小满姐，这是你的东西吗？"

"对对对，是我的！它不在箱子里，没弄丢吗？"

夏小满想起自己在小吃店曾经把它拿出来过，没想到因祸得福没被抢走，觉得这真是她今天听到的最好的消息。她再三感谢了陈江，把日记本放到一边，准备好药品后，就要给霍知非包扎。

霍知非手上的伤痕很深也很长，简直触目惊心。酒精触碰伤口一定很疼，可霍知非只是微微皱眉，没有发出一点儿声音，就好像受伤的人不是他一样。夏小满既怕弄疼他，又怕手脚轻了没有消毒的效果，短短几分钟已经汗流浃背。就在她专心消毒的时候，她突然听到男人低沉的声音，"小满，你当时为什么想和我分手？"

夏小满的手一顿，抬头看着霍知非。她真的不知道，要怎么在救命恩人面前解释，自己并不喜欢他，和他在一起只是为了某个无法宣之于口的秘密——你可真是够卑鄙的啊，夏小满！她只能沉默，可霍知非还在等待着她的答案。在一片静谧中，她终于说："因为……我得了绝症。"

于是，画面瞬间变成了惊悚剧，就连霍知非的表情也有了轻微的裂痕，"绝症？"

夏小满简直恨不得咬掉自己的舌头！可是，话既然说出口，她只能继续编下去。她扭过头，做出悲伤的样子，"嗯。"

"什么病？"霍知非追问。

"脑瘤。可能，是恶性的。"

夏小满脱口而出，回应她的是久久的沉默。一时之间，"夫妻本是同林鸟，大难临头各自飞"啊，"久病床前无孝子"啊，这些俗语争先恐后地蹦了出来，她又开始不受控制地陷入幻想里……

漆黑的雨夜，她一个人呆呆地坐在医院的病床前，海藻般的长发凌乱地披在肩头。她木然地看着窗外的雨，这时突然一道闪电划过，她清楚地看到霍知非正在窗外，亲密地搂着一个姑娘的腰肢。她不可置信地捂着脸，冲出了病房，正好看到霍知非到姑娘的额头轻轻一吻。

"知非，我们这样，会让你的妻子不高兴吧。"姑娘担心地问。

"她就快离开人世了，我想她会祝福我们的。"

霍知非安慰着情人，看到了在一旁淋雨的夏小满，一下子愣住了。夏小满后退几步，哀伤地看着他，"知非，我知道我有病拖累了你，可你为什么要把她带到我面前？你为什么要这么冷酷、残忍、无情？"

"因为，我不爱你了。"

随着冷漠的话语,又一道惊雷响起,夏小满不可置信地捂住了胸口,她拼命摇头,"不,我不相信!你说过爱我一生一世,不管贫困与疾苦都不会和我分开,你不会这么做的,知非!"

凄美的音乐里,夏小满痛苦绝望,瘫倒在地。霍知非要离开,夏小满拼命抱住他的大腿,却被他狠心踢开,绝尘而去。

"苍天啊,为什么要这样对我?为什么?"

幻想中的绝望影响了夏小满,她下意识地打了个冷战,看霍知非的眼神也开始哀怨了起来。虽然不明白夏小满脸上的表情为什么会丰富到如此地步,霍知非还是微微一笑,把她一把拉到了怀里。

于是,幻境在瞬间消散。

夏小满感受着男人强有力的怀抱,惊愕地看着他,不知道他又想做什么。她很担心霍知非的伤口因为抱她而裂开,霍知非却对伤势不以为然,低醇的声音缓缓传来,"小满,死亡没有什么好畏惧的。每个人的结局都是离开,只是早晚有所不同罢了。如果怕痛,我可以帮你。"

……

有这么安慰人的嘛!她只是随口那么一说,千万别招来这个大魔王的谋杀啊!

夏小满吓了一跳,急忙说:"不要了,不要了,你真是太客气了,真的用不着麻烦。"

"所以,你有那么多心愿,是死前要完成的愿望吗?"

霍知非的问题,让夏小满的脑中一片空白。她最大的秘密突如其来地被揭穿,她的嘴唇颤抖,一句话也说不出来。她沉默半晌,终于打破了沉寂,"你,你是怎么知道的?"

"在你转身去拿药棉的时候,我看过你的日记本。"霍知非说。

夏小满真不知道,这个家伙怎么可以把偷看说得那么理直气壮!她忍不住咬牙,"霍知非,偷窥隐私很不道德!"

"是吗,可是第一页就写着我的名字。"

夏小满想起尤娜的第一个梦想,脸腾地就红了。她扭过头去,不敢看霍知非的表情,霍知非的语气充满笑意,"我很好奇,你是从什么时候开始暗恋我的?初中吗?"

夏小满一愣,"啊?"

"我查过你的资料,发现以前我和你在一所初中上过学。后来我转学离开了,你一定很失望吧。"

夏小满没想到自己居然和霍知非同校过,虽然早就记不起他当时的样子来,但还是装作羞涩的样子,"嗯,是啊。后来你去了高等学府,我去了一个三流大学……霍知非,你会看不起我吗?"

"无所谓,从遗传学来说,两个人中有一个智商高就可以了,孩子的智商不会有影响。"霍知非淡淡地说。

看到霍知非一副"朕赏你一颗定心丸"的表情,夏小满再次想吐血。她假装没听懂霍知非的明示,转移了话题,"对了,你怎么会到这里来?是学校里有事情,还是来探亲?"

"有点私事。"霍知非显然不愿意提这个话题。

夏小满没有追问下去。她擦擦额头上的汗水,看着霍知非的伤口,忍不住问:"霍知非,你疼吗?"

"疼。"霍知非平静地说。

"你疼就叫出来,没关系的。我以前打针的时候也怕疼,我就在那里哇哇地叫,这样转移注意力就不太疼了。真的,不信你试试……"

她的话没有说下去,因为霍知非突然亲吻了她。他的身上还有消毒水的味道,她睁大眼睛看着他乌黑的眼眸,在那里,她清晰地看到了自己的影子。她忘记了反应,只是看着霍知非,霍知非的气息瞬间把她包围,"不疼了,确实很管用。对了,这里有洗澡的地方吗?"

他自顾自说着,就走出了房门,而夏小满后知后觉地捂住了脸颊。她真的不知道,自己明明和霍知非分手了,为什么又会成了现在的局面!

甚至,比以前还要更近……

5

夏小满想起霍知非救自己的场景,心好像被羽毛拂过一样,柔软异常。她想,怪不得尤娜会喜欢霍知非,他认真对一个人好的时候,真是任何人都无法抗拒。不不不,她怎么会那么想?霍知非太危险、太霸道,并不是她喜欢的类型,他只是一个目标人物罢了。

夏小满轻轻叹气,把日记本小心地藏了起来,突然看见霍知非裹着浴巾进来了。刚才的哀愁在瞬间消失不见,她惊吓过度,指着霍知非,"你你你,你怎么穿成这样!"

"你洗澡以后不穿成这样?"

霍知非拿浴巾擦拭头发,随意地坐在了床上,神情悠闲得就好像在度假酒店一样。夏小满看他半晌,见他没有离开的意思,只能再次去找陈江。陈江正打算睡觉,看到夏小满后急忙捂住了胸口,"小满姐,你大晚上的找我干吗?"

"我问你,霍知非为什么会去我的房间?难道他也要住这里吗?"夏小满恶狠狠地问。

"他说他是小满姐你的男朋友,要一起住,我当然不能赶他走。难道不是这样吗?"

夏小满想起霍知非为自己受伤的场景,到底不能残忍地说她根本不喜欢他,只能含糊地说:"我们毕竟没结婚,怎么能住在一起!你这里就没有别的房间吗?要么,你去理发店睡吧!"

陈江苦着脸说:"小满姐,我家真没多余的房间了,理发店也不能住人啊。对了,我和邻居共用一个仓库,那里倒也能住人,就是有点脏。"

夏小满摆手,"没事,我去住那儿。你就说,这是你事先给我准备好的房间,别让霍知非知道我不想和他住。"

陈江坏笑,"小满姐,你是不是怕和他……这种事情很正常的啦,你不要那么抗拒嘛。男人都是有需要的,你小心你男朋友不高兴。"

"你再胡说我把你的头发染成黑色啊!对了,我们的行李都丢了,你去帮我们买点衣服来吧。"

夏小满摆平陈江后,拿着钥匙去了屋外的仓库,一进门就被呛鼻的味道熏得咳嗽了起来——如果这叫"有点脏"的话,那么垃圾场也只是"有点乱"而已了吧!不过,这一切难不倒从小就独立自主的夏小满!

夏小满认真打扫,在陌生的环境里睡得很好,第二天在鸟叫声中醒来。打开窗,她呼吸到了在城里感受不到的新鲜空气,用力伸了个懒腰。她有点担心霍知非的伤势,想去问问他感觉怎么样,出门的时候看到了放在门外的衣服,一下子愣住了。她颤抖着手,拿起那身她到70岁才会穿的花衬衫和黑色长裤冲到了客厅,抓住了陈江的衣领,"陈江,这就是你给我买的衣服?你确定要我穿这个?"

陈江呵呵笑着,"小满姐,这是我帮你从最贵的商场里买的,这花色也是最流行的,你穿了肯定漂亮。你看,你看,多衬你的肤色!"

他把衬衫放在夏小满脸边比画,夏小满打掉他的手,"大哥,我给了你1000元,1000啊!这身衣服加起来最多几十块钱,剩下来的钱到哪里去了?"

陈江哀号,"大姐,你说就说,怎么还动手打人啊你!你看这衣服的做工,这么精致,这么有艺术气息,这可是尤阿姨的精心之作!"

"这衣服丑得丢在大街上也没人要,你还说什么精心之作,你要不要脸啊!"

"是吗?"

就在夏小满和陈江争吵之际,身后突然传来一个沙哑的女声,然后夏小满看到了一张有些熟悉的脸。她仔细回忆,想起来她是那个卖西瓜的阿姨,忍不住叫道:"是你,奸商!"

陈江一把捂住夏小满的嘴巴,"什么奸商啊,小满姐你睡糊涂了吧。这是尤阿姨,借给你房子住的那个!这衣服也是尤阿姨亲手做的,很棒吧。"

陈江说着,拼命对夏小满使眼色。夏小满还没来得及说什么,尤阿姨却冷笑道:"刚才这位小姐已经说了,我的衣服很难看,真是抱歉啊。"

陈江没想到夏小满的话被尤阿姨听到了,脸色一下子变了。他急忙说:"小满姐绝对不是那个意思,阿姨你听错了吧。小满姐,你解释一下啊。"

"我就是那个意思!你觉得这衣服好看吗?值1000块钱吗?我奶奶都不会穿这样的衣服!"

夏小满一看到那个尤阿姨,就想起自己被敲诈那么多西瓜的事情,真是气不打一处来。尤阿姨没有再说什么,冷冷一笑后离开,陈江痛苦地抱头,"小满姐,你知道你得罪的是谁吗?尤阿姨,可是我们这里最邪门的人,凡是得罪她的人都没有好下场!有人骂了她几句,第二天就摔断了腿;有人偷了她家的西瓜,然后被狗咬;我以前也偷偷说过她的坏话,结果不小心把客人的头发烫坏了……"

"等等。"夏小满打断他,"你把头发烫坏根本不是因为什么诅咒,你什么时候没烫坏才是烧了高香好嘛!什么诅咒啊,我才不信。"

"真的,我不骗你,不信你试试看好了……唉,她的命挺苦的,老公去世了,女儿也离开了。对了,你不是认识尤娜姐嘛,她就是尤娜姐的妈妈啊。"

"什么?"夏小满简直不敢相信自己的耳朵。

她,她居然是尤娜的妈妈?那个漂亮到和明星一样的女人?她怎么会变成这个样子！她刚才对尤阿姨发了火，还指责她的衣服难看……她居然对尤娜的妈妈发火了！

夏小满内疚到一句话都说不出来，想立马去对尤阿姨道歉，陈江阻止了她。陈江耸肩，"尤阿姨的性子很奇怪，你去道歉她反而会更加不高兴，不如暂时别提这件事，等风头过去再说吧。"

"你说……你说她的老公已经去世了，那尤娜的爸爸是不是去世了？"夏小满只觉得浑身冰凉。

"是啊，这不是一个意思嘛。"陈江不明白夏小满为什么会问这个显而易见的问题。

"她的爸爸，是什么时候去世的？"

"具体我也不太清楚，应该是尤娜姐上高中的时候吧。"

"是吗？"夏小满喃喃自语。

夏小满真的不知道，怎么让一个死去的人，成为另一个死去的人的骄傲！她的眼睛突然变得酸涩起来，听到陈江继续说："尤娜姐是跟妈妈姓的，她爸爸叫陈强，是我们这儿的裁缝，手艺很好，就是脾气不好。我记得他经常打骂她们，有一次还拿着刀追尤娜姐跑了一条街，可把我们吓死了。不过不管怎么样，他也是家里的顶梁柱。他得癌症死了以后，尤阿姨一个人支撑起这个家，也是怪可怜的。她以前可漂亮了，后来为了生活什么活儿都干，变成现在这个样子。大婶们都说她命不好，还真是很可怜啊。"

陈江提起这些往事，有些唏嘘，夏小满的心情越发沉重。虽然她不明白尤娜为什么会对凶残的父亲抱有那么深的情感，也清楚这个梦想恐怕无法完成了。陈江没有看出她的悲伤，还是兴奋地问："小满姐，今天我们不是要去大兴集团的筹备处吗，我们什么时候出发？"

夏小满刚想回答，看到一个身影从楼梯上走了下来，急忙捂住了嘴巴。她的脸涨得通红，眼睛瞪得很大，陈江觉得她简直就好像一只即将喷气的茶壶。陈江抬头看到了霍知非，愣了半晌，终于说："霍先生，您起来了啊！"

一向嘴甜的陈江也说不出正常的话来，更别提夏小满了。她觉得自己在下一秒就要捧着肚子大笑出声，因为霍知非居然和她穿着一模一样的花衬衫、黑西裤！眼看一个优雅睿智的教授，就这样变成了路边的民工，夏小满的心里简直是说不出的舒爽。她的脸上刚浮现出笑意，就见霍知非的眼神扫来，急忙摆出义愤填膺的样子来，"陈江，你怎么给霍知非也买了这样的衣服！"

在霍知非冷淡的眼神注视下，陈江苦着脸说了实话，"小满姐，理发店的开销很大，我都没钱交房租了，就暂时借用了一点你的钱。你放心，等我赚钱了，肯定加倍还给你！"

"加倍你个头啊！你不会让我们穿这个出门吧！"

夏小满看着身上的衣服就觉得火冒三丈，陈江再三讨饶，"小满姐，真不是我不帮你，可是你得罪了尤阿姨，她肯定不会再卖衣服给我们。离这里最近的服装店也要半小时车程，那样我们就来不及去大兴了啊！要不你今天先凑合一下？"

陈江一脸哀求，夏小满看着时间就快来不及了，也只能认命。她刚要出门，霍知非叫住了她。夏小满以为他有什么话要吩咐自己，没想到他摸摸她的头，"小满，记得回来吃晚饭。"

"知道了。"

在陈江挤眉弄眼的表情下，夏小满觉得脸一下子就红了，急忙和陈江一起离开。他们离开后不久，霍知非拿出了手机，按下了一个了然于胸的号码。电话那头的声音恭敬地说："霍先生，我正好要找您，您在找的人已经找到了。"

"是吗，她现在在哪里？"霍知非一边拉开窗帘，一边问。

窗外的阳光就这样进入了房间，让霍知非眯起了眼睛。他看着不远处喧嚣的街道，看着那些居民正在聊着什么、笑着什么，突然有一种恍如隔世的感觉。他听到那人说："就在安镇清水街15号楼。先生，您稍等，我把她的照片发来。"

霍知非挂断了电话，收到了一张图片，然后看到了不远处的那个女人。他出神地看着她，轻声说："我终于找到你了。"

终于找到了，我的债。

第7个梦想：我真的飞起来了

1

夏小满坐着陈江的三轮车，到了大兴集团在安镇的项目筹备处。在并不繁荣的小镇上，他们窗明几净的办公楼显得格外气派。夏小满走了进去，发现筹备处的地板光滑得就好像溜冰场一样，里面的工作人员也个个西装革履，每根头发都在叫嚣他们是"社会精英"。

如果是平时，身为媒体记者的夏小满还能和他们平等对话，但现在她看看他们笔挺的制服，再低头看看自己身上的老年衫，只觉得她不该出现在这里，而是该去广场上来一段广场舞。陈江把她介绍给负责人张哲，夏小满紧张地伸出手来，"你好，我是夏小满。"

张哲看着穿着花衬衫、头发又蓬又乱，还企图和自己握手的夏小满，嘴角不自觉地抽搐了一下。他没有伸出手，倨傲地问："你就是小陈的女朋友吧。他说你需要一份工作，我们这儿正好也缺人手，你就来上班吧。对了，你会数数吗？给我从1数到10。"

夏小满觉得这是一个脑筋急转弯，答案一定特别匪夷所思。她认真思考答案，张哲不耐烦了，"数到10都不会吗，那数到3总会吧。"

"1、2、3？"夏小满不确定地问。

"嗯，可以入职了，去吧！"

"谢谢张哲哥！"

陈江点头哈腰，拉走了几近石化的夏小满。夏小满忍不住问他，张哲的问题到底是什么意思，陈江小声解释，"反正你就是去做个清洁工，哪会问什么太难的问题啊，他们只要你不是傻子就好。小满姐，我只能帮你到这里了，接下来都靠你自己了。你小心点，有事情打我电话。"

夏小满点点头，和陈江告别后，来到了清洁组。她换上了清洁工的制服，很快和其他大婶们打成了一片。她知道了大兴集团筹备处邀请了许多居民来这里任职，大家对他们都很感激，更有人表示就等着政府把文件批下来，好把房子卖给他们。夏小满旁敲侧击地问起是不是每个人都是这么想，大婶们翻了个白眼，"哪能啊，还有几个老家伙拖后腿，就是不肯卖房子。真是的，如果耽误了我们发财可怎么办啊。"

"是谁不肯呀，他到底怎么想的？"

夏小满循循善诱，大婶们刚要回答，突然听到领队说："大家都站好，快点快点！今天安小姐要来视察，晚上有红烧肉吃！"

安小姐？是安紫陌要来吗？要不要运气那么好啊！

夏小满吓了一跳，缩到角落里想逃走，但领队发现了她，"那个新来的，你怎么不过来迎接安小姐，还想不想吃红烧肉了？快过来！"

"小夏你快去，红烧肉可好吃啦！"

在红烧肉的诱惑下，热情的大婶们硬把夏小满带到了大厅。夏小满悄悄站在队伍的最后一排，把自己掩藏在大婶们壮硕的身体后，暗暗祈祷安紫陌不要注意到她。在一片寂静中，安紫陌终于来了。

在一群穿着黑色制服的员工中，身穿紫色长裙、长发及腰的安紫陌显得格外抢眼。她正和张哲说着些什么，脸上带着得体的笑容，就连曾经采访过大明星的夏小满也必须承认，安紫陌的美丽和气质在女人中简直首屈一指。她忍不住想，霍知非到底为什么和安紫陌只是"朋友"关系，是他们真的没感觉，还是……他脑子坏掉了？

夏小满出神地看着安紫陌，没料到安紫陌的手机突然掉在了地上。安紫陌阻止了其他人的帮助，自己弯腰去捡，然后发现一个低着头的身影非常眼熟。安紫陌没有多想，捡起手机就离开，突然转身，看到了夏小满低头的身影。她的诧异只有一瞬间，若有所思地走到了办公室里。张哲急忙为她递上咖啡，不安地说："安小姐，您来得比较突然，我们准备得也很仓促，真是抱歉。这咖啡已经是最好的了，可一定比不上您平时喝的，您……"

"没事。"安紫陌摆手，"是我没有事先通知你们，我不会计较这个。"

"不知道安小姐这次来，主要想了解些什么，这些是日常报表……"

张哲把报表送上，安紫陌只是匆匆看了一眼，笑着说："我这次并不是来视察，主要来见我的未婚夫，你们不必紧张。"

"霍先生也来安镇了？我们似乎没接到消息……"张哲颤抖着问，看起来比刚才更紧张。

"我想，他不想给你们添麻烦，不想暴露行踪吧。他一直是一个很'害羞'的人。对了，我觉得这里的员工都很积极努力，下周的签约酒会让他们也去。"

"好的。"

虽然张哲认为，让这些村民参加高级酒会是一件特别暴殄天物的事情，但他怎么敢反抗安紫陌的突发奇想。安紫陌满意地笑了，站在窗边给霍知非打电话，甜蜜地说："知非，你猜猜我在哪里！"

回答她的和往常一样，是霍知非挂断电话的声音。她看着手机，轻声笑了起来，眼中闪着奇异的光芒。

夏小满并不知道安紫陌早就把她认了出来，只觉得她今天逃过了一劫，实在够幸运。她跟着清洁组一起去擦大堂里的地板和花瓶，一天工作下来真是累得腰酸背痛，有用的信息却几乎没有打听到。她再三表示，自己家里也有红烧肉吃，那帮大婶才遗憾地放她回家。她一个人慢慢走在路上，一会儿和路边的村民打招呼，一会儿逗逗在树下乘凉的小狗，突然爱上这里的生活了。她看到田野里种着青翠的水稻，可以想象到了秋天这会是多么灿烂的情景，而这里就要建古街了……

从此，村民们会过着失去土地，却变得富裕的生活了吧。到底哪个才是对的，她现在所做的真的是出于正义，还是会把他们的希望毁于一旦？她真的该写这篇报道吗？

夏小满的心里是说不出的迷茫，这时手机突然响了。她急忙拿出手机，没想到来电话的人居然是何之洲。夏小满愣了一会儿才敢接听手机，何之洲的声音平稳地传来，"夏小满，到安镇了吗？"

夏小满小心翼翼地说："到了，昨天就到了。"

"一切还算顺利吗？"

"很顺利，谢谢社长关心。"

"那里的情况到底怎么样？"

"大家都对要建古街的事情很高兴，只有几个人不愿意搬迁。我想，可能我们搞错了，事情并不是陈江说得那样。社长，也许我们不该干涉他们的决定。"

夏小满简直无法想象，如果这个项目黄了村民们会有多失望。在微风中，她听到了何之洲的声音,"夏小满,我记得我说过,当你迷茫不知道怎么办的时候,就问问你的心。"

"可是,如果我的想法是错误的呢?"夏小满不确定地问。

"我都相信你,你不相信你自己吗?"

夏小满似乎可以想象,何之洲在电话那头看着窗外的沉静样子,心里突然充满了温暖又柔软的力量。她无法做一个判决者,可是她的读者有权利知道真相,她只要听从本心就好。她只觉得迷雾在瞬间消散,轻声说:"社长,谢谢你。"

"我等你的报道。"

何之洲说着,挂断了电话,夏小满觉得自己又浑身充满了力量!她激情四射地走在乡间的小路上,和每个人都大声打着招呼,殷勤地帮村妇背东西,简直就好像是在这里长大的原住民。当她哼着歌到了理发店的时候,手里多了几把青菜和一个西红柿,推开门笑着说:"这些都是大婶们给我的,好新鲜啊!晚上我做菜给你们吃,我的手艺很好哦。哇,你的头发怎么了,你触电了吗?"

陈江绿色的头发好像被电击了一样根根竖起,夏小满看着他的造型,真有一种在他头发上撒一把红枣的冲动。她踮起脚,好奇地想去摸陈江的头发,陈江不住地后退,"别动别动,还没定型呢!"

"我拿个铁锹都不能把你的头发打趴,这还叫没定型啊?这到底怎么弄的啊,好神奇。"

夏小满跳起来,终于摸到了陈江的头,然后突然发现脏乱的理发店居然干净了许多,她问陈江:"你今天打扫理发店了吗?这干净得我都不敢下脚了。对了,霍知非到哪里去了?他今天有没有好好休息?他一个人在你家,会不会不自在啊?"

"霍先生啊……"陈江的表情变了。

他真的很想问夏小满,她到底带了什么瘟神到他家!夏小满离开了以后,霍知非虽然没有说什么,但是低气压全开。陈江小心翼翼地给他端上咖啡,他一口都没有喝,而是说:"房子很乱,小满不喜欢。"

啊?这是什么意思?陈江突然觉得自己听不懂中文了。

"太乱,你去收拾一下;还有她的房间太小,空气也不好,你去装一个空调;这窗帘的颜色她昨天看了一眼就不再看,肯定也不喜欢,去换掉。"

"可是……"

"听懂了吗？"

陈江在看到霍知非冷淡的眼神后，不敢开口拒绝，因为他的第六感告诉他，如果他说"不"的话，真的可能会死在这里——这可是昨天打败了5个人的恶魔！于是，他只能苦命地打扫卫生，换了霍知非说的东西，然后蜷缩在墙角，为自己的荷包哀号。不过，他的愤怒很快就消失了，因为，当路过的大婶们看到霍知非的时候，她们把整个小店都挤满了。

"陈江啊，你说我烫卷发好不好啊？"

"城里是不是流行红颜色啊，你也给我做一个，肯定会年轻10岁呢。"

"我要把头发拉直啊，你们快点快点！"

大婶们一边和陈江聊天，一边肆无忌惮地看着霍知非，还时不时笑成一团，目光大胆又暧昧。陈江觉得自己的冷汗都要流下来了，他多害怕霍知非把他的小店给拆了，可霍知非居然忍耐了下来，自顾自看着报纸，好像她们并不存在一样。当大婶们闹够了，终于回家吃饭后，陈江才有时间给自己换个发型，然后夏小满就回来了！她还问他，霍知非会不会不自在！他怎么可能不自在！

陈江心中默默流泪，却只能苦涩地咽下，觉得他就好像被掐住了脖子的鸭子一样，满肚子的委屈简直不知道要和谁说。夏小满到仓库把新闻稿赶了出来，发到了何之洲的邮箱里，然后拿起蔬菜去厨房。她想亲自下厨，陈江急忙阻止，"小满姐，还是我来吧。"

"今天我来做饭，你和我抢，我可不高兴啊。"

夏小满故意沉下脸，陈江只好退后，暗暗祈祷霍知非不会朝他发火。真是怕什么来什么，霍知非这时正好走到了客厅，看到了夏小满正在厨房忙活，而陈江站在门外的场景。看到霍知非来了，陈江的表情一下子就怂了，他想开口解释，但霍知非用手势让他闭嘴，用眼神让他滚蛋。陈江知趣地离开，霍知非就站在客厅的一角，看着夏小满在厨房忙碌的样子。他看着她的长发扎成了马尾辫，有一缕头发总是垂下来，轻轻拂过她的面颊，也好像拂过了他的心。他突然对面前的场景是那样留恋，简直想时间定格在这一瞬间。

"好了好了，菜好了，大家来吃吧！"

夏小满炒了几个菜，把菜放到桌上，笑嘻嘻地等待着夸奖。陈江率先吃了一口，忍不住惊叹："哇，小满姐，你的手艺真好！现在好多女孩子都不会做菜，想不到你还会做这个！"

夏小满谦虚地说："哪有，我爸爸才厉害呢，每次他做菜的时候我家门口都会围着好多人,我根本比不上他——不过,比起其他人来,估计也够啦。你再吃点。"

夏小满热情地招呼,陈江还想再吃几口,但看到霍知非别有深意的眼神后,讪讪地放下了筷子。他不再夹番茄炒鸡蛋,改夹其他菜,每当下筷前都会观察霍知非的脸色,但霍知非没有哪次露出类似允许的表情。最后,陈江只能欲哭无泪地说:"小满姐,我中午吃多了,晚上一点儿也吃不下了。"

"随你啰。"

夏小满没有勉强陈江,改给霍知非夹菜。夏小满心情紧张地等待着霍知非的评价,霍知非品尝完,沉默半晌后终于开口:"很好吃。"

"是吗?太好了!"

夏小满一下子喜笑颜开,继续殷勤地给霍知非夹菜,房间里满是粉红色的气泡。陈江实在受不了了,找个借口就离开了,夏小满一边吃饭一边疑惑地问:"他是不是肠胃不太好啊,怎么吃一口就饱了?"

"也许吧。"霍知非不置可否。

"对了,你怎么换了衣服?这里的商场还卖这个?"夏小满突然发现霍知非换上了质地精良的休闲装,好奇地问。

面对夏小满的疑问,霍知非的语气听不出任何情绪,"呵,才发现吗?"

夏小满感觉到霍知非有所不满,急忙装作害羞的样子扭着衣角,"哪有,人家一下子就看到了,刚才陈江在不好意思说嘛。对了,我今天看到了……一条狗。"

夏小满想告诉霍知非,安紫陌也到安镇来的消息,但不知道为什么,话在嘴边又咽下去了。她心虚地闷头喝汤,霍知非诧异地问:"狗?"

"是啊,一条还挺漂亮的狗。霍知非,你的手还疼不疼啊?"夏小满急忙转移了话题。

"你要再给我消除一下疼痛吗,小满?"

2

霍知非说着,突然凑近了夏小满。夏小满近距离看着他形状美好的嘴唇,想起和他接吻的感觉,不知道为什么,居然有了一种期待的感觉。她的心怦怦直跳,可就在霍知非要吻上来的时候,她的手机突然响了。夏小满一见来电人是何之洲,一手推开了霍知非,急忙接了电话,赔着笑脸说:"社长,有什么指示吗?"

霍知非被她推到了一边,脸色一下子就阴沉了。他听到夏小满用谄媚的语气说:"吃饭了,谢谢社长关心。什么,明天回?不需要后续报道了吗?"

夏小满很吃惊,听到何之洲说:"这篇报道见报后,会掀起很大的风波,甚至可能引来报复。为了安全起见,你还是今天晚上就回来。"

"谢谢社长,但我还不想回去,我想做后续报道。"

夏小满鼓足勇气拒绝何之洲的好意,何之洲沉默片刻后,说了一声"好",就挂断了电话。夏小满不知道何之洲有没有生气,忐忑不安地把手机放在桌上,却见霍知非若有所思地看着她。她心里暗叫不妙,迅速去拿手机,但还是晚了一步。霍知非把她的手机拿在手中,玩味地说:"何之洲?你们很熟?"

"也不是很熟。"夏小满不知道为什么开始心虚,"问他干吗啊,我们吃饭啦。"

夏小满故意做出一副不以为然的样子,希望可以蒙混过关。霍知非没有再追问下去,而是仔细欣赏着夏小满的手机,好像他来自远古社会,从没见过电子产品一样。夏小满知道自己的手机里并没有秘密,倒不怕霍知非检查,却没想到霍知非突然把手机往窗外一扔,冷冷地说:"我不喜欢何之洲,以后少联系。"

"霍知非!"

夏小满尖叫一声,狠狠瞪了霍知非一眼,急忙冲出去找手机,但手机已经被摔得四分五裂。她没想到何之洲给她的新手机居然没过几天就成了一堆碎片,心疼到抽搐,"霍知非你有毛病啊,这是我的手机!"

"离他远一点,明白了吗?"

霍知非说着,拿出纸巾擦拭嘴角,一点儿都没有道歉的样子。夏小满是真的生气了,她看着摔碎的手机,大声说:"霍知非,你是不是有病啊!我不是你的学生,我有自己的想法,不需要你来命令我!我和社长联系不联系,是我的事情,你管不着!你还摔我手机……你真是有病,怪不得你一个朋友都没有!"

"一个朋友都没有?"

霍知非低沉地反问,突然起身,一步步朝夏小满走去。夏小满以为他早就习惯自己的不受欢迎,真不知道这句很平常的话怎么激起给他这么大的反应。

她强迫自己抬起头,和霍知非对视,"是啊,你的学生虽然崇拜你但是都怕你,你的同事也不喜欢你,你就是一个朋友都没有吧——还不是因为你那坏脾气!你再不改的话,可就没人愿意理你了!"

"包括你?"

夏小满没想到说了那么多后,霍知非居然问了这句,愣了一下说:"是,你不道歉的话,我不会再理你!哼!"

她说着,重重地关门离开,霍知非没有追上去。他低声重复她的那句"一个朋友都没有……"他的面前,突然浮现出那些刻入了灵魂的画面,看到了年幼的他正站在树下孤单地哭泣。霍知非静静地看着那个自己,伸出手,幻觉在瞬间烟消云散。他笑了起来,"一个朋友都没有又有什么关系?至少还有你,自投罗网地待在我身边。"

夏小满怒气冲冲地离开陈江家,过了很久才终于找到了一个手机维修店。修手机的师傅还是第一次看到这样高级的手机,如获至宝地表示他要研究几天才能判断能不能修好,并免费给夏小满一个备用手机。夏小满看着手中那个简直可以当古董来拍卖的老式手机,嘴角微微抽搐了一下,到底还是把它收下了。

因为刚和霍知非吵过架的关系,她不想回去,又没有想去的地方,只能一个人漫无目的地走着。这一路,她听到许多村民都兴奋地谈论这次会拿到多少钱的补偿款,偶尔有几个老人会说舍不得卖房子,但是都被他们反驳得毫无辩解之力。夏小满在路边的长椅上坐着,突然听到有人说起了尤阿姨,顿时竖起了耳朵。

"老顾啊,那现在就只有那个裁缝店的尤老婆子不肯签字了?"

"是啊,只有她了,真是给我们拖后腿。"

"你说,她家那老房子可是在我们中间,不会她不签字人家就不开发了吧?"

"这哪能啊!不过要真的是这样,你看我不闹死她去!哪有这样耽误我们发财的!"

"是啊,说什么都要让她签字!"

村民们一边议论,一边喝着小酒,气氛是那样融洽,夏小满微微皱了眉。她想,她似乎应该去给尤阿姨通风报信。她鼓足勇气,敲响裁缝店的大门,等了很久那扇门才打开,尤阿姨看到她后顿时想把门关上。夏小满觍着脸挤进去半个身体,讪笑道:"尤阿姨,别关门啊,我找你有点事。那个,你饭吃了吗?"

尤阿姨没有理会她，继续关门，把夏小满夹得尖叫了起来。尤阿姨的手一顿，夏小满急忙捂住肩膀，做出楚楚可怜的样子，"尤阿姨，你让我进去说，好不好？"

尤阿姨看了夏小满许久，终于让她进了门。

在尤阿姨泡茶时，夏小满坐在沙发上打量着尤阿姨的住所。比起陈江家的杂乱无章，尤阿姨家要干净许多，但所有东西都是单人的，也带了些孤寂的味道。尤阿姨把茶杯递给夏小满，定定地看着夏小满喝茶的样子，让夏小满有些不寒而栗。夏小满放下茶杯，刚想开口，尤阿姨开口问："我让你不自在了？"

"没有啊，呵呵，我怎么会不自在。"夏小满尴尬地说。

"抱歉，我家很久没有客人了，我不太习惯。你叫什么名字？来安镇做什么？"

尤阿姨说完，等着夏小满的回答，而夏小满怎么敢让她知道，自己就是她最恨的人。她想了一下，除了隐瞒自己的真实姓名外，其他都说了实话："我叫夏颖，是报社的记者，到安镇来暗访大兴集团要建古街的事情。"

"呵，我就觉得你不像是陈江的女朋友，果然是这样。既然是暗访，你为什么要让我知道？"

尤阿姨的犀利和冷静，让夏小满眼中的她褪去了村妇的外壳，重新回到年轻时美丽动人的样貌来。夏小满轻声说："因为，我想要帮你。尤阿姨，你可以告诉我，你为什么不想把房子卖给他们吗？所有人都等着补偿款，难道你不想要吗？"

昏黄的灯光下，尤阿姨专心裁剪着衣服，没有回答。夏小满继续问："据我所知，这次只有阿姨你没签字。阿姨，你到底为什么不愿意离开这里？"

"我不回答记者的问题，你回去吧。"尤阿姨终于开口。

夏小满一下子着急了，"阿姨，你不回答我的话，我的报道没办法引起读者的重视，这件事可能被压下来！到时候，你家真的有可能会被强拆，村民也有可能做伪证，到时候你什么都得不到！"

"比起他们来，你更不可信。回去吧，夏记者。"

"阿姨，你就说几句吧，一句也可以啊！"

夏小满磨蹭着不想走，突然听到了一声巨响，一块砖头就这样飞了进来。夏小满吓了一跳，只见那几个捣蛋的熊孩子居然都没跑，大声唱着儿歌："尤巫婆，嘴巴大，总是吓唬小娃娃。尤巫婆，心眼毒，赖着就不肯搬家……"

夏小满从没听过这样恶毒的童谣，觉得头皮发麻。她对他们挥拳，把他们赶走，安慰尤阿姨道："尤阿姨，小朋友不懂事，我去收拾他们。"

"你走，你快走！"

尤阿姨不知道为什么突然发起了脾气，硬生生把夏小满推到门外，然后猛地关上了房门。夏小满垂头丧气地回到了仓库里，想到尤阿姨就忍不住担心，怎么都没法入睡。辗转反侧间，她突然发现，仓库里居然多了一个空调，窗帘的颜色也换成了她喜欢的淡粉色。难道陈江有那么细心？

夏小满想着，突然觉得饿了起来。安镇哪有什么夜宵吃，她只能悄悄溜进陈江家，打算煮一碗泡面吃。她煮了辣白菜味的拉面，还在泡面里放了鸡蛋和火腿肠，诱人的香味简直让她口水直流。她端起碗来，刚准备开吃，突然感觉到门外有人，她回头看去，只见霍知非正在夜色里看着她。

厨房的灯光很暗，霍知非就好像融在夜色里一样，只有一双眼睛熠熠生辉。夏小满被他吓了一跳，刚想开口，突然想起来他们现在在冷战，急忙紧紧闭上了嘴巴。她把霍知非当作空气，吃了一口泡面，满意地眯起了眼睛。她没想到，霍知非大步走到她身边，抢走了她手里的筷子，居然开始肆无忌惮地吃她的泡面。夏小满见霍知非两口就吃掉了一半，心疼地尖叫："霍知非，你住口，不许再吃了！"

霍知非一言不发，飞快地把泡面吃完，还示威一样地打了一个嗝，然后，他看也不看夏小满，准备离开。夏小满气急败坏地拉住他的袖子，"霍知非，你怎么不说话！谁让你吃我的泡面的？"

"不是再也不理我吗，夏小满！"

霍知非伸出手，轻轻点了点夏小满的嘴唇，然后离开了厨房，把夏小满气得七窍生烟。她没想到，霍知非居然会那么幼稚，发誓绝对再也不会和霍知非说一句话！这时，陈江也闻着香味来了，嘿嘿笑着："小满姐，你吃夜宵啊，给我来一碗？"

"吃你个大头鬼！"

夏小满狠狠瞪了陈江一眼，把脾气都发到了陈江身上。陈江欲哭无泪，"这是我家啊……是我家啊！"

3

接下来的日子里,夏小满继续和霍知非冷战,也继续在清洁队里卧底。她几乎没得到什么有用的信息,但对于该怎么打扫房间,怎样擦桌子才干净倒是有了很多心得——除了泡咖啡之外,她又学会了重要的生活技能,还真是不枉此行啊!

因为安镇非常偏僻,手机也不能上网,夏小满专心卧底,根本不知道她的稿件涉及敏感的拆迁问题,已经在全国引起了轩然大波,也给大兴集团带来了前所未有的麻烦。打电话给安紫陌的记者实在太多,安紫陌到后来干脆关了机,张哲更是义愤填膺,"《都市快报》真是过分,我们每年给他家那么多广告费,他们居然还来搞我们!这个夏小满是谁啊,为了出名也太不择手段了吧!咦,这名字倒是有点熟……"

张哲努力回忆自己到底在什么地方听过这个名字,安紫陌喝着咖啡,倒是不以为然,"他们想闹就去闹,这帮村民已经被钱摆平了,签约仪式势在必行。而且,我们根本不是要圈地盖房,确实是为了改善大家的生活和打造商业街,我们问心无愧。"

张哲吞吞吐吐道:"可是,我们确实……"

"什么?"安紫陌挑眉。

当安紫陌听张哲说,他们的项目确实是在改造老街的基础上圈地时,脸色一下子就变了。她把咖啡杯重重放在桌子上,富家千金的气场全开,"张哲,你现在告诉我做什么,你怎么不等项目落成的时候才说?是谁给你这样的胆子!"

"这件事董事长也知道。"张哲硬着头皮说,"安小姐,现在拿地那么难,我们是真的没办法。"

安紫陌没想到父亲居然默认了这件事,冷汗从后背慢慢蔓延开来。她脑中迅速思考,深吸一口气,冷冷地说:"项目立即停止。"

"安小姐,我们准备了那么久,不能停止啊!"张哲急了。

安紫陌摆手,"爸爸那里我去说,你做好分内事就行。"

张哲见无力回天,只能说:"安小姐,如果现在停止项目,那帮村民的情绪我无法保证。安全起见,我还是送您回去吧。"

安紫陌思索片刻,笑了起来,"不需要,我自然有解决的办法。还有,酒会继续进行。"

夏小满并不知道大兴集团内部有这么多的暗涌,很认真地和霍知非打冷战。因为住在仓库的关系,她和霍知非见面的次数并不多,但饭还是要在一起吃。饭桌成了她和霍知非的战场,陈江更是无法避免地被"战火"波及。

"陈江,吃鱼。"

在霍知非把筷子伸到鱼之前,夏小满飞快下筷,面无表情地把一大块鱼夹到了陈江的碗里。霍知非的筷子停在半空,转而去夹茄子,夏小满又抢先一步夹给陈江,"陈江,吃茄子。"

她一而再、再而三地挑衅霍知非,就连陈江都不敢看下去,霍知非更是满脸阴沉。陈江看看霍知非,再看看夏小满,决定脚底抹油,"我还有急事,先走了哈!"

他说着就往外面冲,然后被夏小满一把揪住了领子。她阴森森地命令,"吃。"

陈江苦恼地坐下,打算吃一口意思意思,霍知非淡淡开口,"不许吃。"

夏小满看都不看霍知非一眼,"陈江,这是你家。你看你多辛苦,快吃点补补。你不要听某些外人的话,知道吗?"

夏小满说着,干脆把筷子送到了陈江的嘴边。陈江张嘴想吃,就见霍知非淡定地拿起搪瓷杯,然后把杯子捏出了一个深坑。陈江总觉得他捏的不是杯子,而是自己的脖子,浑身一颤,霍知非平静地说:"抱歉,手滑了一下。"

他虽然嘴上说手滑,但仍然意味深长地看了陈江一眼,其中的威胁意思只有瞎子才看不出来。陈江只觉得一股阴风就这样吹了过来,呆呆地坐在椅子上不敢动弹,直到夏小满握住了他的手。夏小满温暖的小手给了他力量,但随之而来的是更可怕的冷空气!霍知非目光冰冷地看着陈江,而夏小满似乎感觉不到低气压,对陈江说:"陈江,不要怕,有我在。乖,吃一口。"

就是有你在才更可怕好不好!

"我想起来有个客人等着我做头发我先走了你们慢慢吃。"

陈江连个标点符号都不敢蹦出来,急忙远离这个是非之地,给夏小满和霍知非留下时间"独处"。夏小满满脸寒霜地收拾完桌上的碗筷,扭头就回到仓库,觉得心里真是堵得发慌。她拿起尤娜的日记本,看了半天不知道自己最近能划掉她的哪个梦想,这时,门外突然传来了敲门声,她开门一看,没想到霍知非正站在门口。

"你来干吗?"

夏小满没好气地问,突然想起自己正在冷战,暗骂了一句,不再开口。霍知非没有理会夏小满,径直走到了她的房间,然后停住了脚步。夏小满看到自己的内衣挂在距离霍知非头顶不到1厘米的地方,脸一下子就红了起来。她急忙跳起来,想把内衣收好,霍知非却抢先一步拿在了手里,然后似笑非笑地看着粉红色的布料,"A罩杯?"

"A你个头,是B罩,B好嘛!还给我!"

夏小满怒气冲冲地跳起来,抢过内衣塞到了枕头下面。霍知非的眼神让她觉得自己好像从头到尾被他看了个遍,真是要多心烦就有多心烦!她打算严厉地质问霍知非为什么随便动她的东西,没想到一脚踩到了地上的日记本上。她脚底一滑,往前冲去,撞倒了霍知非。她听到了一声闷哼,然后觉得自己的嘴唇接触到了什么软软的东西,再然后她汗毛直竖。

因为滑了一跤的关系,她正好把霍知非压在了身下。她的手按在霍知非的胸口,嘴唇贴着他的嘴唇,他的衬衣甚至因为她的拉扯露出了小半个肩膀!夏小满发誓,她真的不是故意轻薄霍知非,可为什么现在看起来就好像她在强暴他!她急忙起身,但霍知非微微一笑,按着她的头,把她压在了身下。

于是,角色在瞬间变换。冰冷的地板与火热的身体成为最鲜明的对比,夏小满觉得时间似乎在瞬间停滞了。霍知非呼出的热气扫在她的脸上,他身体的重量给了她巨大的压迫感,而他一言不发地看着她,似乎在犹豫什么,又似乎在等待什么。夏小满一动不动,任由他的手分开她额前的发丝,声音低沉又亲密,"还闹不闹了?"

夏小满一时之间不明白,他说的是刚才无意撞倒他的事情,还是这几天和他冷战的事情,但无论是哪个,她现在都只能服软。她轻声说:"不……不闹了。"

"真的不闹了?"

在霍知非乌黑的眼睛里,夏小满能清晰地看到自己的倒影。霍知非给她巨大的心理压力,窗外似乎也下起了暴雨,她真的很害怕在这样电闪雷鸣的日子里被这个禽兽怎么样了!夏小满惊恐的神情被霍知非尽收眼底,他淡淡一笑,正想说什么,突然眉头微微一皱。他往窗外看去,只见有人正迅速远离他们的房间，他尝试着开门，发现门果然被反锁住了。

"怎么了？"

夏小满爬了起来，惊慌地看着霍知非，只见后者玩味地笑道："我们被人锁起来了。"

"锁起来？不是吧！"

夏小满拼命开门，直到手掌拍得发红，都没能把门打开，终于放弃了。夏小满看着小小的通风口，郁闷地准备给陈江打电话，却发现手机忘在了餐厅里。她期盼地问霍知非，"霍知非，你的手机带了吧？！"

"没有。"霍知非一句话就粉碎了她的希望。

夏小满急了，"你怎么会没带手机，你是不是骗我？你快给陈江打电话，让他来救我们啊！"

"不信的话，你可以搜身。"

霍知非无耻地伸出手，做出一副"任君采撷"的样子，可夏小满怎么敢去招惹这个可能处于发情期的男人？她瞪了霍知非一眼，拼命敲门，大声喊着陈江的名字，但她的声音消失在雨夜里，没留下任何痕迹。后来，她连说话的力气都没有了，听到霍知非站在窗边说："陈江有晚起的习惯，他要发现我们都不在，起码会是明天下午。这样，你会来不及参加酒会。"

"来不及就来不及吧，反正我也不想参加。"夏小满闷闷地说。

"可是据我所知，你那尤阿姨会大闹酒会。我都知道的消息，他们当然也会知道，警察也正等着她自投罗网。"

夏小满不可置信地看着霍知非，"真的？你为什么不早告诉我！"

"你说过，不想和我说话，我当然尊重你的决定。"霍知非悠悠地说，神态悠闲。

这个小气的男人！

夏小满心里暗骂霍知非实在太没有风度，心情越发紧张。她继续敲门，哑着喉咙呼唤陈江，这时霍知非走到她身边，"小满，我很好奇，你为什么对那个尤阿姨那么关心？"

夏小满的手一顿，想开口说话，却觉得口中开始苦涩了起来。雨水敲打在窗户上的声音突然变得那样清晰，她面前浮现出尤娜微笑的面容。她长长一叹，终于闷闷地说："她的女儿，是我最好的朋友。"

夏小满的声音是那么轻，很快就消散在雨夜里，但霍知非听到了。夏小满无力地坐在床上,抱着头,声音是那样疲惫,"她已经不在了,她的爸爸也离开了,我只是想对她的妈妈好一点,可我都做了什么!不,我不能让尤阿姨被抓起来,我一定要救她!"

夏小满喃喃自语,又准备去敲门,霍知非一把抓住了她的手。他的手指在她红肿的掌心滑过,唇也落在她的手掌上,冰冷湿滑的感觉让夏小满一下子怔住了。霍知非伸出手,揉揉她的头发,"如果你说的是叫尤娜的同学的话,她的父亲应该活着,死去的只是她的养父,不是她的亲生父亲。"

霍知非的话,好像一道闪电劈中了夏小满。夏小满先是不可置信,然后觉得狂喜袭来!她的声音都带着颤抖,"你说的是真的吗?尤娜……尤娜她的爸爸还活着?你是怎么知道的?"

霍知非淡然地说:"我听陈江和村民说起过,但他们也不知道那个男人现在的下落。"

夏小满不假思索地说:"问尤阿姨肯定能知道——如果,如果她愿意告诉我的话。"

夏小满越说越心虚,声音也越来越轻,到后来化为轻轻的叹息。霍知非挑眉,"小满,如果你让我高兴的话,我可以帮你去查。你会吗?"

夏小满的心猛地一跳,目光炯炯地看着霍知非,她热情地说:"霍知非,我明天下厨,做一大桌菜,只给你一个人吃好不好?或者,等我们回去以后,我给你做个大专访,保证引起轰动的那种。又或者,我,我……"

夏小满真不知道自己还有什么资本,能让什么都不缺的霍知非高兴。霍知非伸出手,堵住了她喋喋不休的嘴,他的目光深邃,"我怎么能高兴,小满你一定很清楚。"

他的声音带了一丝沙哑,有着说不出的诱惑。他的目光坚定又深邃,好像要把夏小满吸进去一样,让夏小满紧张地咽了一下口水。她也不知道为什么,心跳会那么快,手脚都发麻,似乎在恐惧什么,又似乎在期待什么。就在她紧张到极点的时候,脸颊被霍知非的手指划过,他挑起了好看的眉毛,"小满,你的脸红了。"

"你的脸才红了,我没有!"夏小满遮住面颊,硬着头皮死撑。

"是吗?"

霍知非没有理会这只秋日的蚂蚱,把她推倒在床上,他半个身体都压在夏小满的身上,给她无法形容的压迫感,也让她死死地闭上了眼睛。她的脑中一片空白，不知道自己到底该怎么做，可是霍知非只是在她额头上浅浅一吻，"这是订金，以后加倍还我。现在，睡吧。"

"可是尤阿姨那里……"夏小满还在担心。

"有我。"

说来也奇怪，当得到霍知非肯定的答复后，夏小满的心情一下子就放松了。就算霍知非在身边，睡意还是铺天盖地般袭来，她的眼睛逐渐控制不住地合上，在床上安心入睡。霍知非为她盖好了被子，捡起了地上的日记本放到了一边，然后突然在破旧的书架后面发现了一个信封。

他拿出信封，照片上是一个漂亮的女人和一个拿着提琴的男人的合影。他们的笑容是那样灿烂，穿越了时空出现在霍知非面前。霍知非静静地看着他们，终于慢慢地把照片放到了口袋里。他站到窗边，木然地看着窗外的倾盆大雨，恍惚间不知道站了多久。他走到夏小满的身边，看着她熟睡的容颜，轻声说："小满，我不会让你掺和到这件事情里。不然，你就再也脱不了身了……"

4

夏小满并不知道霍知非在窗边站到了后半夜，她这一觉睡得很好，直到睁开眼睛看到陈江后，还是有些迷糊。她顺着陈江惊恐的眼神往下看，看到自己的胸口多了一只手臂，脑子"嗡"地一响，她颤抖着往一旁看去，看到了距离她只有5厘米距离处正在熟睡的霍知非。她真不知道该怎么解释现在的局面，陈江抢先说："你们昨天累了，今天多休息休息，我先走了。"

"回来，什么叫昨天晚上累了！你回来！"

夏小满大喊，爬起来去追陈江，险些被被子绊倒在地，她回过头，发现霍知非不知道什么时候醒来了，神态有些疲惫。看到夏小满后，霍知非对她微微一笑，"小满，昨天感觉怎么样？"

"我们只是在一个房间里睡了，不是一起睡了啊！你不要说得那么暧昧好不好！"夏小满崩溃地说。

"呵，我的小丫头害羞了啊。"霍知非半撑着头，意味深长地看着夏小满。

还没有完全清醒的霍知非，有着说不清的诱惑，夏小满只觉得心猛地一跳。她急忙出门，但手臂被人拽住了，霍知非把她搂在怀里，指指嘴唇，提醒夏小满忘记了什么。夏小满真不知道霍教授怎么会变得那么黏人，敷衍地吻了一下，可是霍知非不满意,"再来一次。"

夏小满急着出门,只好把霍大教授的嘴唇亲了一遍又一遍,发誓回来后会更热情四射,他才放她出门。她想去找尤阿姨,但尤阿姨已经离开了,夏小满急忙赶赴宴会现场,发现这里已经是衣香鬓影。

村民们都换上了只有节日里才会穿上的好衣服,拿着香槟酒互相恭喜,而艳光四射的安紫陌当然是众人眼中的焦点。夏小满看着穿着香槟色长裙、气质高雅的安紫陌,再看看穿着印花衬衫和黑裤子的自己,突然自卑了起来。她发现场地中央有一个巨大的热气球,暗想这估计是一会儿搞活动用的。这时,有个相熟的大婶招呼夏小满,"小夏啊,快过来,快过来,这里有蛋糕吃!"

夏小满从保安和警察的包围里,朝她走了过去,紧张地问:"大婶,我怎么没看到尤阿姨?她今天到这里来了吗?"

大婶漫不经心地说:"这个女人一直奇奇怪怪的,谁管她去哪里了啊。小夏你也离她远一点,不然可就被传染晦气了。"

夏小满想起霍知非的话,试探性地问:"大婶,我听说尤阿姨有过两个丈夫,这是真的吗?"

大婶吃了一惊,"这话是谁告诉你的?哎呀,是谁的嘴巴那么碎啊!"

夏小满一听就知道有戏,急忙缠上了她,"我也是无意中听到的。大婶,你告诉我嘛,我保证不告诉别人。"

大婶很为难,但还是松了口,"好,你是陈江的媳妇儿,我就告诉你,不过你可别瞎传啊。她啊,确实和一个男人有过一段,那男人后来不要她了,她才嫁给了老陈。她的身子早就不干净了,怪不得老陈会一直打她,也是她活该。"

夏小满的心跳越来越快,"那么,尤娜会不会不是那个老陈亲生的?"

大婶吓了一跳,"这话可不敢乱说啊!我们村子的女人都是身家清白,怎么会做这样的事情!"

夏小满好不容易抓住了个突破口,怎么会放弃?她不断说好话,后来大婶终于透露了一些,"好吧,我听说老陈喝醉的时候,是说过什么孩子都不是他亲生的,不过那是醉话,也当不得真。你问这个干吗?"

夏小满忙笑着说:"嘿嘿,没啥,我就是随便问问。"

大婶笑呵呵地说:"你那么爱打听,还真的挺像记者哟。"

夏小满尴尬地说:"是吗,可惜我想做也做不了啊,哈哈哈!"

她大声笑着，掩饰着心里的忐忑，这时酒会正式开始。悠扬的音乐中，安紫陌上台讲话，她简单介绍了大兴集团的项目，对村民的配合表示谢意，接下来就是村主任和安紫陌签字确认的环节了。在安紫陌即将签字、点燃热气球的时候，张哲突然说："安小姐，你不能签字，这个项目有问题！"

张哲的话在人群里掀起轩然大波，大家都大声议论起来，鼎沸的声音几乎要把热气球戳破。张哲用哭声说："那个记者夏小满写稿子诋毁我们，政府已经让我们把项目暂停了！这么多天的准备，一下子都黄了！"

"这到底怎么回事啊，是不是我们的钱都拿不到了？"

"说好给我们的钱呢？快点拿来！"

愤怒的村民纷纷向张哲要钱，保安们把大兴集团的人都保护了起来，不让村民靠近。张哲擦擦额上的汗水，悲痛欲绝地说："乡亲们啊，真的不是我们不想开发，都是那个叫夏小满的记者闯的祸！她是什么时候来这里采访的我们都不知道。"

"夏小满，这个名字有点熟悉啊……"

"咦，陈江的女朋友不是也姓夏吗？我有一次听到他叫她小满姐！"

"可她不是说，她叫夏颖吗？"

"陈江，这到底怎么回事！你女朋友是不是记者？"

所有的矛头都指向了陈江，同时也指向了夏小满。这时，人群里突然有人大声指认她就是夏小满，所有人的情绪都激动了，有人挥着拳头，上前要打夏小满，夏小满一直退到了气球边上。她看着疯狂的村民，觉得自己从来没这样害怕过。巧言令色的陈江无论说什么，他们都听不进去，而张哲悄悄问安紫陌："安小姐，看样子他们真的会闹出事情来，你看要不要帮帮那个记者？不然，我们也不好交代啊。"

安紫陌神情悠闲地喝着香槟，"张经理，真是看不出，你还挺怜香惜玉的。这是对她的一个小小教训，也算是对我们亏损的钱的一个交代。更何况，我真的很想知道，在绝对的力量面前，那个家伙能有什么本事。"

安紫陌的声音越来越轻，到后来轻不可闻。张哲没有听到她在说什么，只是同情地看着夏小满，发现她已经因为害怕躲到热气球里面去了。她蜷缩在气球里，那些村民也想跳进去，突然有人说："别进去，气球要飞起来了！"

夏小满没听到他们在说些什么，只想躲起来不被他们找到，当她发现有点不对劲的时候，已经来不及了。她眼睁睁地看着气球剧烈颤抖，急忙想离开气球,但又看到外面虎视眈眈的村民,一时之间犹豫了起来。就在她彷徨的时候,有人一把抓住了她的手臂,看到来人是霍知非,她一下子就放松了,"霍知非,救救我!"

霍知非搂住了夏小满的瞬间,气球突然往天上飞去,巨大的轰鸣声掩盖了夏小满的尖叫。所有人都抬起头,呆呆地看着夏小满,而夏小满抱着霍知非的腰,继续尖叫。她觉得,自己就要死在这里了!

在死亡的瞬间,她想了很多,她最后悔的就是没听何之洲的话早早离开,非要蹚这摊浑水,然后她开始后悔自己那么大年纪了还没有结婚,没有去环球旅行,甚至没舍得买早就看上的翡翠坠子……还有,霍知非……

夏小满不明白,自己为什么这个时候还会想起霍知非,但男人的温度是那样炽热,她怎么可能忘怀?她的手不自觉地用力缠上霍知非的脖子,好像这样就能给自己带来安全感。她的耳边响起霍知非的轻笑,"小满,你突然这么热情,真是让我受宠若惊。"

夏小满不知道,在这样的情况下,霍知非怎么还有心情开玩笑,继续紧闭眼睛,把头埋在了他的胸前。霍知非抚摸着她的发丝,声音低沉又充满诱惑,"不想看看现在是什么情景吗?"

不看不看,我才不要看我会怎么凄凉地死掉!夏小满在心里说,继续闭着眼睛。

"小满,睁开眼睛。"

霍知非的声音带着巨大的蛊惑,让夏小满听话地微微睁开了一点眼睛,然后呆住了。她猛地睁大眼睛,发现自己和霍知非正在空中穿行,云彩似乎触手可及。她伸出手,感受着空气从手中游走的感觉,大声尖叫:"霍知非,我们在飞!"

霍知非没有说话,只是看着远方。风让他的头发肆意飞扬,他继续把她搂在胸前,在她耳边轻声说:"在空中飞翔,这个梦想实现了,不是吗?"

要不是霍知非提醒,夏小满根本想不起来,自己居然无意中实现了尤娜的这个梦想!巨大的欣喜瞬间战胜了恐惧,她张开双臂感受着飞翔的感觉。她看着身下的建筑都成了小小的一片,再看着几乎伸手可及的天空,在心里默默地说:"尤娜,你看到了吗?我们真的飞起来了!你现在高兴吗?"

天边的云彩似乎幻化为尤娜的笑脸。夏小满很想笑,眼泪不知道为什么却流了下来。猛烈的风让脸颊疼痛,一双有点冰冷的手为她擦拭了泪水,她呆呆地看着霍知非，后知后觉地想到了他刚才做的一切，心里说不出是什么感觉，"你，你为什么……"

为什么每次我遇到危险的时候都能遇见你？为什么你都会不顾安危冲到我身边，抓住我的手？你为什么，为什么对我那么好？

夏小满不是傻瓜，知道一向淡漠又心狠的霍知非对她有着异乎寻常的容忍。可是，她真的不明白，自己何德何能值得他这样做。难道他，真的喜欢自己？到底为什么？

"霍知非，你是不是喜欢我？"夏小满小心翼翼地问。

回答她的，是可疑的沉默，因为霍知非也开始思考这个问题了。明明，一开始的接触只是为了一个特殊目的，她在他眼里不过是一个有趣的玩具，可是这一切慢慢就脱离了轨道……他逐渐觉得，有这样一个吵闹的家伙在身边也不错。至少，不会那么寂寞。

不想寂寞，真是可笑的情绪啊……为了她，他放弃了许多原则，甚至在她陷入险境的时候，第一次真正决定对安紫陌出手。他紧紧抱住那个丫头，忍不住想如果他没有及时赶到的话，她会多么害怕，多么悲伤。烦躁的情绪让他找不到宣泄点，也让他第一次明白失控的感觉。

也许，这就是这丫头一直盼望的"喜欢"吧。

不过，游戏既然开始了，就永远不会结束，不管她最初的目的到底是什么……

霍知非想着，眸色一暗，用极其轻微的动作点了点头，这个不拿显微镜看几乎看不出来地点头，让夏小满一下子激动了，"你真的喜欢我？你说啊，你说啊，你说啊！"

她一时之间忘记了这是尤娜最大的愿望，只觉得让霍知非失态就是全世界最有趣的事情。霍知非看着衣袖上的那只小手，双手抚摸上夏小满的面颊，"是，我喜欢你。"

听到这5个字的瞬间，夏小满只觉得巨大的喜悦把自己包围——她成功了，她终于做到了！霍知非看着夏小满喜悦的表情，揉着她杂乱的头发，低沉地问："那么，小满你呢？"

在风声中，霍知非的声音是那样模糊不清。天空燃起了火烧云，绚丽的红色照射在她面前的男人身上，她似乎能听到自己心跳的声音。她发现，自己好像比她想象的要更在乎这个魔王。

只要霍知非在身边,她就无所畏惧——这样的安全感,到底是怎么来的,这会是……喜欢吗?她,真的喜欢上了,尤娜喜欢的这个男人吗?

夏小满茫然不知所措,霍知非又问:"小满,你的梦想实现了多少?"

夏小满没想到,霍知非还记得这件事。她愣了一下,然后轻声说:"算起来,应该是一半吧——剩下的一半,几乎都是不可能完成的任务。霍知非,你是不是觉得我很蠢,居然像个孩子一样,去实现什么梦想。"

她说着,自我解嘲地一笑。出人意料的是,一向毒舌的霍知非没有趁机讽刺她,只是平静地说:"每个人都有梦想,但大家总觉得自己有的是时间,往往选择了漠视。呵,就好像有些人会不远万里来看一个景点,但是住在周边的人反而不会去看一眼一样,人类的天性就是喜欢放弃和容易遗忘。当人类想去实现所谓的梦想,往往都是在知道日子所剩无几的情况下——其实,没有人知道,明天和意外哪个会先来,所以在世的每一天都不能虚度。小满,我喜欢你的梦想,因为这让我感觉到,自己还年轻。"

霍知非的声音是那么平静,看她的表情又是那么温柔,夏小满突然觉得,自己好像第一天认识他一样。记忆里的那个冷漠狠辣的男人,似乎只存活在脑海里,现在的他是那样令人安心,让人想要依赖。这时,霍知非突然问:"小满,你根本没有得绝症,对不对!"

他用的是肯定的语气,让夏小满冷汗直流,她尴尬地点头,"当时,我真的很怕你……霍知非,我承认我错了。那个,你也犯过错吗?"

霍知非淡淡地说:"当然。我犯过一个很大的错误。"

霍知非也会犯错?他会犯什么错?

夏小满忍住了强烈的好奇心,继续问:"那你后来怎么弥补?"

"这个错误,已经来不及弥补了。"

夏小满企图在霍知非的脸上发现类似悲伤的表情,但他就好像古井一样,不起一丝波澜,只是抱着她的手臂紧了紧。虽然他没有言语,但是一种哀伤,还是透过他的身体,传递到夏小满的身上。夏小满不知道为什么,突然很想安慰他,"过去的就过去了,你也不想这样的。霍知非,我们要往前看,对不对?"

"你还没有回答我的问题,小满。"

夏小满想了一会儿,才明白他居然还在纠结她的心意,低着头,不知道该怎么开口。和霍知非在一起的画面,一幕幕在她的脑海中回放,她突然发现,原来他们已经一起经历了那么多。她沉默很久,终于伸出手,抓住了霍知非的掌心，用最轻的声音说："是，我喜欢你。"

就算你脾气不好，做事情都不按常理出牌，还总是凶我……但我好像，确实喜欢上你了。

霍知非，我喜欢你。

这算是，尤娜给我们的祝福吗？

夏小满想着，对霍知非灿烂一笑，回应他的，是霍知非张扬的笑容。他在高空上亲吻夏小满，夏小满紧紧抱住了他的腰。夏小满想，不管未来会怎么样，和霍知非能不能走到最后，尤娜的梦想又能实现多少个……

至少这一刻，她一辈子都不会忘记。

第8个梦想：开个泳装派对，邀请同学来参加

1

当热气球降落的瞬间，巨大的冲击力让夏小满闭上了眼睛，手也紧紧抓着霍知非的衣袖。脚下的土地突然传来坚实又令人信赖的触感，夏小满此时才相信自己终于逃过了这一劫。

她缓缓睁开眼睛，发现面前居然停着几十辆黑色轿车，车辆的长龙简直一眼望不到头，大大的车标也在阳光下发出夺目的光芒。安紫陌从为首的车子里下车，一脸担心地朝他们走来，看到他们平安无事才松了一口气，"你们没事就好！活动公司的人说，按照风向气球会在这里降落，我让人在周围一公里的范围内找你们，幸好没出什么乱子。知非，你来安镇怎么也不和我打一声招呼？"

面对安紫陌美丽的容颜，夏小满莫名其妙地觉得心虚尴尬，想甩开霍知非握住她的那只手，可是，霍知非更用力地反握住了她的手。他似乎没有看到，有那么多人正在注视他们，淡淡地说："听说你们的项目因为小满的关系被搁浅。紫陌，我家小满胆子小，可受不了这样的压力，我想你需要澄清一下。"

安紫陌没想到霍知非会在那么多人面前挑衅，愣了一下，转而笑靥如花，"知非你说什么呢！我只是说,这报道对我们造成了一定的影响。这也是事实，不是吗？"

"据我所知，项目的审批有问题，根本进行不下去。既然是这样，为什么要怪到别人身上？"

霍知非冷漠地说，他的话顿时引起了轩然大波。安紫陌一惊，靠深呼吸来平复情绪，看霍知非的眼神不再含着妩媚的笑意，简直带了钩子。他们就这样僵持着，根本不像是未婚夫妻，简直就像宿命的仇敌一样。夏小满觉得气氛

实在太尴尬,轻轻拽拽霍知非的衣袖,"霍知非,能回去了吗?我有点不舒服。"

"哪里不舒服?"霍知非顿时把注意力都放到夏小满身上。

夏小满开始瞎编,"头晕,眼花,肚子还有点疼……"

"我送你回去。"

看到霍知非微微低头,温柔体贴地看着夏小满的样子,安紫陌的手指微微颤抖了起来。虽然夏小满早就出现在她的视野里,但她可以肯定,以前的霍知非对夏小满绝对没有像现在这样,现在简直是一副把她呵护在羽翼下、宠溺到骨子里的样子。事实上,除了她7岁的时候看到霍知非这样对待新生的小狗外,她从来没见过,他居然有这样柔和的表情。她还记得,当时的她只是想摸摸那只小狗,但霍知非狠狠打掉了她的手。他不顾她坐在地上哭泣,自顾自地和小狗说话,神情是那样温柔。再然后……

安紫陌想着,眸色突然灿烂了起来,她安静地看着霍知非朝最近的车子走去,伸出了他骨节分明的手,"车钥匙给我。"

霍知非找的人是安紫陌的下属,看到霍知非对他伸出手时愣了一下,在霍知非强大的气场下不敢反抗,哆哆嗦嗦地把钥匙给了他。霍知非帮夏小满关了车门后,坐到了驾驶位上,开着车子疾驶而去,在地上留下一道车痕,几十个大兴集团的员工僵立在那里。安紫陌看着自己的下属,真是被气笑了,"小叶,到底是谁发工资给你?你还真是听话啊,他一伸手就把钥匙给他,他要你去死你是不是就得去跳崖!从现在开始,你不要来上班了!"

"安小姐……"小叶哭丧着脸求情。

"滚!不要让我说第二遍!"

夏小满坐在柔软的座椅上,并不知道安紫陌正在大发脾气。她一心想回陈江家,没想到霍知非开着开着就离开了安镇。她一下子就急了,"霍知非,怎么不回理发店?"

霍知非单手握着方向盘,另一只手摸摸她的头,"回去做什么?和陈江道别,还是去拿那些你奶奶都觉得土的衣服?如果是担心你的日记本,那尽可以放心,我已经让人开车送来,它不会丢。"

霍知非事事周到,夏小满哑口无言。霍知非从后视镜里看到夏小满的脸色不好,放缓了语气,"那帮村民情绪激动,你留下来没什么好处。小满,这些事情交给我处理就好,我不想你受影响。"

"项目真的暂停了吗?"夏小满心绪复杂地问。

"是。"

得到肯定的答案后，夏小满松了一口气，"项目暂停，尤阿姨会高兴吧，毕竟，这是承载她那么多回忆和梦想的地方啊。不过，那帮村民肯定会很生气……"

"小满，你到底希不希望项目进行？"霍知非皱眉问。

夏小满轻声说："当然不希望。虽然，很多人会不开心，可是尤阿姨会很高兴啊……而且，我见过很多10年后、20年后开始后悔的人，我不想他们以后也这样。只可惜……"

只可惜，她到底没有来得及告诉尤阿姨，她有多么歉疚；她也没有找到尤娜的亲生爸爸，告诉他尤娜一直多么勇敢、多么坚强，他一定会为她而骄傲；她更没有完成，剩下的一半梦想……

夏小满想着，看到安镇在自己的视野里越来越小，突然开始留恋起在这儿度过的时光来。在汽车的颠簸中，她居然不知不觉地睡着了，当霍知非叫她醒来的时候，她才发现自己没到新家，而是在熟悉的面馆前。她的智商依旧处于沉睡状态，呆呆地跟着霍知非往里面走，然后发现喧闹的面馆好像被人按了暂停键一样，突然安静了。

当所有食客都停止了吃面，注视着霍知非和夏小满时，当夏大锤把勺子都掉在了地上时，夏小满终于发现，自己似乎做错了一件事。她迅速清醒了过来，拉着霍知非的手就往外走，但夏大锤大吼一声，把门堵住，他的声音带着颤抖，"小满，这是你的教授男朋友？"

夏小满只觉得血液全部涌到了脸上，不敢去看霍知非的表情——她到底该怎么解释，她已经把他们的事情告诉了家长啊！夏大锤把女儿的惊慌误会成羞涩，挥手把看热闹的食客通通赶走，整个面馆里顿时就剩下他们3个人。夏大锤用挑剔的目光上下打量霍知非，发现他脸蛋太白，个子太高，身上的衣服看起来太贵，脸上的笑容怎么看怎么阴险……他简直恨不得拿起面勺把他打出去，看到夏小满忐忑的眼神后，终于变成了自认为慈爱的问候："小子，吃晚饭了吗？"

小子，他居然叫霍知非小子……

夏小满险些从椅子上摔下去，心惊胆战地看着霍知非，看到了霍知非的眉头微微皱起。她知道，这是霍知非要发怒的前兆，急忙对爸爸使眼色。她觉得她眨眼眨到快抽筋，夏大锤才关心地问："小满，你的眼睛怎么了？是不是去乡下的时候被什么虫子叮到了？"

夏小满尴尬地笑笑，"呵呵，没什么。爸，我饿了，你快给我做饭吃啊。"

听到女儿说饿了，夏大锤终于停止了对霍知非的审视，开始给他们煮面条。夏小满已经很久没有吃到家里的味道，大口大口吃着，过了一会儿发现霍知非一直没有动筷子。她想起这个家伙似乎有洁癖，担心他不习惯在她家用餐，这时夏大锤冷哼一声："小子，是不是觉得我做得不好吃，嗯？"

最后一个百转千回的"嗯"字，简直带了太多的威胁意味，夏小满冷汗直淌。她急忙埋头吃面，降低自己的存在感，可是，夏大锤偏偏不肯放过女儿，"小满，这小子为什么不吃？"

"他饱了……"

夏小满艰难地说，看霍知非的表情里带了一丝哀求。不知道是不是错觉，她似乎听到了霍知非轻不可闻的叹息声，然后，霍知非身上的冷漠好像在瞬间消失。他站起身，用最严肃、最认真的口吻说："因为，我从来没有吃过，这样美味的面条。"

……

夏小满目瞪口呆地看着霍知非，真怀疑他被什么东西附身了，简直想往他的身上泼点黑狗血来驱邪。夏大锤也愣住了，一时之间不知道说什么好。霍知非喝了一口面汤，缓缓地说："面汤用猪骨、鱼骨和排骨熬成，颜色雪白，香味扑鼻；面条是自家制作的，劲道有韧性，配合上汤和雪菜，味道简直绝佳。而且，这里面还有一种神秘的配料……"

当霍知非把只有夏大锤知道的秘密说出来的时候，夏大锤是那么感谢这小子幸亏只是他的未来女婿，而不是他的竞争对手！对厨艺的尊重，让夏大锤对霍知非的敌意少了许多，而当霍知非说起他在面条里倾注的感情时，这个多愁善感的男人，眼圈一下子就红了。他哽咽地说："小满的妈妈走得早，我一个大男人把小满拉扯大。小满这孩子，从小就挑食，非闹着吃妈妈亲手煮的面条。她不肯吃饭，我只好慢慢研究老婆的配方，等她愿意吃的时候，我的面店也开出来了。没想到啊，一开就是那么多年。"

"爸……"

夏小满的妈妈在她5岁的时候就离开了，她对母亲的记忆非常模糊，更不记得自己曾经那么任性。她想到爸爸每天起早贪黑供她上学，补贴她生活，而她到现在还是一事无成，就觉得简直无颜以对。这时，夏大锤擦擦眼泪，重重拍了霍知非一下，"小子，你对面条很有研究，以后要不要继承我的面店？"

"爸！"

夏小满尖叫了一声，紧张地看着霍知非。可是，霍知非居然没有生气，而是露出了华丽的笑容，"谢谢叔叔的赏识，我会认真考虑。你放心，我一定会好好照顾小满。如果有人欺负她，我一定让他生、不、如、死。"

"哈哈，你这小子！"

夏大锤以为这是年轻人的热血誓言，却不知道霍知非从来都是一言九鼎。夏小满紧张地看着霍知非，"霍知非，我国是法治社会，你不要做什么奇怪的事情啊。"

霍知非挑眉，"你以为我会那么笨？"

夏小满松了一口气，"也是……"

"怎么可能被抓住。"霍教授自信地说。

……

"再来一碗面条吧！"夏大锤热情招呼。

夏小满再一次发现，她爸爸的神经简直粗壮到可以通火车了，因为他居然又和霍知非谈了许久，甚至宾主尽欢，到了霍知非离开的时候，夏大锤都开始亲热地喊他"我们家知非"了。他非要送给霍知非自家做的咸菜，依依不舍地看着霍知非离开，那灼热的目光简直让夏小满觉得他们是失散多年的亲父子。夏小满送霍知非到车边，尴尬地轻声说："我爸他情绪容易激动，你别和他计较，他说什么你当没听到就好。"

霍知非唇角勾起好看的弧度，"不，他有很趣。小满，你什么时候回去？"

夏小满想了想，说："过几天吧，我很久没回家了，要陪陪我爸。霍知非，那个，尤阿姨的事情，就麻烦你帮我追查下去了。"

"小满，过来，我有话对你说。"

霍知非对夏小满招手，让夏小满凑近他。夏小满听话地靠近，以为他会说什么秘密，突然觉得脸颊被温热的嘴唇划过。夏小满吃了一惊，倒退两步，霍知非指指自己的嘴唇，"谢礼收到了。早点回来，不要让我等太久。"

他说着，开车离开。夏小满过了很久，才轻声说："什么啊。"

她捂着脸，有点羞涩又有点欣喜地回家，看到夏大锤一直在门口看着她，顿时吓了一跳。夏大锤语重心长地说："小满啊，那个教授有文化，懂生活，对你也好，确实不错，爸爸不反对你们在一起。唉，一转眼我家小丫头都那么大了，很快就要嫁人了，也很快就要生孩子了，爸爸真是舍不得啊。你们生了孩子以后给我带，咱家附近就有个幼儿园，我可以每天送他上学……"

夏大锤说着，又开始伤感了起来，夏小满也被他的想象力惊住了。在她看来，她和霍知非只是刚开始交往罢了，她爸爸居然想到了生孩子，这是什么效率！不过，尤娜的梦想里好像确实有一个是生孩子……

夏小满的脑中，不受控制地开始幻想起来：

"老婆，辛苦你了，谢谢你给我生了这么可爱的宝宝！"

产床前，霍知非抱住虚弱的夏小满，从背后拿出一大束玫瑰花。他把花放在夏小满手中，抱起床边的婴儿，满怀感情地说："小满，他的眼睛大大的，嘴唇小小的，真像你。我好爱你啊，老婆！"

"哪有哪有，像你才对。老公，我爱你！"夏小满羞涩地扑到霍知非的怀抱里。

这时，突然有无数人从门口挤了进来，争相看他们的爱情结晶，有人拿出相机疯狂拍照，有人跪在地上大喊这个世界上怎么有那么可爱的宝宝，更有人拿出合约，祈求夏小满让她家的宝宝做奶粉代言……

那么温馨的一幕，在夏小满脑海中上演，但她总觉得画风有点儿不太对劲。她想，如果她真的生了宝宝，霍知非更可能会这样……

"就是这玩意儿？"霍知非用手指戳戳宝宝柔嫩的脸颊，嘴角挂着嘲讽的笑，"就为了这么点小东西，你要生那么久？"

"知非，宝宝很像你。"病床上，夏小满虚弱地说。

"不好看，再生一个。"霍知非在夏小满耳边说。

……

天啊，我都在胡思乱想些什么啊！原来只是想到了尤娜的梦想罢了，我怎么就想到了给霍知非生孩子！夏小满，打住！

夏小满内心在咆哮，脸有点泛红，夏大锤看女儿一副魂不守舍的样子，心里又是欣慰又是酸楚。这时，夏小满突然问："爸，你现在高兴吗？为我骄傲吗？"

"啥？"夏大锤疑惑地转身。

夏小满认真地说："我学习不算好，工作没啥起色，现在唯一拿得出手的，就是男朋友还算不错。所以，爸，你会为我骄傲吗？"

夏小满说着，等待着父亲的答案，自己都不知道为什么会那么紧张。

作为传统的中国人，他们都不太善于表达内心的感受。夏小满和爸爸相依为命许多年，但是夏小满从来没分享过她的悲伤和迷茫，夏大锤也是在今天，才第一次提起曾经为女儿付出了那么多。夏小满知道，和那些优秀的儿女们相比，她简直一事无成，而她居然还想知道答案……

夏小满越想越颓唐，后悔自己问起这个尖锐的问题来。她对爸爸勉强一笑，想回房间，然后听到爸爸低沉的声音，"小满，你活泼开朗，心地善良，又很孝顺，是世界上最棒的女儿。不管你有没有工作，学习好不好，有没有男朋友，你都是我的小棉袄，都是爸爸的骄傲。"

"爸……"

夏小满还是第一次听到爸爸这样的夸奖，很想笑，又突然很想哭。她扑到爸爸的怀里，看着爸爸斑白的鬓角，突然发现爸爸真的老了。可是，就算他不再能把她高高举起来，不会拉着她的手一起去游乐园，他在她心里，还是最伟岸的父亲。

爸，能成为你的骄傲，真是我的荣幸。夏小满默默想着，幸福地微笑。

2

夏小满在家里睡得很香，第二天换上熟悉的 T 恤衫和牛仔裤，再看着镜子里的自己，突然有一种恍如隔世的感觉。她已经一个多星期不在报社，再次回到熟悉的座位上时，许多人都围了上来，夏小满也突然从记者变身为被采访对象。

"夏小满，听说你被村民围攻，还坐热气球逃生了？你快说说看啊！"

作为对新闻最敏感的那类人群，大家都渴望地看着夏小满，夏小满也没办法拒绝他们的好奇心。她干巴巴地讲着当时的情况，在说到坐上热气球逃生的时候，她想起霍知非紧握她的手，带她给安全感的情景，只觉得曾经的惊心动魄也带了一丝甜蜜的味道。罗燕平也拿着咖啡杯站在一边，他认真地听着，突然击掌，"小夏，当时你是怎么想的？是不是想'啊，他为了我奋不顾身，我一定要嫁给他'，或者'我怎么会那么幸运，遇到这样的男人'？"

罗燕平演绎得一脸娇羞，如果是其他人这样做一定会显得很娘，但奈何他实在是生得好，女同事们都觉得他真是风趣又幽默，齐齐笑了起来。夏小满暗想，她的重点明明是和村民的纠纷，罗燕平怎么就抓住了这个不放？她心虚地摇头，一脸正气地说：“不是，当时我的心里只有工作。我对自己说，不管遇到了什么危险，都要坚持自己的原则，为正义发声。”

罗燕平一脸诚恳，"工作只是生活的一部分，你该享受生活。"

夏小满看着罗燕平，觉得这个男人从来都让她看不透——如果说他们只是同事关系，他的关心明显有点多；如果说他对她有意思，那张莹又算怎么回事儿？难道他……无耻到想双管齐下？

她正在胡思乱想，突然有人在门口大声问：“请问，哪位是夏小满记者？”

"我就是。"夏小满忙站起身。

"这是霍先生给您的东西，请签收。"

快递小哥把一个巨大的包裹放在了夏小满的桌子上，大家又一下子围了上来。夏小满知道这包裹可能是霍知非答应给她的尤娜的日记本，但一夜之间日记本怎么会变得那么大，就算是热胀冷缩也不该膨胀出10倍的体积来啊！夏小满唰唰拆了快递包，一下子愣住了。

日记本、衣服、配饰、高跟鞋……霍知非似乎要把商场一楼的专柜都搬到这个盒子里。当她打开一个黑色的小盒子时，跑时尚条口的记者尖叫了起来："这手机不是V2嘛，小满，谁那么大手笔送你这个？"

"他一定很喜欢你。"罗燕平感慨地说。

夏小满真没想到手里平淡无奇的手机，就是传说中最高端的那款土豪机，突然觉得手开始发烫——她手里的不是手机，简直是厚厚的人民币啊！她颤抖着双手，近乎虔诚地开机，发现通讯录里只存了一个号码，昵称居然是"霍知非大人"。她顶着大伙儿"快看啊，夏小满被包养了"的目光，拿着手机到了走廊的一角，给霍知非打电话。霍知非很快就接了，声音慵懒又低沉，"小满，收到我的礼物了？"

"收到了！我只要日记本就好了，你怎么还送了那么多有的没的？"夏小满压低嗓子，愤怒地问。

"不喜欢吗？"

电话那头的声音，明显带了警告的意味。夏小满闻到了危险的气味，立马怂了，忙腻腻地说："喜欢，我可喜欢啦。"

"真的？"

"真的真的，我可不敢骗你。"听到电话那头带了怀疑的声音，夏小满紧张到恨不得跳"忠字舞"来抒发内心的情感，"不过这手机太贵了，你还是拿回去吧。"

"你是我的女人,我当然会给你最好的。我还有点小事儿,一会儿说。"

霍知非说着,就挂了电话,脸上宠溺的表情也在瞬间消失不见,变成惯有的冷漠优雅。会议室的其他人和他的目光接触后,都急忙低下头,不敢再"偷听"他打电话,也在心里疯狂吐槽——虽然他们平时已经对霍知非的下限绝望了,可都没想到他居然胆大到在校董大会上公开接电话,而且是和小女朋友打情骂俏!霍知非并但没有反省的意思,甚至没有一丝抱歉,"刚才是谁在做报告,我没听清,再说一遍。"

他的话音刚落,安静的会议室里突然响起了手机铃声,有人苦着脸急忙挂断了电话,直说抱歉,暗自庆幸刚才霍知非也违反了规定,不然真的不知道该怎么收场。他的脸上刚浮现出一丝庆幸的笑容,就听到霍知非说:"我记得我规定过,我开会的时候不允许带手机。现在,把手机丢到窗外。"

所有人都看着霍知非——如果大家没有集体出现幻觉的话,他刚刚就在会议室里接了电话,而且还接了几分钟好不好!这个世界上,为什么会有人无耻到对自己就好像春风一样温暖,对别人就好像秋风扫落叶一般无情?霍知非把众人的表情收入眼底,淡淡地说:"你们是不是想说,我刚才也接了电话?如果今天,坐在这个位子上的人是你,我当然会服从你们的命令——但可惜,这人是我,所以,现在就去把手机丢掉,会议继续。"

霍知非阴冷地说着,眼看着那人苦着脸把手机丢下楼去,他突然想起夏小满的手机被他扔出窗外时的脸来,脸上带了一丝若有似无的笑意。他总觉得夏小满应该感激到痛哭流涕,但此时的夏小满托腮看着手机,发现这简直是一个烫手山芋,拿也不是,丢也不是,她下定决心,以后找机会把这么贵重的礼物还给霍知非。突然有人通知她去一趟社长办公室,她心惊胆战地敲门进去,忐忑不安地问:"社长,您找我有什么事情吗?"

夏小满很害怕,因为连她自己都没想到,她的报道再次引起了轩然大波,甚至让大兴集团的工程停工——这可是他们的大客户!她真的不知道,何之洲会怎么对她,如果让她暂时不来上班,她也只能接受处理。何之洲看着一脸不安的夏小满,声音听不出喜怒,"在安镇怎么样?"

"还比较顺利。"夏小满急忙说。

"是吗?我怎么听说你被打劫了一次,还被村民围堵了一次?夏小满,我记得我说过,让你早点回来,然后你就把手机关机了,是吗?别告诉我,那里的信号差到了那个地步。"

何之洲的语气是那么平静，夏小满简直欲哭无泪。她怎么好意思告诉他，她的手机被霍知非丢到窗外的丢脸事，只能紧咬嘴唇不说话。何之洲见她没有解释，不自觉地把拳头握紧，然后缓缓松开，"出去吧。"

"社长……"

"出去，不要让我说第二次。"

何之洲的面容是那么冷峻，夏小满只好灰溜溜地出了社长办公室，心里也是说不出的郁闷。她回到座位上，看到礼物几乎把办公桌都填满了就觉得头大，也没有心情工作，干脆拿出了尤娜的日记本。她发现，自己去安镇那么久，除了无意中完成了"我要飞起来"外，别的都毫无进展，剩下来的梦想，也是一个比一个难完成。

和一个真正的王子跳舞、去太空站看地球、和泰国人妖一起表演、生个可爱的宝宝……夏小满真的不知道，尤娜也是一个成年人了，她的梦想怎么会那么脱离实际，简直就好像少女一样。夏小满左思右想，觉得"举办一场泳池派对，请同学来参加"似乎要稍微简单一点——如果她有勇气去同学聚会的话。因为，初中的生活，在夏小满看来，和噩梦简直没什么区别。

如果没发生那件事，就算初中阶段永远是班级最平凡的所在，夏小满其实没觉得有啥不好。在那段岁月里，夏小满成绩一般，长得一般，没有男生喜欢，老师经常叫不出她的名字……但她根本不在乎。她经常和尤娜手拉手去逛书店，躺在草地上说着心事，就算偶尔有些烦恼，也带了青春甜蜜的味道。那时候的她总觉得，人生一辈子就那样了，却没想到校长突发奇想，要在毕业的时候办一场化装舞会。

直到今天，夏小满还记得当时自己幼稚地问班上最漂亮的女生，什么是"化装舞会"，然后得到了"那就是打扮得让别人看不出来"答复的场景。她把谎话当了真，认真思考了很久，最后决定把自己打扮成一棵向日葵。

为了做到逼真的效果，她扯了家里的绿色窗帘做裙子，把脸涂成了金黄色，还煞费苦心地做了一个花环。当时，夏大锤拦住她不让她出门，可她就是铁了心要这样出席毕业典礼。当夏小满出现在礼堂的时候，瞬间成了全场的焦点，穿着华服的少男少女们目瞪口呆地看着这棵"向日葵"，场面要多安静有多安静，后来，终于有人轻笑出声，再然后笑声连成了一片。她至今还记得，在那一刻，何之洲的视线终于第一次在她身上停留，然后，她捂着脸跑了出去……

如果可以，她真的不想想起这些事情来，更不想和那些同学再见面，但尤娜偏偏希望大家团圆——这个家伙，永远都是那么重感情，也永远喜欢活在回忆里。尤娜的梦想一向是最高指示，夏小满认命地求助张莹，却意外发现其实初中同班同学早就建了一个同学群，只是她一直没有加入罢了。

夏小满鼓足勇气，申请加入了同学群。她发现群里很冷清，除了张莹为她的到来鼓掌外，其他人都好像失明了一样，对她视而不见。夏小满忍不住问张莹这是怎么回事，张莹见怪不怪地回复："你来晚了，之前这个群里可热闹了，天天晒来晒去，还经常嚷嚷着要聚会。后来我们聚了一次，大家也不太聊天了。"

"为什么啊？"夏小满不解地问。

"混得好的人想得到人脉，发现同学群没啥用，当然不会再理；混得不好的人觉得全世界都是他的敌人，更不会在群里聊天；剩下那些心大的家庭主妇，忙老公和孩子都来不及，哪有空讲话。所以，同学群就慢慢没有人说话了，这很正常。"

夏小满深以为然，但她只能硬着头皮说："如果，我想请所有人都去参加个泳池派对，你觉得大家会去吗？"

"哇，你终于准备完成尤娜那个梦想啦？我告诉你啊，我已经等了很久了，这是我最期待的一个！小满，你一定要做下去啊，我会帮你！"

张莹的热情大大出乎夏小满的意料，她感激的话还没来得及发过去，就见张莹继续发了一条信息来："我最近刚练出马甲线来，早就想秀秀了，气死那帮看不起我的贱人们！如果何之洲也来的话,我还可以看到他的腹肌……哇，真是想想就激动啊！"

隔着手机，夏小满似乎都能看到张莹流鼻血的样子，她忍不住在脑中幻想何之洲赤裸上身的样子，也觉得鼻腔开始发热，急忙不再想下去，她忙回复："别做梦了，他又不是我的同班同学，怎么会来参加班级聚会。你说，派对在哪里办好，大家真的要穿泳衣来吗？"

夏小满正打算和张莹商量派对的细节，可张莹的手比她的回复还要快一步，已经在群里以夏小满的名义，邀请大家去参加度假村的泳池派对，而且费用全免！这个重磅消息，让群里顿时炸开了锅。

3

"夏小满,最近在哪里上班啊?混得不错吧。"

"很久不见了啊,美女发个照片来看看?"

夏小满很少成为被大家瞩目的焦点,突然被那么多消息轰炸,顿时觉得有点儿头晕。她想了想,还是找了一张自己在办公室工作的照片,狠狠地磨了皮,然后发到了群里。这张经过美化的照片,让她显得好像是一个部门的领导,顿时被大家赞美。张莹抓住机会,把夏小满包装成"《都市快报》的台柱子,走上人生巅峰的知名记者",大谈何之洲是如何器重她、依赖她,预言如果没有夏小满,《都市快报》一定会第二天就倒闭。夏小满没有反驳,也暂时忘记自己刚转正的事实,有点飘飘欲仙了。

一时之间,许多人要加她的微信,有个头像是一架古琴的同学也申请加她为好友,只是一直没有说话。夏小满和大家聊了一会儿后,觉得自己就要维持不了这高大上的形象了,假装要去采访,其实是直奔张莹所在的专柜,表情狰狞,"张莹,你帮我邀请大家也就算了,度假村是怎么回事儿!你觉得我有钱包场办什么派对吗?"

张莹一边戴着手套把新包放进柜台,一边没好气地说:"那你准备在哪里办派对,游泳馆吗?"

夏小满愣了一下,"也不是不可以……"

张莹不耐烦地说:"别那么穷酸行吗?放心,那家度假村的老板我认识,不收你场地费,你出点自助餐的钱就好了。怎么样,你还不快点来跪拜我?"

夏小满松了一口气,笑嘻嘻地说:"张莹,谢谢你啊,你可真是我的好姐妹!"

"夏小满,你现在实现了尤娜的多少梦想?"张莹问。

"有一半了。"夏小满满足地说。

"才一半啊,剩下的那些不可能完成的任务可怎么办?就好像拯救世界啊,去太空站什么的。"张莹不停地给她泼冷水。

"尽力吧,说不定我就做到了呢。就好像这次,说不定我会在聚会上遇到一个真正的王子呢。"夏小满满怀希望地说。

张莹吃了一惊，去捏夏小满的脸，"哟哟哟，你还是我认识的夏小满吗？大学毕业后，你做什么事情都持续不了3分钟，事情没做之前就说1000个不可能做到的理由，怎么突然和打了鸡血一样？你肯定不是夏小满，你撕下你的人皮面具来！"

夏小满打掉她的手，"讨厌，别闹。你不喜欢我这样吗？"

夏小满心里有点忐忑，因为她总觉得自己最近好像太过疯狂，都变得不再像自己了。她那么担心张莹说她确实疯了，可是张莹摇摇头，认真地说："不，我喜欢你这样，很喜欢。小满，你还记得上大学的时候，我们一起偷偷溜出去上网，险些被保安抓住的事情吗？还有我们半夜爬山去看流星，忘记带外套了，险些冻死在山上的事情。"

听张莹说起以前的事情，回忆顿时扑面而来。夏小满想起上大学时的疯狂，是那样怀念，"是啊，我们以前真是够胆大的。"

"虽然我们也遇到了危险，受到了伤害，可我不后悔我们曾经那么疯狂，不然我们的青春多没意思。"张莹一边说，一边看着货架上的皮包，"如果在那时候，我就知道了自己以后会站在这里，穿着高跟鞋卖皮包，我一定会做更多想做的事情，就好像30岁的时候会后悔20岁不够疯狂一样，我想我40岁的时候也会后悔30岁就开始太成熟稳重了吧。所以，为了以后不要后悔，我决定由着自己的性子来。小满，你早就该勇敢点，疯狂点了。"

夏小满看着和以前一样漂亮，一样风风火火的张莹，心里是那么羡慕。她真的不知道，为什么社会让她一次次跌倒，但她都能一次次站起来，永远那么笑容灿烂。和张莹比起来，她确实是太胆小，也太容易放弃了，不过，也许从现在开始改变，还不算晚。

夏小满看着张莹柜台里鲜红的玫瑰，越看越喜欢，闻了闻，问："你们柜台里什么时候开始摆鲜花了？是有什么活动吗？"

张莹摆手："什么啊，有人送的。"

夏小满一脸八卦，"谁送你的，是不是追求者呀？"

"不是追求，是为了感谢救命之恩。如果不是我的话，他现在已经被他的前女友毒杀了吧。"

"啊？"

"真可惜。"

张莹说着，突然带了点遗憾——早知道那天她就不去那宾馆了，这样不会看到罗燕平，世界上也会少一个祸害。她一想到罗燕平就觉得手痒，这时有客人走进专柜，张莹急忙上前招呼，夏小满也识趣地先离开。夏小满走在商场里，抬头看着顶楼的咖啡厅，不知道为什么，突然想起了上次和安紫陌见面的场景来。

那时候，她还有着不为人知的秘密，可现在她和霍知非真正在一起了……
霍知非，霍知非。

这3个字，简直是世界上最短的魔咒，比所有蜜糖都要甜蜜。夏小满突然特别想听到霍知非的声音，于是给霍知非打电话，霍知非过了一会儿才接听，他的声音在嘈杂的环境里声音显得特别慵懒，"在想我吗，小满？"

夏小满没想到他那么不懂含蓄，含糊地说："没有啦，就是想问问你现在在做什么。"

"在洗澡，有兴趣来看吗？"

洗澡，霍知非在洗澡……

夏小满终于知道，那有些模糊的声音是来自哪里了。虽然明知道霍知非看不到她的反应，她的脸还是变红了。她开始想象着水流顺着霍知非的黑发，流向他的脖子，顺着他结实的胸肌往下流的场面，顿时呼吸有点急促。这时，霍知非又低沉地说："你的呼吸那么快，是在渴望我的身体吗？"

"你胡说什么啊！"夏小满吃了一惊，忙阻止他的胡说八道。

霍知非的声音带了一丝笑意，"你已经29岁了，你的身体渴望着孕育。你对我的身体有所渴求是很正常的生理需求，你可以顺其自然。"

"你才有生育的渴望，你全家都有！顺其自然你个头！"夏小满对着手机怒骂。

"小满，我最近要去出差几天，等我回来……我想要你。"

霍知非的声音是说不出的魅惑，夏小满突然那么庆幸现在是在和霍知非通电话，而不是站在他面前，不然，她一定会被扑倒的吧！她心虚地环视四周，"你说什么呢，我听不懂，我先挂了。"

"等等。"霍知非阻止她。

"还有什么事啊？"夏小满横眉冷对。

"我爱……没什么。"霍知非似乎欲言又止。

"啊？你挨什么，挨饿了？"

"小满，你有什么要对我说的吗？"霍知非显然不想继续这个话题。

"路上小心。"夏小满认真地说完，挂断了电话。

因为霍知非不在身边的关系，夏小满把精力都放到派对的准备工作中。在紧张与期待中，举办派对的日子终于来临。

夏小满和张莹一起到了度假村，到房间换上派对所需的泳装。张莹换上了紫色的比基尼，越发显得肤白貌美，真让夏小满舍不得转移目光。夏小满看着张莹傲人的上围，犹豫了一下，还是换上了保守的连体泳衣。她用力吸肚子，郁闷地说："泳池派对，尤娜还真想得出来。唉，如果不是为了她，我这辈子都不会穿着泳衣出现在别人面前。张莹，你觉得我披上纱巾会不会好点，肚子上的肉没那么明显？"

张莹在镜子前认真画着口红，看都不看夏小满一眼，"有点儿赘肉怎么了，肉嘟嘟的才可爱啊。其实，我真特别向往你们这些一吃就胖的人，我怎么吃都不长肉，真是好烦哦。"

夏小满咬牙，"张莹你怎么不去死！"

张莹乐呵呵地问："对了，你和你家霍知非怎么样了，发展到哪一步了？你怎么不让他来派对？"

"来看我肚子上的肉吗？"夏小满没好气地说，"他出差了，要今天晚上才回来。"

"这样啊。那你们每天都联系吗？"

"每天发发短信，他有时候也没时间接我的电话。"

"不是吧！你们正式交往也没多久，他就开始不接你电话了？照理说，你们现在应该是热恋期啊，他不会有什么事情瞒着你吧？"

张莹大大咧咧地猜测，夏小满心猛地一跳。在这一瞬间，她突然很想冲到霍知非的办公室里，看看他是不是真的出差了，又或者找个私家侦探来跟踪他，看看他有没有和别的女人亲密接触。

不不不，她不能这样，要理智，要理智……私家侦探的号码是多少啊！

夏小满只觉得怒从胆边生，根本不想参加什么派对，只想去找霍知非问个清楚。张莹见她表情不对，急忙说："啊哟，我开个玩笑，你当什么真啊。你家霍教授都瞎了眼看上你，代表他的审美观很有问题，怎么会喜欢上其他美女。呀，时间快到了，我们走吧。我要让那帮贱人们看看，我永远比她们年轻漂亮，永远踩在她们头上！"

"等等。"夏小满咬牙切齿，"我要换泳衣！"

夏小满拿出了备选的、要多性感就有多性感的桃红色比基尼，也不管肚子上有没有赘肉，拿起披肩就杀气腾腾地冲了出去。哼，她才不管如果知道她穿比基尼，霍知非会怎么想呢，她要让男同学们都拜倒在她的比基尼下！她也很有市场的好不好！

夏小满心中满是愤怒的火焰，学着张莹的样子，在躺椅上扭曲出最漂亮的弧度来彰显身材，暗想给男同学们一个惊艳的第一印象。她们的设想都很美好，可是约定的时间早就到了，居然没有一个人过来。张莹忍不住在群里问，发现所有同学都突然有了重要的事情，遗憾地不能参加。

"对不起，我要接我儿子回家，你们先聚哦。"

"不好意思，公司突然有紧急会议，下次我请客。"

……

看着一个个没诚意的借口，张莹发了火，她在群里直接问还有谁会来，但是没有一个人回复。看着安静的手机，夏小满觉得前几天热情的同学就好像一场梦一样，张莹也气得发怔，"搞什么啊，不想来的话一开始就拒绝啊，现在放鸽子算怎么回事！这帮混蛋！"

她拿着手机就要摔，到底舍不得，只能踢翻了几张凳子来出气。她猛地抓住夏小满的手，"走吧，我们回去，我请你吃饭去！"

张莹满脸怒火，但夏小满却慢慢抽出手，"不，我不走。"

"你傻啊，为什么不走？不会有人来啊！别管那个尤娜了，你已经做得够够的了，这条完全可以划掉！"

"不是为了尤娜，因为有人说他要晚点来。"

就在昨天，前几天加夏小满微信，头像是一把古琴的同学，发微信说他会晚点参加派对，所以夏小满决定再等一等。张莹真是败给了她，"这人是谁我们都不知道，到现在也不联系你，你觉得他可能来吗？"

"我相信他。"夏小满不知道为什么，就是不想放弃。

"随便你，晚上别找我哭！"

张莹见她油盐不进也来了脾气，自顾自地离开，夏小满就一个人在泳池边执着地等。她是那么希望，会有同学来参加聚会，哪怕只有一个也好。这样，才不会让尤娜的回忆和期盼变成一场笑话，也不让曾经的同学情成为笑话一场。

她从傍晚等到了夜深人静，饿得手脚发凉，终于知道，今天晚上不会有人来了。她轻轻叹一口气，不甘心地站起身，突然看到一个身影朝她这里走来。她的心脏剧烈跳动了起来，当看清楚那个人的时候，突然失望至极，"社长？"

4

夏小满不知道何之洲来度假村会有什么事，只觉得现在胸口闷得难受。她后知后觉地意识到自己还穿着泳衣，急忙把披肩紧了紧，勉强挤出了一个微笑，"社长，你也来度假村呀。你先忙，我有事情先走了。"

她说着就要离开，何之洲却淡淡地说："不是你邀请我来的吗，怎么现在就要走？"

夏小满愣住了。

她确定自己没有和何之洲有任何私下的接触，如果他说的是同学聚会的话，他们也根本不是同班同学啊！何之洲终于解释道："我记得我告诉过你，我会晚点来。"

"你是，你是那个微信……"夏小满后退几步，觉得自己被一道雷劈中了。

全公司都知道何之洲是一个最古板的人，他的手机是已经被淘汰的机型，没有微信，他也不太喜欢上网。有谁能想到，他居然有小号，而且还加了她，更悲剧的是她还不知道……

夏小满突然想起，自己曾经厚颜无耻地发过美照，还默认自己是报社的骨干力量，就觉得脸被啪啪啪打得很疼。她不知道说什么好，呆呆地站着，听到何之洲问："为什么突然想弄个泳池派对？是你的想法，还是那个姑娘的梦想？"

"是她的梦想，但我觉得这样也不错。"夏小满低声说，"至少，我第一次敢穿比基尼。"

"你的同学都没有来？"

"嗯，他们都有事。"夏小满闷闷地说。

"那你的梦想，要怎么完成？"

夏小满没想到何之洲到现在还会关心她这个小人物的梦想，犹豫了一下，不确定地说："可能，没办法完成了吧。"

"我想，她也许没有规定人数。"何之洲说。

"啊？"

"我是你的师兄,也算是你的同学,不是吗?"

何之洲说着,解开了西装的纽扣,把西装放在了一边。因为太过惊慌的关系,夏小满忘记了该做什么反应,就这样眼睁睁看着何之洲在自己面前宽衣解带。她看着何之洲脱下西装,解开衬衫,露出了线条美妙的上身……她真是没想到,看起来有些瘦的何之洲,身材居然会那么好,目光黏在他身上忘记了挪开。就在这时,何之洲开始脱裤子。夏小满无法想象,高洁到好像不食人间烟火的何之洲居然会做出这样的动作,尖叫一声闭上了眼睛,然后,她看到了何之洲跳到了水里。

他,他,他……他不是脑子坏掉了,要在她面前自杀吧!

夏小满冲了过去,紧张地看着泳池,然后看到了何之洲浮出了水面。他把发丝通通抚到了脑后,面无表情地看着夏小满,"你不下来吗?"

"啊?"夏小满呆呆地看着他。

"泳池派对,当然要游泳了,你不下来吗?"

看着何之洲平静的面容,想着尤娜的期盼,夏小满一咬牙闭上眼睛,也往水里跳。她的水性并不好,再加上错误估计了游泳池的水深,脚试探许久还是没踩到池底,一下子着急了,猛地呛了一口水。她觉得肺部就要爆炸了,摸到身边好像有什么,立马不管不顾地抓住,她看到自己好像八爪鱼一样缠在何之洲的身上,吓得脸都白了。她再次尝试站立未遂,苦着脸说:"社长,我没想到这水有这么深,我都到不了底。"

"所以?"何之洲看着夏小满几乎近在咫尺的面容。

何之洲一向自视甚高,又一向清心寡欲,就算有女人喜欢他,也都是自恃身份,像夏小满这样不管不顾扑到他身上的还是第一个。他还是第一次感受属于女人的柔嫩的肌肤,感受着如兰的呼吸,甚至感受着那异样的柔软……

他只觉得一股热流在身体里蔓延,庆幸在夜色下没有人能看到他的失态,他尽量让声音既冷漠又冷静,"可以下来了吗?"

夏小满小声说:"社长,你能把我送到梯子那里吗?我能自己爬上去。"

何之洲轻不可闻地叹息,发现面前的状况,简直比报社的问题还要难处理数倍。他极力忽略有一双手正缠着他的脖子,慢慢往前走去,终于走到了扶梯前。夏小满没想到自己还是够不着,暗骂了一下她的祖传小短腿,继续苦着脸说:"社长,你能不能……能不能把我送上去啊?"

夏小满说着,很想掐死自己,真是恨不得爸妈把她回炉再造,再把她生高10厘米！何之洲久久没有回答，夏小满也急了，小声说："社长，我真的不是故意的。不信你看，我踩到地就沉了。"

为了证明自己所言非虚，夏小满咬牙松手离开了何之洲的怀抱，努力踩到地，然后池水迅速淹没了她的头顶。摇曳的池水中，夏小满紧张地屏住了呼吸，尽量不让自己因为紧张而呛水，然后她似乎听到了一声叹息。再然后，一只有力的大手把她送到了梯子上。

夏小满急忙借力爬上了扶梯，坐在岸上喘气，心到现在还怦怦直跳。何之洲也上了岸，就坐在她的身边，身上带着泳池水清冽的味道。冷风吹在身上，夏小满忍不住打了个喷嚏，忽然觉得身上一暖，何之洲把西装披在了夏小满的身上，淡淡地问："夏小满，你现在算不算完成了那个梦想？"

"反正她也没说要多少人来，你也算是我们的同学，所以这个梦想算实现，可以吗？"

看着夏小满一副不确定，甚至不敢直视自己的样子，何之洲不知道为什么心中一软，紧张的神经仿佛在瞬间得到了放松，他定定地看着夏小满，总觉得她肌肤的触感仿佛还停留在指尖，那种奇异的感觉也环绕在心头，久久没有散去。月光下，他听到自己的声音，"当然可以。"

"社长，谢谢你。"

夏小满的不安与惶恐瞬间变成了欣喜，她的眼中有着万千星光，璀璨又明亮。何之洲看着她湿漉漉的头发，有句话未加思索就问了出来："到底为什么，你非要这样做？"

一时之间，场面安静了下来。夏小满此时才听到了微弱的虫鸣、池水流动的声音，以及彼此的呼吸声。她想了一会儿，然后轻声说："好像是可以不用做，但是不做的话，尤娜会失望的吧。"

"因为那场意外？那和你毫无关系。"何之洲低沉地说。

夏小满呵呵一笑，"一开始，我确实是因为内疚，想给自己找点事情做，但现在，我发现完成她的梦想真是不赖。社长，这两个月里，你知道我做了多少以前根本不敢想象的事情吗？尤娜已经没有了实现梦想的机会，但我还有，所以我是为了她，更是为了我自己。我喜欢现在的感觉。"

看到神采奕奕的夏小满，何之洲闭上了眼睛。当他把眼眸睁开的时候，又恢复了以往的平静，"那你自己的梦想是什么？"

夏小满愣住了。

尤娜的梦想，似乎就是她努力的目标，但她自己想要的到底是什么？是成为优秀的记者，是嫁一个还不错的男人，还是周游世界？不过，如果是10年前的话，她最大的梦想，可就是能和何之洲单独待5分钟啊。

"那社长的梦想是什么？"夏小满鼓足勇气反问。

何之洲没有生气，看着远方，"守护。"

"守护？守护报社吗？"

"守护我所珍爱的一切。"

何之洲深邃的眼眸注视着夏小满，声音低沉又温柔，让夏小满的心猛地一跳。她有99%觉得自己在自作多情，但那1%的属于女性的直觉，却让她不敢往深处想。月光下，何之洲的面容异常柔和，近距离的接触让夏小满手足无措。她突然发现他们好像离得太近了，站起身往后退一步，讪笑说："社长，谢谢你今天帮我。时间不早了，我就先回去了啊。"

她转过身，打算离开，然后，她听到何之洲问："夏小满，考虑一下和我交往怎么样？"

什么！

一道惊雷再次劈中了夏小满，她呆呆地站着，一句话也说不出来，总觉得刚才在泳池里待了太久，耳朵都出现了幻听。她一直处于呆愣状态，何之洲突然笑了起来，"不愿意吗？"

何之洲的笑容，是高山上的皑皑白雪，是毫无瑕疵的羊脂美玉。夏小满简直无法想象，自己年少时的暗恋居然会在这一瞬间成了真，指着自己的鼻子，"我？社长，你喜欢我？"

她的反应多多少少有点煞风景，但何之洲不以为然，"是，我喜欢你，所以我想和你交往。"

夏小满呆呆地看着何之洲，一时之间不知道该做什么反应。年少时的期盼，居然会在10年后突如其来地成了现实，被幸运大金蛋砸中的她却茫然不知所措。她看着何之洲冷峻的面容，以及只对她流露的那一抹温柔，心里慢慢涌现甜蜜与欣喜。可是，一股寒意突如其来上涌，霍知非似笑非笑的表情出现了她的脑中。

"你在做什么，嗯？"霍知非居高临下地看着她。

"知非……"她立马跪倒在地，轻声哀求。

"拖出去，五马分尸。"霍知非决绝地说。

"不要啊!"

……

"不要啊!"

夏小满被脑中的小剧场吓到了,猛地后退,一脸惊恐。何之洲不明白她的脸上刚出现了柔情的表情,为什么会瞬间变成那样,接着他听到夏小满郁闷地说:"社长,谢谢你。其实,我以前也喜欢过你……不过,我已经有男朋友了。我很高兴,真的,但是,对不起。我头好晕啊,先走了,再见啊。"

夏小满演技很差地捂着脑袋逃走了,而何之洲在泳池边久久没有离开。他看着自己那双在月光下更显得洁白如玉的手,轻声说:"夏小满,是因为……霍知非吗?"

他面无表情地看着面前波光粼粼的泳池,把手中的香槟酒一饮而尽。

5

夏小满打车离开了度假村,脑子里乱糟糟的。她一会儿因为何之洲居然喜欢她而激动,一会儿又忍不住想到,如果霍知非知道她和一个男人单独在泳池边……大热的天,夏小满情不自禁打了个寒战。她暗骂自己到底为什么要在乎霍知非的想法,一再告诉自己,是霍知非先对她冷淡的,才觉得勇气回来了一些。在看到霍知非家熟悉的大门时,她犹豫了一下,没想好到底要不要敲门去找他。

张莹说过,男女之间的感情就是一场博弈,谁先认真谁先输。所以说,她如果表现出对他太在乎的话,会让那个家伙很得意的吧,哼,她才不要!

夏小满想着,打定了主意不去找他,但门突然开了,一个慵懒的声音响起,"在门口站了那么久,不进来吗?"

夏小满此时才想到这高档小区有一项很贴心的服务——家门口发生的一切都会在门禁屏幕上呈现!所以,她刚才在霍知非门口踱步,甚至踹了他家门一脚的样子,都被他看到了吧!夏小满扭头就想走,霍知非一把抓住了她的胳膊,"小满?"

他的眼眸,好像乌金一样,黑暗中带着灿烂耀眼的光芒。夏小满已经好几天没看到他了,有点委屈又有点恼火,冷着脸说:"我回家,顺路经过你的走廊,你可别自作多情啊。"

"是挺顺路的。"霍知非看着她在电梯口的房子，意味深长地说。

夏小满只觉得脸一红，冷哼一声就想走，却被霍知非拉到了房间里。霍知非把她压在墙上，声音带了笑意，"想我了？"

"谁想你。"夏小满看都不看他，继续嘴硬。

"你想我了。"

霍知非用肯定的语气说，抚摸夏小满的头发，在闻到一股淡淡的消毒水的味道后手一顿。他看似漫不经心地说："我出差这几天，你都在忙什么？"

夏小满犹豫了一下，还是选择了撒谎，"没忙什么啊，就是和以前一样上上班，逛逛街。霍知非，你干吗出差呀？"

"为了一些学校的事情。"霍知非不愿意多谈，"吃晚饭了吗？"

夏小满此时才想起，自己到现在居然什么都没吃，脸一下子就苦了。霍知非摇头，"真是不会照顾自己啊……我给你做。"

霍知非说着，放开了夏小满，起身去了厨房，夏小满急忙跟在他的身后——虽然资料里说霍知非无所不能，但她还是第一次有幸亲眼看到大魔王做饭，真是好激动！霍知非站在宽敞的开放式厨房里，熟练地把牛排放到锅里，蓝色的火焰把他的脸映得忽明忽暗。夏小满看着他把牛排分成两份，撒上酱汁，细心地为牛排配菜装盘，觉得口水都要流下来了。她突然想起，她一开始自不量力，走温柔贤惠风勾引霍知非的场景，后知后觉地尴尬了起来。

那时候的霍知非根本看不上她的蛋包饭吧，她居然还以为能用美食打动这个男人的胃……为了追到他，她一会儿贤惠一会儿妩媚，一会儿知性一会儿火辣，成功把自己变成了一个神经病。不过，霍知非到底喜欢哪样的她呢？他爱的，是不是真实的那个夏小满？

夏小满想着，霍知非已经把牛排端上了餐桌。她尝了一口牛排，感受着唇齿间的诱人芬芳，眼泪都要流下来了，含糊不清地说："霍知非，你还真的会做饭啊？"

"当然，你以为我和你父亲的交谈都是在胡扯吗？"霍知非反问。

夏小满摇头，一边吃一边说："不是啦，我只是没办法想象你这样的教授，居然还会下厨。"

"我不喜欢在外面吃饭，也不喜欢家里来外人，所以慢慢地就会自己动手。"

"你干吗不在父母家里住？"夏小满想起上次在商场里遇到的高雅女人，

忍不住问。

霍知非微微一笑，反问她："那你为什么不在家里住？"

我还不是为了追到你嘛！

夏小满心里吐槽，郁闷地叹气，看霍知非的眼神突然充满了哀怨。霍知非不知道这个小姑娘怎么会突然浮现出那么奇怪的表情，优雅地擦拭嘴角，"吃饱了吗？"

"饱了。"夏小满摸摸滚圆的肚子，满意地说。

"那现在，该我吃了。"

男人的声音低沉又魅惑，带着毫不掩饰的欲望，夏小满一下子就傻眼了。她看到霍知非一步步朝自己走来，想起他在电话里说过，出差结束后他们就……她怎么把这么重要的事情给忘了！

难道，难道真的要和霍知非发展到那一步吗？他们真正在一起根本没几天，她还没确定到底要不要和他走下去，她今天穿的内衣都不是一套的……总之，现在绝对不可以！

"霍知非……"

夏小满又害怕又惊慌，眼中都带了一层薄薄的雾气，轻轻咬着嘴唇，她的倔强与胆怯带着无法描绘的诱惑，让一开始只是想逗逗她的霍知非，开始认真了起来。一开始漫不经心的触碰，变成了别有深意的探索，他从夏小满的嘴唇亲吻到脖子，夏小满在他的亲吻下沉沦、颤抖。她用尽浑身力气去反抗霍知非，可是手被霍知非轻易抓住了。霍知非咬住了她的耳垂，"小满，你是我的。"

"阿……阿嚏！"

夏小满没有配合地说情话，而是控制不住地打了个喷嚏，果然看到霍知非的脸色开始发黑。她脑中灵光一闪，故意用力吸鼻子，"霍知非，你家有餐巾纸吗？我的鼻涕就快滴到你的袖子上，然后顺着你的手腕流到你的胳膊上啦！那么黏，你肯定不好洗哦。"

夏小满一副很为霍知非着想的样子，看到霍知非面无表情的脸色，心里真是乐开了花——让他为了该死的工作都不接她的电话，还想占她的便宜！她的胆子突然肥了起来，故意靠近霍知非，逼得霍知非后退了一步。刚才的粉红色气氛突然消失无踪，霍知非的声音带了威胁，"夏小满，你的胆子越来越大了。"

"我的胆子一向很小，你可别吓我。"

夏小满知道霍知非今天晚上不会对她下手了，松了一口气。她站到了一个安全位置后，从包里取出手机递给霍知非，"你送我的衣服我就收下了，但是这手机实在……不太符合我的审美，你还是自己留着吧。我已经买了新手机了，很棒哦。粉色的，是不是很好看？"

虽然明明知道，这是夏小满还没有完全信任自己的关系，但是看到那双亮晶晶的眼睛，霍知非还是选择了忽视这个问题。他欣赏夏小满的手机，时不时和她就手机的性能问题探讨一番，夏小满和他有一搭没一搭地说着，突然听到霍知非问："游泳完了没洗头吗？"

"洗了啊，我……"

夏小满还想说下去，然后意识到不对劲，急忙闭住了嘴巴。她知道，在霍知非这样的聪明人面前是多说多错，却不知道她的表情已经把她出卖得彻彻底底。霍知非的眼中逐渐有了冰霜，"怎么不说了，继续往下说啊？"

"没啥好说的，不就是游了个泳嘛。"夏小满装作不以为然的样子。

"泳池派对为什么不请我去？小满，我可是你的男朋友。"

霍知非的手指有节奏地敲打桌面，夏小满觉得上小学时面对老师的感觉突然又来了，所有的阴谋诡计，所有的谎话借口，似乎在瞬间消失殆尽。夏小满沉默很久，终于轻声问："你，你怎么知道？你找人调查我？"

"我还没有那么无聊。"霍知非淡淡地说，"你的身上有漂白粉的味道，包里面有泳衣外面穿的纱衣，我不认为你有去游泳馆还穿纱衣的好心情。小满，派对好玩吗？"

看着霍知非乌黑中透着冷漠的眼眸，夏小满只觉得压抑住的火气这样涌了出来，她大声说："好玩啊，当然很好玩。霍知非，不是我不请你一起去，这几天我根本没找到你好吗？你有自己的世界，我为什么不能有我的自由？"

"所以说，你为了这个在生气？"

刚才还剑拔弩张的气氛，突然缓和了下来，霍知非的语气甚至称得上温柔。夏小满冷哼一声，别扭地说："我才不生气，我和你有什么好生气的。"

夏小满不愿意承认自己在生气，因为这样意味着她的情绪被霍知非左右，也意味着她比自己想象的还要在乎霍知非。她一副无理取闹的样子，霍知非却低声笑了起来，他玩着夏小满的一缕秀发，"小满，我最近可是为你在忙，你不想知道尤娜父亲的下落了吗？"

"你，你查到了？"

夏小满顿时忘记了生气，目光炯炯地看着霍知非，决定如果他真的找到了尤娜爸爸的下落，她不但既往不咎，给他做牛做马都可以！霍知非挑眉，"你就那么想知道？"

"当然想知道！你快告诉我啊！"夏小满双手合十，恳求地看着他。

霍知非缓缓地说："我查到，她妈妈很久之前确实和一个男人交往甚密。那人以前是芭蕾舞团的演员，现在在一家厂里做保安。"

"那你现在找到他了？"夏小满激动地问。

霍知非没有回答，只是看着夏小满，夏小满顿时上道地冲到霍知非面前。她殷勤地给霍知非捶背，在他耳边轻声说："霍知非，你真好。"

夏小满的气息，让霍知非的身体瞬间僵硬，他看着这个不知道自己刚才做了什么事情的女人，再一次由衷赞美起他的高风亮节来。他没必要委屈自己，享受着夏小满的按摩，等待她的发问。时间没过多久，夏小满的贤惠果然维持不住了，忍不住直入正题，"那你什么时候带我去看他？"

"你的诚意只有这么点儿吗？"

霍知非微笑着看着夏小满，想看她到底会做到什么地步。夏小满的脸色顿时纠结了起来，试探地说："我给你做大餐怎么样？"

"肤浅。"霍知非并不满意。

"我请你看电影，请你看演唱会？"

"你知道我想要什么。"

听到霍知非这样说，夏小满心里轻轻叹了一口气。她走到霍知非面前，踮起脚，在他的唇上飞快地留下了一个吻，笑眯眯地问："现在，诚意够了吗？"

"我明天带你去找他。"霍知非明明还想要更多，却听到自己这样说。

"耶！那我先回去了，明天见！"夏小满欢呼。

虽然明知道这个亲吻敷衍的成分居多，但霍知非还是觉得心中的那团火焰越来越旺，他一把抓住了夏小满，把她的头狠狠贴紧了自己的胸口，低沉地问："你到底在担心什么？是因为，我们还没有结婚吗？"

"啊？"

夏小满发誓，她只是单纯地不想和霍知非进展那么快罢了，根本没有逼婚的意思啊！夏小满一脸惊恐，霍知非却不再问下去，自信地说："我知道该怎么做了，你会满意的。"

"你到底在说什么啊？"

"既然感冒了,不留下来一起洗澡吗?"

霍知非大方地指着浴室的方向,可夏小满脑子被门夹了才会留在这里洗澡!她慌不择路地跑了,霍知非没有阻止,默不作声地看着夏小满离开了他家,抚摸嘴唇,微微笑了起来。他在沙发上静坐很久,终于打了个电话,"查一下,夏小满今天晚上都见了什么人。"

电话那头是一个沙哑的男声,"是。霍先生,何先生那边……"

回答他的,是霍知非的沉默。那人猛然意识到,自己似乎问了不该问的问题,这时霍知非的声音终于传来:"放弃。"

那人不明白,为什么霍知非筹谋那么久的事情,在成功就在眼前的时候,却会选择放弃。他识趣地没有追问,而霍知非继续在沙发里坐着,好像要在这里坐到天荒地老一样。他的脸上,是夏小满从未见过的冷漠与杀机,以及,几乎淡不可见的一丝痛楚。

突然间,霍知非站起身。他为自己倒了一杯红酒,打开窗,任由风猛烈地吹动他的头发。他轻声说:"梦想……真是一个奢侈的词啊。我知道,我所做的不是你的梦想。我现在放弃,好不好?尤娜……"

第9个梦想：和泰国人妖一起表演

1

第二天，夏小满一大早就站在了霍知非家门口，当霍知非开门的瞬间，她好像泥鳅一样挤了进去。她的手里拎着新出炉的包子和热乎乎的豆浆，把早餐通通放在了他的餐桌上，满脸讨好的笑容，"霍知非，爱心早餐到啦！是我亲手准备的，快来尝尝好不好吃。"

夏小满献殷勤的目的实在太明显，以至于让霍知非觉得，他不摆点架子都对不起自己。他轻哼一声，"按照惯有定义，等我起床后，看到桌子上摆放着刚做好的早餐，那才是爱心早餐，而不是敲门把我吵醒。"

夏小满一愣，心虚地解释："哎呀，我今天稍微起晚了一点，又没有你家钥匙……你尝尝，真的很好吃哦。"

"你亲手做的？"霍知非挑眉。

夏小满的脸色讪讪地："差不多啦，是我亲手……亲手买的。为了买这早餐，我排了好久的队，脚都累瘦了。"

看到夏小满夸张的表情，霍知非轻轻一叹。他想，他似乎忘记告诉夏小满，他早上一般只喝牛奶，吃一些水果和粥类，其余的一概不碰，更别提这些从小摊上买来的包子、豆浆了，而且，早上一般是他心情最不好的时候，没有人敢在他家门口这样吵闹……不过，不告诉她也无所谓，反正无论说与不说，这丫头还是会一如既往地按照自己的性子来。

而他，似乎也习惯了这样的生机勃勃。

"好吃。"霍知非咬了一口难吃的包子，听到自己说。

夏小满果然顿时笑弯了眼睛，"那你什么时候带我去找尤娜的爸爸？"

她的目光实在太期待，霍知非拿纸巾优雅地擦拭嘴唇，"现在。"

"啊，真的吗？"

幸福来得好突然，夏小满简直不敢相信自己的耳朵。她傻傻地站着，霍知非已经拿起了外套，"不走吗？"

"走，走！"夏小满忙说。

夏小满和霍知非一起出发，坐了很久的车才到了一个偏僻的工厂。她知道，尤娜的爸爸可能就在这里工作，心脏怦怦跳个不停。霍知非和门卫说了几句后，有个人慢慢从工厂走了出来，一脸疑惑地看着他们。看到他和尤娜分外相似的轮廓，夏小满捂住了嘴巴，然后，她艰难地问："请问，您就是杨友德吗？"

"我是，你们是谁？"

"您以前是不是在芭蕾舞剧团工作，是不是和一个叫尤丽瑛的恋爱过？"

杨友德越发警惕，"你们到底想干什么？现在都什么年代了，早就恋爱自由了，你们还来翻那些旧皇历做什么？"

霍知非伸手，企图让夏小满冷静，但夏小满已经激动地问："你是不是有个女儿叫尤娜？"

听到这话，杨友德的脸色终于变了，痛苦、恐惧与喜悦的神情，在他脸上交替，过了许久，他才疲惫地说："你们是什么人？我只是一个保安，什么钱都没有，你们想敲诈可找错人了。"

夏小满忍住泪水，轻声说："那你知道，尤娜已经离开人间了吗？她有一个梦想，是想成为爸爸的骄傲——叔叔，她想成为你的骄傲。"

"她，她……"

杨友德一愣，身体开始微微颤抖。他想点燃一支香烟，但香烟掉在了地上，他几次想捡起来，都没有成功，终于声音沙哑地问："什么时候的事情？"

"大概7个月前，她吃完夜宵以后，在回家的路上失足落水。叔叔，我来这趟只是想告诉你，尤娜很爱你，她一直想让你为她骄傲。"

夏小满说着，眼眶逐渐红了起来，杨友德也终于痛哭出声。他讷讷地说："我和丽瑛以前真的很相爱，我也努力想让她过好日子，可那个年代，我们真的不能在一起……我过了十几年才知道，我原来有个女儿。我偷偷去看过她们几次，眼睁睁看着她管别人叫爸爸……呵，老了以后我更经常想起她。我会想，她现在多大了，应该上班嫁人了吧，早点忘掉我这个不负责任的爸爸也好。可是我没想到，真的没想到，我会白发人送黑发人……"

杨友德的泪水，滴滴砸在夏小满的心头，她和他一样几乎痛不欲生。夏小满好像中了魔咒一样，轻声说："叔叔，对不起，她死都是因为我。她失足落水，是因为我请她吃夜宵，她喝了酒，然后才会……都是因为我。"

夏小满好像被人丢到了南极的深海，那股寒意深入骨髓，尤娜的长发更是变为海草，勒住了她的咽喉。窒息的感觉突如其来地传来，她痛苦地不能呼吸，大声喘着粗气，一片朦胧中，她似乎听到有人在呼唤她的名字。

"小满。"

是谁？谁在喊我？

她努力睁大眼睛，似乎看到了一个黑色的身影，但她怎么也看不清楚面前的人到底是谁。耳边的呼唤越来越响，与脑中嘈杂的声音形成了共鸣，让她的脑袋嗡嗡作响，她几近崩溃。

"好吵，都别吵了！"

夏小满大声说，捂住了脑袋，意识逐渐抽离。她好像陷入黑色沼泽之中，越是挣扎，越是陷得深。在沼泽里，呼吸变得艰难又奢侈，她突然觉得就此沉睡下去似乎也不错。她任由自己躺在黑暗里，可是呼唤她的声音越来越大，再然后一只手抓住了她的掌心。那只手强硬地把她带离了黑暗，不让她沉沦，而她在朦胧中，终于喊出了那个熟悉的名字："霍知非……"

"我在。"

霍知非的掌心传来灼热的温度，他的声音划破了夏小满面前的夜空，她发现她无法堕落，因为这个男人绝对不肯放手。霍知非身体的温度让她温暖了起来，这时她听到一个声音说："姑娘，你叫夏小满吧。你说什么都是因为你的关系，你别把什么事情都往自己身上揽，那只是意外。尤娜，她也不会恨你，她会原谅你的。最好的纪念，就是好好活下去啊，姑娘。"

尤娜，尤娜……尤娜原谅她了……

这个名字好像魔咒一样击中了夏小满的心，黑暗在瞬间消失不见，巨大的惊喜让她简直不敢相信自己的耳朵，她喃喃自语："尤娜，她原谅我？"

杨友德的面容是那样悲伤，又是那样平和，"尤娜一直是一个宽容的姑娘，我想她也不想看到你这样。这件事和你一点关系都没有，你还特地来找我，她一定很高兴。这些事情，连我这个做爸爸的都不一定做得到……我为尤娜，也为你而骄傲。"

杨友德的话，让夏小满简直不可置信。她没想到，自己还能被原谅，被救赎，而且是被尤娜的家人……酸涩的感觉逐渐被欣喜与轻松取代，她的眼泪终于流了下来，然后，她低声说："谢谢你。"

谢谢杨友德的原谅，也谢谢霍知非为她找到了他。

杨友德说得对，最好的纪念方法不是沉迷在过去，而是为了所爱的人，也为了自己，更好地活下去。

她一定可以做到。

杨友德离开后，夏小满依然站在工厂门口。她此时才感觉到夏天的阳光居然那样温暖又灼热，简直可以驱散她心中的所有阴霾，她更是有了一种重新活过来的感觉。她是那么珍惜眼前所有的一切，包括一直陪伴在她身边的霍知非，她突然一把抱住了霍知非，"谢谢，没有你的话，我根本找不到他。谢谢你，一直陪着我，霍知非。"

女孩软糯的声音就这样击中了霍知非，他一时之间没想好是在夏小满面前继续维持以往的威严，还是给她一点保护与肯定，但他的手已经不自觉地抚摸上了夏小满的发丝，他的嘴角因为愉悦勾起，嘴上却冷静地说："不因为我在忙而生气了？"

"不生气了。"夏小满的脸贴在他的胸口，"霍知非，谢谢你帮我。"

"嗯，以后要不要乖一点？"

"要。"

"要不要惹我生气了？"

"保证不惹你生气了。"

霍知非心想，夏小满虽然看起来乖巧，但是她的胆子很大，惹他生气的本事也不小，如果她能做到那还真是太阳会从西方升起。这时，他突然感觉到一道目光正冰冷地看着他，猛地抬头，却看到了一个熟悉的身影。

不远处，何之洲正看着霍知非和夏小满。他看着霍知非和夏小满相依偎的场景，目光是那样冷漠，然后，他看到了霍知非对他绽放了一个华丽的笑容。那个嚣张的男人伸出手，把夏小满搂在胸前，微微上扬的嘴角有着说不出的挑衅与藐视，何之洲感觉到自己握紧了拳头，然后，他从夏小满身边走了过去。

"霍知非你放松点好吗，我要被你勒死了。咦，那不是社长吗？"

夏小满突然看到何之洲的背影，那天何之洲对她说的话也再次在耳边回放。她心虚地看了霍知非一眼，决定不再开口，但霍知非饶有兴趣地说："看背影就能看出来是谁，小满，你真是聪明。"

被蛇缠绕的感觉再一次来了，夏小满嘿嘿笑着，一句话都不敢说。霍知非看着她心虚的脸，想起关于她和何之洲独处的报告，脸色不由得一沉，他挑起夏小满的下巴，"我希望，你知道自己在做什么事。"

夏小满心里发虚，嘴上却不甘示弱，"我又不是小孩子，当然知道我在做什么事情啦。霍知非，时间不早了，我请你吃午饭好不好？"

霍知非看了夏小满良久，终于问："请我吃什么？"

"大餐，各种大餐，你要吃什么都行！"夏小满忙表忠心。

霍知非看看手表，摸摸她的头，"我一会儿还有事，去我学校吃吧。"

"好啊！"夏小满举双手赞成，长舒一口气。

2

当夏小满跟霍知非一起走进食堂的瞬间，喧闹的食堂一下子安静了下来，所有学生都停止了手中的动作，用一种惊奇加敬佩的眼神看着夏小满，整个食堂里除了呼吸声外，居然没有一点儿多余的声音。夏小满一下子成了焦点，心里有点尴尬，却神态自若地跟着霍知非一起到了小炒的窗口，两个人旁若无人地点菜，旁若无人地坐到了一边。在等待上菜的期间，霍知非淡淡地开口："你们都吃饱了，是吗？"

在霍知非话音落下的瞬间，所有人迅速开吃，觥筹交错，简直比宴会现场还要热闹。夏小满无语地看着他们，霍知非危险地挑眉，"居然敢直视我……他们的胆子，真是越来越大了。"

"他们看到你的时候，都已经不敢动了，还叫胆大？"夏小满撇嘴。

"他们以前看到我的时候，都会跑出去。"霍知非说。

"学校里确实有很多人怕你，可你不还有脑残粉嘛，他们怎么也跑出去？"

"你觉得，他们有勇气和我一起用餐吗？他们，不敢，也不配。"

在这一瞬间，夏小满柔软的心被触到了。她承认，霍知非给人的第一印象除了危险之外还是危险，他嚣张又任性，脾气不好还爱报复……可是，他也会寂寞啊。

夏小满想着，脑中开始不受控制地浮现出充满悲情色彩的电影来。

在寒风肆虐的日子里，霍知非一个人坐在食堂里，屋外传来男生打篮球的吵闹和女生聊天的喧嚣，但是那个热闹的世界和他无关。他走出了食堂，外面正夕阳西下，四周响起了凄美的乐曲，夕阳把他的身影拉得很长，很长。他伸出手,想去抚摸一只流浪的小猫,但是小猫一下子也跑了,他的手停在了半空,一行眼泪终于流淌了下来……

夏小满爱怜地看着霍知非,觉得自己突然母爱泛滥。霍知非不知道她的思绪又飘到哪里去了,但他并不讨厌她的目光,他摸着下巴,接着说:"所以,真是怀念啊……那样恐惧的眼神,呵呵。"

深觉自己表错了情的夏小满,突然有了一种无力的感觉,她觉得霍知非简直是三观不正,"你好像,一点不介意别人怕你,这样不会觉得寂寞吗?"

霍知非看她的眼神有些疑惑,似乎不明白她在说什么。过了良久,他轻笑出声,"寂寞嘛……对了,人是群居动物,如果没有必要的社交和情感宣泄,确实会有那种情绪。你说的没有错。"

虽然霍知非在肯定夏小满的说法,但夏小满还是感觉出了他的不在乎、不以为然。夏小满努力把他拉向正轨,"霍知非,你什么时候感觉到寂寞过吗?"

"那种情绪的话……当然有过。在我8岁的时候。"

"然后呢,就没有了吗?"

"是。"

"因为,因为你觉得每一天都很开心?"夏小满不可置信地问。

因为开心?她怎么会这么想。当然是,因为习惯了吧。

霍知非心里想着,却不再回答。这时,菜上桌了,夏小满的注意力果然被吸引,也忘记了追问霍知非。她吃了一口菠萝包,突然怀念地说:"菠萝包还是尤娜做得好吃,她做的菠萝包没那么甜,非常酥软,我一口气能吃好几个。"

自从尤娜离开后,夏小满还是第一次用这样平静的口吻提起她,就好像她没有死,只是去一个地方郊游了一样。霍知非的唇角微微勾起,"你想为她做点什么吗?"

夏小满刚想回答,手机突然响了,李记者让她去采访今天晚上S大举行的夏日文化节。挂断电话后,夏小满猛地抬头,"霍知非,你们今天晚上是不是有文化节?"

"嗯,我晚上就是要忙这个。"霍知非很诧异她为什么会有这样的表情,"你有兴趣?"

"当然有兴趣!"夏小满用力一拍桌子,"大学生演唱啊,表演啊,还有角色扮演啊……你该早点喊我来啊!"

就在夏小满对文化节充满向往的时候,一个学生一边看书一边进了食堂,坐在了霍知非身边。所有人都倒吸一口凉气，当学生发现自己居然坐在大魔王身边时，一下子愣住了，他战战兢兢地起身，不小心把书掉在了地上，"霍、霍、霍、霍教授……"

夏小满想起她紧张的时候也这样叫过霍知非，忍不住笑了起来。她帮学生捡起了生物书，顺便瞄了几眼，和善地说："你是生物系的，在看基因的章节呀。我记得上高中的时候学过显性基因、隐性基因，真是很有趣。"

学生总觉得他回答不出来会被霍知非杀死，努力说："显性基因用来形容一种等位基因，无论在同质还是异质的情况，都会影响表现型，则称为显性的。显性基因决定的遗传过程，称为显性遗传。就好像爸爸有软骨发育不全、缺指、并指症、成骨发育不全等症状，儿女也容易遗传到一样……"

他喋喋不休地开始背书，夏小满突然想起尤娜不能弯曲的小手指，和杨友德那完全正常的小指，心中一愣。然后，她自我解嘲——和爸爸不一样简直太正常，说起来老社长的小手指也不能弯曲，何之洲却是正常的。而且，这个世界上还有那么多少白头，难道他们都是一家人不成？

"说够了吗？"霍知非终于开口。

学生吓了一跳，猛地对霍知非鞠躬后跑掉了。夏小满生怕霍知非发脾气，急忙说："霍知非，我吃多了，我们去逛逛吧！"

"好。"霍知非温柔地说。

他们在校园里散步，所到之处的学生都急忙对他们鞠躬，让夏小满不由得想到了一个成语——狐假虎威。她看到学校里已经搭好了舞台，不知道为什么突然想起和他第一次见面的场景。那时候，她铆足了劲儿要吸引他的注意，他是那么高冷不可接近，现在他们居然真的在一起了……

尤娜，这是你冥冥之中的祝福吗？

"小满姐！"

早就习惯了学生敬畏眼神的夏小满，突然听到有人大声喊她的名字，其实她已经猜到了喊她的人会是谁。她回过头，果然看到了桃红色的头发，顺着头发往下看，看到了一张涂得浓墨重彩的脸，她一下子就认出了来人，"林欣欣？"

"是啊，是我！小满姐，他们都说我这样连我爸妈都认不出来，还是小满姐厉害，一下子就认出来了！呀，霍教授你也在？小满姐，今天是来看我表演的吗？"

林欣欣很没诚意地和霍知非打招呼，把"知非哥哥"瞬间降级为"霍教授"，夏小满倒是亲热到不行的"小满姐"。夏小满看到林欣欣穿着水手服，好奇地问："你扮演的是谁啊，戈薇吗？"

"不是啦，是月小兔，没看到我的头发是粉色的吗？"林欣欣笑嘻嘻地说，期待地看着夏小满，"小满姐是特地给我加油的吗？"

"啊……是吧。"

夏小满不确定地说，但林欣欣已经欣喜若狂。她浓艳的脸上居然也能透出一丝红晕来，"我就知道，小满姐对我最好了！小满姐，我给你介绍一下今天都会有哪些活动吧。"

林欣欣说着，就要拉夏小满离开，然后觉得杀气袭来。她看到霍知非冰冷的眼神后，很不情愿地问："霍教授，也一起来吗？"

"走吧，我也正好看看你们社团都忙些什么，考虑一下明年的经费到底要不要给你们。"

林欣欣顿时哀号，"不是说好每年都给经费的嘛，知非哥哥你不会这样对我的哦！"

回答他的，是霍知非高深莫测的笑。

林欣欣一脸痛苦地带他们去参观每个社团的展位，所到之处都是安静无声，学生们看霍知非的眼神就好像小白兔看着大灰狼。夏小满在人群中突然看到了几个高挑又漂亮的女人，好奇地问："她们是谁？是模特学院的学生吗？还是你们的校花？"

林欣欣一看，顿时笑了起来，"什么校花啊，他们是学校特地从泰国请来的人妖啦！是不是很像女人，都快比我们好看了吧？"

夏小满觉得林欣欣还是太给自己留面子了——什么都快比她们好看了，明明是秒杀她们好吗？那身高，那身材，那胸，那屁股……她低头看看自己的一马平川，有点儿心虚，急忙回头看霍知非。她看到霍知非的眼神居然停留在人妖身上，火气一下子就上来了，她忍不住冷笑，"她们好漂亮，是吧？"

霍知非居然点头，"是。"

夏小满反应迅速，"是啊，她们好漂亮，胸比我大，说不定下面比你大呢。"

在夏小满说话的时候，震耳欲聋的音乐正好出现了空当期，所以她说的话被许多人听了个正着。有的人反应迅速，尽量让表情显得正常，来逃避霍知非的杀人灭口，但更多单纯的学生则诧异地看着霍知非，甚至有人忍不住朝他下面看去！一向冷淡优雅的霍知非，表情终于有了些许的鲜活，他没有恼火，反而在夏小满耳边说："小满，抱歉。我们交往那么久，我是没有让你知道某些尺寸，让你着急了。今天晚上，我们继续上次没进行完的事情，好不好？"

霍知非说着，亲昵地刮刮夏小满的鼻子，然后大家的眼神转为了恍然大悟——原来是霍教授的女朋友憋了太久，心急了，才会催着霍教授快点……啊，人家还是小孩子，他们真的好激情，好让人羞涩啊！

有的女生开始捂脸，夏小满真是欲哭无泪，她好想拿着喇叭大喊一声，她真的不想扑倒霍知非，她绝对不是久旱渴望甘霖，她只是想和霍知非开个玩笑啊！

"霍知非你说什么，我明明不是那个意思！"

夏小满涨红了脸，可是霍知非已经神态悠闲地往前走，根本不给她解释的机会。夏小满觉得自己就要吐血了，林欣欣偏偏不理会她的悲伤，硬把她拉到一个摊位面前，这里卖的是学生亲手绘制的面具，非常精致，一下子吸引住了她们的目光。夏小满送给林欣欣一个艳丽的蝴蝶面具，自己选了一个古怪的小猫脸的面具，给霍知非则是一个乐呵呵的老人头面具。林欣欣第一次收到夏小满的礼物，激动得手都在颤抖，她急忙把面具戴在头上，诅咒发誓一辈子不会拿下来。霍知非却问："为什么给我选这个？"

"希望你向他学习，以后多笑笑，对人亲切一点。"夏小满没好气地说。

"这样笑吗？"

霍知非对夏小满露出了笑容，一时之间，夏小满只觉得阴风刮过，汗毛直竖。魔王朝她张开了黑色的羽翼，所有人都下跪臣服，夏小满也觉得小腿肚子开始抽搐。她看了霍知非许久，终于无奈地说："算了，还是不要笑了，你笑起来真是好可怕。"

听到夏小满的评价，霍知非皱起了眉。夏小满知道他就快心情不好了，心里暗笑，却急忙装作激动的样子，"呀，前面有射箭，我们去玩玩！霍知非，帮我赢个娃娃好不好！"

3

夏小满说着，拉着霍知非的手就往前走，根本没有意识到，自己和他的亲密似乎已经成了一种习惯。霍知非若有所思地看着那只手，和她一起往前走去，果然看到一堆学生围在娃娃面前。见到霍知非来，学生很自觉地给霍知非让了一条路，霍知非问夏小满："想要哪个？"

"最大的那个泰迪熊。"夏小满笑盈盈地说完，等着霍知非出丑。

在和霍知非在一起前，她了解了他很多资料，知道他从来没有学习过射箭，更不喜欢去游乐场玩——所以，他能不能射中靶心真是个大问题哦，夏小满满怀期待地看霍知非出丑。霍知非接过了弓箭，他似乎对弓箭不太熟悉，手指在弓箭上摩挲许久，终于把箭对准了靶心，他把弓拉满，箭射了出去，却射偏了。

"扑哧。"

林欣欣忍不住笑了起来，然后很快捂住了嘴巴，假装她根本不在现场。夏小满的脸上也险些浮现出笑意来，但她迅速端正情绪，贴心地说："哎呀没事没事，你又不是万能的，不会射箭也正常嘛。不要怕，不要急，再来一次试试看。"

夏小满拿出了哄孩子的技能安慰霍知非，霍知非并没有理会她，再次射箭。这一次，箭到了靶子上，距离靶心的距离也不算远，夏小满急忙鼓励，"哇，好棒！进步好大哦！"

她的笑容凝固在了脸上，因为霍知非第三箭射出，正中靶心。周围突然安静了，夏小满眼看着霍知非悠然自得地一箭又一箭地射中靶心，没有一箭落空。

当周围的学生面露崇拜，当可怜的摊主欲哭无泪，当林欣欣手里的面具都掉在了地上时，夏小满的眼睛里只有这个男人。她承认，霍知非身上的缺点简直数不清，但他强大耀眼到令人信赖、令人折服。她看到在夜色下，微风拂过他的发丝，他的箭划破了夜空，俊美得恍若神灵。他箭无虚发，当最后一支箭射中靶心的瞬间，学校里的所有彩灯突然亮起，点亮了夜空，也照亮了他的侧颜。

"现在，满意了吗？"

霍知非低沉的声音在夏小满耳边响起，这时四周响起了如雷的掌声。夏小满看着霍知非，突然有了一种无法言喻的满足感。

这就是霍知非，她的男人！没有谁能和他一样无所不能！

她，爱上了这样的男人！

当霍知非把毛绒大熊递给夏小满的时候，所有女生都投来了羡慕的目光，夏小满紧紧抱着大熊舍不得松手。霍知非其实并不明白这个做工粗糙、成本不到 20 块钱的东西为什么会比 V2 手机还要让夏小满高兴，但是既然她那么高兴……

"把所有熊都包起来送到这个地址。"霍教授命令摊主。

夏小满吓了一跳，"不要啦，一个就够了。"

"真的？"霍知非挑眉。

"真的真的。因为，这个是你赢给我的啊。"

夜色里，夏小满的声音并不清晰，但霍知非都听清楚了。他的唇边逐渐浮现出笑意，"好。"

夏小满有点儿不好意思，抱着快和她一样高的大熊自顾自往前走，没想到学校的人实在太多，她和霍知非在人流中分开了。因为是在霍知非的管辖范围里，她倒也不着急，顺着人群慢慢走着，突然觉得眼前一黑，居然撞到了什么人身上，她急忙道歉："对不起……社长，你怎么会在这里？"

夏小满没想到会在 S 大见到何之洲，一时之间有点慌张。她的紧张被何之洲尽收眼底，他看着她绯红的面颊和手里的玩具熊，淡淡地说："今天 S 大邀请我来做嘉宾。采访稿怎么样了？"

夏小满想起自己光顾着玩儿了，都没记得采访，冷汗一下子就流下来了，她支支吾吾地说："采访得差不多了，回去就能写稿，我保证准时交稿。"

"注意细节和新意，不要光写套话。"

"好的，社长。"

夏小满认真听着何之洲的教诲，觉得刚见到他时的尴尬终于消散了许多，她甚至觉得那天对她的表白，是不是只是一场幻觉罢了。何之洲嘱咐了夏小满几句，突然看到几个人朝他们这里挤来，眼看就要撞到夏小满的身上，几乎是下意识地，他伸出手，把夏小满拉到身边。他的臂弯为夏小满环出安全的港湾，夏小满的脸紧紧贴着他的胸膛，一时之间有些失神。她的茫然只有短短一秒钟，因为她在瞬间感觉到了冷风朝她吹来！她缩缩脖子，手臂突然一疼，霍知非已经把她强硬地拉到了一边。

"小满，你跑哪里去了？"

霍知非温柔地问，把夏小满额前的发丝抚顺，一手把她护在了身后。他张扬地看着何之洲，笑容优雅，"何社长，好久不见。"

"很久不见，霍教授。"

"何社长最近在忙什么，看起来很疲惫的样子。是不是上次安镇之行太累了,可要注意身体啊。"

社长也去安镇了吗?她为什么没有看到?他不会是……为了她去的吧?

夏小满又是惊慌又是羞涩,却看到何之洲的脸色起了波澜。何之洲那么平静的眼眸里,突然翻起了惊涛骇浪,直直地看着霍知非,似乎在忍耐着怒气。四周的空气好像突然凝固了,夏小满忍不住往后缩,却见霍知非的脸上依然带着笑意,他上前一步,语气无比怀念,"何社长,不知不觉间老社长已经离开半年多了。你把他的事业发展得那么好,他所希望的你都做到了,我想他的在天之灵也会很欣慰。"

"当然。别忘了,我们可是最好的合作伙伴。"

何之洲说着,从霍知非身边离开。看到他消失在视野,夏小满才松了一口气,她也不知道刚才怎么会产生那么大的压迫感,茫然地看着何之洲离开的背影,怜悯一叹。

她想,何之洲已经深深地爱上了她。

自从她到报社的第一天,何之洲就因她的天真可爱臣服,陷入情网。他是一个骄傲又稳重的男人,不想违反公司规定进行办公室恋爱,只好把对她的情感通通压抑在心里。他表面上装出对她毫不在乎的样子,任由她被欺负、不能转正……

时间一下子就过了3年。这3年里,他对她的爱没有丝毫减少,反而与日俱增。他找理由让她做上了真正的记者,在她闯祸的时候挺身而出,还把她带到家里去见了和家人没什么两样的老用人。他强忍着心酸,把她外派到了安镇,可是因为不放心她,默默尾随。他一直在同学群里默默关注她,终于忍不住在泳池边对她表白……

唉,真是好凄美的爱情故事。如果这故事发生在3年前——不,甚至是3个月前,夏小满只会受宠若惊、欣喜若狂。但是,何之洲到底表错了情——她已经是霍知非的女朋友了。

所以说,刚才那两个男人之间的气氛,是为了争夺她的暗战吗?

在夏小满的脑中,她成了穿着红衣的绝色妖姬,霍知非和何之洲则成了两个国家的国君,为了她掀起了血雨腥风。夏小满有点小激动,有点小羞涩,突然觉得眼前一黑。她回过头,看到霍知非的大手在她眼前,声音充满了威胁,"小满,你的目光不该在他的身上。"

夏小满吓了一跳,心虚地说:"什么在他身上啊,我只是很奇怪,他怎么会亲自参加这样的活动。"

霍知非很自然地抓住她的手,"S大和《都市快报》有就业协议,每年都会从我们这里招聘最优秀的毕业生,他当然要抓住时机前来宣讲。"

"对哦,每年都会有S大的实习生来,我怎么会忘了这个。"夏小满轻声说。

霍知非的手掌宽大温暖,夏小满觉得她就好像初恋的少女一样,心里小鹿乱撞,居然因为这样的亲密接触而紧张。她拼命找话说:"霍知非,听说晚上会有烟火晚会,什么时候开始啊?烟火好看吗?要放多久啊?"

"会在文艺演出结束后,大约8点半开始。小满,你是不是在紧张?"

"哈,我怎么会紧张,我才不紧张!"

夏小满打肿脸充胖子,霍知非的唇角微微上扬,没有揭穿她,只是更紧地抓住了她的手。这时,文艺表演已经开始了,夏小满看到那几个人妖也往后台的方向走去,心里突然一动,她喃喃自语:"对,文化节有人妖啊……霍知非,我想和人妖一起表演。"

霍知非挑眉,"很奇怪的想法……是因为那个清单上面的梦想吗?"

夏小满微微一笑:"是啊。记得上初中的时候,我们第一次在杂志上看到漂亮的人妖,那时候我就说好想和他们一起跳舞……哈,如果没有看到尤娜的日记本,我都忘记那么遥远的事情了,她却还记得。霍知非,你们等着瞧吧!"

4

夏小满说着,把玩具熊塞给了林欣欣,离开霍知非到了后台。霍知非不关心她会怎么和人妖们交涉,因为他相信凡是夏小满想做的事情,她千方百计都会做到。林欣欣摩拳擦掌地期待着一会儿的表演,不断说:"哇,小满姐一定会跳得很好看,她怎么那么厉害,什么都会啊。小满姐聪明又漂亮,她真是我的偶像啊!"

霍知非瞥了林欣欣一眼,"我倒是不知道,你对我的女朋友那么崇拜。"

"女朋友"这3个字刺了一下林欣欣,她痛苦地看着霍知非,"知非哥哥,虽然你配不上小满姐,不过比起其他人来,我还是希望你们在一起啦。"

"哦,为什么?"霍知非漫不经心地问。

"因为你很喜欢她啊。"

"是吗?"霍知非淡淡地反问。

"当然是啊！如果你没有那么喜欢她，怎么会为她做那么多事情，看她的眼神又那么温柔，你可从来没这样看过我姐。"

林欣欣的话，让霍知非觉得世界有一瞬间的安静，然后又重归喧嚣。这时林欣欣继续叽叽喳喳地说："知非哥哥，你不要担心我家啦，我表姐她根本不想嫁给你。哼，别人不知道，我还不知道嘛。她爸爸当时很生气，说要给小满姐一点教训，不过都被我摆平啦。你们放心恋爱就好，结婚的时候一定要喊我当伴娘啊。"

林欣欣脑洞大开，已经想到了要给夏小满带孩子的事情，这时舞台突然昏暗了。当灯光再次亮起的时候，4个漂亮的女人一起出场。霍知非只觉得呼吸停滞了一刹那，林欣欣更是尖叫了起来，"小满姐！是小满姐！"

舞台上，夏小满和3个人妖在一起跳舞，虽然穿着一样的衣服和高跟鞋，但夏小满还是比那几个人妖要矮上一截，舞步也很凌乱，很快就让人发现了她的异常。许多人都低声议论起来，更有眼尖的人认出她是霍知非的女朋友。大家小心翼翼地看着霍知非，生怕霍知非发火，但霍知非的脸上居然看不出任何表情。

糟了，霍教授肯定气得说不出话了！所有人都这样想。

"她跳得真不错。"霍知非这样想。

因为夏小满五音不全的关系，霍知非总觉得她跳舞会是一场灾难，已经做好了充足的心理准备。可是，他没想到，她在夜色里简直好像是一只精灵。

一开始，她的动作有点儿生疏，脸上的表情也有点儿羞涩，可是随着音乐逐渐进入高潮，她也开始享受起来。她的动作并不完美，但她脸上的笑容，柔软的腰肢，简直让人沉醉其中。舞台那么大，但霍知非的眼中只有夏小满，他看着她踢腿、下腰、伸展手臂，金色的舞衣在夜色中简直比月亮还要灿烂。她的额上有了细小的汗珠，她的眼睛简直和星空一样明亮，她正看着自己……他听到了，自己心脏跳动的声音。当最后一个音节结束后，他看着夏小满朝自己扑过来，顺手把她搂到了怀里。

"霍知非，我跳完了这支舞！刚开始忘了点动作，但后来我想起来了！只有20分钟排练，我居然真的上台了，我好厉害吧！我以前上学的时候总是丑小鸭，我很想在学校的文艺演出上被大家看到,没想到我现在真的做到了……霍知非，这个梦想可真棒！我爱她！"

夏小满满脸都是惊喜和不可置信，小脸熠熠生辉，让霍知非突然很想把她揉到骨头里。其实，霍知非曾经见过无数个美女，但他现在偏偏觉得夏小满最美丽，其他女人，有的不如夏小满眼睛圆，有的不如夏小满腰肢纤细，有的不如夏小满活泼，有的不如夏小满会耍小脾气……

现在的他，只想独占夏小满，独占她所有的喜悦与……梦想。

"小满，我带你去一个好地方。"他用最温柔的声音说。

霍知非没有问夏小满那个"她"是谁，因为该知道的，总是会知道。夏小满一愣，想起今晚的任务，为难地说："可我还有事儿。我要采访文化节，还要回去写新闻稿，不能太晚回去。"

霍知非双手插袋，悠闲地看着她："我是校方的负责人，你不和我在一起采访我，难道要去采访那些傻瓜吗？走！"

霍知非不由分说，拉着她的手就要离开，这时林欣欣站在了他们面前。她觍着脸说："嘿嘿，你们要去哪里啊，我也要去！"

"你今年选修了我的课。"

霍知非毫不掩饰地威胁，在林欣欣内心剧烈挣扎的时候，带着夏小满径直离开，去了学校外的一个小山坡上。他们一起到了山顶，夏小满只觉得四周一片荒芜，不明白霍知非把她带到这里来到底是什么意思——他明明说过带她来看烟火的啊！如果他现在抽根烟，然后点个火，她绝对会抽他没商量！

这时，霍知非看看手表，"再等 1 分钟。"

"什么啊？"夏小满不解地问。

"现在，还有 57 秒。不如我们换一种等待方式。"

霍知非说着，低下头去，亲吻夏小满。这个正宗的法式热吻点燃了夏小满的每一寸肌肤，她觉得自己就好像蜜糖一样，融化在了霍知非的火焰里。她发现，自己越来越习惯和霍知非接吻，这是因为……她爱上他的关系吗？

霍知非的额头贴着夏小满的额头，低声倒数："3、2、1。"

一瞬间，天空突然开始绽放烟花，那华丽的烟火划破了夜空，就在他们的头顶绽放，简直好像触手可及。夏小满还是第一次这样近距离地看烟火，以为自己会尖叫，但是她的心突然变得很静，很静。她仰着头看了很久，轻声说："霍知非，你就不问我，为什么会说尤娜因为我死的吗？"

霍知非看着夏小满，没想到她会主动提起这个事情。夏小满接着说："我和她是最好的朋友，后来我们喝了酒，吵了架……然后，她失足落水，永远离开了这个世界。她死后，我失落了很长时间。我进过医院，也坚持过她不是意外，是被人谋杀……那段日子，真的很糟糕。她的日记本让我想赎罪，所以我才会实现她的那么多梦想——那些梦想根本不是我的，是尤娜的，我也根本不是你所想的那样积极努力，只是在赎罪罢了。"

"现在呢？"霍知非不以为然地反问。

"现在，我很庆幸我当时选择了要为尤娜做点什么。实现她的梦想不再是一个负担，我自己也很快乐——至少今天这个跳舞的愿望，也是我上学时候的梦想啊。霍知非，你知道尤娜她暗恋你吗？如果不是因为尤娜要追求你那个梦想的话，也许我根本不会靠近你吧。"

夏小满也不知道为什么，不再想在霍知非面前有任何隐瞒。她鼓足勇气说出了真相，轻轻咬着嘴唇，"是，最开始的时候，我骗了你，对不起。你知道吗？我喜欢你，霍知非。"

当夏小满用最大的勇气表白的时候，突然一朵烟花在他们的上空绽放，巨大的声音让霍知非没有听清楚夏小满在说什么。可是，她的表情，她的口型，她的紧张，已经说明了一些。霍知非的面色在烟花下忽明忽暗，他再次吻上了夏小满。他们在漫天烟火中接吻，好像全世界就只有他们两个人一样。时间过去很久，霍知非才意犹未尽地离开夏小满的嘴唇，在她耳边清晰地说："我很高兴你做了正确的选择，也很感谢她让我们相遇。"

"霍知非……"

"笑一笑，这样才适合你。"

霍知非说着，用手去揉夏小满的面部皮肤，把夏小满成功揉出一个微笑来。夏小满见他神色平静，总觉得不可置信，小心翼翼地问："霍知非，你真的不生气？"

"只要结局是我想要的，过程无所谓。我很感谢她，因为她的关系，你到了我的身边。"

霍知非再次亲吻夏小满的时候，何之洲也从窗外看着S大绽放的烟火，因为距离很远的关系，那烟火就好像是天上的点点星光，根本看不真切。他洗干净手，点燃了檀香，有条不紊地开始泡茶，每一道工序都极其讲究。当碧绿色的茶汤散发出袅袅的香味时，他把杯子放到了桌前，看着桌上父亲的照片，声音平稳地说："爸，你已经离开我那么久了。你放心，我把报社打理得很好，我还似乎喜欢上了一个姑娘……你会为我高兴的，对吗？"

他说着，把茶水倒在了地上，而桌上父亲的照片，正在对他微笑。

第 10 个梦想：做派对上最抢眼的女王

1

夏小满采访、约会两不误，所写的关于 S 大文化节的新闻稿顺利见报，却留下了一个小小的遗憾——新闻配图居然是她和人妖一起跳舞的照片！报纸上的她，穿着暴露的舞裙，笑得一脸灿烂，图片说明更是讨厌的"S 大邀请 4 名人妖一起表演"。哼，什么 4 名人妖啊，明明是 3 名人妖和一个最可爱的小姑娘好吗！

夏小满郁闷地合上了报纸，打开了尤娜的日记本。她拿起笔，认真地划去了"和人妖一起跳舞"这条，准备挑战一下高难度，尝试一下关于太空站和王子的那个梦想。

夏小满给国家宇航局，各个国家的王室官方邮箱都发送了邮件。虽然她没对这件事抱太大希望，但一连等了几天，发现邮箱里除了广告外还是空空如也时，到底还是失望了。她的心情突然低落了起来，再加上知道霍知非又要去外地出差的消息，更是觉得寂寞无比。

无聊的时候，夏小满突然那么思念她的好闺蜜。她约张莹一起去喝咖啡，听她说商场的八卦消息，也顺便发了一些甜蜜的牢骚。张莹拿勺子搅拌咖啡，左右打量夏小满，啧啧称赞："哟，我和你也就几天不见，你怎么又漂亮了啊，看来被滋润得不错啊，还上报纸了，你可真行啊。"

夏小满尴尬地说："什么啊，我不是经常上报纸嘛！"

张莹摆手，"别闹，你知道我说的是你和人妖一起跳舞的事儿。哇，你站在她们身边简直就好像是发育不良的小人妖，还真是挺好看的。你怎么不叫我一起去啊？不行，我也要给自己列个梦想清单，一个个完成去。"

夏小满嘿嘿一笑，"别的不说，我知道你最大的愿望就是买个你专柜的包，你快买了吧。"

"然后你养我两年吗？不行，我要先找个简单的，比如说裸泳什么的。"

张莹喝了一口咖啡，感受着唇齿间的浓香，享受地闭上了眼睛。当她再次睁开眼睛的时候，眼眸中带了狡黠的色彩，"你刚才说，这几天你家霍教授都出差？"

"是啊，怎么了？"夏小满疑惑地问。

"当然是实现尤娜做派对女王的梦想啦，他在的话我们多不方便啊。"张莹笑嘻嘻地说，"上次大家都没来聚会，不然我们能一下子实现泳池派对和派对女王两个梦想——那帮孙子！不过没关系，这一次交给我，保证完成任务。"

夏小满没有告诉张莹，那天何之洲突然出现的事情。她担忧地问："张莹，你到底要做什么啊？"

"你就等着我的通知吧。"

张莹不再说下去，夏小满也不好意思解释她那天都发生了什么，只好随便张莹掺和。午饭结束后，她打着哈欠到了报社，突然听到同事们轻声议论何之洲。她装作在整理包的样子，悄悄竖起了耳朵，她可不想错过这难得的八卦。

"我今天整理材料的时候看到了社长的生日，原来就是后天啊，一转眼老社长也离开半年多了，还真是世事无常哦。"

"哎，你们不觉得社长和老社长长得很不一样吗？虽然他们的气质是很像啦，但鼻子啊耳朵啊，都不是一个款。"

一个声音顿时插入，"不像也是正常的吧，一般儿子都像妈妈啊。社长那么帅，社长夫人一定会是个美女吧。"

有人怀念地说："听说是个贵妇人，学历高，长得也漂亮，还很温柔呢，就是在30多岁的时候就去世了，好可惜。"

"下班后去逛街怎么样，我们也要保养一下做贵妇人。要不要顺便给社长买一份礼物？"

"哈哈，好啊，我去团购美容券！咦，小满你快来，我们一起商量一下要给社长买什么生日礼物。"

夏小满被同事们发现，只好加入了谈话，发现何之洲的生日就在后天——居然和尤阿姨是同一天。因为何之洲还是挺得民心的，所以女同事们决定送给他一份礼物，费用大家均摊，礼物则由夏小满去买。夏小满没办法推辞，但心里总觉得怪怪的。虽然何之洲对她的态度，和以前一模一样，就好像什么事情都没发生一样。

上次表白过后，何之洲对她的态度一如既往。他们偶尔会在走廊遇到，夏小满恭敬地喊他社长，何之洲淡淡点头，然后离去，倒是让夏小满忍不住怀疑，她是否在自作多情。听到女同事们在八卦何之洲，她突然想起了上次在他家，看到了他珍藏的和父亲的合照……

社长一定很爱他的爸爸吧，才会把合照收藏得那么好。他小时候，会不会和她一样，总是不懂事地问爸爸"妈妈到哪里去了"，会不会总是拉着爸爸的衣袖哭泣？

夏小满脑中情不自禁浮现出一个瘦弱的少年，深夜一个人在墙角哭泣的场景，不知道为什么心里有些发酸。这时，突然有人通知要开会，夏小满急忙收回思绪，和大家一起去了会议室。她见新来的实习生坐在了她以前的位子上，愣了一下，忙去找其他靠角落的位子，但李记者笑着说："小夏啊，你别老坐在后排啊，到第一排去吧。"

根据报社不成文的规定，他们的座位是按照地位排的，只有各部门负责人和最出色的记者，才有资格坐在第一排的位子上。夏小满吓了一跳，"我资历那么浅，怎么能坐到前排啊，老师你别和我开玩笑了。"

李记者摆出严肃的神情来，"什么资历不资历的，报社看的是能力，不是资历！你写了那么多篇好稿子，当然有资格坐在前排了，大家说是不是？"

"是啊是啊，你就去吧！"

大家纷纷附和，夏小满只好红着脸在第一排坐下。她摸着和后排触感完全不同的真皮座椅，总有一种不真实的感觉——作为报社的底层员工，她曾以为自己一辈子都没有坐在前排的那一天。她对于生活没有任何幻想，习惯了没开始之前就对自己说"不可以"，习惯了因为害怕失败而根本不去尝试……却没想到，她的努力会有这样的结果。

尤娜，谢谢你，如果不是因为你，我怎么会给自己一个那么大的惊喜。

夏小满想着，看着何之洲走了进来，全场也顿时变得安静。何之洲拿着报表对本月工作进行总结，夏小满认真地听着，总觉得有一道目光一直在她的身上。她猛然抬头，和萧姗的眼神撞了个正着，然后萧姗转移了目光。夏小满心里有点犯疑，这时何之洲提到了她的名字，"我把夏小满写的'富家女肇事真相'的稿件申报了上去，已经被评为行业好稿，她也将得到1万元的奖金。我希望各位记者向夏小满学习，永远不要满足现状，做出《都市快报》

的口碑来。"

何之洲这话一出，各道目光都看向夏小满，有羡慕的，但更多是妒忌的。1万元的奖金本来就不少，但和拿到行业好稿相比，似乎不值一提——只有拿到了好稿，才有可能角逐年底新闻界的"金笔杆"大奖，更有机会一跃成为知名记者！届时，她的名字会成为全报社的招牌和骄傲，她会是最耀眼的新星，她会步步青云……而她还那么年轻，转正都不到3个月！

老记者们没想到社长那么快就把名额给了夏小满，看她的目光简直是百味杂陈。夏小满也没想到，何之洲会下这样的决定，她呆呆地看着何之洲，过了好久才如梦初醒地站起来，大声说："谢谢社长，我一定会继续努力的！"

"我拭目以待。"

何之洲冷淡地说完，继续开会，这时夏小满已经听不到他在说什么了。她觉得她被幸运之神砸中了，不但有了一个天大的机会，还有了一笔不菲的奖金——1万块，那可是1万块！她可以买很多漂亮的衣服，可以去一个国家旅行，还可以……

还可以给尤阿姨，让她改善一下生活。

夏小满想到了尤阿姨，只觉得火热的心顿时冰冷了下来，郁闷地轻轻一叹。她好不容易坚持到会议结束，打算再试试看给尤阿姨打钱，没想到萧姗让她去医院采访一个突发新闻。夏小满到了医院，发现这件事很简单——工人在建筑工地上坠楼后被送往医院，其中2个人因抢救无效死亡，只有1个人逃过了一劫，但脑部受了重创。作为记者，她其实早就看惯了生离死别，稍微唏嘘了一会儿，很快就把稿件写好了。在把新闻稿给萧姗审批的时候，萧姗皱眉说："小夏，你这稿子写得太平淡，开发商的失职你写得太少。你可不要因为阳光地产是我们的大客户，就不敢写啊。"

夏小满愣了一下，"阳光地产？可我在网上查到的资料，说这是永福房产的开发项目啊。"

萧姗不耐烦地说："原来是永福开发，后来换了开发商，这是房管局给我提供的信息，不会有错。你的稿子不要写'某开发商'这样的字眼，要写得清楚明白一些，顺便把阳光地产之前遇到的投诉都写进去。"

夏小满点头，但还是有点忐忑，"可是阳光地产之前的投诉都是别的小区，和这件事没有太大的关系……"

萧姗打断了她的话，"做报道要有连续性，这也是读者希望看到的，就按照我的意见去做。"

"是。"夏小满只好点头。

夏小满从萧姗办公室出来后,又是一脸郁闷。和她交好的前台小姐丽丽同情地看着她,轻声说:"你现在已经是正式记者了,又不是实习生,她怎么还那么骂你啊。照我说,你要给她点颜色看看,别让她老是欺负你。"

夏小满一边喝茶,一边叹气,"得了吧,什么给她颜色看啊,我只求息事宁人。"

"丽丽说得对,我也认为,你该给她一点颜色看。"罗燕平不知道什么时候出现在夏小满身后。

夏小满没想到罗燕平会突然出现,吓了一跳,捂住胸口后怕地说:"罗总,你怎么偷听我们说话!"

罗燕平耸肩,"不是偷听,我在关心你。你现在有两个选择:一是换部门,到我这里来;二是干掉她,自己独当一面。"

夏小满无语,"我哪个都不想选,罗总你就不要为我操心了。"

罗燕平的声音温柔得简直能滴下水来,"我很想为你做点什么。"

夏小满看着罗燕平英俊的面容,看不透他到底在想什么,又想要什么。她想了想,尝试着开口,"谢谢罗总,我还真的有事情要麻烦你一下。"

"是什么事?"罗燕平看起来很激动,"只要我能做到,我一定竭尽所能。"

夏小满轻声说:"其实也不是什么重要的事情啦……罗总,你生日会希望收到什么生日礼物?我对男人的喜好没什么经验,不知道该送什么好。"

罗燕平看着夏小满,目光简直灼热得就要烧起来了!他殷勤地说:"送男人礼物太简单了,皮带啊、皮夹啊、袖钉啊、大餐啊都可以,当然把自己打包,送给男人他会更喜欢……"

夏小满打断了他,"我就是想送点儿不会出错的礼物。"

"那就买皮带吧,把他拴住嘛,要我陪你去买吗?"罗燕平热情地问。

夏小满有点儿犹豫,"可现在是上班时间……"

罗燕平挺直了高傲的脖子,"难道和罗总出门,需要那么多顾忌吗?"

"谢谢罗总。"夏小满松了一口气,"那我们一起去给社长买礼物吧。"

"等等,社长?你不是……不是……"

罗燕平惊讶地张大嘴巴,看到夏小满收拾好东西就要出门,顿时改口,"小夏,现在是上班时间,你不能做私事,更不能逛商场。最近我都禁止你出门,礼物让别人买去吧。"

"啊？罗总你刚才明明……"夏小满无语。

"哼。"罗燕平拿着咖啡杯，高冷地离开。

2

罗燕平的突发性神经病让夏小满无语了很久。她按照萧姗的意见修改了稿件，终于达到了她的要求，不知不觉间天色已经很晚了。夏小满伸个懒腰，此时才注意到张莹打了好几个电话过来。她回拨过去，张莹急切地问："你在哪里啊，我给你打了好几个电话都没有人接。"

"刚写好稿子，怎么了？"夏小满懒懒地问。

"当然是舞会！我昨天和你说过的，你忘记啦？"

"记得啊，我又不是老年痴呆。你别告诉我，你现在就想去啊。"

夏小满本来只是开玩笑，可电话那头的张莹激动地说："是啊，我们现在就去吧！我已经在你楼下了，你快下来。"

夏小满急忙坐电梯下楼，发现张莹果然已经在等她。张莹风风火火地拉着夏小满去商场买衣服，一边选一边说："上次已经穿过泳衣了，那个梦想算完成了一半，今天我们去化装舞会，会更有意思。我还记得那年毕业舞会，你把自己打扮成了向日葵，这次我一定要帮你选一身最惊艳的，让你一雪前耻。哼，你说我怎么不早点和你那么要好啊，那样我肯定会把你那双绿色的袜子，塞到那帮女人的嘴巴里，让她们变成菊花朵朵开。"

夏小满看到张莹一副"老子恨不得代你去揍人"的样子，心里觉得很温暖。初中毕业的时候，她和张莹还不熟，但这不影响她深深记住了张莹在毕业舞会上穿猫女装的壮举。夏小满怀念地笑了，"虽然说是化装舞会，但大家最多穿正装罢了，你是怎么想到穿成猫女郎，还画了两撇胡子的？那天要不是有我更傻，你绝对会青史留名好嘛！"

张莹笑嘻嘻地说："美剧里都是那么穿的，谁想到大家都那么保守啊。也就在那天，我觉得你真是太有勇气了，对你一见钟情！对了，你可不要告诉霍知非我们去舞会不带他啊，我可不想被谋杀。"

夏小满想起上次瞒着霍知非去派对的事情，总觉得有点儿心虚。她刚想说什么，张莹已经找到了她的战衣，"哇小满，这件衣服怎么样？"

张莹给自己选了一条红色的礼服裙，再配上红色的礼帽，夺目的色彩意外地适合她妖娆的身材，她看起来简直是艳光四射。夏小满急忙点头，对专柜里一条白色的礼服裙也一见钟情。她换上了礼服裙，发现面容在领口水钻的映衬下显得晶莹剔透，几乎都不敢相信镜子里那个女人，曾经在初中阶段做了3年壁花小姐。

张莹没得说错，她变得越来越自信，也越来越漂亮了。她的手指触碰到冰凉的镜面，轻声说："尤娜，我要去化装舞会了哦。这一次，我们不再是丑小鸭，我们会是舞会上最漂亮的姑娘。和我一起去舞会吧，我最好的朋友。"

她说着，对着镜子微笑，然后推门出去。

夏小满和张莹一起坐出租车，到了本市最豪华的酒店。酒店的花园被布置成了东南亚风情，中央的泳池里漂浮着巨大的花环，香槟塔也正在灯光下发出璀璨的光芒，和夏小满上次举办的派对简直有云泥之别。可能是她们来得太早的关系，虽然花园里已经亮了灯，但草坪上空无一人。张莹看看手机，突然说要去补个妆，就独自去了洗手间，夏小满一个人百无聊赖地等着。她走到泳池边看着她的倒影，模仿童话故事里皇后的声音，"游泳池，游泳池，告诉我，谁是世界上最漂亮的女人？"

然后，她用男人的声音说："当然是你啊，夏小满！"

她又捂住脸，"你就会说实话，真讨厌，呵呵呵……"

夏小满玩了一会儿倒影游戏，见还没有人来，看到花园里的舞台，觉得嗓子开始发痒。她走到舞台上，再次确定四下无人，清清嗓子，装作拿着话筒的样子，声嘶力竭地唱起了《狐狸叫》。她时不时学韩国女子团体的样子跳起了摸大腿、撅屁股的热舞，正在兴头上，看到张莹走了过来。张莹表情呆滞地看着她，夏小满娇嗔地捂住了脸，"你干吗这样看人家，人家好害羞啊！"

"你，你……"

"是不是唱得太棒了？你说我现在出道是不是还来得及？"

夏小满拼命对张莹抛媚眼，张莹终于说了完整的话："大家都在后面的房间里。"

夏小满往后望去，果然在被树丛遮挡的房间里看到了一大帮人，脸上的笑容顿时凝固了。他们齐刷刷地看着夏小满，夏小满从他们陌生的脸上找到了熟悉的感觉，捂住了嘴巴，"你们是……"

"傻瓜，我们想给你一个惊喜！开始狂欢吧！"

张莹大声说着，气氛重新热烈了起来。同学们开始觥筹交错，夏小满悄悄把张莹拉到了一边，欲哭无泪，"你怎么不早告诉我大家都躲在那里，害得我那么丢脸！我恨你！"

张莹更无奈，"我怎么想到你会那么无聊，唱那么难听的歌，还扭屁股……我的天啊，你满脑子都是什么啊！"

夏小满越想越怀疑，"你不是说化装舞会吗？为什么来的都是同学，你别告诉我会这么巧啊！这到底是怎么回事？"

夏小满那么坚定地逼问，张莹只好认输，"好啦，我告诉你就是了。哪有人会举办那么大手笔的化装舞会啊，是何之洲号召的同学聚会。我们先不告诉你，准备给你一个惊喜。"

夏小满愣住了，"何之洲办的？"

张莹点头，"是啊，他一直是那么冷淡的个性，居然要办聚会，而且是化装舞会，真是好搞笑吧。"

夏小满的心里说不出是什么滋味，"所以说，我们筹划了那么久都没成功的聚会，何之洲一下子就办成了？"

张莹轻哼一声，"他可是包了每个人的路费和住宿，来的人都会有礼品，所以才会聚得那么齐，我们哪有那个钱啊！嘘，何之洲来了，我们快躲起来！"

张莹说着，拉着夏小满的手，和大家一起躲到了小房间里，准备像刚才一样给何之洲惊喜。何之洲走进了花园，表情看起来很疑惑，先是看了看手表，然后掏出了手机。夏小满觉得她就快笑场了，拼命掐住大腿，不让自己笑出来。这时，何之洲突然朝他们的方向望去。

虽然明知道何之洲不可能看到她，但夏小满还是因为对视而紧张了起来。她看着何之洲朝自己走来，打开了门……然后，听到他轻声说："我找到你了。"

这5个字，突然击中了夏小满的心房，她捂住了胸口，都不知道她的心脏为什么跳得那么快。何之洲的目光是那么深邃，这样安静地看着夏小满，让她觉得自己好像站立在满是火焰的河流中。何之洲微微俯下身，突然伸手，手指划过了夏小满柔顺的发丝，从她的头发上拿下了一片落叶。他将落叶拿在手中，目光深邃，"我知道，你会在这里。"

"社长……"夏小满突然丧失了语言能力。

"何之洲师兄，快来喝酒！"

何之洲的出现瞬间成了全场的焦点，他被同学们围了起来，被迫离开了夏小满的面前。夏小满出神地看着他,总觉得他的身上好像有一层迷雾,让人怎么都看不清楚。

何之洲……

夏小满从不认为他是一个热衷社交、会举办聚会的男人,但他偏偏这样做了,而且还煞费苦心地把她的同学都叫齐……那天何之洲对她说的话好像就在耳边,让她忍不住想:何之洲办这个聚会,会不会有一点是为了她?可是,如果真是这样……她该怎么办才好?

夏小满不敢再想下去,突然有些发愁。她定神看着以前的同学,发现曾经的班花看起来有些发福,曾经的班草已经有了啤酒肚,有张陌生的面孔却是说不出的好看,身材也很火爆,在人群里简直是鹤立鸡群。张莹摆出了战斗的状态,恨恨地说:"那个王丽现在改名叫什么王紫嫣了,还是个小明星,别以为我忘记了她长什么样啊!这鼻子整了,下巴做了,胸也隆了,估计除了基因,浑身没有一样是原装的。那帮可恶的直男,居然以为她是'长开了',这脸蛋还能越长越小?太没眼光了!"

张莹说着,隐晦又同情地瞥了一眼夏小满,表情充满遗憾。夏小满知道,她没说出来的话是,她恐怕这次挺难做"派对女王"了,心里也有点儿郁闷。夏小满摸着下巴,笑嘻嘻地调戏张莹,"不说别人,光是你就比我漂亮,我可怎么办?"

张莹急忙摆出一副壮士断腕的样子来,"放心,我有硫酸。"

夏小满拍了她一下,"张莹,你真是我的好姐妹,我好感动!我一定要亲手泼上去!"

张莹挺挺傲人的胸部,"记得要泼全身才有用啊。"

夏小满有点郁闷,却还是很想得开,"算了,什么女王不女王的,没做到就没做到呗,我总有一天会做到的。"

张莹给她出主意,"虽然你的姿色拼不过我们,可是按照派对的规矩,开场舞是由主人邀请全场最美的女人跳的——何之洲是主人,如果他邀请你的话,也算是完成你的梦想了吧。你们还挺熟的,去和他商量一下呗,说不定他会答应。"

张莹对夏小满挤眉弄眼,满脸都写着"你们有奸情"这几个大字。夏小满不知道为什么,有点儿心虚,"你别瞎说啊,我们只是工作关系。"

张莹耸肩,"是啊,天天和你的初恋情人朝夕相对地工作。说真的,我觉得何之洲喜欢你,你觉得呢?"

夏小满脑中不自觉地浮现出何之洲对她表白的场景,嘴上却坚定地说:"你别瞎说啊,我可是有男朋友的人。"

张莹想到了霍知非,难得有了三观,"嘿嘿,我就是随口一说,我可不敢得罪你家大教授。"

3

夏小满和张莹小声地聊天,一个有些发福、穿着墨绿色连衣裙的女人走了过来。她上下打量着夏小满,大声说:"哟,还真是夏小满!你变化好大,我都认不出来了!"

夏小满看着她,不确定地问:"你是……是金洁吗?"

"是啊,我和你做过一年的同桌,你不会忘记了吧!以前我们可是好朋友!"

金洁大声笑着,夏小满也尴尬地笑——如果金洁对于"好朋友"的定义是逼着她做作业、强迫她拎书包、当众嘲笑她发型奇怪的话,那她们还真是"好朋友"。夏小满发现,她简直无法将面前那个面容枯黄的女人,和曾经意气风发的少女联系起来,这时金洁拍拍夏小满的肩膀,"夏小满,我听说你到现在还没结婚,你可要抓紧啊,我二胎都生了!对了,你什么时候也来我老公单位采访一下,给他写个稿子。下周二怎么样?"

夏小满真不知道这么多年过去了,金洁怎么还是那么自来熟的性子,于是客套地笑笑,没有答应。金洁没想到她居然没有第一时间点头答应,脸色顿时难看了,"夏小满,我们是好朋友,你可一定要给我面子啊。对了,我记得你以前和尤娜关系挺好的,那个尤娜现在在做什么?还是那么胖吗?她不会还没嫁出去吧?"

金洁说着,捂住嘴巴笑了起来,夏小满好像看到了少女时期的她,在肆意嘲笑她和尤娜的场景,一时间呼吸突然变得急促起来,几乎是下意识地,她听到自己冷冷地说:"金洁,我没猜错的话,你也有130来斤吧,怎么还会嘲笑别人胖?有这功夫,你先想想看怎么能让自己瘦下来吧。"

金洁对夏小满的印象还停留在那个好欺负的女孩上,没想到她现在居然那么刻薄,一下子愣住了。反应过来后,她气得脸都红了,"夏小满,你别以为你做了记者就可以看不起人了,你和尤娜一样,都没男人要!"

"总比心里只有男人,除了男人之外,都不知道自己干吗活着的女人好。"夏小满手握红酒杯,微微一笑。

金洁被气得说不出话来,张莹在心里为她点了个赞,嘴上却说:"小满,你干吗说实话啊,不知道说实话很伤人吗?"

"你们……"

"好了好了,我们去那边和何之洲打招呼吧。"

有人见势不妙,急忙把金洁拉走,夏小满也长舒了一口气。夏小满开了头以后,有几个同学也恨恨地说起了金洁那些年做的奇葩事儿来,有人突然问:"夏小满,我记得你和尤娜一直都挺要好的。尤娜今天怎么没来?"

"她……她去了很远的地方。"夏小满轻声说。

"啊,去了哪里?是不是环球旅行去了?"

他们的问题让张莹担心地看着夏小满,意外的是,她这一次没有和以前一样崩溃到失态。夏小满没有回答,只是看着不远处的何之洲和貌美如花的王丽,突然说:"王丽现在真是好漂亮。"

"是啊,可能一会儿何之洲会邀请她跳舞吧。毕竟,从长相和身份来说,他们都最般配啊。"有人乐呵呵地说。

在他们说话间,灯光突然暗了下来,宣告着舞会即将开始。聚光灯照在男主人何之洲身上,他的脸色在灯光下显得有些苍白,又好像自带了某种光晕。王丽一副等待何之洲邀请的羞涩样子,但不知道是不是错觉,夏小满总觉得何之洲好像在看她一样。她急忙装作漫不经心的样子看着四周,但他在音乐声中,居然真的朝她走来。

人群自觉地为何之洲让了道,他从王丽身边擦身而过,无视王丽失望的表情,径直到了夏小满面前。夏小满呆呆地看着何之洲,好像听到了心脏剧烈跳动的声音。

难道……他会在众目睽睽下邀请她共舞?尤娜,我到底该怎么办?

就在夏小满紧张混乱的时候,突然觉得身上一凉,她低头一看,发现她洁白的礼服上已经被洒上了红酒酒渍。金洁拿着酒杯,正一脸无辜地连声说"对不起",但眉眼里满是掩饰不住的笑意,让夏小满突然想起以前上学时,金洁曾经故意把墨汁洒在她校服上的事情来,火气一下子就上来了。张莹更是要冲上前理论,这时何之洲已经走到了夏小满面前。他看到了夏小满狼狈的样子,微微皱眉,从一旁桌子上的花瓶里摘下一朵玫瑰,弯下腰,把玫瑰别在了夏小满裙子上的污渍上。

于是,难看的污渍瞬间鲜活了起来。夏小满的白裙因为这朵玫瑰变得鲜艳,她的脸颊绯红,简直和花朵一样娇艳欲滴。在众目睽睽下,何之洲亲吻夏小满的手背,"可以和我一起跳舞吗,小满?"

夏小满当然不会拒绝。

她深吸一口气,把手放在了何之洲的手中,跟着何之洲一起到了舞池的中央,在音乐声中起舞。这么近距离的接触,让夏小满觉得非常不自在,她总觉得所有人的目光都在她身上,好几次舞步都迈错了,险些踩到何之洲的脚。她心虚地想道歉,这时舞曲突然变得温柔迷离,何之洲也在音乐中把夏小满搂在了怀里。夏小满的身体紧紧贴在何之洲的胸口,诧异地看着他,突然手足无措起来。忽明忽暗的灯光中,何之洲居然带了些危险的气味。夏小满心里暗暗期盼这支舞快点结束,何之洲突然说:"你又在紧张。和我在一起,是不是令你很不安?"

夏小满吓了一跳,掩饰地说:"没有啊。"

"可是,据我所知,你以前好像暗恋过我。"

何之洲的话一说出口,夏小满脚下瞬间踉跄了一下,如果不是何之洲及时抓住她的手腕,她很有可能就摔了出去。她惊魂未定地问:"社长,你听谁瞎说啊,是不是张莹?她是在开玩笑的,你可千万别当真啊!"

何之洲的眉头微微一皱,"是吗?"

夏小满急忙点头,"是啊,是啊,我对社长一直只有崇敬啊、敬仰啊这样的感情,我真的没有那样的想法。"

看着夏小满一脸表忠心的样子,何之洲先是轻轻一叹,然后微微笑了起来。他的笑容淡得就好像水中的涟漪,转瞬即逝,然后面无表情地捏了一把夏小满的脸,"其实你的胆子真可以大一点。"

"啊?"夏小满愣住了。

"夏小满,大家都在看你。"

何之洲在夏小满的耳边轻声说,带来奇怪的酥麻感,夏小满终于有勇气往周围看去。她发现,大家的目光真的都在她的身上,她甚至能从他们的瞳孔里看到自己的身影。音乐声中,她的裙摆在飞扬,她觉得浑身的血液也燃烧了起来。就在她开始享受舞蹈的时候,何之洲开口道:"我记得,你要做最抢眼的女王。"

夏小满不知道，为什么"最抢眼的女王"这几个字从何之洲口中说出来会那么令人尴尬，她的脸蹭地一下就红了——尤娜的这个梦想，简直是只有少女才会做的美梦，但她现在已经快30岁了！她咬咬嘴唇，终于恨恨地问："是张莹告诉你的吗？"

"这不重要。"

"她就会出卖我！这个混蛋！"夏小满生气地小声说。

何之洲的声音低沉又轻柔，"我想，张莹现在应该已经离开了。因为我听她说，她无论如何都无法掩饰她的光彩，只能提前离开来帮你做第一美人——只要有她在，你就注定只能是第二美人。"

夏小满目瞪口呆地看着何之洲，"我的天，她还是和以前一样，永远那么自恋。"

何之洲点头，"一如既往。"

他们一起说着张莹的坏话，刚才的尴尬气氛终于淡了很多。夏小满看着舞池一边被众星捧月的王丽，心里是那么羡慕，突然听到何之洲平稳地说："我想，你可以把成为派对上最美的女孩那一条删掉了，你就是最美的。"

夏小满瞬间瞪大了眼睛，不可置信地看着何之洲，而何之洲轻轻亲吻了一下她的手背。这个亲吻，没有任何暧昧旖旎的色彩，夏小满只觉得眼睛开始发酸，面前的一切突然变得模糊了起来。她的视线穿过了何之洲，看到了以前的自己，她看到了一个穿成向日葵的女孩孤独地站在舞池中央，心里是那么酸涩，只想抱住她，让她不再孤独。女孩回过头，却没有哭泣，反而扬起了笑容。她的笑容是那么灿烂，似乎在说她已经不再害怕。夏小满也笑了起来，轻声说："谢谢。"

她想，那么多年以后，她终于不是那个卑微的、只会蜷缩在墙角的壁花小姐了。她有好的工作，好的朋友，好的上司，还有个……虽然很奇怪，但确实很棒的男朋友。

她不再害怕，她变得自信而骄傲。至少在今晚，她就是最漂亮的女王。

她想，终于能完成尤娜的那个梦想了。

4

当舞会逐渐步入尾声后，大家纷纷走到了泳池边上，一起看着天上的烟花。夏小满抬起头，看着天上的璀璨光芒，轻声说："夏天都要过去了，没想到还能看到两场烟火，真是好幸运。"

何之洲的眸色一暗，"两场？还有一次，是在 S 大吗？"

夏小满笑盈盈地点头，"是啊。社长，我以前从来不知道，在山顶上看烟花会那么美！当然，今天的烟火也很漂亮，好精致的感觉呢。"

夏小满虽然不是出身富贵的家庭，但在报社耳濡目染那么多年，到底有一定的判断力。她没说错，何之洲今天所选的烟花虽小巧却极为精致，造价不菲，甚至超过了 S 大的花团锦簇的热闹烟火。可是，就算今天的烟花再精巧美丽，她的心还是留在了几天前的那场烟花大会上。

因为，那里有她喜欢的人啊。

夏小满想着和霍知非一起在山顶看烟花的场景，脸上不自觉地露出笑容来。何之洲看着近在咫尺，心却明显飘走了的夏小满，脑中开始浮现出她在中学时期的样子来。他对于自己居然还记得她以前的事情也非常诧异，可是那些记忆碎片分明在他脑中放大，越来越清晰。他甚至看到了上学时期的他，意气风发地站在领奖台前，台下坐的是他的父亲……

呵，为什么会想起这些本该被遗忘的记忆？是因为，她吗？

何之洲定神看着夏小满，眸色风云变幻，这时，司仪邀请何之洲上台讲话。当何之洲拿起话筒的时候，四周都安静了，他的声音也回荡在夜色里，"各位老同学，我很高兴今天我们齐聚一堂，距离上次的团聚，可能已经有十来年了吧。这 10 年的时间里，我们的变化都很大。曾经的少年，进入了社会，有些人还是好友，但更多的人不再联系。今天的聚会，我们不谈工作，不谈未来，只谈过去。这一杯，我们敬过去的自己。"

何之洲说着，喝了杯中的红酒，气氛一时之间变得更加安静，夏小满也突然那么怀念过去那个不优秀、不美丽，却青春年少的自己。她出神地看着何之洲，何之洲的目光也与她对视，然后，她听到何之洲说："下面请夏小满上台和大家说几句，她现在一定很希望和我们分享她的心情。"

夏小满没想到何之洲会点名让她上台，一时之间手脚都僵硬了。众目睽睽下，她只好迈着艰难的步伐往台上走去，接过了何之洲手中的话筒。台下的人都对她投来期待的目光，似乎等着她有什么长篇大论，她求救地看着何之洲，但后者只是对她鼓励地一笑。夏小满缓缓转过身，终于对着话筒说："各位同学，大家好，我是夏小满，就是以前坐在第3排的那个。我知道，很多人肯定不记得我，因为我在班里就是透明人。如果我说，我是在毕业舞会上打扮成向日葵的那个，你们肯定就会想起来吧。"

夏小满的话音刚落，人群中传来阵阵笑声，夏小满也笑了起来，继续说："其实，在今天之前，我还是挺害怕参加同学会的。大家都是各行各业的精英，可我到现在还只是个小记者，很遗憾地还没嫁出去，没有自己的车子和房子，也不懂股票金融，怎么看怎么失败……可我今天还是来了，我也很庆幸做了这个决定，再次和大家相遇。虽然有这样那样的不完美，可我还是特别怀念那个年轻的时代，怀念以前的大家和以前的自己。"

大家的笑声逐渐低了，慢慢消散在风里。夏小满抬头看着月亮，眼睛开始酸涩了起来，"其实，今天还有个人没来，她就是尤娜。刚才有人问我尤娜去哪里了，我很抱歉我没有说实话，因为我不知道该怎么告诉你，她已经不在了。"

夏小满听到人群中传来阵阵嘘声，有些人顿时面露悲伤，更多人则是一副不可置信的样子。夏小满极力忍住泪水，因为她知道，尤娜肯定不希望她哭泣，"她是因为一场意外去世的，她死前的一个梦想，就是大家再次欢聚一堂。和她比起来，我真的很惭愧，因为，她还是和以前一样善良，可我的身上却有了太多的顾忌……我很感谢她的这个梦想，能让我们再次相遇。这一杯酒，我们敬尤娜。"

"敬尤娜！"

人群中的声音越来越响，夏小满分明看到许多人的眼中闪着泪花。她想起尤娜温柔的笑容来，似乎看到了她和尤娜手拉手躺在草地上晒太阳，尤娜对她说她们一辈子都是好朋友，霍知非也在不远处对她们微笑……

霍知非？为什么会看到霍知非！

夏小满打了个冷战，揉揉眼睛，看着不知道什么时候出现在人群里的那个男人，觉得汗毛开始一根根竖了起来。几乎是下意识地，她猛地蹲下身藏在了桌子后面，暗暗祈祷霍知非没有看到她，不然她要怎么解释自己会出现在这个派对！何之洲没想到身边的夏小满突然不见了踪影，看到她一脸惊慌的样子，再看到霍知非，顿时了然，他弯下腰，"夏小满，出来。"

"不出来！"夏小满惊恐地说，"霍知非来了，如果他知道我瞒着他来参加舞会，他一定会生气的！"

何之洲挑眉，声音听不出喜怒，"你就那么怕他？"

夏小满拼命点头，苦恼地说："是啊，他好可怕的！"

"如果，我能帮你离开他呢？"何之洲问。

夏小满疑惑地看着何之洲，这时霍知非已经朝他们走来。何之洲突然伸出手，硬生生把夏小满拉了起来，把她完全暴露在霍知非面前，夏小满觉得她的心脏就要跳出来了！她不敢看霍知非阴沉的脸，急忙躲到了何之洲身后，自欺欺人地认为这样霍知非就看不到她了。

看到夏小满的反应，霍知非气极反笑，一步步朝他们逼近，阵阵阴风扑面而来。他伸出手想抓夏小满到他的身边，但何之洲一把反抓住了霍知非的手臂。霍知非冷漠地看着何之洲的那只手，嘲讽地说："何之洲，你确定你要和我作对？"

然后，他不等何之洲回答，一拳就揍了过去。

人群里传来阵阵惊呼声，夏小满也没想到霍知非这家伙居然不按常理来，没等回答就出手！他把何之洲打到了一边，何之洲的嘴角有血迹渗出，那抹鲜红的颜色也为他寡淡的面容平添了几分鲜活。何之洲伸手擦拭血迹，一言不发地挥拳上去，夏小满也捂住了嘴巴。她真的没想到事情会变成这样，突然想起上次幻想中的两大君主为她战斗的画面来，打了个冷战。她大声让他们住手，可是没有人听她的，于是她一咬牙顺手拿起了桌上的酒瓶就冲了过去。

"住手！"

夏小满大声喊着，好像女将军一样冲锋陷阵，面前的一切突然都成了慢动作，她似乎能看清楚何之洲脸上的诧异表情和霍知非深锁的眉头。她成功冲到了他们中间，还没来得及高兴，突然觉得脚下一滑，就控制不住地往前冲去。何之洲和霍知非都伸出了手想去抓她，但夏小满还是一头栽到了泳池里。

这妆会花吧，张莹一定会骂死我……

当冰冷的池水把夏小满淹没的时候，她脑中第一个闪过的居然是这个念头。几乎在同一瞬间，霍知非轻不可闻地一叹，用最优雅的姿势跳进了泳池。他抓住了夏小满的手，打横把夏小满抱起，送到了岸边。夏小满在泳池边瑟瑟发抖,看着霍知非湿漉漉的头发和沉静的眼眸,想象着即将到来的后果,真的很想哭。她很后悔,为什么会听张莹的话对霍知非撒了谎,倒不如……

夏小满心思一动,头歪向了一边,装出一副昏迷不醒的样子。霍知非只觉得手上一沉,看到夏小满紧闭的双眼和微微颤抖的睫毛,真是被气笑了。他抚摸夏小满的头发,阴沉地说:"小满,既然你晕了,我可要人工呼吸了。"

他说着,一手捏住了夏小满的鼻子,在众目睽睽下吻了她。他的气息带有薄荷的冰凉,禁锢住夏小满的手臂好像钢筋铁骨一样,强有力的手指让夏小满根本无法呼吸,惊吓之余猛地睁开了眼睛!她一睁眼,就看到了霍知非别有深意的笑容,冷汗一下子就流了下来。她知道,没有任何人能帮她,除了她自己。

"这位先生,你是谁?"她听到自己认真地问。

第 11 个梦想：喂长颈鹿吃胡萝卜

1

于是，充满回忆色彩的同学聚会，再次以夏小满的悲剧收场。如果说以前她是用雷人的装扮令人记忆深刻的话，现在她进步了，非常走心地用极具言情色彩的"失忆"为派对画上了句号。

当霍知非轻易接受了夏小满的"失忆"，把她抱上车送回家时，夏小满有一种劫后重生的欣喜。她暗想自己"失忆"个两三天，等霍知非火气消了就算了，没想到霍知非没有开车回家，而是越开越偏。当霍知非终于把车子停在动物园门口，为她打开车门时，夏小满没敢下车，而是纠结地问："霍先生，这是动物园……你是人类，你家好像不会住在这里吧？"

霍知非听到夏小满的称呼，眉毛轻挑，"霍先生……呵……"

他的声音听不出喜怒，比夜晚的凉风还要寒冷，让夏小满情不自禁地打了个哆嗦。霍知非一步步走到她面前，伸出了手，夏小满认命地闭上了眼睛。可是，霍知非只是抓住了她的手，"进去吧，也许你会想到点什么。"

夏小满真不知道，动物园和她的回忆会有什么关系，但还是乖乖跟着霍知非一起往里面走。夜晚的动物园显得格外怪异，昏暗的路灯忽明忽暗，时不时还能听到野兽的低吼声，吓得夏小满紧紧跟在霍知非身后，生怕在下一秒见到了什么奇怪的东西！她跟着霍知非走了很久，穿着高跟鞋的脚酸得不行，可是她根本不敢诉苦。幸好，霍知非的脚步慢慢放慢，他低沉地说："啊，目的地快到了。准备好迎接惊喜了吗，小满？"

奇怪的感觉越发强烈了。

夏小满不知道，霍知非到底为她准备了狮子还是鳄鱼，但是无论哪样都绝对不会有"喜"，只有"惊"！她尴尬地笑着，"霍先生，时间不早了，我们还是回去吧。说不定，我在路上就能恢复记忆……"

夏小满意识到她装失忆实在不是什么好主意，心一横打算和霍知非摊牌，可是霍知非突然停下了脚步。他的声音在她耳边响起，传来灼热的气息，"惊喜吗，小满？"

"啊——！"

精神一直处于高度紧张状态的夏小满，没想到霍知非突然凑近自己，顿时尖叫了起来。她的声音在空地上显得格外响亮，她简直怀疑市区咖啡馆里的人都能听到，然而，她叫着叫着愣住了——她的面前没有猛兽，没有鬼怪，也没有奇奇怪怪的东西，只有一头吃草的长颈鹿！夏小满的尖叫声显然吓到了它，它正一脸委屈地看着夏小满，眼睛也有点湿润。夏小满捂住了嘴巴，诧异地看着霍知非，"霍先生，你带我来这儿……"

有没有搞错，把她带到这里来就为了看一头长颈鹿？难道他想威胁她，如果她不乖乖听话，就把她的脖子也拉得那么长吗？

夏小满看霍知非的眼神简直百转千回，霍知非却抬头看着长颈鹿，"好乖，真是个可爱的孩子啊。小满，那里有胡萝卜，去喂给它吃。这是你梦想清单里的一项，你还记得吗？"

夏小满觉得呼吸似乎有了短暂的停歇，她看着正对她淡然微笑的霍知非，心里突然满满的全是感动。她没想到，霍知非居然会把她的事情放在了心上，而且想方设法帮她完成，可她却瞒着他去了舞会……夏小满自责了起来，却还是摇头，"不，我不记得。"

"那么，去试试看吧。"霍知非说。

夏小满点点头，拿起胡萝卜朝着长颈鹿跑去。她原以为这是一件很简单的事情，没想到出现了问题：这只特立独行的长颈鹿，可能是刚才被夏小满吓到了的关系，发起了脾气。无论夏小满怎么哄骗，它也不肯低头吃胡萝卜，一副要和夏小满对着来的样子。

夏小满就好像追着孩子喂饭的妈妈一样，逼着长颈鹿吃胡萝卜，可长颈鹿就是不肯配合。初秋的天气，居然让夏小满热出了一身汗来，她简直恨不得跳起来，对准长颈鹿的脑袋狠狠来一下！霍知非看到夏小满挽起袖子，摩拳擦掌的样子，淡淡一笑，他站在了长颈鹿面前，对它说："把头低下来。"

夏小满发誓，她分明在长颈鹿的脸上发现了类似纠结的表情！它一会儿看看夏小满，一会儿看看霍知非，似乎没打定主意到底该怎么做。霍知非的耐心已经没有了,阴冷地说:"不然就吃了你。"

就在夏小满暗笑,心想长颈鹿怎么可能听得懂人话的时候,它居然猛地低下头来,甚至因为动作太猛撞到了护栏上,顿时露出了类似委屈的表情!霍知非伸手,轻轻抚摸长颈鹿的脑袋,长颈鹿在他的安抚下逐渐平静了,夏小满忍不住暗暗磨牙——这年头,连长颈鹿都会欺软怕硬了吗?霍知非面色淡然地把长颈鹿不断靠近的脑袋推到一边,示意夏小满,"你可以准备喂它了,小满。"

夏小满走到长颈鹿身边,看到这样的庞然大物,心里还是有点儿紧张。与面对霍知非时几乎五体投地的样子不同,长颈鹿看到她时只是稍微低了低头,一副看不起她手中胡萝卜的表情,让夏小满真想把胡萝卜往它脑袋上砸。夏小满和它大眼瞪小眼,迟迟没有动作,霍知非终于不耐烦了,他猛地把夏小满抱起来,夏小满的脚一下子就离开了地面,忍不住尖叫了起来,惊慌地勾住了霍知非的脖子。她还惊魂未定,霍知非在她耳边轻声说:"最近好像胖了1斤啊,小满。"

夏小满的脸蹭地就红了,咬牙切齿地说:"是吗?可能是还没来得及上厕所的关系吧。"

"胖点手感好,我很喜欢。"霍知非微笑着说。

夏小满真的觉得,他们以这样的姿势调情实在很奇怪,如果等霍知非支撑不住把她摔了下来,那她的脸可就完全丢没了!她抓紧时间拿胡萝卜去喂长颈鹿,拼命往它嘴里塞,力求一次噎死它,当长颈鹿终于赏脸吃的时候,她觉得比中了彩票还高兴!她用力拍着霍知非的肩膀,大声说:"霍先生,它吃了,它吃了,它吃了!"

"看到了。"霍知非语气很平静。

夏小满不满地撇嘴,"切,你怎么一点儿也不激动……是不是时间太久不行了啊?"

夏小满话音刚落,突然觉得天旋地转。她的后背传来柔软又坚硬的触感,她看着压在自己身体上方的霍知非,发现她可以近距离看到霍知非俊美的面容,以及天上皎洁的月亮。她的心脏开始剧烈跳动,霍知非轻轻抚摸她的发丝,语气带了威胁,"我,不行?"

"我……只是少了个关键词……"

夏小满真的很想说,她只是单纯地关心他是不是抱了她太久手臂累得不行了,可是为什么霍知非会理解成那种意思啊!夜色下,霍知非整个人带着侵略的味道，虽然面带微笑，但是眉眼间满是冷漠。他的手，轻轻触碰夏小满的面颊，"想起来点什么了吗，我的小满？"

"还……还没有……"

夏小满觉得自己真是进步了，因为她居然可以在霍知非的压力下，继续撒着谎！她知道说谎最忌讳的就是心虚，于是摆出最认真的表情和霍知非对视，然后觉得她好像就要被吸到霍知非乌黑的眼眸里。就在夏小满的脸不受控制地慢慢变红的时候，霍知非嘴角微微勾起，"我会让你知道，我到底行不行的，小满。"

大魔王说着，拍拍身上的草屑站起身，夏小满欲哭无泪地跟在霍知非身后，似乎可以预见她未来的悲惨命运。当走到游乐园门口时，霍知非突然停下了脚步，夏小满险些撞到了他身上，疑惑地问："怎么了，霍先生？"

她的话音刚落，刚才还乌黑一片的动物园，突然变得灯火通明了起来，所有彩灯在瞬间点亮，摩天轮、旋转木马和其他游乐设施自顾自地运行着，动物园好像变成一个被神奇力量支配的童话世界！夏小满捂住了嘴巴，听到霍知非的声音在耳边响起，"今天是我们交往的第 100 天……这是我给你的惊喜，小满，你喜欢吗？"

夏小满看着霍知非温柔的面容，心里突然很不是滋味，愧疚到无法言语。霍知非的细心让她动容，她低下头轻声说："我很喜欢，谢谢……也许，我回了家就能想到点儿什么。"

"回家……"霍知非似乎想到了什么主意，缓缓露出笑容来，"是啊，时间不早了，我们该回家了，小满，你一定会恢复许多记忆。"

微风拂过，夏小满忍不住打了个寒战。她觉得，霍知非的笑容，简直是意味深长，就好像大灰狼看着被圈养起来的小白兔。

不过，应该是她的错觉吧……

2

半个小时后，夏小满终于明白了霍知非为什么会露出那样的笑容——他确实把她带到了桃源小区，可是他直直从她的家门口路过，干脆地把她带到了他的家里！夏小满真的很想说，她家不在这里，而是在隔壁，但一个"失忆"的人怎么能记住这些？她只能欲哭无泪地看着卧室里的那张大床，装出天真无邪的神情来，"霍先生，我的房间在哪里？"

"小满，我们住在一起，你连这个都忘记了吗？"

霍知非看起来同情又遗憾，伸出大手，爱怜地在夏小满的头顶上摩挲了一下，夏小满则在心里怒骂他真是有够不要脸！她怀疑被霍知非看出什么，伸手捂住了额头，"我不是住在这里，我刚才好像看到了我一个人睡觉的画面……啊，我的头好晕……霍先生我想回家……"

她说着就往外面走，但霍知非单手撑住了门，阻挡了她的去路。霍知非低下头去看夏小满，眸色深邃，嘴角弯起，"小满，你身体不好，不要任性了。或者说，你想去医院？"

夏小满最讨厌的地方就是医院，心里为她到底该在狼窝，还是该去虎穴纠结了一下，一时之间下不了决心。在她犹豫期间，已经丧失了自主权，霍知非果断帮她选了第一种方案。霍知非打开衣柜后，丢给她一身睡衣，"如果不想感冒，赶紧去洗个热水澡。"

"哦。"夏小满拿着睡衣，乖乖去了浴室。

她还是第一次到霍知非家的浴室来。她站在花洒下，想象着霍知非站在这里的情景，脸颊不知道是因为热气还是因为紧张而变得通红。闭上眼睛，她眼前似乎浮现出霍知非赤裸的上身，看到水珠顺着他的头顶，滑过他的脸颊，经过他的喉结，从锁骨蔓延到腹肌，然后一路往下……

啊！不能再想下去了啊！

夏小满匆忙洗了个澡，穿上了霍知非给她的居家服，觉得浴室里实在是太热了，脸颊简直红得发烫。她正想出门，突然意外地发现这衣服真是很合身，简直就好像为她定做的一样——霍知非家里为什么会有女人的衣服？他不会……不会瞒着她金屋藏娇吧？

夏小满面前不知道为什么，突然浮现出安紫陌美丽的容颜，觉得怒火一下子涌上了心头。她杀气腾腾地推开门，"霍知非，你是不是把安紫陌……"

霍知非抬起头来，眼神玩味地看着夏小满，夏小满此时才突然醒悟她现在正"失忆"，只能把火气生生按捺了下去。霍知非正在沙发上喝咖啡，气定神闲地放下了咖啡杯，"霍知非？看来你恢复记忆了啊，小满。"

夏小满忙做出头晕的样子，"没有，我只是刚才在洗澡的时候突然想起了你的名字，其他很多事情都没有想起来。"

"没关系，我们有的是时间。我刚才好像听你说，安紫……"

"我说的是按摩。"夏小满忙说。

霍知非意味深长地点点头,"你以前最喜欢给我按摩,看来你虽然失忆了,习惯还是没有变。过来,说不定你能想起什么。"

霍知非指指自己的肩膀,夏小满也只好咬牙走了过去。她根据霍知非的吩咐,一会儿给他按摩肩膀,一会儿给他捏手臂,没到10分钟就累到冒汗。夏小满用力捏着他硬邦邦的肌肉,暗想他一个化学教授怎么会有这么结实的身体,擦擦额上的汗珠,听到霍知非问:"小满,想起什么没有?"

夏小满遗憾地摇头,"没有,还是想不起来。"

霍知非温柔地说:"没关系,我们试试看别的。你以前,最喜欢打扫房间……"

在霍知非的口里,夏小满是一个最喜欢给人按摩,最喜欢打扫房间,最喜欢照顾别人,甚至最喜欢吃剩饭剩菜的奇葩。霍知非一会儿指使夏小满给他刷浴缸,一会儿又让她把家里的瓷器通通擦一遍。每当夏小满快支撑不住的时候,他就会欣喜地认为她就快恢复记忆了,夏小满为了把谎话坚持到底,也只能咽下自己亲手种下的苦果。到后来,夏小满累得动手指的力气都没有了,见霍知非还要开口,抢先说:"呀,我突然想起了好多事情!我记得我是你的女朋友,我们第一次见面是在S大,可是我们在安镇之后发生的事情就不记得了……霍知非,我睡一觉,也许明天就都想起来了。"

夏小满暗示霍知非,她除了还不记得瞒着他去舞会之外,已经想起了很多事情,霍知非别想再欺负她!她说完就想溜,霍知非微微一笑,"看来,刚才的办法很有用,你已经恢复了一大半的记忆。"

夏小满生怕他继续指使她干活,警惕地说:"也不能完全那么说……"

"现在,是时候想起来另外一半了。"

夏小满还没来得及反应,就看到霍知非低下头来,再然后她的脑子"嗡"地一响。她被霍知非压在了床上,她的心脏就要跳出胸腔了!她下意识去推霍知非,但霍知非单手抓住她的手腕,就好像蓄势待发的猎豹,浑身散发着危险的气息。夏小满的睡衣已经滑下了肩膀,再看到霍知非毫不掩饰的欲望,知道自己今天晚上真是危险了。她好后悔,她居然为了逃过一劫撒谎,而谎言之后会是更多的谎言……

怪不得上幼儿园的时候,老师就教育她要做"诚实的好孩子",老师是为了这一天做警告吗?

夏小满的身体因为紧张而僵硬，呆呆地看着霍知非，却不知道自己无助迷茫的样子，反而有着别样的诱惑。霍知非的手轻轻摩挲她的嘴唇，捂住了她的眼睛，"有那么紧张吗？"

夏小满紧咬牙关没有开口，不知道该怎么办，突然觉得下巴一疼。霍知非单手捏住她的下颚，强迫她和自己对视，用力到好像要把她揉到自己的身体里一样。他看着夏小满惊慌失措的大眼睛，红润的嘴唇，最后把目光移到她的手上。他抓起她的左手，在她手背上轻轻吻了一下，手背传来酥麻的感觉，夏小满还没来得及反应，霍知非又重重地咬了她的手一口。夏小满都要疼哭了，拼命摇手，"你干吗啊！"

"这只手，被他吻过了。"霍知非强势地把她的脸摆正，让她注视他，"也许，你该庆幸他没有吻你的嘴唇。"

看着霍知非充满杀意的眼神，夏小满觉得冷汗从背后渗了出来。她知道，霍知非是认真的——如果她真的和何之洲怎么样，他也许真会做出很可怕的事情来！她不敢辩解这个亲吻只是礼节，拼命点头保证不会再犯。霍知非的手滑过了她的咽喉，冰凉入骨，"不管你是不是失忆，记住我今天的话——没有下次。"

霍知非在夏小满耳边阴冷地说，看到夏小满不住地点头，终于轻不可闻地叹了口气。他觉得，他确实是对她太过纵容，无数次超越了底线。他第一次因为顾及一个人的心情而不顾自己的心情，甚至轻易原谅了最讨厌的谎言……不过，他的小满是因为何之洲才说谎的。他舍不得对夏小满撒气，这笔账当然要算到何之洲头上。

毕竟，他最近似乎过得太过安稳了。

霍知非想着，又露出了算计人时的惯有笑容来，让夏小满不寒而栗。霍知非回过头，看到夏小满好像小兔子一样警惕的眼神，终于大发慈悲，"去搜集我书单上需要的资料，明天之前给我。"

夏小满知道，这是霍知非愿意放过自己的意思，长舒一口气，简直恨不得张灯结彩来庆祝。她喜悦地接过了书单，急忙去霍知非的书房找所需的教材，看到满墙壁的书时，腿一下子就软了。她抬起头，不可置信地问："这些都是你的书？你在办公室的书已经够惊人了，怎么家里还有啊？咦，国学、心理学、生物、化学、漫画……？"

比起在学校的办公室而言，霍知非家里的书柜虽然规模小了一些，书的种类却丰富得多，也多了几分生活的气息。夏小满从没见过这么爱书的男人，忍不住啧啧称奇，听到霍知非淡淡地说："开始工作吧。"

夏小满终于知道，这不是一个轻松的工作，刚才窃喜的心情一下子就没了。她认命地开始找书，看到在一旁躺椅上悠闲看书的霍知非，真是怎么看怎么窝火。可是，谁让她犯错在先呢？又谁让她那么怕霍知非呢？

不过，男女朋友之间会有恐惧这样的情绪在……真的对吗？

"小满，你怕我吗？"

就在夏小满想起何之洲问她的问题时，霍知非突然这样问她，吓得她险些把手里的书掉在了地上。她暗想这个男人不会真的会读心术吧，疑惑地看着霍知非，露出了失忆的茫然，"我为什么要怕你？是你对我做过什么不好的事情吗？"

霍知非可疑地沉默了一下，依旧看着书，"当然没有。"

夏小满踮起脚，尽力去拿头顶上的书，笑嘻嘻地说："你永远对我好，我肯定不会怕你啊。"

"永远吗？"

霍知非口中回味这个词语，沉默了一会儿，不知道为什么笑了起来。他走到努力够书的夏小满面前，轻而易举地帮她拿到了那本专业书，然后回到了舒适的躺椅上。夏小满妒忌地看着他的大长腿，恶狠狠地白了他一眼，突然发现头顶上方有一本《小王子》，总觉得这本书在霍知非家实在是画风太不对。她拿出这本书，翻开第一页，轻声念着："当我还只有6岁的时候，在一本描写原始森林的名叫《真实的故事》的书中，看到了一副精彩的插画，画的是一条蟒蛇正在吞食一头大野兽。页头上就是那幅画的摹本。这本书中写道：'这些蟒蛇把它们的猎获物不加咀嚼地囫……，嗯，囫什么来着……"

夏小满突然不知道那两个字念什么，放下了书，脸有点儿发红。她尴尬地说："你要的书我都给你找到了，我现在去睡觉了。"

她说着，就要离开书房，经过霍知非身边的时候，霍知非突然拿过了她手里的书。他一手抓住了夏小满的手，一手翻书，用最有磁性的声音说："我的那朵玫瑰，别人会以为她和你们一样，但她单独一朵就胜过你们全部，因为她是我浇灌的；因为她是我放在花罩中的；因为她是我用屏风保护起来的；因为她身上的毛毛虫是我除掉的；因为我倾听过她的哀怨、她的吹嘘，有时甚至是她的沉默；因为她是我的玫瑰……"

在霍知非的诵读中，夏小满觉得眼皮开始打架。她真的很想给霍知非一点儿面子，营造出良好的交流氛围来，但她今天实在太累，几经挣扎后，终于不受控制地在霍知非身边睡着了。看到夏小满的睡颜，霍知非放下了书本，为她盖上了毛毯。他的手指在她的面颊上轻轻触碰，继续轻声诵读最后几句话："我始终认为一个人可以很天真简单地活下去，必是身边无数人用更大的代价守护而来的——我喜欢这句话。好好休息吧，小满。"

他在夏小满的额头上轻轻一吻，拿着书本站到了窗前，打开窗，秋日的风把他的头发吹得凌乱，他安静地看着楼下的璀璨灯光。他伸出手，看着灯光在掌心熠熠生辉，最后紧紧握拳。不知道过了多久，他才重新走回书房，随手把书丢在了垃圾桶："呵，果然女孩子就是喜欢听这些。"

他毫不留情地从垃圾桶边走开，到夏小满身边躺下，把她搂到了怀里。夏小满翻了个身，嘴里嘟囔了句什么，似乎想要挣扎，但后来被困意征服，又沉沉睡去。霍知非抚摸着夏小满的长发，感受着她身体的温度，嘴角微微勾起。

他想，也许夏天真的过去了，他才会那么喜欢和她在一起的温暖吧。

所以，任何人都不想要夺走她，谁都不可以。

3

夏小满不知道她是什么时候睡着的，也不知道她睡了多久。当手机铃声欢快地响起时，她迷迷糊糊地睁开眼睛，第一反应就是把手机丢到窗外，好再舒服地睡一会儿。她发誓，她只是在脑中闪过了这个念头，然后就看到一双大手抢过了她的手机，要往外面丢去。她瞬间清醒，尖叫了起来："霍知非，不许动！"

那双手停住了，手的主人也慢慢睁开了眼睛，有点茫然地和夏小满对视，眼神没有了往日的犀利，甚至带了一点儿无辜。夏小满看到霍知非孩子气的样子，觉得心被狠狠地撞了一下。她真想把他柔软的头发抓到手里肆意蹂躏，但她现在有更重要的事情要做——保住手机。她用最快的速度从霍知非手中抢过了手机，后怕地捂住了胸口——她可不要一个月内换3次手机！电话持之以恒地响着，她见来电人是何之洲，下意识地看了霍知非一眼，不知道为什么有点儿心虚。她一时之间没想好到底要不要接听，但手机沉默了一会儿后继续响了起来，她只好接通了电话，小声说："你好……"

何之洲打断了她的话，"你在哪里？"

"我在家里啊，社长怎么了？"夏小满从他的话里感觉到了凝重的气氛，也开始紧张了起来。

何之洲的语速很快，"你现在快点出门——随便去哪里都行，事情我来解决。"

"社长，到底发生什么事情了？"

夏小满的心怦怦直跳，突然听到门外传来嘈杂的声音。她走到霍知非家的门口，透过猫眼往门外看去，顿时傻了眼。她看到走廊被十几个人挤得水泄不通，他们正疯狂地敲她家的大门，大有一种要把她拖出来打到半身不遂的劲头。她倒吸一口凉气，电话里何之洲继续说："你上次写了关于工人坠楼的稿件，阳光房产要来找事，有一批人正在报社找麻烦，另外一批应该会去你家。你小心点，快点出门，别让他们撞见。"

"可是，他们已经来了。"夏小满欲哭无泪。

何之洲沉默了一下，飞快地说："那你无论如何都不要开门，随时和我保持联系。"

夏小满看着门口的场面，有点儿害怕和担心，还有点儿不知名的激动。以前，她都是听各位前辈们用骄傲的口吻说起，他们写负面报道被围追堵截的事情，难道她也有今天？她的影响力，已经能和知名记者媲美了吗？

夏小满只觉得心中的火焰越烧越旺，慷慨激昂地说："社长，他们也太霸道了吧！就算是我曝光他们，这也是他们犯错在先，凭什么这么嚣张！现在是法治社会，他们这样干预新闻报道，我要起诉他们！"

"可是，坠楼的开发商根本不是阳光地产，是永福房产。"

何之洲的话让夏小满的勇气好像被戳了一针的气球一样，一下子就瘪了。她期期艾艾地说不出话来，这时电话那头传来了一片吵闹声，何之洲也挂断了电话。那天在萧姗办公室发生的争执，一幕幕在夏小满脑中回放，如果她到现在还不知道萧姗坑了她，简直可以去自挂东南枝了！霍知非走到了她的身边，看了一眼监控录像，用最平稳、最事不关己的语气说："你闯祸了。"

"什么啊，是有人陷害我好不好！"

夏小满气急败坏地把萧姗是怎么误导自己的事情说了一遍，盼望着霍知非"冲冠一怒为红颜"，和她一起痛骂萧姗！可是，霍知非没有露出任何愤慨的神色，而是摸着下巴，意味深长地说："所以说……你的记忆都恢复了，昨天晚上瞒着我去舞会的事情,你也想起来了?"

夏小满愣住了。她看着霍知非,觉得口干舌燥,极力想挤出一个笑容,但怎么都笑不出来。霍知非慢慢靠近她,唇角擦过她的面颊,"昨天,都是在骗我,是吗?"

在霍知非的视线下,夏小满觉得自己无处遁形,所有的辩解都是那么苍白,她咬牙点头,"嗯。"

"为什么?"

"因为,我怕你生气。"她轻声说。

好丢脸……夏小满在心里默默流泪。

夏小满知道,男女交往最重要的就是女性要占主导地位。张莹早就说过,婚前把你当公主的男人,婚后很可能成为你的主公。那婚前就是魔王呢?婚后又会是什么样?

霍知非……为什么她喜欢他,可是她又控制不住地怕他?她真的很讨厌这样的感觉!

"你为什么那么怕我?"

如果不是霍知非的表情是前所未有的认真,夏小满简直怀疑他是不是故意逗她玩儿。她现在没心情和他扯这些,无奈地低头,"霍知非,对不起,我是一个人去化装舞会还故意瞒着你……对不起,这件事是我错了。以后我们怎么闹都行,但现在你还是想想看外面那些人怎么办吧!"

霍知非漠不关心,"他们进不来,你没必要为了这个发愁。小满,我有那么可怕吗?"

夏小满没有回答他,烦躁极了,"那我们也出不去啊!我总不能在你家住个十天半个月吧!"

"呵,这主意倒是不错。"

霍知非若有所思地看着夏小满,炽热的目光充满了向往,实在让她毛骨悚然。让她松一口气的是,霍知非终于不再追问她到底为什么会怕他,而是喝着咖啡,饶有兴致地问:"看起来,你今天一定要出门?"

"嗯。"夏小满轻轻点头。

"为什么?"

"明天是尤阿姨的生日。"夏小满紧咬嘴唇,小声说。

自从在安镇知道了尤阿姨的生日后,夏小满一直提醒自己,要在尤阿姨生日那天送给她一份礼物。回到 S 市以后,她把蛋糕店里大家对于尤娜的评价,和能找到的所有尤娜的照片做成了一个册子,把它放在了报社抽屉里。她原想在今天把册子快递出去,可是谁想到会发生这样的事情,到底要怎么办才好?

夏小满越想越头痛,这时电梯口附近突然来了一个染着绿色头发,画风很独特的小哥。他哼着歌出了电梯,看到门口的大阵仗顿时呆住了。所有人都注视着他,他走到了霍知非的房门前,也不知道为什么开始紧张,敲门的时候都带了颤音,"你好,我是快递,请开门哟。"

"霍知非,你买了什么东西吗?"夏小满好奇地问。

霍知非微微皱眉,"没有。"

"那也许是别人送你的东西吧……你开门把他拉进来,我把报社的钥匙给他,说不定他能帮我把相册快递出去呢。"夏小满突发奇想。

霍知非打开了门,拿过了快递,却在看清楚快递小哥面容的时候愣了一下。他的大手飞速伸向快递小哥,但快递小哥的声速明显比他手的速度要快,带了异样的惊喜,"霍先生,怎么那么巧啊!小满姐住在哪里?她最近还好吗?呀,小满姐,我看到你啦!你不记得我了吗?我是陈江啊!我来这里做快递员了,我们真是好有缘分啊!"

"闭嘴!"

霍知非阴冷地看着陈江,杀气四射。他伸出手,毫不留情地捂住了陈江的嘴巴,把他往里拉,但已经来不及了。一双手按住了门,猛地把门拉开。那人看到了夏小满的瞬间,大声叫了起来:"兄弟们,夏小满在这里!快来抓住她!"

夏小满还来不及反应,只觉得一双有力的大手抓住了自己,霍知非拉着她就往外冲去。他们快速往楼下跑去,大部队就在后面紧紧跟着,有好几次夏小满都感觉到他们的手就要抓到她的头发了,觉得她这辈子从来没跑那么快过!她气喘吁吁地跟霍知非跑到了停车场,感觉心脏都要因为剧烈运动跳出来了。她坐在座椅上刚缓了一口气,突然看到面前站着一个人。那人拿着棍子朝汽车走来,满脸阴沉,陈江更是叫了起来,"他,他,他不是刚出狱的龙哥吗?他是建筑工地的包工头,这里的小混混都怕他,听说他打架就是把人往死里打……霍先生,你可不能和他对着来啊,他手底下那么多人,你斗不过他的!"

陈江每说一句,夏小满就害怕一分,她轻轻拉着霍知非的衣袖,希望他可以拿出教授的口才来,和平解决这件事。她的目光是那样期待,霍知非与她对视了片刻，反握住了她的手，低声说："放心。"

夏小满知道这是霍知非答应她的意思，松了一口气。她的心跳刚缓了一下，就看到霍知非加大了油门，车子飞速朝那个龙哥身上撞去！夏小满来不及尖叫，看到龙哥握着棍子躲闪到了一边。他的目光越发凶狠，还没来得及发作，霍知非的车子再次朝他开来！龙哥认定了霍知非不敢把他怎么样，心一横在原地等着。他打算在霍知非刹车的时候把他揪下车来，没想到霍知非根本没有刹车的意思，直直往他身上冲。

当夏小满尖叫、陈江闭上了眼睛的那一瞬间，龙哥看到霍知非的车子依旧没有减速，终于闪到了一边，汗水浸湿了后背。他擦擦额上的汗珠，恶狠狠地看着霍知非，然后在和霍知非对视的时候愣住了。

那么多年，他见过那么多人，还是第一次在一个年轻的男子脸上，见到那么漠然的眼神。他的眼神告诉他，他根本不关心他的死活，也不害怕可能造成的后果，谁挡了他的路，他不介意送那个人下地狱。

有着这样眼神的人，无一不是恶徒，但是怎么可能会出现在那样干净整洁的男人身上？他到底是谁？

龙哥犹豫期间，霍知非对他露出了一个嘲讽的笑容，加大油门离开了车库。霍知非把车子开到了马路上，夏小满还是惊魂未定。她很想问什么，但是开不了口，后来还是陈江问了出来："霍先生，你刚才，不会真的想把那人撞死吧……怎么可能呢，哈哈哈，霍先生你真能吓唬人，哈哈哈。"

陈江越笑越心虚，因为他分明看到霍知非的脸上没有任何笑意。陈江终于停止了尴尬的笑容，霍知非的神色是那样平静，"如果我不撞他，他会在我减速的瞬间把我揪下车，到时候你觉得我们会是什么命运？"

陈江想到了后果，嘴巴下意识咧了一下，讷讷地说："那……那也不能撞人啊……"

"陈江，你不要说了。"夏小满打断了陈江的话，"霍知非，我想去一下阳光地产。"

"为什么要去那里？那里可是他们的大本营。"霍知非淡淡地说。

"在哪里跌倒，就要在哪里爬起来，逃避是没有用的。这一次……不管是什么原因，错了就是错了，我要向他们道歉。"夏小满轻声说，紧紧握拳。

霍知非看着后视镜中的夏小满，语气听不出任何情绪，"呵，怎么突然变得那么积极面对问题了？错了就去道歉，这也是她的梦想吗？"

夏小满一怔，然后轻声说："不，这是我自己的……梦想。"

虽然脸上还会有惊慌的神色，但她的目光是那么坚定，坚定到让霍知非无从拒绝。他有些失落地想，他的小丫头好像真的长大了。

不过，就算再大，她还是他掌心里的珍宝，任何人都抢不走。

"好。"霍知非微笑着说，猛地踩下了油门。

4

霍知非开车带夏小满到了阳光地产后，用不可一世的气势，成功地让前台小姐把他们径直带到了总经理办公室。每当夏小满朝着办公室走一步，她的勇气就丧失一分，当她看到那金碧辉煌的办公室大门时，紧张到舌头都打结了。她用力抓住霍知非的衣袖，后知后觉地问："霍知非，如果……我说如果，他不接受我的道歉，让他的工人们都来打我们怎么办？不不不，他们应该不会这么做吧？这里逃跑的最近路线是哪里？"

陈江觉得自己就要崩溃了，"小满姐，我们都已经到了虎穴了，你现在想这个是不是晚了点啊！你不是很有信心的吗？请继续热血沸腾，好吗？"

"闭嘴！"夏小满怒吼。

夏小满觉得她都要崩溃了，紧张地对着门练习，"你好，我是《都市快报》的夏小满，抱歉之前把公司名字写错了……很抱歉，我会登报为您正名的，请不要生气……请不要打人，打人也别打脸……"

就在夏小满都快不能呼吸的时候，门突然开了，一个满脸横肉的光头男走了出来，他的身后跟着好几个穿着黑色西装的男人，每个人都一脸肃穆，就算是西装也隐藏不了他们鼓鼓囊囊的肌肉。夏小满想象着他们的拳头打中她脸蛋的场景，用力掐着掌心，鼓足勇气，准备背出刚才练习的台词，可是刚张开嘴巴，就看到他们突然齐刷刷地鞠躬，"霍先生，很抱歉，我们不知道您会突然莅临！小张，快点泡茶！霍先生请上座！"

看到他们恭敬又谄媚的样子，夏小满只觉得满肚子的话就这样咽回去了。她知道自己瞠目结舌的样子一定很像一只火鸡，但是她根本控制不住惊讶的表情。秘书小姐请他们坐下，送上了茶水和点心。夏小满没敢喝面前的茶水，轻咳一声说："郭总你好，我是《都市快报》的记者夏小满，上次的稿件……"

"啊，你就是夏小满，真是年轻漂亮，年轻有为！"郭总热情地说，慈爱地看着夏小满。

夏小满想过无数个可能遇到的情况，但她真的没想到眼前这种，她尴尬地笑笑，谨慎地说："很抱歉，因为我的失误，把郭总您的公司牵扯了进去，我回到报社以后就会为您正名。真是对不起！"

"犯错很正常，没什么大不了的，正名不正名的也无所谓……你高兴就好。"郭总深情地说。

你高兴就好……

当一个凶神恶煞的、刚才还想把她揍得半身不遂的老总，突然露出慈爱的目光时，夏小满简直觉得自己出现了幻觉。她下意识去看霍知非，却见霍知非把咖啡杯放下，不咸不淡地说："温度过高。"

"快点给霍先生换一杯新咖啡，快点！"

郭总急忙招呼秘书去换咖啡，紧张地看着霍知非的脸色，冷汗悄悄流了下来。他发誓，他只是听手下人说《都市快报》有个记者犯了这么大的错误，想给她一点教训罢了，真的没想到这个记者居然会是霍知非的女朋友！只要一想到，他手下的人曾经想对霍知非下手，他就觉得不寒而栗——他从来不觉得，霍知非是那么好脾气的人！他知道这次是真的栽了，只能希望多多弥补，好让霍知非消气，不然他的公司……

郭总想着，对夏小满越发热情。每当夏小满艰难地把话题拉到她犯错这件事上时，他就舌灿莲花地夸赞她的稿件没有任何问题，简直起到了正面宣传的作用，更会把他的公司引向辉煌……到后来，连夏小满都觉得那篇负面报道写得实在太棒了。她犹豫地问："郭总，您真的不介意？"

"不介意，不介意！"郭总猛地拍胸脯，就差点要把胸打肿了，"夏记者，你想写啥就写啥，你写的我都爱看，你随意！"

"郭总，你真是好人。"夏小满呆滞地说。

"比不上霍先生的千分之一。"郭总急忙和夏小满划清界限。

郭子川既要讨好霍先生的女朋友，又要和她保持一定距离，要不是他在社会上已经摸爬滚打了几十年，真是无法胜任这样艰巨的工作！当他看到夏小满担心的表情逐渐被如释重负取代，看到霍知非原本阴沉的表情逐渐舒缓了下来，才终于悄悄松了一口气。

当他们告辞的时候，郭子川急忙亲自把他们送到了门口，暗想今天总算逃过一劫。霍知非逐渐放慢了脚步，与夏小满和陈江拉开了距离。郭子川知道，这是霍知非有话要对他说，于是不动声色地到了霍知非身边。霍知非看着夏小满的背影，淡漠地一笑，"郭子川，你的反应很快。"

"霍先生，今天的事情真是不好意思，我……"

霍知非打断了他的话，"从明天开始，你不用在公司出现了。"

"霍先生……"郭子川没想到努力了那么久，还是这个结局，表情简直是如丧考妣。

"你以为，可以在企图伤害小满后，当作什么事情都没有发生？她，是我的女人。"

霍知非猛然回首，压力铺天盖地地袭来，冷漠的眼神中满是毫不掩饰的杀机与蔑视，让郭子川情不自禁地后退一步。他深知霍知非的性子与手段，他这次居然栽在了这件事上……

"是。"他听到自己木然地说。

"霍知非，你不来吗？"

女性清脆的嗓音顺着风传了过来，霍知非朝着夏小满的方向看去。郭子川看到，几乎是在一瞬间，霍知非脸上的寒霜被和煦的春风融化了，他身上的凛然之色变成了彻骨的温柔，他的笑容是郭子川从未见过的。他想，他栽了这个跟头也不算很亏，因为……那个女孩，是霍先生深深爱着的人。

霍知非从不在意别人的想法，更不会管郭子川的心思，径直朝着夏小满走去。他坐到了驾驶的位子上，刚发动车子，夏小满突然捂着肚子小声说："霍知非，等一下。"

"小满姐，你怎么了？"陈江问。

"我还有点事。"夏小满含糊地说。

"什么事啊，是不是丢东西了啊？我帮你一起去找！"

"不是丢东西！"夏小满恼火地瞪着陈江。

"那你怎么了，你的脸色怎么那么难看啊？小满姐你不是受伤了吧？"

"我要上厕所。"夏小满几乎是咬牙切齿地说出了这几个字。

她知道，自己急匆匆跑向采访对象的洗手间有多傻，但是和蓬勃的欲望比起来，面子什么的都不算什么。当她心情畅快地从洗手间出来的时候，突然发现从男厕所走出来的那人看起来有点儿眼熟，忍不住多看了几眼。回忆突然扑面而来，她想起来那人是尤娜的爸爸杨友德，一下子捂住了嘴巴。

他，他不是厂里的保安吗，怎么会在郭总的公司里？

夏小满鬼使神差般跟着他，绕过了许多弯，一直走到了工地上。她悄悄藏在铁皮房后面，听到有个工人大声招呼杨友德，"老杨，你又尿遁，是不是偷偷去办公区上厕所了啊！快来接着打 80 分，说不定你能把上次输的钱都赢回来啊！"

他的话音刚落，顿时有人说："老杨现在才不稀罕和我们一起打牌。人家可是发了财，还要去国外享福呢，哪里看得起我们这些穷光蛋。"

杨友德没有了上次见到夏小满时的谨慎与悲伤，叉着腰怒骂："你们这帮人，就会开老子玩笑！什么去国外啊，当老子是傻子嘛……哈，老子在这里是个财主，去了国外什么都不会，可没有在家里开心舒服。来来来，我们来斗地主，老子看不把你们输得裤子都没了！"

杨友德的话引起了哄堂大笑，有工友好奇地问："老杨啊，你那个贵人，到底让你做了什么事儿啊，你能有那么多钱？"

杨友德得意地说："没什么啊，就是演一出戏。"

"演什么啊，演赌鬼吗？那你可是本色演出啊！"

有人尖酸地讽刺，大家又齐声笑了起来，杨友德的脸色一下子变了，脱口而出："什么赌鬼，是演一个女儿死掉了的父亲！我最爱演戏了，把那个小丫头骗得一愣一愣的，霍先生很满意……"

呼吸，好像在瞬间变得艰难了起来，夏小满用力眨眼睛，可还是觉得眼前一片模糊。她不知道，自己怎么会无意中听到这么大的秘密，抬头看着天空，似乎看到了尤娜含笑的眼眸。

尤娜，这是你安排的吗？是你在警告我什么吗？我是不是很傻，那么轻易就上了当……

所以说，一切都只是骗局罢了……

霍知非骗她……

他骗她！

夏小满只觉得脑中一片空白，不受控制地往前跑，猛地冲到了杨友德面前。在看到夏小满的瞬间，杨友德脸色大变，扭头就跑，可是夏小满一下子抓住了他的手臂。他用力挣扎，把夏小满推倒在地。夏小满觉得膝盖处传来剧烈的疼痛，但是她根本不管自己有没有受伤，顺手抓起一块砖就冲了上去。她用力勒住杨友德的脖子，拿着砖头对准他的脑门，声嘶力竭地喊道："你敢跑，信不信我打死你？"

夏小满的彪悍震住了所有人，也包括生命"岌岌可危"的杨友德。夏小满阴冷地看着她，好像来自地狱的修罗，"我只问你一遍，你到底是不是尤娜的爸爸？"

"那个，那个……"杨友德吞吞吐吐。

"说实话！"

夏小满作势举起了砖头，杨友德忙说："不是，不是！是，是霍先生让我……"

"可是，为什么？他到底为什么？"

夏小满觉得四肢的力量好像被突然抽干了一样，手脚软弱无力。在她松手的瞬间，杨友德趁机跑了，而她呆呆地在工地上站着，真的很希望刚才发生的都只是一场梦。她不知道自己该何去何从，也不知道自己傻站了多久，在一片模糊中，霍知非走到了她的面前。他已经找了她很久，没想到看到她一副失魂落魄的样子，语气瞬间暴虐了起来，"你怎么去了那么久？出了什么事，谁欺负你了？"

他说着，阴冷地看着四周，凡是和他对视的人都急忙低下头。他想去拉夏小满的手，但是夏小满好像看到了蛇蝎一样拼命后退。霍知非的手停留在了半空，声音越发温柔，"小满？"

夏小满看着霍知非，她多想给霍知非一记耳光，但是手脚虚弱无力，眼泪再次弥漫了眼眶，她面前的霍知非的身影显得虚幻无比。她嘲讽地想，也许这才是真正的霍知非——那个温柔的、会保护她的男人，只是她幻想出来的罢了。

"小满，到底出什么事了？"

霍知非看到夏小满双目含泪的样子，紧紧皱眉，觉得他从来没有那么烦躁过。他伸出手，想擦拭夏小满脸上的泪痕，但是手被夏小满用力打掉。夏小满的身体在颤抖，但是语气是那么平静，"杨友德……他根本不是尤娜的父亲，对吗？"

霍知非的眸色在短短一瞬间风云变幻，他犀利地看着郭子川，紧紧握拳，浑身的气息暴虐到了极致。熟悉霍知非的人知道，这是霍知非极怒的征兆，夏小满却不管不顾，再次问："霍知非，你回答我。他是你找来的演员，对吗？"

霍知非看着触手可及的夏小满，不知道为什么，觉得她似乎正在逐渐远离自己。他精心饲养的小猫对他亮出了稚嫩的牙齿，虽然这样的反抗对他而言只是小事一桩，但是一种可能失去她的惊慌逐渐把他包围。他有一万种理由可以欺骗夏小满，可是在看到夏小满悲伤的面容时，那些话不知道为什么突然说不出口。

夏小满没有等到答案，但霍知非的表情已经说明了一切。她后退两步，笑容是那么悲凉，"霍知非……你……你怎么可以……你明知道尤娜对我有多重要……我讨厌你。"

我讨厌你……

这4个字压在了霍知非的心头，他觉得呼吸开始困难了起来。他看看夏小满，发现明明是那么近的距离，他却无法把她掌控在手心。他不喜欢这样失控的感觉，即将失去的惊慌让他猛然拉起夏小满的手，他的手就好像铁箍一样，不管她怎么挣扎都不放手。他把她塞到了车里，猛地踩下了油门。

5

"霍知非你神经病啊！放我下去，放开！"

夏小满觉得自己就要疯了，她大声尖叫，疯狂地用力去打霍知非的手，手掌都拍红了，但霍知非似乎感觉不到疼痛一样，甚至神情都没有丝毫变化。车子飞速往前行驶，霍知非漠然地看着猛解安全带的夏小满，面无表情地说："现在的时速是100码，你跳车后摔伤的概率是百分之百，残疾的概率是百分之八十……小满，我想你不会那么蠢。"

夏小满努力消化他到底在说什么，尽量让自己冷静——他说得对，没必要为了这样的人伤害自己！可是，她根本无法保持理智，完全控制不住情绪，"霍知非，你到底想干什么，想绑架我吗？你放开我，我不要看到你！"

在汽车密闭的空间里，夏小满都快被她自己的尖叫声震聋了，忍不住捂住了耳朵。可是，霍知非岿然不动，他不理会她的咒骂，打起了电话，"帮我订去挪威的机票，要最早的航班，我和夏小满两个人——护照和签证你们自己搞定，这个还要我亲自操心？半小时后，我会到机场。"

他说着，猛地一打方向盘，开到了机场高速上。周围是川流不息、飞速行驶的车子，夏小满知道如果现在跳车的话，很可能摔个半身不遂，拼命深呼吸让自己冷静，咬牙放弃了不理智的行为。她根本不想和霍知非说话，但霍知非的声音还是进入了她的耳朵，"小满，我记得你有个梦想是去挪威看极光，我们现在就去。嗯，似乎还有什么要去太空站？这个会有点难度，我会联系宇航局，给你做培训……"

"霍知非。"夏小满忍无可忍，打断了他，"你骗了我，现在和我说这个有意思吗？我不想听你说话，不想见到你，你让我下车！"

"是吗？"霍知非淡淡地说，"可我不是这样。"

车子里突然安静了下来。夏小满紧紧咬着嘴唇，看着霍知非依旧平静的面容，觉得嘴唇里传来了一片咸腥，才意识到她居然把嘴唇咬破了。夏小满实在讨厌透了他把一切都掌控在手的感觉，沉默许久后，终于忍不住说："霍知非，你是不是觉得我很蠢？"

"小满……"霍知非微微叹气。

"霍知非，你到底为什么要骗我？你明知道，尤娜是我最好的朋友，她……你为什么要找人假扮她的爸爸？"

这个问题，夏小满百思不得其解。她不认为霍知非会无聊到和她开这个玩笑，但是他的目的到底是什么？

霍知非没有回答，只是专注地看着前方，而在沉寂中，夏小满想了很多。有时候，她想无论霍知非说什么都不能放过他；但有时候，她想如果霍知非的理由足够让她信服的话，她会考虑再给他一个弥补的机会。可是，霍知非好像打算沉默到天荒地老一样，径直把车开到了机场。夏小满觉得她对霍知非还抱有希望真是一件傻到了极点的事情，嘲讽地一笑，下定了决心。

当汽车停稳的瞬间，夏小满猛地打开车门，急忙往反方向冲。机场汹涌的人群，轻易接受了这个企图逃跑的女人，但霍知非显然早就做好了打算。夏小满没跑几步，就看到了十几个男人突然出现，把她团团包围了起来，为首的彬彬有礼地看着她，"夏小姐，我们去您的家里拿了您的护照和一些行李，也为您准备了衣服和化妆品，希望您能满意。"

"霍知非，你想怎么样，在这个法治社会绑架我吗？"夏小满回头看着慢慢朝她走来的霍知非，真是被气笑了。

在包围圈中，夏小满没有任何逃跑的可能，她只能故意在说"绑架"的时候提高了声音，希望引起周围人的注意。她成功了，因为有人疑惑地看着他们；她又失败了，因为那些人在看到霍知非冷漠的眼神后，都转过头去，居然没有一个人敢多管闲事。夏小满急躁不安地一跺脚，尝试着冲出包围圈，但是霍知非拉着她的手，硬把她往机场里拉。霍知非把她的手腕抓得生疼，夏小满不住地挣扎,"放手,混蛋,我不要跟你走!"

夏小满愤怒到了极点,不断咒骂着霍知非,对他又踢又咬,但是霍知非没有开口,也没有放手。这时,不远处有一队巡警经过,夏小满仿佛看到了救星!她张开嘴,想大声呼救,可是嘴巴被霍知非紧紧捂住,她费力地发出含糊不清的声音,恶狠狠地瞪着霍知非。警察也终于看到了这边的状况,他们的表情变得疑惑了起来,有人想要过来一看究竟,这时霍知非突然轻轻一叹,吻了吻夏小满的额头,"小满,不要闹了。"

霍知非的声音是那么轻柔,简直比三月的微风还要和煦。因为被霍知非捂住嘴巴的关系,夏小满什么声音也发不出,也只好任由他冰冷的嘴唇落在她的额头。她拼命挣扎,对警察使眼色,可是他们居然笑了起来,"舍不得男朋友啊?"

不是,才不是!快救我啊!

夏小满用眼神表达着内心的愤怒,但他们显然和她没有任何灵犀,当他们去别的地方巡视时,霍知非才慢慢松开了手。夏小满张嘴就想咬霍知非,突然听到霍知非的声音不带任何情绪地在她耳边响起,"小满,你刚闯了祸,还是安静点好。郭子川一向脾气很大,他这次放过你……如果你非要坚持,他也许会去你的报社,也许会去你家,也许会去你爸的面馆。你不想这样的,对吗?"

霍知非也不知道他为什么会威胁夏小满,当看到她的脸色变得苍白的时候,他的心好像被巨锤敲击了一样,有一种麻木的疼痛,无法掌控的烦躁感再次猛烈袭来。夏小满冷笑着呢喃着他的名字,"霍知非……"

夏小满没想到,霍知非做了这样的事情还有脸威胁她,真是不可理喻。她到现在,怎么会不知道郭子川和他有着千丝万缕的关系,说不定郭子川去报社闹事是他的授意!怀疑的种子在心中长成了参天大树,而心疼到了极致就成了麻木。她看着霍知非依旧英俊的面容,真觉得当初那个企图追求他的自己,是世界上最大的傻瓜。

而她,真的爱上过这样永远自私自利,永远不择手段的男人……

夏小满心里是那么难受,根本不想再和霍知非说一句话。她被迫跟在霍知非身后往安检处走去,越是靠近登机口她的心里越是紧张。也许真的是天无绝人之路,在路过咖啡厅的时候,她居然看到了何之洲熟悉的身影。

夏小满觉得她的呼吸一下子急促了起来。她心急如焚,用了最大力气控制住眼神，不让霍知非发现何之洲，然后觉得手腕猛地一疼。她低下头，发现手腕已经在霍知非的大力下，红肿了起来。霍知非的力气是那么大，语气冰冷至极，"小满，你不会做傻事，对吗？"

冷漠又凶狠的霍知非让夏小满恐惧，也让她下定决心要离开这个可怕男人。手腕越来越疼，她忍不住"嘶"了一声，霍知非此时才发现自己做了什么事情。他看着夏小满的手腕，怔然地松开了手，定睛看着自己的手掌，似乎不相信他居然会让夏小满受伤。

"小满……"

他看夏小满的眼神是那么复杂，伸出手想安慰夏小满，夏小满却后退了一步。她根本不想让霍知非再触碰自己，嘲讽地说："除了威胁我、恐吓我，你还会什么？"

霍知非从来不知道，语言是比利剑还要锋利的工具，刺在了他的心脏，绽放出鲜红的花朵。他发现自己精心饲养的小猫，用尽了一切方法想要逃离，他若把它困住的话它会受伤，他到底要不要砍掉它锋利的爪子？窒息又愤怒的感觉逐渐把他包围，他甚至分不清楚他是为了夏小满生气，还是为了自己生气。而夏小满，趁着他松手的短暂时间，猛地扭头往后跑去。

"夏小姐，站住！"

霍知非的手下纷纷朝她跑来，何之洲也终于注意到这里的混乱。在看清楚夏小满的瞬间，他的瞳孔猛地收缩，他快步朝夏小满走去，看到夏小满朝他的怀中扑来。莫名其妙的欣喜，让他忽略了夏小满距离一个拿着咖啡的客人只有几厘米，当他想提醒夏小满的时候，已经来不及了。

糟了。夏小满想。

她的前面是拿着咖啡的人，后面是霍知非伸向她的手。她眼看着一杯滚烫的咖啡就要朝自己浇下来，知道自己如果后退的话可以躲开，但这样会被霍知非抓住……

几乎是下意识的，她咬牙继续往前，闭上眼睛准备承受滚烫的温度，但被人猛地一拉。霍知非把她搂在了自己的臂弯里，整个右臂被滚烫的咖啡浇了个透，脸色一下子变得发白，他没有管自己的手臂，而是慌乱地问夏小满："有没有事？"

"社长！"

夏小满猛地推开了霍知非，躲到了何之洲的身后，一把抓住了他的衣袖。

她看起来就好像受惊的小鸟一样惊恐万分，何之洲没想到夏小满就这样入了怀，怔然地紧了紧手臂。他到现在还觉得这一切实在太不可置信，低沉地问："夏……小满？"

"社长，救我！"

夏小满的目光看起来是那么哀伤，好像他是自己唯一的希望。虽然何之洲并不明白到底发生了什么，但是这不妨碍他在霍知非朝他们走来时，坚定地站在了夏小满的面前。霍知非对何之洲视若无睹，微笑着向夏小满伸出手，"小满，过来，飞机一会儿就要起飞了。"

他的笑容是那样温和，但夏小满偏偏打了个冷战，她轻声又坚定地说："我不要。"

听到这个回答的瞬间，霍知非暴虐的气场全开，他用一种陌生又冰冷的眼神看着夏小满，语气是掩饰不住的威胁，"小满，我不想再说第二次。跟我走！"

夏小满轻轻颤抖了起来，何之洲高大的身躯为夏小满挡住了霍知非犀利的视线，他毫不示弱，语气却一如既往的平静，"霍知非，她不想跟你走，你为什么要强迫她？"

"滚开，不用你管。"霍知非阴沉地看着他。

"她是成年人，有自己的决定，自己的想法，她不是你的玩具。学会尊重人吧，霍知非。"

即使独自面对暴虐的霍知非和他的十几个手下，何之洲还是一副平静如水的样子，好像整个世界和他毫无关系。他的保护和体贴，让夏小满不知道为什么觉得眼睛越来越酸，眼泪终于控制不住地流了下来。她想，也许是时候说一些藏在心里很久的话了。

她从何之洲身后走了出来，在他关注的目光中慢慢走到了霍知非面前。她的眼睛因为流泪而红肿，声音沙哑至极，"霍知非，你为什么总是那么自私，那么自以为是？你喜欢的时候，把我当成宠物，不喜欢的时候，就要强迫我吗？你说你爱我，可是和你在一起，我真的很累！我生怕哪天惹你生气了，什么举动让你不开心了，总是提心吊胆……这样的日子我受够了！"

"小满，你就那么怕我？"霍知非低沉地问，声音居然带了一丝迷茫。

"是，我怕你，我怕死你了！你心情好的时候把我当成公主，但你什么时候允许我逆着你的意思来？我也是一个成年人，我不是你的傀儡！霍知非，你明知道尤娜是我最好的朋友……我问你最后一次，你到底为什么要让杨友德假装尤娜的爸爸来骗我？到底为什么！"

夏小满的质问，让霍知非沉默了好像有一个世纪。就在夏小满以为他不会回答的时候，他终于疲惫地说："小满，我只是想让你高兴。"

"是啊，你的策划让我解脱了，我当然很高兴，但这根本不是我想要的！你到底懂不懂得尊重我，霍知非？"

"小满……"

夏小满的质问，让从来都是咄咄逼人的霍知非觉得无言以对，他也不可能在这里对她解释清楚。他的沉默，让夏小满的心一寸寸变凉，她轻声说："霍知非，你说过你会帮我完成我的梦想。"

霍知非没有开口，夏小满强忍住心里的难过，继续说，"我现在的梦想就是不想再见到你。请问在这点上，你可以尊重我的选择吗？"

霍知非看着夏小满脸上的泪水，渴求的眼神，觉得四周突然安静了下来，安静到可怕。窒息的感觉突如其来地袭来，他觉得麻木的感觉顺着右臂开始蔓延，一直缠绕到他的心脏。他的脸色因为呼吸困难而苍白，声音却依旧平静，"小满，你真的是这么想的？"

夏小满看着依旧笔挺，眼神却被悲伤笼罩的霍知非，心里好像吃了柠檬一样发酸。她犹豫了起来，可是霍知非突然笑了，"如果这是你的选择……我如你所愿。"

如你所愿……那是，他也要离开我的意思吗？也对啊，他是那么骄傲的人，被我一而再，再而三地拒绝，他也不想继续和我在一起了吧。

夏小满觉得心好像缺了一块一样，高高昂着头，不让泪水落下，"再见，霍知非。"

夏小满高傲地扭头就走，何之洲飞快跟上，而霍知非看着夏小满和何之洲一起离开的背影，握住了右臂。有人焦急地说："霍先生，您的手臂……"

"闭嘴！"

霍知非的眼神透着凶狠，让其他人不寒而栗。他站在人来人往的机场中，看着阳光把他的黑色外套照射成了近乎金色，他把阳光握在了手中，但当掌心张开的时候里面却是虚无。他抬起头，看着天上的阳光，久久没有动弹。

"小满……"

他口中回味着这个名字，痛苦地闭上了眼睛。

第12个梦想：把头发染成粉红色

1

夏小满坐在何之洲的车里，一直没有说话，总觉得刚才发生的一切，简直就好像是一场梦。她看着车窗外的车水马龙，觉得身体时冷时热，慢慢把双臂环在了胸前。

分手了吗？真的和霍知非说了再见吗？尤娜，如果你知道事情发展成这样，一定会笑吧。

夏小满想着，觉得苦涩从心里蔓延到身体的每一个角落。她拼命擦拭眼泪，可是泪水好像决了堤一样，怎么也擦不干净。她的眼角因为用力擦拭变得疼痛了起来，就在这时，她的面前突然多了一张洁白的纸巾，她抬起头，正好看到何之洲平静的侧颜。夏小满愣了一下，哽咽地接过纸巾，"谢谢社长。"

"你们吵架了？"何之洲目视着前方，平稳开车。

伤心、绝望、酸楚、愤怒的情绪相互交织，疯狂地侵蚀着夏小满的理智，她觉得自己又要哭出来了。她极力忍住了泪水，轻轻点头，何之洲接着问："为什么？"

夏小满没想到，一向对别人的事情漠不关心的何之洲居然追问了下去。她现在实在太脆弱，也太想找人倾诉，抽泣着说："他……在一件很重要的事情上欺骗了我，我真的没办法原谅他。"

"欺骗？"何之洲回味这几个字，好像想到了什么，又好像在看着遥远的方向。

夏小满不想再提霍知非这个人，强打起精神说起了工作，"社长，我刚才去了阳光地产，郭总答应不追究了。对不起，这件事是我的责任，我当时如果再谨慎点就好了，真是对不起。我以后……"

"这件事不重要。"何之洲打断了夏小满的自责,"夏小满,你现在要去哪里?"

"我……"

现在当然不能再回桃源小区了,去爸爸面馆的话会很丢脸,去报社又该怎么面对同事们……夏小满突然想不到,她还有什么地方能去。她的目光有说不出的无助与迷茫,然后感觉到一双大手捂住了她的眼睛。

微凉的感觉突如其来地袭来,她的眼前变得一片模糊。她听到何之洲的声音,是那样低沉,甚至带了一丝蛊惑,"夏小满……不要用这样的眼神看着我。"

"社长……"

因为眼睛被蒙住的关系,听觉突然变得分外敏锐,她甚至能听出何之洲压抑的情感。夏小满的心脏突然剧烈跳动了起来,她轻轻咬着嘴唇,不知道该做出什么样的反应。可是,她知道,无论如何,她都不可能接受何之洲……特别是在现在。

在夏小满鼓足勇气拒绝之前,何之洲已经放了手,她拒绝的话也噎在了嗓子里。夏小满一路上都在胡思乱想,没想到何之洲居然把车开到了报社,她扭捏着不肯上去。看着夏小满心惊胆战的样子,何之洲挑眉,"他们都走了,你在害怕什么?"

夏小满郁闷地说:"社长,我闯了很大的祸。"

"今天不去的话,以后也不用面对了吗?"何之洲淡淡地问。

夏小满一愣,轻声说:"当然不是。社长,你会怎么处理我?"

她是那么害怕听到不好的答案,可是何之洲没有回答。他拉起了她的手,"走吧。有我。"

何之洲的手掌没有霍知非那样灼热,就好像玉石一样温润又带着些凉意,带给夏小满无法言喻的奇异感觉。夏小满看着他们紧握在一起的手掌,知道他们的距离好像有些太近了,但是现在,她是那么需要有个人在她的身边,鼓励她可以坚持下去。她心惊胆战地推开报社大门,一下子愣住了——报社里根本没有她想象的那样成为人间地狱,而是空无一人。何之洲把夏小满带到了自己的办公室,让夏小满坐下,自己则站在了窗前的茶几旁,"小满,想喝茶还是喝咖啡?"

"喝茶吧,谢谢社长。那个,其他同事都去哪里了?"

"上午有人来闹事,我让他们下午放假,在家里办公。"

何之洲说着,把茶杯递给了夏小满。夏小满捧着茶杯发呆,终于觉得身体温暖了些,又听到何之洲问:"可以告诉我,你们到底发生了什么事吗?"

夏小满根本不想再次回想这件事,强笑着说:"社长,我已经说了,是霍知非欺骗了我……你还想知道什么?"

"所有。"何之洲说,目光是那样坚定。

也许,茶水的热度让夏小满平静,又也许,何之洲的温柔让她觉得可以信任……夏小满觉得自己就好像受到了蛊惑一样,断断续续把尤娜的事情、追求霍知非的事情、和霍知非相爱的事情、霍知非欺骗她的事情都告诉了何之洲。何之洲的表情看起来是那么严肃,她以为何之洲下句话就会批评她的胡闹,却听到他轻不可闻的叹息:"所以,那天你在墓地看的女孩……就是尤娜?"

"嗯。"夏小满没想到何之洲还记得这个,闷闷点头。

"你对霍知非的爱恋,是因为他是你的目标对象?"

"嗯,以前是这样。"夏小满迟疑地赞同。

"既然他知道你的所有目的,也知道尤娜在你心中的地位,那么他这样做的理由是什么?"

夏小满烦躁地摇头,"我不知道,真的不知道。"

"如你所说,你一直对尤娜的死亡留有阴影。所以,找到她的父亲,完成她的梦想成为你的执念与自我赎罪的需求。"何之洲理智地分析,"霍知非的骗局帮你完成了一大夙愿,在此之后你们的感情更进一步……也许,他的目的可以理解成,为了你。"

夏小满看着何之洲清秀的面容,真的不明白他为什么要对她说这些。她轻声说:"是吗?可是无论如何,他都不能拿尤娜的事情开玩笑。"

"夏小满。"何之洲走到了她的身边,认真地看着她,"虽然这么说可能不太合适……但是,对于你分手这件事,我很高兴。"

夏小满目瞪口呆地看着何之洲,看到他貌似云淡风轻地拿起了茶杯,把刚倒的滚烫的茶尽数喝下。灼热的温度让何之洲控制不住把茶水喷了出来,忍不住咳嗽了起来,面颊上也染了一丝红晕,他看了夏小满一眼后飞速移开了目光,似乎在……尴尬?

虽然正处于失恋的悲伤期,也知道这样做很不适合,但夏小满还是没控制住,"扑哧"一下笑了起来。她用力控制住笑意,紧紧咬住了嘴唇,没想到因为憋气太久开始打嗝。于是，暧昧的气氛在打嗝声中变得奇怪了起来，何之洲看着夏小满许久，轻不可闻地笑了起来，"小满……"

他的声音，有着太多的无奈与宠溺。一向最不喜欢和别人接触的他，似乎一点都不介意夏小满正在打嗝，他慢慢靠近夏小满，夏小满甚至都能闻到他身上清冽的须后水的味道。何之洲看着夏小满的眼睛，认真地说："既然你们分手了……以后，我来照顾你，好吗？"

"社长……"

就在夏小满茫然不知所措、不知道该怎么回答的时候，突然听到门外传来巨大的声响，何之洲的手一顿，夏小满趁机逃离了他的怀抱，暗暗庆幸可以不用面对那么尴尬的局面。她急忙往外走，在看清楚来人的时候却呆住了。

她想，她一定出现了幻觉，不然她为什么会在前台那里看到了张莹和罗燕平？张莹娇媚笑着，举起椅子就要往罗燕平身上砸，罗燕平单手抓住了张莹的手腕，显得很无奈，"张莹，我真的不是不帮夏小满。可是，这是新闻部的事情，我根本没办法插手啊。"

张莹继续努力砸他，"那你要我眼睁睁看着夏小满被房地产公司的人打死吗？罗燕平，你到底怎么样才肯帮她？"

"真的不是我不帮……"

"好吧，我知道了，你要我求你，是不是？"张莹咬住了嘴唇，居然有了一种楚楚可怜的味道。

虽然理智很想让罗燕平摇头，但是他实在太想看到永远那么自我、永远不可一世的张莹求他的样子。他怀着卑劣的期待，等待张莹的决定，只听到张莹轻轻一叹，那双洁白细腻的小手摸上他的胸膛，他顿时觉得呼吸急促了起来，都不知道自己到底在恐惧什么，又在渴望什么。他近距离看着张莹红润的嘴唇，觉得脖子突然一紧，几乎喘不过气来。

"求求你帮帮夏小满。"张莹说着，一把揪住了罗燕平的领带。

张莹的力气是那么大，罗燕平的脸色开始发白，他觉得自己就要被这个该死的女人勒死了！他真的很想告诉她，一般女人求人都是装可怜或者直接用美人计，没有见过这样简单粗暴的！他因为窒息都说不出话来了，张莹以为他不愿意帮忙手上更加用力，夏小满终于看不下去了！她冲了出来，用力抱住了张莹，大声说："张莹，冷静，冷静……"

"夏小满？你怎么会在这里？何之洲……难道你们……"

在张莹说出惊世骇俗的话之前，夏小满急忙捂住了张莹的嘴巴，用眼神示意她不要乱说话。在关键时期，张莹终于看懂了夏小满的意思，生生把"野合"这两个字咽了下去，她急忙问夏小满："小满，那个什么房产公司的人把你怎么样了，你没事儿吧？"

"没事，现在都过去了。"夏小满勉强笑着说。

"真的？"

"真的。你看，他们都走了，不然哪那么容易啊？"

张莹挑眉看着夏小满，总觉得她很不对劲。因为没有外人在，她干脆直接问何之洲："何之洲，何大校草，小满这次闯了祸，你不会炒她鱿鱼吧。她最大的梦想就是做记者，你不会那么残忍的哦。"

张莹满脸威胁状，大有一种何之洲不答应，她就把办公室拆了的样子，让夏小满觉得很无奈，又有说不出的温暖。何之洲看了夏小满一眼，语气听不出任何情绪，"根据报社规定，这是重大失误，会由人事部来处理。"

听到这话，夏小满的心一下子就沉了下去。张莹的手也一紧，用力抓住了罗燕平的领带，"何之洲你不是吧，你真把夏小满当成一般下属那么对待啊！她暗恋了你那么久，还把你做成小人儿睡了……"

"张莹！"

夏小满发誓，她从出生到现在，声音从来没有这么大，也从来没有那么窘迫过！她急忙捂住了张莹的嘴巴，艰难地回过头，"社长，那个……"

在看到何之洲表情的时候，夏小满的话突然说不下去了，何之洲的脸上，出现了她从未见过的如此欣喜的神色。万年的冰川，似乎因为这一句话变成了一汪春水，他看起来就好像初次陷入爱情的少年一样，喜悦又生机勃勃。

夏小满不知道该说什么好，而罗燕平突然发飙了，他的温文尔雅，风度翩翩好像在瞬间消失不见，他指着夏小满的鼻子，结结巴巴地说："夏小满，你……你……你……你不要做傻事啊！以前的喜欢，只是青春期荷尔蒙分泌过剩的关系，现在喜欢的人才是真正的爱人！夏小满，你说对不对啊！"

他的手指简直要戳到夏小满的眼睛里，就好像被踩了尾巴的猫一样炸了毛，满脸都是惊慌失措，甚至带了……一丝恐惧？夏小满和张莹都愣住了，又默契地互视一眼，看到了彼此眼中的疑虑。张莹眨巴着眼睛，"罗燕平，你对小满似乎一直……很关心？"

罗燕平似乎看到了希望，用热烈的目光看着夏小满，不住地点头。何之洲微微皱眉，夏小满更是脱口而出，"罗总，你不是……暗恋我吧？"

夏小满的猜测，成了压倒罗燕平的最后一根稻草。他脚一滑险些摔倒，呼吸急促，整个人都崩溃了。他的食指指着夏小满，然后指着自己，一脸惊恐，"我……我……我暗恋你？"

"是啊，不然你为什么对小满的事情那么关心，还总是向我打听？刚才又说什么，小满喜欢何之洲只是以前的事情……你，暗恋夏小满，对吗？"

张莹为这件事下了总结，越说越觉得她的分析实在太有道理了，罗燕平的表情却越来越不对。他的好口才离家出走了，舌头也突然打了结，"我……我……我只是看到她就觉得很亲近……"

"一见钟情。"张莹开始旁白。

"我对她不是男女之间的感情……"

张莹捂住了嘴巴，一脸感慨，"已经升华到老夫老妻了？"

罗燕平一咬牙，说："就好像，哥哥看妹妹……啊不，爸爸看女儿一样……"

"不惜打破乱伦的宿命也要在一起的炽热情感吗？"

张莹捂着脸，一副深深被罗燕平感动的样子，罗燕平终于控制不住了，他看着何之洲，沉默许久才说："社长，我对夏小满没有别的意思。"

"我知道。"何之洲云淡风轻地说。

罗燕平的嘴角抽搐，"社长，如果你真的相信我，请把手里的手机放下来好嘛，那个砸人真的会出人命的……"

"抱歉，一时习惯。"

何之洲很没有诚意地把手机放到了口袋里，一步步走向了罗燕平。就在罗燕平觉得这个高冷社长会对自己鼻子来一拳的时候，何之洲微微低头，看着夏小满，"你不需要做玩偶。"

"啊？"夏小满呆呆地看着何之洲。

红晕突然遍布何之洲的面颊，他的脸色就好像三月的桃花一样灼灼其华，又好像漫天的霞光一样光彩夺目，他用极低的声音说："我……可以满足你的一切需求，所以不需要玩偶。"

他的意思不会是指，和玩偶睡了的事情吧……难道他在明示，她可以直接睡了他？

夏小满被自己的猜测惊到了，红晕也慢慢弥漫了开来。罗燕平一脸焦急，猛地戳破了空气中的粉红色气泡，一把抓住夏小满的手，"我……我想到还有事,小满我送你回家。"

"啊?"

"快走。"

2

罗燕平拉着夏小满的手就走,硬把她塞到了他的跑车里,好像夏小满再和何之洲多待一秒钟就会是世界末日一样。虽然夏小满并不想面对何之洲突如其来的热情,但这不代表她想让罗燕平把她拽走,没好气地说:"罗总,我自己能回家,不用你送。"

罗燕平一脸正气,"女孩子家家的自己回家多危险,我当然要送你回去。"

夏小满白了他一眼,"社长也能送我回去,肯定不会有危险啊。"

罗燕平再次炸毛,"他送你回去才更有危险好不好!你都那么大的人了,怎么一点防范之心都没有?孤男寡女,共处一室……答应我,你不要这样。"

花花公子罗燕平突然变成了担心女儿被骗的父亲,这角色转换真是让夏小满有点缓不过神来。罗燕平激起了她的逆反心,她没好气地说:"我和社长的事情,好像和罗总没什么关系吧。"

罗燕平苦口婆心地说:"小夏啊,你都是有男朋友的人了,做事情要注意一点,和其他男同志还是要保持点距离。不然,你男朋友知道了,一定会担心的吧。"

我和罗燕平根本不熟,他为什么对我那么关心,又总是干涉我的私生活?他到底想做什么?

夏小满觉得心里的疑虑越来越大,冷冷地说:"不好意思,我没有男朋友。我刚分手——就在两个小时之前。"

"什么?!"

罗燕平的方向盘一抖,车子顿时一歪,险些撞到一旁的大货车,吓得夏小满出了一身冷汗。罗燕平对刚才的一幕惊魂未定,但他更关心夏小满的感情生活,"你分手了?你真的和霍……霍教授分手了?"

"嗯。"夏小满轻轻点头。

"为什么?你们不是好好的吗?"

"他在一件重要的事情上骗了我。"夏小满不想多提。

罗燕平偏偏追问到底，"他做什么事了？瞒着你去泡吧，还是答应你打电话却没有打？夏小满，情侣之间撒个谎不是大事，这很正常。你也不可能完全对他说实话，对吗？"

谎言嘛……

夏小满想起自己对霍知非别有目的的接近，心里再次苦涩了起来，她淡淡一笑，"是啊，我也说过谎，可是我后来……"

罗燕平打断了她的话，"你的谎言是有原因的，他的谎言就没有吗？小夏，这个世界上没有完美的人，也没有完美的恋情，每个人都会有缺点和不足。比起谎言来，他这个人更重要，不是吗？多想想你们在一起开心的事情吧，你会觉得这件小事根本不算什么。"

罗燕平简直是最高明的演说家，他的话让夏小满无法反驳。她的眼前，浮现出霍知非把她搂在怀里的场景，带着她看烟火的场景……她觉得心口就好像被刀子划过一样，钝钝地疼。过了很久，她的声音终于飘忽不定地响起，"不管是什么原因，他都不该拿她开玩笑。我无法原谅。"

"谁？"罗燕平追问。

"没什么……前面左转就到了，谢谢。"

夏小满不想再和罗燕平待在一辆车子上，幸好小区终于就在眼前。她急忙拉开车门，下车前，罗燕平看着她叹息："小夏，真的，你再考虑一下吧。别因为误会，丢了你最珍贵的爱情。"

罗燕平的语气充满了文艺的气息，但表情却有着说不出的担心，然后得到了一个白眼作为回礼。夏小满的脑子乱糟糟的，目不斜视地从霍知非家门口经过，疲惫地蜷缩在沙发里。她总觉得忘记了什么重要的事情，当看到尤娜的日记本时才醒悟，她忘记把尤娜的纪念册快递给尤阿姨。

夏小满用力拍拍脑袋，心里是说不出的郁闷。她打开日记本划去了"喂长颈鹿吃萝卜"这一条，但是心里没有任何喜悦。她到现在还不敢相信，她真的对霍知非说了"再见"。

夏小满很清楚，霍知非从来都不是她喜欢的类型，她心仪的男人，要温和大度，谦谦有礼，就好像翡翠一样温润，霍知非却截然相反。他在哪里都是最耀眼的所在，他做事情毫无顾忌，他任性又有太强的掌控欲，他有时候幼稚到可笑……可是她，居然喜欢上了这样的男人，所以他的谎言才会让她如此愤怒。

尤娜，尤娜……对不起，我没有找到你的爸爸，让他知道你有多爱他。真的对不起……尤娜，你告诉我，我到底该怎么办？

夏小满的脑子乱糟糟的，久违的压抑感再次袭来，她痛苦地捂住了胸口，突然那么想和尤娜说说话，就算她怨恨地骂她为什么会把她害死也好，就算她讽刺她为什么到现在还没有把梦想清单完成也好，她只是想听到尤娜的声音……

尤娜，我真的好想你。

夏小满拿出手机，拨打了那个已经深入骨髓的号码。其实，在尤娜离开以后，她曾经无数次打过这个号码，但是回应她的，每次都是冰冷的女声——对不起，您所拨打的电话已关机。现在，她是那么想向尤娜道歉，等待着熟悉的女声，没想到电话突然传来"嘟"的一声。

尤娜，是你吗？

电话接通的声音，让夏小满一下子就愣住了。她的心脏剧烈跳动了起来，觉得脑袋因为缺氧而眩晕，手里的手机突然有千斤重！她颤抖着声音"喂"了一声，没想到尤娜的电话又恢复到了关机状态，再次拨打的时候，依旧无法接通。

夏小满记得，尤娜的手机在她去世后就不见了，现在为什么会开机？会是被谁捡走了吗？还是，尤娜冥冥之中显灵了？

尤娜，尤娜！夏小满的手开始颤抖了起来。

那只有短短一秒钟的"嘟"声，让夏小满一整晚都好像疯了一样在拨打尤娜的电话，可是再也没有打通过。当手机终于没电时，夏小满不甘心地站起身，发现因为一晚上都蜷缩在床上，腿已经麻木到丧失了知觉。她顶着硕大的黑眼圈，用力推开卧室的门，打算去洗手间洗把脸，好好冷静一下。开门的瞬间，她不可置信地瞪大了眼睛，只觉得腿一软，一下子就跪倒在地。

她的客厅，她精致可爱的客厅，在一夜之间变了风格：粉色的玫瑰在客厅里堆积成山，摆满了房间的每一个角落，更别提餐桌上还有一个硕大的3层蛋糕，上面正用红色果酱狰狞地写着"I love you"。夏小满第一反应就是她又得罪了谁，被人打击报复，这时厨房的门突然开了。她屏住呼吸，看到一个熟悉的身影从厨房里走了出来，他穿着黑色的正装，手里拿着一个银色的餐盘，阳光照射在他的身上，让他看起来简直好像是来自中世纪的贵族。他声音是那样轻柔，"小满，早安。"

"霍知非！"虽然被狠狠地惊艳到了，夏小满还是听到了自己咬牙的声音。

"早餐好了,想吃中式的还是西式的?"

霍知非把餐盘放在了餐桌中间,掀开了盖子,琳琅满目的食物开始散发着诱人的芬芳。夏小满狠狠咽了一下口水,愤怒简直炸了锅,"霍知非,你怎么会在我家!我记得我换了密码,你是怎么进来的!"

"臀围加上第一次入职的日子,真是很有创意的组合,我尝试了很久才解开。"霍知非一脸诚恳地赞美她。

"我记得就在昨天,我对你说过,我再也不要见到你,你是健忘症呢还是没脸没皮呢,怎么还到我家里来,而且还把我的客厅弄成这个鬼样子!"

夏小满一想到要把这满墙的玫瑰花打扫干净就头痛,再想到霍知非居然神不知鬼不觉地到了她家,简直就快气蒙了。夏小满的怒气,让霍知非的脸色一沉,"小满,你不喜欢这惊喜吗?"

"这是我家,谁让你这么来去自如的!霍知非,你到底懂不懂什么叫尊重人啊!"

"我以为你会喜欢……"

夏小满回头,发现霍知非正双手插兜看着蛋糕的方向,表情似乎很……阴郁?她当然不知道霍知非是在盘算,要怎么整死给他出馊主意的始作俑者,突然觉得自己刚才的语气,好像确实是重了一点——要关爱弱势群体,和智障少年有什么好计较的?她揉揉头痛的额角,"不,我不喜欢。霍知非,我是一个独立的人,请你不要用你的原则来判断我的喜好,好吗?"

霍知非一言不发地看着她,目光有点阴沉,又好像有点委屈。夏小满只觉得漫天的怒火突然都发不出来了,头痛地说:"真是的,我怎么企图和你讲道理,希望你理解我……"

"小满,那个萧姗,我会找人去警告她。"

霍知非突如其来地说,眸色是那么阴霾,让夏小满不寒而栗。她觉得手指都开始颤抖,"你,你做了什么?我警告你,你什么都不能做,不然我不会原谅你!"

虽然夏小满也恨死了萧姗,但是她只想在工作上报复她,从来没想过使用别的手段。她目瞪口呆地看着霍知非,终于不得不接受了这样一个事实——他们的思路永远不在一个层面上,他们根本就是两个世界的人。她无法理解他的狠辣,他无法理解她的隐忍,他们也许相爱,但是注定走不远。她头痛欲裂,疲惫地说:"霍知非,我求求你,不要自作主张帮我报复好吗?我根本不屑用这样的手段！真的，我求你了，别再插手我的事情。还有，你到底为什么要找人假扮尤娜的爸爸？"

霍知非眉头紧锁，"这个很重要？"

夏小满坚决地点头，"很重要。我昨天打了一晚上的电话，也想了一晚上，可是我实在想不出你这么做的动机。如果只是为了让我高兴的话，完全可以选一些容易完成的梦想，比如说你上次带我去动物园给长颈鹿喂胡萝卜……尤娜的事情发生在那件事之前，等于说它对你而言更为重要。可是，到底为什么？你不想我去查尤娜爸爸的下落吗？"

看着夏小满疲惫的面容，听着她略带沙哑却冷静的分析，霍知非的心中突然涌现出了说不出的骄傲与赞赏。他觉得，自己用心栽培的小草，终于绽放了娇艳的花朵，而他怎么可能……不喜欢。

他没有正面回答，只是淡淡地说："很有趣的分析。不过，这一切你有依据吗？"

"没有，只是直觉。"夏小满摇头，"我实在想不出，你这么做的理由。告诉我，霍知非。"

"小满……"霍知非的大手摩挲她的脑袋，"难道你没有听说过，有些事情，不能知道得太多吗？"

霍知非的避重就轻让夏小满心中越发疑惑。她实在无法想象，会有什么事情，让一向腹黑心狠的霍知非都有点忌惮。她注视着霍知非的眼睛，"你到底在瞒着我什么？"

"每个人都会有不想说的秘密，小满。"霍知非的声音几近叹息。

不知道为什么，夏小满突然想起在安镇的热气球上，她和霍知非的对话来。她忏悔她犯下的错，霍知非也说过他有一个无法弥补的错误。那么，他的错误会和尤娜有关系吗？

这个猜测，让她突然遍体生寒。她猛地离开霍知非的掌控，一字一顿地说："你是不是早就认识尤娜？"

霍知非的神色有了些许变化，虽然只是短短一瞬，但是瞒不过那么了解他的夏小满。霍知非的眼中弥漫着黑色的火焰，单手掐住了夏小满的下颚，声音异样冰冷，"不要做毫无根据、没有意义的猜测。"

华丽的大蛇猛地缠住了夏小满的脖子，她愕然地看着冷漠又居高临下的霍知非，突然觉得他们好像回到了初遇的时刻。那时候的他像现在一样冰冷残暴，她原以为他变了，可是一句试探就让他再次原形毕露……

下颚传来阵阵疼痛，夏小满倔强地不让自己喊出声来，可是眼前的雾气不受控制一般慢慢充斥着眼睛。她的泪水，让霍知非的手好像火燎一样迅速收了回去，他疯狂的眼神逐渐变得清明，他看着夏小满下颚的红印，突然不敢正视她，"对不起……"

"滚。"夏小满字正腔圆地说。

夏小满疯了一样抓起墙上的玫瑰就往霍知非身上丢，霍知非没有闪躲。玫瑰花尖锐的刺划破了他的面颊，暗红色的血液把他的面容映衬得越发苍白。他乌黑的眼眸狠戾地盯着夏小满，让夏小满害怕地后退了几步。她不想再和霍知非共处一室，刚想开门离开，霍知非的手就握住了门把手。霍知非低下头，额前的碎发半遮他的眼眸，"原来，这就是疼。小满，这就是你一直以来的感觉吗？"

夏小满不知道霍知非怎么会突然有这样的感慨，警觉地看着他，霍知非却觉得玫瑰花的刺从面颊一直蔓延到了心田，在荆棘中开出了鲜血淋漓的花朵。明明一想到，谁会让夏小满受伤就恨不得让他生不如死，可是伤害她的偏偏是他自己……

呵，真是一场笑话。

霍知非猛地转身，强迫他在后悔之前离开夏小满。夏小满没想到霍知非突然放过了她，疲惫地瘫倒在地上，给房东打了电话，"是，我是夏小满……对，我要立刻搬走，押金不要了……谢谢。"

她想，不管未来会怎么样，现在她必须快点离开霍知非。

这样，也许对两个人都好。

当搬家公司到了夏小满家，把她的行李通通搬上车时，夏小满突然有一种恍如隔世的感觉。她搬到霍知非隔壁只有4个月的时间，总以为离开也能依旧潇洒，可是直到搬家的时候，才发现她居然多了那么多行李和回忆。

这套餐具是为了显示贤惠，特地买来给霍知非做饭用的；这本化学课入门，是为了和他有共同话题买的；这个玩偶，是和霍知非一起看电影的时候拿到的赠品……她发现，原来霍知非已经不知不觉地进入了她的生活，比她想象中的还要影响她的人生。

不过，这些已经是过去时了，不是吗？

夏小满最后看了一眼住了小半年的房子，锥心的疼突然袭来，让她几乎不能呼吸。当她回到面馆的时候，夏大锤有些诧异，但是他什么都没有问。夏小满依偎在父亲的怀抱里，夏大锤抚摸她的长发，乐呵呵地说："小满，欢迎回家。"

是啊，不管在外面受了多少委屈，家永远为她敞开大门。

3

夏小满住回了面馆，把霍知非的手机号码拉黑，以为这样可以彻底和过去再见，却没想到她会那么疯狂地想他。

夏小满发现，城市原来那么大，不然为什么，她和霍知非会经过一样的街道，会逛同一个商场，甚至去一家餐馆，但是他们从来没有遇到过。他消失得是那么彻底，就算夏小满忍不住把他从黑名单里解放了出来，她也听不到他熟悉的声音。她不会在家门口看到他修长的身影，更不会在报社看到他的车就停在楼下……

所以说，真的彻底说再见了吗？为什么她会那么难过？

不行，不要再想下去了，夏小满！你现在还有更重要的事情要做！

夏小满强迫她不要为这段逝去的感情再纠结下去，打电话给陈江，约他出来见面。她默默地把给尤阿姨准备的相册递给陈江，陈江诧异地问："小满姐，这是啥？"

"原来想给尤阿姨当生日礼物的，但是已经晚了……你知道她的地址，麻烦你帮我寄给她吧。"

陈江收下了相册，义正词严地质问她："小满姐，你找我就是为了这个？那天你们怎么突然走了，你知道我后来是怎么回去的吗？霍先生他……"

"我和霍知非分手了。"夏小满疲惫地说。

"啊？你们真的分手了？我原来还想告诉你们，上次在安镇打伤你们的小流氓们不知道被谁揍到了医院，一个比一个惨……"

"是谁做的，很明显好嘛！"夏小满苦笑，"他从来都是睚眦必报的人啊……我们分手了，请不要再在我面前提起这个人的名字。"

"好吧。"陈江耸耸肩，"对了，我都忘记告诉你了，上次幸好你把拆迁的事情弄砸了，不然我们可就错过发财啦。你知道吗，麦田里发现了文物，文物啊！市里拨款下来，要建个公园，大家不用拆房子又有工作了，大家都很感谢你。"

"是吗？"

夏小满想起在安镇发生的事情，想到那么美丽的乡村可以在发展中保存下来，真是很为他们高兴。陈江感激的面容，是对她工作的最好嘉奖，她的心里有说不出的满足。她拿出了手机，给陈江看她的通话记录，"陈江，这个号码，你知道是谁的吗？"

看到陈江摇头，夏小满失望地说："这个号码，是尤娜的。我昨天打通了她的电话，但是后来打过去都是关机。"

陈江吓了一跳，"什么，可是尤娜姐她不是……她的电话为什么会通，有人在用吗？"

夏小满眉头紧皱，"我去营业厅查了，这个号码没有转给其他人继续使用，所以唯一的可能是当时有人给手机充电，开了机。尤娜的遗物里根本没有手机，我一直以为它是丢在了河里——她的手机为什么会开机？它现在在谁的手里？"

夏小满怎么也想不清楚前因后果，陈江也懵了，他思索片刻，突然一拍桌子，激动地说："小满姐我知道了！"

"怎么了？"夏小满满怀期待地问。

"有人在河里捡到了尤娜姐的手机！谁那么臭不要脸啊，居然把她的遗物占为己有！让我抓住，我非打到他下半身不能自理！"

夏小满恨不得现在就把陈江揍一顿，"如果这手机丢在了河里，你觉得它还能用吗？也不会有人无聊到在冬天下水捞手机，辛辛苦苦把它维修好，开了一下就关机吧！我怀疑，这手机要么就是尤娜丢在小吃店里的。要么，尤娜的死……不是意外。"

当她终于说出心中的猜测时，她觉得周围的空气一下子凝固了。陈江瞪大了眼睛看着夏小满，一脸不可置信，夏小满也凝重地和他对视。一片沉默中，夏小满的后背被人重重一拍，她回头一看，来人居然是张莹。张莹皱着眉，神情是难得的严肃，"我在你后面坐了很久，我都听到了——警察都说是意外，你又要胡思乱想了吗？夏小满，你忘记心理医生说过，这件事和你没关系，你不能一天到晚去想。你真的，又要和以前一样吗？"

"张莹，你怎么来了……"

夏小满没想到一下子被张莹抓了个现行，心里莫名有点发虚。张莹甩甩头发，没好气地说："我来这里喝茶不行啊，不然我怎么知道你又在胡思乱想什么！答应我，好好完成尤娜的遗愿已经够义气了，不要再幻想别的事情了，好吗？"

"这不是幻想。"夏小满轻声却坚定地说，"虽然大家都说是意外，可是如果在当时有个人经过，把尤娜推到了河里，但他没有留下任何痕迹呢？"

张莹头痛地说："又来了，你又来了！尤娜又不是什么明星啊、富家女啊，她就是一个面包师，平时也没什么仇人，有谁闲着没事干把她弄死啊？你当记者得罪了那么多人，也没人弄死你啊！"

"也许是冲动犯罪，又也许……"

张莹说的"富家女"3个字一直在夏小满脑中徘徊，她突然觉得自己抓住了什么重要的东西，她的身体微微颤抖，"你们知道吗，尤娜的爸爸不是裁缝，她的父亲另有其人。如果，她的爸爸是个有钱人，遗产指明了给她，你说其他人会不会借机杀了她好谋财？"

"夏小满，你别犯神经了，清醒点吧！你都幻想到尤娜不是她爸亲生的地步了，下一步你是不是要想其实她是知道了什么秘密，被人杀人灭口了？"

"张莹，我说的都是真的！你不信我吗？"夏小满激动地拍桌子。

"信信信，我信！你别激动，深呼吸，深呼吸……"

张莹的表情明显是在敷衍夏小满，夏小满知道再怎么解释她也不会相信，再看着陈江也是一副不可置信的样子，无力感就这样充斥全身。她知道，没有人会相信她，她只有靠自己。

"小满，你在想什么？"张莹的脸上满是担心。

"没什么。"夏小满转移了话题，"对了，我和霍知非分手了。"

"什么？"张莹瞪大了眼睛。

夏小满诡异地欣赏着张莹知道她分手时诧异的表情，她把和霍知非分手的每一个细节都告诉了张莹，张莹目瞪口呆地听完，下了结论，"夏小满，你真是疯了。"

"我现在感觉好极了。"夏小满笑嘻嘻地说。

夏小满觉得她才没有发疯，和霍知非分手后，她的人生又恢复成了往日的波澜不惊，没有任何意外，也没有任何危险——她真是太喜欢这样的感觉了。她拿出了所有的积蓄，委托私人侦探去查一切和尤娜有关的事情，自己则在报社认真工作，希望可以消除上次带来的坏影响。

她好像打了鸡血一样努力工作，有了突发新闻总是冲在前面，每天都加班到最晚才走，空闲的时间就抢着给大家泡茶、做清洁。她是那么想道歉，可是不知道为什么大家看她的眼神越来越奇怪，和她说话的人也越来越少。她想，一定是她之前的形象太根深蒂固，她的改变还不够彻底。

也许，是时候完成那个梦想了——把头发染成粉红色。

其实，夏小满真不知道，尤娜为什么会有这样奇怪的想法——光是想象一头粉色头发的面包师在揉面粉，那就是很奇怪的场景了！倒是她，上初中的时候，一度很迷恋动漫人物，铆足了劲儿想把头发换个颜色，当然遭遇了残酷的打压。好笑的是，当她终于有了自主权时，又觉得鲜艳的颜色太过招摇和引人注目，已经没有了改变的勇气。

可是，今天例外。

夏小满坐到了理发店里，洗发小哥殷勤地迎了上来。他看着夏小满乌黑的头发，表情很纠结，"小姐，你好，是来洗头还是来烫发？你这头发那么好，烫了有点可惜，不如我给你做个护理吧。"

夏小满真是很奇怪，她的头发到底有什么奇怪的气场，居然让最爱推销的小哥也不忍下手。就算所有人都告诫她染发后一定会后悔，但是她听到自己说："我要把头发染成粉红色。"

"什么？粉红色？小姐你失恋了吧？！"洗发小哥一语中的。

夏小满瞪大眼睛看着洗头小哥，觉得他的头上环绕着神秘的光晕。洗头小哥嘿嘿一笑，打破了光晕，"美女，你这样的人我见多了，失恋了就想改变自己，可是十有八九都会后悔……所以，我还是建议你不要冲动，不然太可惜了。这样漂亮的头发，我们都舍不得动，你真的别做出那种事啊。"

他看夏小满的眼神，就好像在看一个无知的刽子手一样，夏小满心虚地反驳道："这年头怎么了，理发店都不推销了，你对得起自己的职业操守吗？你管我是不是失恋，给我染了就好了嘛。"

洗头小哥义正词严地说："小姐，你染发后肯定会后悔。"

"我想改变。所以，我要把头发染成粉红色，就现在。"夏小满坚定地说。

夏小满做好了4小时后把自己变成火烈鸟的准备，却没想到会在镜子中看到一个熟悉又陌生的面容。所有人都沉默地看着她，她的手指轻轻触碰冰冷的镜子，不确定地说："这个……真的是我？"

"是啊，想不到美女你还挺适合这个颜色。"理发店的小哥诧异地说。

夏小满看着镜中的自己，觉得那个女孩是那么陌生，却是那么美丽。她有着一头最娇嫩的粉色长发，微微卷起的弧度改善了面颊的弧线，她有些苍白的肌肤在发色的映衬下居然显得生机勃勃。她摸着脸颊，怎么都不敢相信她居然有了这么胆大的改变，而这样的感觉似乎……并不坏。

哇，这个疯狂的梦想实在太棒了！如果霍知非知道她把头发染成粉色的话……

"夏小满，你居然把我喜欢的头发染色，真是越来越胆大了。"

她的眼前，似乎浮现出霍知非生气又无法发作的模样，忍不住闷闷地笑了起来。她很快就反应过来，她已经和霍知非分手，霍知非才不会关心她把头发染成粉红色还是干脆剃光，突然觉得索然无味。她站起身，看着窗外的车水马龙，轻声说："一切从头开始吧，夏小满。"

她要认真工作、积极生活、乐于助人、安静美好，她再也不会胆小到不敢说出想法，也不会忍气吞声，更不会……再想起那个讨厌的家伙。

从明天开始，她要成为一个崭新的夏小满。

所以就在今天……只在今天，再思念他一会儿，也没什么关系吧。

4

第二天，夏小满起了个大早。

她哼着歌把房间打扫了一遍，把每张桌子都擦得光亮如新，当夏大锤打着哈欠到了店里的时候，简直怀疑走错了地方。他瞪大眼睛看着把头发染成粉色的夏小满，期期艾艾，"小满，你……你……你……"

"爸，我想换个形象，就把头发染成了粉红色，还不错吧。"夏小满笑着对夏大锤说。

"小满，你到底为什么想不开啊！不就是分手嘛，爸给你找更好的男朋友！你为什么要这样啊，我的小乖乖！"

夏大锤忍不住叫了起来，一把搂住了夏小满，老泪纵横。夏小满就要被他给勒死了，艰难地从他的怀抱里探出头来，大声说："我只是想改变一下形象，爸你想那么多有的没的干吗？还有，分手的事情我早忘了，爸你别说得和世界末日一样好吗？"

夏大锤的双目，饱含心酸的泪水，"闺女啊，你就别在爸爸面前逞强了。

你看你吃饭睡觉都把手机拿在手里,每天吃面都少吃了5口,把最讨厌的姜丝吃下肚子都没感觉……小满,你是不是还喜欢那个教授?告诉爸,爸帮你把那小子抓回来!"

"我……我有这样吗?"

夏小满突然有些恍惚,然后坚定地说:"爸,我早不喜欢霍知非了,拜托你别瞎说了,好不好啊。"

"小满……"

夏小满生怕爸爸再提起霍知非,忙转移了话题,"爸,我这样是不是很难看?"

夏大锤很想点头,又不想伤害夏小满,过了很久才一狠心说:"不管你变成了什么样,你永远是我的女儿。"

"爸!"夏小满忍不住笑了起来。

夏小满顶着一头粉红色的头发出了门,一路上都在盘算今天是新的一天,她到底要变成一个什么样的人。在上高中以前,她是一个有梦想却没能力实现的人;上大学后,她是一个积极努力,却没有得到什么回报的人;工作以后,她是一个按部就班,不敢有任何改变的人……今天,她决定成为一个任性的人。

正如决定成为一个善良的人,就要做多好事,决定成为一个讨厌的人,就像要从现在开始吃韭菜包子一样,成为一个任性的人,就要一切由着自己的性子来。所以,当报社所有人都目瞪口呆地看着她头发的时候,夏小满嘿嘿一笑,摆出了诱惑的姿势,"亲爱的们,这颜色是不是很棒?"

大家都没料到,夏小满会突然变得如此爽朗,再加上那虽然好看却很诡异的头发……他们一时之间都不知道该怎么开口。一片静谧中,夏小满的尴尬症犯了,可是她要硬着头皮,继续做一个任性的人,她一边变换各种姿势,一边说:"做这头发花了4个小时,可是我觉得很值,这效果真是好棒!报社规定大家不能染奇怪的发色实在没必要,大家说是不是?我觉得我们可以联名写信给社长……"

一片沉默中,萧姗从她身后走到了办公室,夏小满没说出口的话瞬间被噎住了。萧姗的脸上,浮现出貌视的冷意来,"夏小满,我真没想到我只是出了一趟差,你会给我那么大的'惊喜'。怎么,你闯了那么大的祸,现在是回来辞职的吗?"

夏小满看着萧姗红艳的嘴唇,精致的妆容,突然觉得自己根本不认识她。

她曾经是她视为天人的师父,她曾经教了她许多知识和道理,她曾经把她打击得一无是处……现在,她却用这样卑鄙的方法陷害她,还想把她赶走。她不知道自己到底什么时候把她得罪成这样,但是现在想这些已经没有任何必要了。既然决定要做一个任性而勇敢的人,她极力抗拒从骨子里发出的对于萧姗的恐惧,轻声说:"我不是来辞职的。"

萧姗没想到夏小满居然会这样回答她,脸色一变,然后微微一笑,"是吗,那你打算怎么解决这件事?登报道歉吗?"

夏小满真的不知道,为什么有人做出那么恶毒的事情,还能假装和自己毫无关系,只觉得手脚都开始发软。萧姗居高临下地看着她,"现在,给我去写情况说明,事情处理结果没出来之前,你不要来上班了。"

夏小满习惯性地想服从萧姗,甚至都转过了身,但是在看到肩膀上粉红色的头发时,脚步迟疑了。她深吸一口气,勇敢地看着萧姗,"主编,这件事到底是怎么发生的,我们心里都清楚。我不想和你争什么,说到底也怪我太过轻信,我也有不可推卸的责任。阳光地产的事情,我已经解决了,对方老总答应不追究,我会在报纸上刊登更正启事。至于怎么处理我,社长和人事部会有结果。"

夏小满是那样不卑不亢,甚至带了一丝挑衅的味道,让萧姗大怒。她不假思索,指着夏小满的鼻子,"夏小满,你给我滚出去!"

"抱歉,我没那么圆,滚不动。"

夏小满的无耻让萧姗气得涨红了脸,她的手指指着夏小满,不停地颤抖,夏小满猛然发现她早就不是她心中的那个人了。夏小满看到,她的睫毛膏在眼角处晕染开来,她的鼻尖泛着油光,她的手指纹理分明……她突然意识到,自己在上升期,而萧姗不可避免地正走向了衰退。也许正是因为这样,她才会看她那么不顺眼吧。

但是她,已经不会再退让了。

就在萧姗和夏小满僵持,空气充满了火药味的时候,何之洲到了报社。何之洲的出现,让看好戏的员工急忙各回各位,何之洲的视线在夏小满头发上停留很久,终于说:"萧姗,你进来一下。"

萧姗到何之洲的办公室待了很久,出来的时候眼睛红红的,恶狠狠地瞪了一眼夏小满,让夏小满忍不住猜测到底发生了什么。她没有幻想太久,何之洲又把她叫到了办公室。夏小满等着何之洲开口说些什么,只见何之洲揉揉眉心,"你的头发……是怎么回事?"

"我想改变一下形象。"夏小满小声说,"虽然我知道这样很奇怪,但我还挺喜欢的。"

出乎她意料的是,何之洲没有像其他人一样大惊失色,而是站起身,走到了她的面前。他修长的手指挑起了夏小满的发丝,不经意间触碰到了她的面颊,在她的耳边轻声说:"很抢眼,我很喜欢。"

夏小满觉得身体好像石膏一样凝固了,何之洲却开始说起了公事,"你很想知道,我会怎么处理你,是吗?"

夏小满的心一下就揪了起来。何之洲手中拿起了一份文件,淡淡地说:"我想,这不是一个坏消息——如果现在被辞退,你能额外得到一笔赔偿金,足够你两年不工作。"

夏小满的心剧烈跳动了起来,苦着脸忐忑地问:"社长,你,你真的要开除我吗?"

"可以拿两年的工资赔偿走人也不开心,你那么舍不得这个职位?是因为那个女孩的梦想吗?"何之洲问。

何之洲的目光是那样清明,甚至带了一丝凛冽,夏小满只觉得心猛地抽了一下,不知道为什么居然带了点酸楚的味道。她闭上眼睛,脑中闪过自己在考上新闻系时的茫然、大学4年的肆意妄为、进入报社的喜悦、被现实打击后的痛苦、被采访对象追打时的难过、被人感谢时的由衷快乐……她发现,她真的喜欢做记者。

"不,我爱我的工作。"当夏小满再次睁眼的时候,眼中满是闪亮的光芒,"不光是因为尤娜的梦想,也因为我喜欢这份职业。所以,无论有多么困难,我都会努力下去。"

何之洲看着夏小满与平日截然不同、充满自信与坚定的笑容时,只觉得心好像被羽毛划过一样,变成他意想不到的柔软。他把手中的文件递给了夏小满,示意夏小满自己去看。夏小满深吸一口气,鼓足勇气打开,然后愣住了,"这是,出差单?"

何之洲的语气中充满了笑意,"今年的金笔杆大赛,会在挪威举行颁奖仪式。你是入围人员,做好准备去挪威吧。不用紧张,我会和你一起去,小满。"

何之洲的情感恐怕只有聋子才听不出来,而夏小满也不知道,明明是在和何之洲谈论工作的事情,为什么气氛中居然带了一丝旖旎的味道。她光是想象和何之洲一起旅行的样子就够尴尬了，迟疑着没有说话。何之洲的眸色逐渐变暗，"不想去吗？"

"没有没有。"夏小满忙轻声说，"只是，主编她知道我入选了，可能会不太高兴吧？！"

"你觉得，萧姗为什么一直针对你？"何之洲突然问。

夏小满一愣，纠结地说："因为我一直很笨，达不到她的要求。"

"我想听实话。"何之洲深深地看着她。

"没有什么理由和原因，她就是看我不顺眼。"夏小满咬牙说。

何之洲拿起茶杯，微微一笑，"你……和她以前很像。"

"什么？"夏小满愣住了。

何之洲的声音显得有些虚无缥缈，"以前，父亲……回家的时候，总是会提起萧姗。他说她风风火火，做事情有一种不服输的韧劲，事情交给她很放心……他说，你和她很像。"

夏小满没想到老社长居然会注意到她这个小角色，觉得呼吸都要停滞了。何之洲看着窗外，身上有着无法形容的悲伤，"爸爸说，新来的实习生夏小满是一个很有趣的人，和萧姗刚来报社的时候真是太像了。他遗憾地觉得，现在的萧姗少了很多东西，所以他把你们安排在一起，希望你们可以好好相处……呵，他还没来得及和萧姗说，就……"

何之洲没有再说下去，目光是那样迷离，又是那样隐忍。夏小满突然也难过了起来，轻声问："我以前和老社长接触不多……社长，老社长，他是个什么样的人？"

"好领导、好男人、好父亲，总之，是一个，好到不能再好的，老好人啊。"

何之洲的语气是那么怀念，突然伸出手，把夏小满抱在了怀里。陌生男人的气息就这样扑面而来，他贴着夏小满的额头，一手抓住了她企图拒绝他的手。这样近距离的接触让夏小满每根头发都不自在，何之洲叹息般地说："小满，你到底什么时候才能走出来？"

"社长，你说什么啊……"

"为了忘记那个男人，每天都加班让自己忙碌，把头发染成了粉红色，你下一步想做什么？小满，世界那么大，你的目光只在那一个男人的身上吗？而我，居然还真的期盼你会给我生日礼物……"

夏小满诧异地看着何之洲，突然想起来同事们确实派她准备礼物，一下子就尴尬了。她只觉得心好像被狠狠揪了一下，眼睛也突然酸涩了起来，避重就轻地说："我早和他没关系了。"

"是吗？"何之洲反问，"以前的你，总是会笑，做事情很有冲劲，可你现在给我的感觉，就是行尸走肉。你有多久没发自内心地笑了？夏小满，我不喜欢看到这样的你。"

何之洲说着，伸出手，轻轻抚摸夏小满的面颊，强迫她和自己对视。何之洲的声音听起来是那样迷离，"你以前喜欢我，为什么现在变了？为什么等我出现的时候，已经太晚了，夏小满？"

"社长，我还有稿子要写，没事的话我先走了。"

夏小满仓皇失措地推开何之洲，急忙出了办公室，一下子撞到了门口的清洁工。她急忙道歉，帮清洁工一起收拾残局，而何之洲看着夏小满仓皇离去的身影，轻声说："所以说……就算是分手了，还忘不了他吗？"

他的语气，是那么平静，又是说不出的怅然。

5

何之洲的拥抱让夏小满的脑子成了一团糨糊，她不是傻瓜，当然能感觉出何之洲对她不一样的照顾，也知道何之洲简直就是最完美的恋人。如果是以前，她一定会高兴到连做梦都笑，可是为什么每当他想进一步的时候，她脑子里会不受控制地想起那个人的身影？不是说好要做全新的自己吗，到底为什么还要想着霍知非？

这样失控的感觉，真是，很烦恼……

"小满，这个采访能不能麻烦你去一下？"

就在夏小满神游太空的时候，突然有个记者把材料递给了她，她急忙点头答应。她翻看采访人资料，一下子就愣住了，过了一会儿才轻声说："安紫陌？"

"是啊，大兴集团有个新品发布，各大媒体都去采访了。条口记者最近休假，小满就麻烦你喽。"记者殷勤地对夏小满说。

"这个，我去不太适合吧……"

"小满，我还有个突发，先走了啊。"

那个记者看看手机就冲了出去，夏小满也只能硬着头皮去采访。她已经不是新人记者了，采访金融家、企业家、政要人士都能游刃有余，可是不知道为什么，要见安紫陌让她比做新人的时候还紧张。她再三整理衣服，总觉得横条纹的裙子会让她的屁股显得太大，口红的颜色也和衣服很不般配……当她看到优雅动人的安紫陌朝自己走来的时候，心里的不安感更强了。她站起身，对安紫陌微笑，"安小姐你好，我是《都市快报》来采访您的记者夏小满。"

安紫陌穿着得体的薰衣草色套装，那么挑人的颜色，却让她的皮肤显得越发白皙。她见到夏小满有些惊讶，对她伸出了保养得宜的手，左手无名指上巨大的钻戒在灯光下熠熠生辉，夏小满被戒指闪了一下眼睛，反应过来后急忙和她握手。安紫陌吩咐秘书去泡茶，对夏小满笑着说："夏小姐，很久没见。"

"是的，安小姐。"夏小满拘谨地说。

"上次在安镇见面是几月来着？好像是4个月前吧。你现在好吗？"

夏小满不太习惯和安紫陌聊天，企图转到正题，"安小姐，您新产品的事情，我们先……"

安紫陌打断了夏小满的话，"公事一会儿再说，我会让秘书发内容给你。这内容不给其他媒体，你们可以做独家哦。"

夏小满一愣，"谢谢安小姐。"

夏小满不认为她和安紫陌熟悉到可以做独家新闻的地步，所以安紫陌越是热情，她的心里越是发虚。安紫陌拿起茶杯，目光在她的发色上停留许久，"夏小姐，你头发的颜色很挑人，真是很适合你。"

"是吗，谢谢。安小姐最近在忙什么？"夏小满客套地问。

"就是公司那点事。"安紫陌按着额角，"还是你们记者好啊，没有那么多烦心事儿……所以说，还是知非他有远见。当初伯父让他管理公司的时候，他死活没有答应，连累我在这里受苦受累。"

安紫陌提起霍知非名字的时候，夏小满的心突然颤抖了一下。她好像喝了柠檬水一样，咕嘟咕嘟直冒酸水，"安小姐，你和霍知非……认识很久了哦。"

安紫陌似乎没有听出夏小满强压住的不快，轻轻点头，"是啊，我们刚认识的时候我才7岁，一转眼都20多年过去了。"

夏小满好奇地问："霍知非以前是什么样子的？和现在一样凶残吗？"

"凶残？"安紫陌笑了起来，"这个词还真是适合霍知非。我们以前都是大院里的，我记得有个孩子王看他不顺眼，叫了几个人想把他打一顿，没想到他们反而被揍得青一块紫一块，还躺在地上哭着找妈妈。"

"霍知非有那么厉害啊?"夏小满诧异地问。

安紫陌怀念地摆手,"小朋友哪有谁真的会打架,还不是看谁心狠手辣呗。他啊,打起架来就是不要命的,大家当然怕他。他们唯一一次得手,是在……"

安紫陌说了一半突然不再说下去,夏小满心痒难耐地问:"他们是在什么时候把霍知非打了一顿?"

安紫陌挑眉,"夏小姐,你看起来好像很高兴?"

夏小满急忙端正神色,"没有,我只是很好奇……职业病,呵呵。"

安紫陌微微一笑,轻轻地把茶杯放在了桌子上,她看起来有点犹豫,但还是开口,"其实,这件事知道的人很少,不过我觉得告诉你没关系。他以前,曾经有一段时间得了自闭症,不和任何人交谈,挨了打也一言不发……那天,如果不是我去叫了他爸妈来,也许事情会一发不可收拾吧。"

安紫陌耸了耸肩,夏小满愣住了。她简直无法想象,像霍知非那样强势的男人,会在小时候得过自闭症——他看起来一点儿都不像啊!安紫陌好像看出了她的心思,红唇微启,"一点儿都不像,对不对?他的父母为他找了很多心理学专家,可是谁都不起作用,后来他爸实在没办法,把他交给了什么魔鬼训练营……我也不知道到底发生了什么,但是从那以后他终于说话了。"

"魔鬼训练营……"

夏小满重复着这几个字,手心开始出汗。她也有过自闭的阶段,知道要走出来有多难,而他居然能在训练营里重新开口……光是想象,她就能猜到霍知非曾经受了什么样的苦,心突然猛地疼了一下。安紫陌观察她的表情,"你是在可怜他吗?"

"安小姐……"

安紫陌的手轻轻滑过夏小满的面颊,"什么情绪都摆在了脸上,还真是个可爱的丫头啊。你不好奇他为什么会自闭吗?"

理智告诉夏小满,她不该问下去,不该再和霍知非有任何关系。可是,她还是问:"为什么?"

"那时候在学校里,有一个很奇怪的小女孩。她不太讨人喜欢,也不和我们一起玩,和霍知非的关系倒还不错。我不知道那天到底发生了什么,只记得他和那个小女孩偷偷去街上玩,可是回来的时候只有他一个人。这件事当时闹得还挺大的,小女孩的爸爸冲过来找老师,指责霍知非把他的女儿弄丢了……后来是怎么收场来着?我什么记性啊,都记不得了,可能是当时被吓到了,又或者是觉得自责吧，这家伙就再也不说话了。介意我抽烟吗？"

"啊，不，不。"

夏小满忙说，看到安紫陌从烟盒里拿出了一根漂亮的女士烟，点燃后深深吸了一口，安紫陌在烟雾中说："其实，我一直觉得霍知非这个人很怪异，所以当知道你们恋爱的时候真是很吃惊——你的胆子可真不小。听说，你们现在分手了？是你提的吧？"

夏小满不知道她是怎么知道了这个消息，只能闷闷地点头。安紫陌笑着说："我就知道，肯定是他被甩了——不过他没杀了你，没有报复，还真是出乎我的意料。在他自闭症期间，很喜欢一条小狗，可是他爸爸不让他养……后来，他亲手杀了那条狗。"

安紫陌说着，突然靠近了夏小满，手上的蔻丹在灯光下发出血腥的光芒。夏小满目瞪口呆地看着她，安紫陌刮刮她的鼻子，哈哈大笑，"我只是开个玩笑，你还真信了？你不问我他最近好不好吗？"

夏小满强迫自己摇头，"既然分手了，就没有什么好问的了。安小姐，那个女孩后来找到了吗？"

安紫陌摇头，"我也不太清楚，应该是没找到吧……你很关心这件事？"

夏小满忙说："没有，我只是觉得如果她就这样丢了，他的爸爸肯定很伤心吧。"

安紫陌努力回忆，"后来她爸爸再也没有出现过，也许找到了他女儿也说不定。我还记得她长得很一般，可是她的爸爸却很有气质，还会拉小提琴。"

"会拉小提琴？"夏小满忍不住重复。

虽然明知道，这个世界上会拉小提琴的男人不仅仅是老社长一个，但是夏小满还是想起了记忆中那个儒雅的男人来。安紫陌继续吸了一口烟，"是啊，会拉小提琴，以前好像是什么文工团里的。霍知非这些年一直在找那个女孩的下落，好像最近有了结果，但结果不太好。说起来，他还是在安镇的时候有了最终结果，你什么都不知道吗？"

夏小满没想到会得到这个惊天动地的消息，努力回想霍知非在安镇时有没有什么奇怪的地方，心脏也不受控制地飞快跳了起来。她在脑中闪现了这些事情的关键词：霍知非、走失的女孩、会拉提琴的男人、尤娜、夏小满、安紫陌……可是，这些词语到底有什么联系？

如果，只是如果，那个走丢的女孩和尤娜有什么关系……

夏小满突然打了个寒战，只觉得遍体发寒。她的直觉告诉她，霍知非对尤娜有着不一样的感情，如果尤娜是"走丢小女孩事件"的关键人物的话，也许一切都说得通了！不过，尤娜到底和这件事有没有关系，又有多大的关系？她又不可能去问霍知非！

"夏小姐，如果有需要的话，我可以给你一个讯息——霍知非所有重要的文件都放在他学校的保险柜里，如果你去那里，也许会有什么发现。"

看着安紫陌笑盈盈的面容，夏小满警觉地问："谢谢，不过你为什么要告诉我这些？"

"啊，我是不是忘记告诉你，我要和霍知非结婚了？"安紫陌笑着扬起左手，"不好意思，最近实在太忙，这些小事儿我总是想不起来。我一直想知道，他的保险柜里有什么秘密，但是我不方便出面，所以你如果真的能发现点什么的话，一定要和我分享。"

她要和霍知非结婚了，结婚……

安紫陌的钻戒突然刺痛了夏小满的眼睛，她知道她应该装作若无其事的样子说"恭喜"，但是她几乎控制不住汹涌而来的泪意。她极力告诉自己不能哭，不许哭，突然看到了桌子上有一盆仙人掌。她想近距离看看来转移注意力，但是不小心满手抓住了仙人掌，尖锐的刺一下子就刺进了掌心，她疼得眼泪一下子就掉了下来，安紫陌也吃了一惊，"夏小姐，你没事吧？我送你去医院。"

"不用不用，我在玩儿呢。"夏小满努力笑着，"其实我小时候就特别想知道这刺到底扎不扎人，总是想尝试一下，今天终于忍不住了……哈，我有个好朋友也有这样的梦想，今天我把两个人的份儿都做完啦。那个，安小姐，你不是说，你不喜欢霍知非吗，为什么你们突然会结婚？"

"这个啊……我确实不爱他，他也不爱我，但是公司有一个大项目需要一大笔资金，我们结婚会让银行更加放心。"安紫陌不以为然地说，突然凑近了夏小满，"所以说，如果你们没有分手的话，真的会很难办，现在皆大欢喜了。咦，你的眼睛为什么那么红，你在难过吗？"

"没有，只是昨天晚上熬夜了……安小姐，我还有事，我先走了啊。"

夏小满说着，站起身就走，几乎是落荒而逃。

第 13 个梦想：战斗吧，少女

1

从安紫陌的公司离开后，夏小满的精神一直处于恍惚状态，她习惯性地想坐地铁 1 号线去桃源小区，脚都迈入了地铁里，才猛然想起她已经从桃源小区搬了出来，一时之间怔住了。在地铁关门之前，她急忙挤下了地铁，身后传来人们低低的咒骂声，她充耳不闻。她沿着车水马龙的街道慢慢走着，觉得突如其来的秋季是这样寒冷。

她想，她的手机一定出现了问题，不然，霍知非那个混蛋，为什么到现在还不打电话给她，还不开口求饶？更悲剧的是，她的微信、邮箱也一起出了毛病！不然，霍知非为什么还不给她发消息，忏悔他的错误？安紫陌说他们结婚一定是故意气她的，她明明说过根本不爱霍知非！

霍知非，你到底在哪里？你现在到底在想什么？

夏小满越想越混乱，真不知道自己该何去何从。这时，她的手机突然响了，她见来电人是陈江，于是接通了电话。陈江的声音充满了兴奋，"小满姐，我是陈江，告诉你一个好消息，那个快递我亲手送给了尤阿姨。她原来不肯收的，可是看到了尤娜姐的照片后还是接了过去。她让我对你说，以后不要这样了，她不怪你。"

"她不怪我？"

如果是以前，夏小满能因为这 4 个字激动得彻夜难眠，但是她此时突然觉得一切都不是那么重要了。她轻声说："尤阿姨虽然看起来不太好说话，其实她一直是那么宽容。替我谢谢她，陈江。"

陈江说："我当然帮你谢过她啦。对了，你托我问的事儿我也去问了，尤娜姐去世的时候根本没有拿着手机，尤阿姨也不知道这是怎么回事儿。"

"是吗?"

夏小满想起她曾经去营业厅查询相关记录,但是什么没有查到的事情,皱起了眉。电话里,陈江突然想起了什么,"对了,小满姐,尤阿姨问你当时在她的仓库里住着,是不是动了她什么东西?她说有一张很重要的照片不见了。"

夏小满摇头,"没有啊,我怎么会动她的东西,我也根本没看到什么照片。"

"那当时有没有其他人去过那仓库?尤阿姨看起来还挺着急的。"

"哪有什么其他人,除了……"

夏小满心思一转,生生把"霍知非"3个字咽了下去。她想起霍知非的异样,心里突然有了一个不好的预感,这个预感,让她握着手机发呆,思绪却飞到了很远的地方。她总觉得真相的大门悄悄开了一条小缝,可她到底要不要推开那扇门……

"小满姐,你听得到吗,小满姐?"

陈江在电话里呼唤夏小满,但是夏小满已经把电话挂了。她站在路边,仔细思考这些事情的关系,总觉得有什么真相就要呼之欲出了,但就是抓不住最关键的那一点。

好吧,既然怎么都猜不出来,就去看看霍知非的保险柜里到底有什么吧,说不定会有什么惊喜。现在,她还缺一个帮手……那人当然是她的好闺蜜张莹。

夏小满正想着要怎么找张莹开口,没想到张莹心有灵犀一般约她在咖啡馆见面。夏小满到了张莹所说的咖啡厅,刚准备开口打招呼,张莹就在看到她的瞬间喷出了口中的柠檬水。

"夏、夏小满?我的天,你还真把头发染成粉色的啦?"张莹激动地站起身,不断拉夏小满的头发,好像想要拔光它们。

夏小满瞪了她一眼,用力拍掉她的手,"是啊,前两天刚染的。这颜色好看吗?"

张莹上下打量她,认真地说:"好看。粉红色太霸气了,一般人都不敢尝试,但还真是特别适合你。不行,我也要去染我想了很久的灰色,不试试看怎么知道到底美不美。对了,你和霍知非现在还没和好吗?"

夏小满用力瞪张莹,张莹摆手,"别这样看着我,这简直太明显了好吗——女人只有在失恋的时候,才会急着和头发过不去。小满,你说你一开始,只是想完成尤娜的愿望罢了,为什么现在看起来这么颓废啊?你不会真的爱上他了吧?"

爱上他了……爱上,霍知非了吗?

夏小满只觉得胸口好像被大石压着一样,闷闷得难受。张莹拿手臂捅捅她,"那个何之洲最近怎么样,和你挺好的吧?"

夏小满没好气地说:"挺好的,简直太好了。"

张莹兴奋地拍拍夏小满的肩膀,"小满,说真的,我觉得他还喜欢你,你俩有戏。你说你暗恋了他那么久,现在终于如愿了,到底有啥不开心的?哪像我,还要在这里相亲,不然我妈以死相逼。"

张莹说着,郁闷地托着脑袋。夏小满此时才发现她今天居然是素颜,忍不住幸灾乐祸地笑了起来。她的脑袋被张莹狠狠拍了一下,夏小满忍着疼戳刀子,"张莹,你可真孝顺啊,你妈以死相逼,你就来相亲了?"

"不是她死,是我不去的话,她就让我死。"张莹没好气地说,"该死的,那个传说中在街道工作、事业稳定的男人怎么还不来啊!我还急着去做保养呢!"

"你好,请问你是张小姐吗?"

就在这时,一个上身穿着土黄色西服、脚上穿着旅游鞋、鼻梁上架着金丝眼镜、头发整齐地梳在脑后、浑身散发着混搭风的男人站在了张莹面前,夏小满觉得呼吸都要停滞了,张莹心大地摆手,"谢谢,我不需要信用卡。"

夏小满顿时拽了张莹一把,那个男人也是一副被雷劈了的表情,"张小姐,我是张勇,是来和你相亲的。"

他在张莹好像看到了恐龙的眼神中,自来熟地坐在了夏小满的身边,把夏小满挤到了墙角,正好和张莹面对面。他上下看着张莹,语气带了一丝遗憾,"张小姐,听说你是个售货员?"

夏小满清晰地看到了青筋从张莹的额角爆了出来,她还没来得及为张莹说话,就听到张勇语重心长地说:"张小姐,营业员都是吃青春饭的,你这工作可不太稳定啊。你今年是不是30了?可要注意保养,你看你的皮肤上都有斑点了。"

夏小满顿时看着张莹很介意,但其实不用显微镜几乎看不出来的晒斑,心里默默为这个男人捏了一把汗。张莹已经目露凶光了,阴森森地反问:"是吗?"

张勇毫不畏惧地说:"虽然你的年纪大了,工作也不好,不过长得也还算风韵犹存,我可以忍的。张莹,我是一个爱情至上的男人,我会为了你和我的家族抗争的!你妈和你说了没,我家在街上有两套门面房,以后我爸妈没了,那都是我的。结婚后你就别去工作了,把我们全家伺候好就行了……"

夏小满看着他不断张合的嘴巴,觉得头有点晕,这时张莹已经在暴怒的边缘了。就在张莹站起身准备对张勇开骂的时候,变数突然发生,随着大门的开启,一个男人气急败坏地冲了过来,所有人的目光都停留在他帅气的面容上。他们眼睁睁看着他走到了张莹面前,猛地抓起了她的手,"张莹,你在这里做什么?"

夏小满没想到罗燕平会来,一下子愣住了。张莹也愣了几秒钟,慵懒地靠在沙发里,转动蓬松的发丝,"我在相亲啊。别来打扰我,阻止人谈恋爱会被驴踢。"

"相亲?和这家伙?"

罗燕平看张勇的眼神,就好像踩到了狗屎一样,让张勇不悦地伸直了脖子,"我家有两套店面,我还有稳定的工作,哪里就是'这家伙了',请你注意素质!"

"你还忘记说,你长得特别帅,也特别有品位。"张莹补充。

张勇顿时高兴了,"对对,我这人最大的毛病啊,就是太谦虚!小子,你不如我没关系,未来的道路宽且长,你可千万不要自卑啊!"

张勇怜悯地看着罗燕平,夏小满分明看到张莹忍着笑,就要忍抽筋了!罗燕平不顾形象,气急败坏地拍桌子,"他帅?你眼睛瞎了吗?你看看我的脸,那可是比明星还要帅气的脸!我的眼睛大家都说是桃花眼,就算是闭着也会放电!他家有两套店面算什么,我家有两栋楼!你脑子坏了才跟他!"

张莹翻了个白眼,"你别自恋,我就觉得张勇比你帅多了。你看他特别的发型,小而灵动的眼睛,屎黄色的西服……他就是我梦中的男人!"

虽然不明白张莹这是抽了什么风,但当被张莹犀利的眼神杀到的时候,夏小满还是言不由衷地点头。眼见夏小满也同意张莹的话,罗燕平的脸色更加古怪,恶狠狠地看着张莹,突然冲了出去。罗燕平离开后,张莹长舒了一口气,张勇则悲伤地摇头,"看来,我真是太耀眼了,都让这位先生受不了打击了。唉,都是我的错,谁让我那么优秀!"

张莹牙尖嘴利地说:"是啊,你那么优秀我可高攀不起,不然我每天都会自卑到死!时间不早了,你先走吧。"

"不不不，我会给你机会，让你向我看齐！"

"不行，臣妾真的太差劲，做不到啊！"

张莹很无聊地开始调戏张勇，让夏小满有很多次都险些笑场。当张勇终于接受，张莹自卑到一看到他就会想寻死的地步时，才恋恋不舍地离开，张莹也长舒一口气。这时，夏小满终于有机会问："你和罗总是怎么回事？我怎么觉得，你们有点儿不太对劲？"

"前几天，喝多了酒，然后我们貌似睡过了。"张莹轻描淡写地说。

"什么！你们睡了！"夏小满吓得心怦怦直跳，脸一下子就红了。

张莹没好气地白了她一眼，"是我们睡了，又不是你们睡了，你脸红个什么劲儿！我想白睡也怪不好意思的，就丢了500块钱给他，结果搞成现在的样子。早知道，当时多给他100块钱，求个清净了。"

眼看张莹一副认真考虑要不要花钱消灾的样子，夏小满无奈了，"张莹，这件事的关键不是钱，是你们睡了吧！你不会喜欢上罗燕平了吧？！"

张莹一愣，然后耸肩，"夏小满，你是知道我的。我从来不会做谁背后的小女人，更别提和这样的花花公子交往了，只是意外罢了，没什么好想的。"

就在张莹和夏小满准备找个地方吃晚饭的时候，门又开了。那个男人逆着光站着，她们一时之间都没看清楚那人是谁。当她们终于看清的时候，夏小满急忙捂住了嘴巴。

她没想到，那个穿着屎黄色西服，白色旅游鞋，头发通通往后梳，还戴着金丝眼镜的人，居然不是张勇，而是一直比花孔雀还注意自己形象的罗燕平！罗燕平在众目睽睽下，走到了张莹面前，他没有了往日的高高在上，声音带了一丝疲惫，"这是你喜欢的类型……这样，你就可以喜欢我了吧？"

"你……你这是什么鬼样子！"张莹又要暴躁了。

"张莹，我知道你一直觉得我在戏弄你，但是我发现，我好像真的喜欢上你了……你喜欢的东西，我通通买给你；你想去的地方，我一个个带你去；你不喜欢我和其他女人联系，我可以把她们都拉黑……我……我爱你。你可以给我一个机会吗？"

罗燕平突如其来的表白让张莹愣住了，她张大嘴巴看着罗燕平，让夏小满怀疑现在往她嘴巴里丢鸡蛋的话，她也会眼睛都不眨地咽下。罗燕平等了一会儿没等到答复，开始不耐烦了，他猛地脱下了西装，"你不说话我就当你答应了啊。忘了告诉你，你那专柜被我家拿下了，你不是一直想做主管吗，现在你想怎么做就怎么做。走，我们去找你妈，让她看到你找到了多棒的女婿！对不起我忘记说了，小满，粉色的头发真适合你。"

罗燕平对夏小满风度翩翩地一笑，把她电到了以后才拉走了张莹，夏小满真是有点啼笑皆非。虽然她并不清楚他们之间到底有什么样的故事，但是罗燕平似乎真的很喜欢粗线条的张莹，她也很为他们高兴。

看来，晚上的事情不能找张莹帮忙了。

夏小满微微叹气，只能去找那个她根本不想见到的人。

2

"小满姐，我在这里，在这里！"

当夏小满到了S大，在树林里努力寻找林欣欣身影的时候，一双手拼命在她面前晃悠。夏小满被吓了一跳，瞪大了眼睛仔细看，才终于看清楚了林欣欣。

林欣欣穿着黑色长袖，黑色裤子，艳丽的头发也被她包裹了起来，她浑身上下，除了脸蛋和手掌是白色的，整个人简直和夜色融为一体。看到林欣欣鬼鬼祟祟地拿出黑色围巾，示意夏小满围上时，夏小满扭头就走。林欣欣急忙一把抓住了夏小满，"小满姐，不是说好一起去霍知非的办公室吗，你等等我啊。"

"你没必要穿成这样吧，这围巾是什么意思！"夏小满忍不住咆哮。

林欣欣一边跟上夏小满，一边警惕地说："小满姐你小声点，被保安听到了可怎么办！我觉得我这身衣服很好啊，你看电视里面都是这么穿夜行衣的，要不是时间紧了点，我还可以把脸也涂黑，保证监控器都找不到我们。小满姐，你真的不蒙住脸吗？"

夏小满被林欣欣烦到不行，鬼使神差般也拿过了围巾蒙住脸，在心里悲伤地想她和脑残在一起太久，果然也变得脑残了。她们很顺利地到了霍知非的办公室门口，林欣欣一边尝试撬锁一边絮絮叨叨："以前这里每天都有好多保安在巡逻，今天真是好顺利，害得我好多计划都没有实施……我的天啊，这锁也开了，这万能钥匙也太给力了吧！"

林欣欣看着敞开的大门，简直不敢相信她的好运气。夏小满也没想到她们此行会那么顺利，心里有点疑虑，却还是解开了碍事的围巾，和林欣欣一起走了进去。

夜晚的办公室显得格外空旷，安静无比，夏小满似乎都能听到她们的呼吸声。她不受控制地想起，霍知非在实验室里做实验时认真的模样，他逼迫她在这里改作业时可恶的微笑，他在窗口抱住她时身上的温暖……夏小满呆呆地站着，好像看到了霍知非就在不远处一样，而她犹豫着不敢靠近。这时，林欣欣用力推了一下她，"小满姐你怎么了，我们快点找那个密码箱啊。"

"嗯。"夏小满如梦初醒，紧紧咬着嘴唇。

她曾经在霍知非的办公室里看到过一个暗格，所以很轻易地就找到了霍知非的密码箱。她刚想上前，林欣欣阻止了她，紧张地说："这个密码箱我家也有，输错3次密码就会自动响起警报声，特别烦人。小满姐，你知道霍知非的密码吗？"

"不知道。"夏小满说。

林欣欣吓了一跳，"那怎么办啊？"

"不管怎么样，总要试试看。"夏小满轻声说。

夏小满知道，许多人都有用同一个密码的习惯，虽然不知道霍知非会不会这样，但是她总要尝试一下。她第一次试的是霍知非家里的密码——他的生日加上他喜欢的数字的组合，可是保险箱很不给面子地给了错误的提示。林欣欣郁闷地叹气，夏小满的心情也开始紧张了起来。

"小满姐，他会不会拿生日，或者车牌号、身份证号码之类的做密码？"林欣欣冥思苦想。

"不会的，我刚才已经试过了。我想，也许会是他重要的人的生日之类的。"

"那肯定是小满姐的生日啊，我帮你去按。"

在夏小满阻止之前，林欣欣就按了她的生日，夏小满也不知道为什么突然变得那么紧张。她的心里，有一丝说不清道不明的希冀，但是错误的提示音很快就把她的希望打破了。林欣欣耸肩，"看来也不是小满姐的生日。难道是叔叔阿姨的生日，或者是他的初吻纪念日，又或者是我姐的生日？那么多数字，到底会是什么组合啊！"

林欣欣越想越混乱，看到夏小满再次接近了密码箱。林欣欣一把抓住了夏小满的手，紧张地说："小满姐，这是最后一次机会了，如果还是不行的话，我们就要逃跑了。那个，你有信心吗？"

"没有。"夏小满摇头。

"那我们做好逃跑的准备吧。你放心，我肯定会保护你！"

林欣欣猛地拍了拍自己瘦弱的胸膛,把夏小满逗笑了。她其实一直不喜欢林欣欣这样的风格,但是她此时却带给自己无法言喻的温暖。夏小满轻声说:"别拍了,本来就很扁了,再拍就凹进去了。"

"小满姐!"

林欣欣嗔怪夏小满的时候,夏小满闭上了眼睛。无数个数字在她面前漂浮,每个数字都对她伸出手指引诱她来选,可是她最后决定选在角落里,最不起眼的那个。她睁开眼睛的时候,坚毅地按下了那个号码,细细的汗珠顺着她的额头滚落,连她都没想到,会听到了细微的开锁声,密码箱居然一下子就开了。林欣欣乐了,猛地一拍夏小满的肩膀,"小满姐,你太强了!这是什么密码啊?"

"是一个人的生日。"夏小满怔怔地说,觉得心跳越来越快。

她没想到,密码真的会是尤娜的生日——霍知非和尤娜到底是什么关系?她心乱如麻地伸出手,拿起了密码箱里的一个信封,打开一看,一张照片就这样飘落在地。她捡起来放在眼前,发现照片上是年轻时候的尤阿姨,和一个拿着提琴的男子,那男子看起来分外眼熟。

他是……是……老社长?尤阿姨和老社长居然认识,看起来还那么亲密。那么,尤娜……夏小满几乎要尖叫。

"小满姐,小心!"

就在夏小满震惊万分的时候,突然听到了林欣欣的叫喊。她下意识把头一偏,棍子重重打了她的右肩,她痛得叫不出声来,看到一双大手从她面前拿过了那个信封。那人的目光是那么阴霾,一言不发就要继续打夏小满,林欣欣抓起霍知非桌上的石膏像就往他身上砸,撕心裂肺地喊:"小满姐,快跑!"

当那男人再次袭击夏小满的时候,林欣欣挡在了夏小满的身后,她似乎听到了什么破裂的声音。夏小满急忙站起身往前跑,在慌乱中摔了一跤,急忙忍着疼站了起来。她大声喊着救命,声音回荡在空旷的办公楼里显得格外响亮,可是没有任何人有回应。她知道,从理智来说她应该跑到保安亭里,去叫保安来帮忙,可是林欣欣……

难道,要眼睁睁看着林欣欣留在这么危险的地方,自己躲在温暖的避风港里吗?她已经失去了最好的朋友,又要看着这个带给她温暖的小妹妹受伤吗?让理智什么的都见鬼去吧,她不能留林欣欣一个人在这里!

好吧,拼了!尤娜,你不是有个梦想是打一架吗,我今天就来帮你完成!

夏小满抓起走廊边的垃圾桶,猛地朝房子里冲去,正好看到那个男人要把棍子往林欣欣身上砸。她大叫一声，把垃圾桶丢到了那个男人身上，把他砸了一个踉跄，拉着林欣欣的手就往外跑。她没跑两步，听到了一声重击声，林欣欣闷闷地哼了一声，软软地摔倒在地。夏小满下意识地停下了脚步，看看倒在地下的林欣欣，再看到那个男人朝她冲来，咬牙换了方向，往霍知非的实验室跑去。

　　夏小满曾经见过霍知非输入实验室的密码，所幸她现在还没有忘记，她颤抖着手输入，终于在男人追到之前挤了进去。她猛地关上了门，大口喘着气，有了一种劫后重生的喜悦，突然发现外面安静得吓人。就在夏小满鼓足勇气往外看的时候，她听到了林欣欣撕心裂肺的尖叫，她的心一下子就揪了起来。这时，一个低沉的声音响起："出来，不然我废了她。"

　　"小满姐，你不要出来……啊！"

　　林欣欣的尖叫比上次还要痛苦，夏小满的眼泪一下子就流了下来。她是那么愤恨，自己居然把无辜的林欣欣卷了进来，但是光后悔有什么用？待在这里可能会活，但是林欣欣可能会死……

　　她不能再一次看到她的朋友，因为她的原因去世了。

　　霍知非，霍知非，为什么在这个时候，我会那么想你？如果，如果我死了，就再也见不到你了吧……

　　可是，我必须这么做。因为，这是我的责任。

　　尤娜，帮帮我，给我力量！

　　夏小满紧咬牙关，猛地推开了门。她是那么惊恐，腿都在发软，可是她坚定地出现在那个男人面前，就好像战士上战场一样，充满了恐惧与力量。林欣欣的头无力地靠在保险箱上，脸上满是鲜血，虚弱地咒骂："小满姐，你出来做什么……"

　　夏小满的声音都在颤抖，但是她听到自己清晰地说："欣欣，我有一个好朋友的梦想是要打一场架，我现在完成给你看，好不好？"

　　"不好！小满姐，你快走，不然我们两个人都会死……"

　　"说完了吗？"

　　男人不耐烦地说，拿着棒子靠近了夏小满。这场意外，让他得到了想要的东西，但是收拾这两个女孩比他想象的要麻烦得多——他已经没有任何耐心了。在他挥棒打下来的瞬间，他以为所有事情都结束了，却听到夏小满尖叫了一声，然后他觉得有什么液体朝他泼过来。他不耐烦地想擦拭，可是刺痛感突如其来地袭来，他疼得眼睛都睁不开了。夏小满继续尖叫，拼命把手里的溶剂尽数往他身上丢，与此同时林欣欣终于努力按错了3次保险柜的密码，尖锐的警报声也响了起来。

"啊！你做了什么！臭婊子……"

警报声中，那个男人好像疯了一样朝她们打去，可因为看不见，什么都没有打中。他把霍知非的办公室弄得一片狼藉，想到他居然栽在这个小丫头手里，真是恼火到恨不得扒了她的皮！听到保安的脚步声，男人犹豫了一会儿，最后捂着脸恨恨离去。看到他离开的背影，夏小满用力抱着林欣欣，强忍住泪水安慰她，"没事了，我们没事了……"

"小满姐！"林欣欣放声大哭。

3

保安在警报声中赶来，看到夏小满和林欣欣的惨状吓了一跳，急忙把她们送去了医院。医生为她们做了检查，发现夏小满的手臂有点轻微骨裂，林欣欣则伤势比较重，要好好休养一个月。但是，不管怎么说，她们都只受了伤，没有残疾或是生命危险，这真算不幸中的万幸了。

当紧张的神经放松下来后，夏小满感觉到手臂钻心地疼，而她还有许多事情需要处理——比如，编个完美的借口，好好解释一下她和林欣欣为什么会出现在霍知非的办公室里。她冥思苦想要怎么说才能欺骗警察，突然在不远处看到了一个熟悉的身影。夏小满看着那个男人朝自己走来，眼睛不受控制地变得酸涩了起来。

霍知非，霍知非……真是好久不见啊。

夏小满和霍知非只有两个月没有见面，但是她觉得简直比一个世纪还要长。她发现，一向最注重形象的霍知非，居然只在居家服外披了一件外套就赶来了，下巴还有着牙膏沫的痕迹。他的头发乱成了一团，眼中满是黑色的火焰，大步朝她走去，一把抱住了她。他的头埋在了她的脖子里，低沉地说："小满，你没事就好……没事就好。"

他的声音带着愤怒与罕见的颤抖，身上的味道熟悉又令人感到安全。夏小满想，也许她今晚实在太脆弱，才会在他的怀抱里不能动弹，才会舍不得把他推开，反而用力抱住了他的腰。她真的很想哭诉她今晚都遭遇了什么，让霍知非为她狠狠地报仇,但是所有的话都化为了眼中的泪水。霍知非为她擦拭泪水,命令地说:"不要哭。"

"我忍不住……"夏小满抽泣着。

"好,那哭到你高兴为止。"

夏小满的泪水让霍知非放弃了一切原则,他轻轻拍着夏小满的后背,感觉到肩膀处逐渐潮湿了起来。他到现在还记得,当他知道夏小满和林欣欣在他的办公室里受伤时,那恨不得毁灭一切的心情,而所有的怒火在看到夏小满的瞬间居然消失殆尽,他只是想把这个姑娘搂在怀里,让她不要哭泣。他修长的食指轻轻擦拭夏小满的泪水,抵住了她的额头,"小满……"

霍知非第一次感觉到迷茫,感觉到无力,因为他不知道该拿这个丫头怎么办才好。

夏小满说分手时的样子他还历历在目,愤怒与骄傲让他转身离去,可是他有多恼火,就有多思念。她不在身边的日子里,他把滔天的怒气发泄在学生和下属的身上,大家看他的表情越发惊恐。

很好,这样才是正常状态,他想。可是,他在享受掌控权的同时,开始怀念起那个害怕他,却会勇敢地挺直胸膛的女孩来。

他查了那么久的事情终于有了眉目,他不希望夏小满卷入他们的纷争,但是她偏偏无法领会他的好心。而且,她为什么该死地突然聪明了起来,明明躲在他的身后,被他保护起来就好啊!

可是,这样的她,真是让他更加爱恋,简直爱到发狂……

霍知非眯起眼睛看着夏小满,满满的占有欲让医院的气氛都变得奇怪了起来。被晾了很久的警察清清嗓子,企图找回尊严,"这位先生你先让让,我们有话要问……"

霍知非眼皮都不抬,依旧看着夏小满,"小满需要休息,所有事情等她好了再说。"

"可是她怎么会突然出现在教授的办公室里?"警察还想继续问下去。

"那是我的办公室,她想怎么去就怎么去。还有什么问题?"

霍知非褪去了往日的优雅外衣,凶狠的气场全开,让警察无言以对,最后只得不甘心地离开。夏小满此时才发现,她和霍知非的距离太近了,哽咽地想往旁边挪,但是霍知非却搂得更紧,"小满,我真是无法想象,我险些就看不到你。那个人,我一定会找到,我会把你的痛苦百倍、千倍地还给他。"

霍知非的暴虐，带给了夏小满意外的安全感，她轻声说："当时我真是吓傻了，幸好去了你的实验室……我也不知道什么溶剂可以伤人，就把它们混到了一起。"

"你是个化学天才。"霍知非赞美她，在她耳边说，"小满，我想你。"

这么简单几个字，突然戳中了夏小满的心房。她的心充满了温暖而坚韧的力量，可是在下一秒，尤娜的面容突然浮现在夏小满的面前，他和安紫陌的婚期也好像利刃一样刺在她的心头。她想起了他隐藏在办公室里的那个秘密，抬起头，眼神是那么悲凉，"霍知非，尤阿姨的照片在你的保险柜里，你有什么好解释的吗？"

霍知非的瞳孔在瞬间收缩，巨大的压力扑面而来。他的眼神就好像受了伤的猎豹一样阴霾，然后转为一片冰冷，他平静地说："你看到了。"

"霍知非，你和尤娜到底是什么关系，你为什么要收藏尤阿姨的照片？尤娜的爸爸不会是……"

在她鼓足勇气，要把猜测说出来的时候，霍知非打断了她的话："小满，有些事情，不是你该知道的。"

霍知非的警告，终于让夏小满发了火，"霍知非，你到底瞒了我多少事情？你的秘密我全部都不知道，你和安紫陌都要结婚了我还被蒙在鼓里……呵，我在你心里就是个玩具，呼之即来，挥之即去吗？我就是那么没用吗？你走，我不要看到你！"

霍知非看着夏小满因为生气而涨红的脸，看着她缠着绷带的手臂，终于意识到他继续留下来可能会让局面变得更糟——这可真令人不太愉快。他轻轻挑眉，抵住了夏小满的额头，"可我还会想你，小满你说我该怎么办？"

男人的气息，突如其来地扑面而来，扫向了夏小满的耳后，也让她心酸得几乎要落下泪来。如果说，她一开始确实是因为尤娜的事情，一气之下说了分手的话，那后来发生的事情，却让她一次次清楚地认识到她和霍知非的个性并不合适。更何况，他的家族是那么希望他和安紫陌结婚……

夏小满很怕疼，所以，她会在没受伤之前就先撒手，这一次也不例外。

"你会习惯的。"她听到自己说。

"是吗？"

霍知非的唇角有最冰冷的笑意，他突然低下头亲吻了夏小满。夏小满用力去推他，可他的吻是那么有侵略性，好像要吻到她的灵魂深处一样。在他的亲吻中，夏小满的泪水默默流淌了下来，而他一点点，近乎虔诚地吻掉了那些泪水，他叹息着："小满，答应我，什么都不要再想。这件事交给我就好。"

霍知非说着，猛地站起身离开了病房，倒是让夏小满有些怅然若失。霍知非离开后，在外面偷偷看他们的林欣欣急忙冲了进来，不顾身上有伤，兴奋地八卦道："小满姐，霍知非和你说了什么？你们和好了吗？"

"没有。"夏小满闷闷地说。

"那就好，让他去和我姐结婚吧，你绝对能找到更好的男朋友！"林欣欣用没受伤的那只手握着夏小满的手，认真地说。

夏小满眼前浮现出林欣欣保护自己的场景，摸摸林欣欣的头发，没有回答。她不去想这件事，林欣欣偏偏又问："小满姐，今天是怎么回事儿？怎么突然有人来打我们？他看起来不像保安，他想做什么？他是小偷吗？"

"也许吧。"夏小满模棱两可地说。

"也是，霍知非的办公室里有很多古董，怪不得他会眼热。不过他也太狠心了吧，险些把我们打死。"

林欣欣心有余悸，夏小满轻轻拍拍她的手，一直没有开口。林欣欣撅起了嘴，"小满姐，你是不是知道什么？"

"没有啊。"夏小满忙说。

她确实没有知道什么，她只是有了一个疯狂到她都无法想象的猜测。如果，这个猜测是真的……

夏小满的手紧紧握拳，最后终于长长叹气。

4

霍知非离开后，夏小满浑浑噩噩地回了家，觉得整个人都乱了。她被那个疯狂的猜测弄得一晚上都睡不安稳，一直做着光怪陆离的梦，第二天起来的时候觉得头昏脑涨，右臂更是隐隐作痛。夏大锤见她要出门，忙严厉地阻止她，"小满，你都受伤了，就别去上班了，在家里休息几天吧。"

夏小满必须去报社找机会证明她的猜测，勉强笑着说："这伤又不重，早就不疼了，上班没关系。"

"你这孩子怎么那么不听话！在家里休息！"夏大锤生气了。

"爸，报社的事情真的很多，而且在家会很无聊。你就让我上班吧，爸爸最好啦。"

"你这孩子啊……"

夏小满笑嘻嘻地搂着夏大锤的肩膀，很快就摆平了父亲。她强打起精神去上班，狼狈的样子让许多同事侧目。有人好奇地问："小夏啊，你的手臂怎么了，怎么看起来好像被人打了？"

夏小满摆出了最真诚的笑容，"什么被打啊，昨天晚上回家的时候不小心摔了一跤，医生给我包成这样了。"

"没啥事儿吧？"大家看起来都很关心她。

"没事儿。"夏小满为了证明她所言非虚，拼命晃动手臂。

"你啊，真是太拼了，干吗不在家里休息休息？"

"这些稿子我不写，总要有人写，那多不好意思。"

夏小满嘻嘻笑着，觉得同事们的安慰让她心里备感温暖。她打开了电脑，正准备开始工作，突然听到有人提起了萧姗的名字。

"你们看到没，萧姗刚才进社长办公室了，听说她是去辞职的。"

"不是吧，她在报社都快20年了，她真的舍得辞职？"

"我觉得是有下家了吧。不知道她去哪里高就，去哪里祸害别人啊。"

萧姗辞职了？

夏小满突然听到这个劲爆的消息，一时之间忘记了手臂的伤痛。她没想到，她和萧姗的"战役"就这样画上了句号，总有一种不切实际的感觉。就在大家对这件事议论纷纷时，萧姗从何之洲的办公室走了出来。

轻微的关门声，让刚才还喧嚣的办公室瞬间安静了。夏小满看着萧姗，发现她虽然一脸憔悴，但是目光依旧犀利。她仰着头环视四周，和她对视上的人都下意识低下头去，她也看到了夏小满。她的目光在夏小满的手臂上停留，一言不发地从她身边经过，到了自己的办公室里。

透过透明的玻璃墙，夏小满看到萧姗正一个人收拾着东西，身影有点萧瑟。她收拾好后，拿着巨大的纸箱往楼下走去，没想到因为东西太多，有几样掉了出来。她吃力地弯下腰，企图把那些东西捡起来，看起来是那么孤独。夏小满觉得自己简直没救了，因为她居然觉得萧姗有点可怜，几乎是条件反射一样，她走到萧姗身边，帮她把相册捡了起来，"主编，你的东西太多，我帮你拿一点吧。"

萧姗看着夏小满，没有点头答应，却也没有拒绝。

夏小满帮萧姗一起拿纸箱，送她下了电梯，一路上大家都没有说话。送到公司大门的时候，萧姗突然问："你的手臂是怎么回事儿？别告诉我是摔跤摔的，我不会信的。"

"被打的。"夏小满一愣后，选择了说实话。

"这样啊。"

萧姗若有所思地点头，没有问她为什么会被人打成这样。她突然凑近夏小满，笑容倨傲，"你不问我为什么辞职吗？我走了，你的日子可会好过很多，你一定很高兴吧。"

夏小满也觉得自己应该高兴，可是看到萧姗狼狈的样子，心里不知道为什么也不太痛快。她没有回答，而是问了在心里隐藏很久的问题："主编，其实我真的很想知道，你到底为什么一直对我那么挑剔？我知道我粗心、情商低、不讨你喜欢，可是报社里这样的人很多，你为什么偏偏看我不顺眼？我到底哪里得罪了你，那么惹你生气？"

萧姗定定地看了夏小满很久，时间长到让夏小满觉得毛骨悚然，而她突然笑了起来。她的笑容，穿过了岁月的痕迹，带了一点莫名的美丽。萧姗看着远方，轻声说："可能是因为，我看到你，就好像看到之前的自己一样吧。还记得刚到报社的时候，我和你一样，没有多少情商，四处得罪人，可是偏偏觉得自己是世界上最伟大的记者，还希望完成最棒的新闻报道……后来时间久了，我才知道这个行业和想象的不一样，变成了现在的圆滑和自保，也知道以前的自己有多可笑。原来以为你已经和我们大家都一样了，可是这半年多来，你又和刚入行一样充满激情……这让我很不舒服。为什么只有你能一如既往，为什么你还会有那么多梦想……你懂我的意思吗？"

萧姗说得很混乱，但是夏小满都听懂了，她涩然地说："主编，我也曾经放弃过……可是我觉得，我们每个人都不能忘记最初的梦想，不是吗？"

萧姗耸肩，"是啊，所以看到这样的你，大家会更不高兴吧……为什么我们都变了，只有你不变？呵，这样的存在真是很讨人厌啊……不过，我从此可以不用看到你了。夏小满，你赢了。"

看到萧姗沧桑的眼神，夏小满突然想起她刚来报社时，萧姗虽然严厉，却认真教导她的场景，不知道为什么眼睛有点发酸。她轻声问："你一定要走吗，主编？"

萧姗笑了，"真是孩子气的话啊……都已经递上辞职报告了，还能怎么样，难道觍着脸回去吗？你别用这样的眼神看着我，我走不是因为你——不，也和你有点关系，因为你突然让我意识到，我该完成环游世界的梦想了。"

"啊？主编……"

"有人在等我，我先走了。"

一辆车停在不远处，那个一脸憨厚的男人不断向萧姗挥手示意，萧姗也对他露出了最灿烂的笑容——这样明媚的微笑，是夏小满从来没有见过的。萧姗往前走了几步，突然又回过头来，"夏小满，听说你和那个教授分手了？"

"啊，是啊。"夏小满不知道萧姗为什么提这个，呆呆地点头。

"如果还喜欢他的话，不要难为自己，你有多少个青春可以错过？还有，这个报社啊……有些事情，你还是不知道为好，明白吗？"

"啊？"

"再见，也许你以后会看到我出一本旅游的书。"

萧姗对夏小满挥手，坐上车子后离开。看着萧姗离去的背影，夏小满满脑子都在想，她最后的话到底是什么意思。她怎么会了解霍知非是什么样的人，又为什么会告诫她报社的事情？她到底想说什么？

还是说，她也知道何之洲的什么秘密吗？

夏小满怎么也想不明白，觉得头越发昏沉了。午休时间很快到了，她拒绝了大家一起吃饭的邀请，抓紧时间赶了今天要写的新闻稿，觉得肚子饿了就随手抓起了上周买的面包填肚子。就在她费力咽下味道有点奇怪的面包时，一只手突然拿过了她手里的面包，声音冰冷，"夏小满，你中午就吃这个？过期的面包？"

夏小满没想到何之洲会突然回办公室来，一时之间真的不知道要怎么面对他。何之洲轻轻叹息，一把抓住了她的手，"起来，别吃这个，我带你去吃点热的东西。"

在何之洲触碰夏小满手掌的瞬间，夏小满浑身颤抖了一下，几乎要把他的手甩开。她知道自己的反应一定会引起何之洲的怀疑，但是她怎么可能控制住内心的恐惧与慌张？何之洲微微皱眉，"小满？"

"对不起，我的手臂刚才疼了一下。"夏小满只好撒谎。

何之洲的目光停留在她的手臂上，似乎想伸出手轻轻抚摸，但是后来控制住了，他淡淡地说："你需要吃点有营养的东西。"

"不用了，我还有稿子要写，现在写不完的话晚上可能要加班。"夏小终于用正常的表情拒绝。

"你不吃东西的话，就算你写好了，我也不会签发，到时候你只能白加班，所以，你确定不和我吃饭吗？"何之洲问。

夏小满郁闷地看着何之洲，悲哀地发现就算萧姗走了，她还是那个被欺负的可怜蛋。和何之洲的正常谈话，让她紧绷的神经终于慢慢放松了一些，她在心里拼命打气，命令自己不能露出太多异样，站起身来，"好吧，社长想吃什么？啊……"

可能因为站起来太快的关系，她的眼前一黑，身体不受控制地往后仰，她心中暗叫不妙，知道她可能要狠狠跌一跤了，没想到被何之洲紧紧搂在了怀里。夏小满下意识地想离开何之洲的怀抱，但是这一次，何之洲并没有放手，他的声音是那样低沉，"你就非要这样折磨自己吗，小满？"

我就是没吃什么东西，有点低血糖罢了。夏小满在心里想着，撇了撇嘴巴。

她正要反驳，突然觉得一只冰冷如玉石的手，放在了她的额头上，温度的差异，让她的身体情不自禁地颤抖了一下。何之洲一直看着她，深邃的目光让她心虚。就在她紧张到极点，生怕何之洲是不是看出什么端倪的时候，她听到何之洲轻不可闻的叹息，"你发烧了。"

什么？我发烧了？

夏小满一脸诧异，没反应过来，而何之洲拉起了她的手，"走，我带你去医院。"

"不去医院。"夏小满下意识地说。

她昨天刚从医院回来，光是听到这两个字都有点毛骨悚然，怎么会愿意再去。可能是生病中的人都比较娇气，夏小满的拒绝也带了一丝撒娇的意味，让她自己都愣住了。何之洲的眸中慢慢浮现出了笑意，温柔地说："好，不去医院。现在，可以走了吗？"

何之洲把夏小满带到了车里，为她系上了安全带。夏小满手脚无力没法拒绝，只能轻声说："社长，我应该是感冒了，吃点药就没事了。"

"嗯。"

"这条路不是回我家的方向，前面要左转。"

"嗯。"

"社长，我说了不是这个方向，你前面掉个头……"

"不是去你家，是去我家。还有，请不要叫我社长。你可以叫我的名字——

何之洲。"

何之洲说着,用冰冷的手握住了夏小满灼热的掌心,夏小满用了一下劲儿,发现怎么也挣脱不开。她的心脏再次剧烈跳动了起来,何之洲的声音却带了一丝笑意,"不能影响驾驶员开车,不然我们明天也许就是新闻头条。你不想的,对吗?"

夏小满没想到,一向待人接物都极其彬彬有礼的何之洲,也有那么强势的一面。她放弃了挣扎,看着何之洲俊美的侧颜,有句话一直在口中回绕,但是到底没有说出口。

也许,何之洲真的喜欢她吧。

所以,请他千万不要和她猜的一样,千万不要……

5

何之洲并不知道夏小满的满腹心事,以为她是因为发烧的关系才会精神不好,把她带到了他的老宅里方便照顾。吴婶看到夏小满病怏怏的样子吓了一跳,急忙为她煎了一服中药,逼着她披上了厚厚的羊毛披肩,夏小满整个人顿时温暖了起来。何之洲拿手感受夏小满额前的温度,轻声问:"想吃什么?"

"我没什么胃口……"

"没胃口也要吃,鱼片粥怎么样?"

何之洲说着,电话突然响了起来,在看到来电人的瞬间皱起了眉头,"抱歉,有个电话……"

"你去忙。"夏小满忙说。

何之洲去门外接电话的瞬间,夏小满猛地从椅子上跳了起来,凑到门口听他在说些什么。她是那么希望能听到一些有用的信息,但因为距离太远的关系,她什么也没听到,倒被吴婶抓了个正着。夏小满吓了一跳,吴婶却笑吟吟地说:"夏小姐,你很关心阿洲哦。"

夏小满被她看得不好意思起来,又不能说出自己的真实目的,只能轻声说:"吴婶,真是不好意思啊,这次来又给你添麻烦了。"

"不麻烦不麻烦!"吴婶目光炯炯,"你以后天天来的话,吴婶才高兴!"

住下来不走,吴婶更高兴!吴婶想着,还是把这句话咽了下去。

"吴婶,这房子是不是有些年头了呀?"夏小满试探地问。

"夏小姐,你真有眼光!这房子是老先生的父亲留下来的,到现在已经50年了。10年前,老先生还把它重新修葺了,花的钱都能再买几套小公寓了呢。"

夏小满笑着附和:"看来老社长很念旧。"

"是啊,老先生真是一个念旧的人,也是一个善心的人,他每年都会给孤儿院、福利院送钱送吃的,还资助了许多重病家庭和大学生。可惜老先生的心脏不太好,不知不觉就去了……哎,我说这个干啥?"

"吴婶,你多说点,我喜欢听。"

见吴婶对老社长何庆魁是那样推崇,夏小满又和她聊了一会儿老社长的事情和何之洲的童年趣事,知道了老社长的遗物都被何之洲收到了书房里,心不由得一动。药煎好后,吴婶把青花瓷小碗放在了桌子上,夏小满没有喝药,而是笑着说:"吴婶,老社长很有风度,何之洲也很帅,可他们还真不是同一类型的。报社的同事们都说他们长得并不像呢,何之洲是长得更像妈妈一些吗?"

吴婶的手轻轻颤抖了一下,要不是夏小满一直观察着她,她都看不到这细微的动作。吴婶的笑容有些勉强,"是吗?夏小姐,这药一会儿就能喝了,可能会有点苦。"

"嗯,谢谢吴婶。我听前辈们说,老社长的小手指不能弯曲,这是遗传吗?"

"小满,你们在聊什么?"

何之洲突然走了进来,夏小满知道不能再问下去了,虽然遗憾却也只能收手。她对何之洲笑笑,吴婶抢先说:"夏小姐在问阿洲你以前的事,吴婶可没说你8岁那年尿床的事情啊。"

"吴婶!"

何之洲尴尬地看着夏小满,夏小满眼前浮现出高冷的何之洲尿床的样子,忍不住偷偷笑了起来。何之洲无奈道:"有那么好笑?"

"阿洲,我厨房里还有点事,我先走了啊。"

吴婶见何之洲来了,急忙识趣地离开,给他们制造独处的机会。夏小满看着何之洲,刚才轻松的笑意逐渐消失不见,取而代之的是沉重的心情。她只要一想起何之洲可能犯下的罪行,简直恨不得当场质问他到底有没有做那件事,可是她不能打草惊蛇。她轻声地叹息,拿起了青花瓷小碗,咕嘟咕嘟把中药喝了个干净。

因为生病的关系,夏小满的嘴巴里没什么味道,但难喝的中药还是让她皱了眉头，一直苦到了心里。如果霍知非在这里，她也许早就撒娇让霍知非喂她吃好吃的，但是她现在只能默默忍受，企图把苦涩忘记。何之洲站起身，走到一边的桌子前，"小满，这药很苦，要不要吃点梅子？"

"社长，不用那么麻烦。"

夏小满呵呵笑着，何之洲的手一顿，默默把梅子重新放回了抽屉。他神色如常地走到了夏小满身边，摸摸她的额头，"热度好像退了一点。厨房准备了鱼片粥，过一会儿就会送过来。"

"谢谢社长。"

"我不想再听到'社长'，也不想听到'谢谢'。我说过，你可以喊我的名字。"

何之洲近乎强势地对夏小满提出了他的要求，夏小满紧紧抿着嘴唇，然后慢慢点头。她是那么想把何之洲支走，试探地问："何之洲，我不太想喝鱼片粥，想喝街角那家的皮蛋瘦肉粥，你能不能帮我去买？太麻烦的话就算了。"

夏小满一边撒娇，一边在心里恶寒，暗想她为了把他骗出去真是连脸都不要了！何之洲有些诧异，然后露出了笑容，"当然可以，不会麻烦。等我，小满。"

他轻快的脚步带着喜悦，甚至没有吩咐司机，自己开车离开了老宅。夏小满没想到她的目的轻易达成了，高兴之余又满是说不清道不明的伤感。她摇摇头不再想下去，急忙冲到何之洲的书房，看看能不能找到一些有用的线索。

何之洲的书房里并没有太多的书籍，陈设也很简单，就好像他这个人一样低调又古朴，只在不经意间彰显不俗的品位。夏小满企图在书架里找到老社长的有关资料，但是除了书籍、书信和一些装饰品外，什么也没有找到。她打开了何之洲的抽屉，发现了一些文件和一本素描本。她打开素描本一看，发现第一页就是老社长微笑的样子，她的手指轻轻摩挲老社长的面颊，继续往后翻，看到的是提琴、花瓶等静物，还有一些风景画，然后，她的画像突如其来地出现，强势地映入了她的眼帘。

画中的她，穿着黑色的职业装，正端着一托盘的咖啡微笑。她的眼睛看起来清澈又明亮，嘴角勾起了愉悦的弧度，他甚至把她手上的手链都画得栩栩如生。她真的没想到，她会在何之洲的画册里出现，这是不是意味着……他比她想象中的还要更喜欢她一点？何之洲，他到底让她怎么办才好？

夏小满心乱如麻地继续往后翻，发现后面的画根本没几页，看起来也漫不经心得多，最后一幅画画的是小鸭玩偶，真没想到何之洲还会有这样的童心，她忍不住会心一笑。没有找到任何和何庆魁、尤丽瑛有关的东西，却总觉得这个小鸭子似乎在哪里见过，她正在仔细回想，突然听到了脚步声。她知道，她耽误了太多的时间，何之洲已经回来了，而她现在根本不可能夺门而出……

他，会发现她真正的目的吗？夏小满想着，身体因为紧张和恐惧而颤抖了起来。

当何之洲推开书房门的时候，看到了夏小满正在里面。他还来不及说什么，只见夏小满朝着他走了过来，双手环住了他的腰，她指着素描本上的自己，轻声说："何之洲，你……真的喜欢我？"

何之洲不知道是该为夏小满私自动了他的东西而生气，还是为夏小满终于明白了他的心意而高兴，一时之间怔住了。那么近距离的肌肤接触，夏小满身上的淡淡香气，侵蚀着他的理智，他把素描本丢在了地上，突然亲吻了她。

冰冷的手心和绯红的面颊，形成最鲜明的对比，夏小满从没想到何之洲居然会有这样疯狂的一面。她瞪大眼睛看着何之洲，觉得他身上的气息带了危险的味道。可能是感觉到她的呼吸越来越艰难，何之洲的唇终于离开了夏小满的嘴唇，轻轻落在她的额头，"是，我很喜欢你，比我想象中的还要喜欢你。小满，彻底忘记他，和我在一起，好不好？"

"社长……"

何之洲的手指抵在夏小满的嘴唇上，"叫我的名字，何之洲。我想，你对我也不是全无感觉，对吗？"

看着何之洲坚定的眼神，夏小满只觉得所有拒绝的话都说不出口了。何之洲的温柔简直让她沉沦，而她更清楚地知道，想查明尤娜事情真相的话，这是最好的机会。

是的，她怀疑何之洲和尤娜的死有关系。

如果何庆魁和尤阿姨的关系，正如那张照片上那么亲密的话，尤娜就有可能是何庆魁的女儿。当一个突如其来的"妹妹"闯入了他的生活，想要分走他的关爱和财产的时候，何之洲真的会保持淡然和冷静吗？

更何况，他和社长长得那么不相似……

如果，只是如果，何之洲知道了这个消息，派人把尤娜推进了河里……只要，那么轻轻一推……

"好。"夏小满听到自己这样说。

夏小满从没想到，语言有着那么大的魔力，她的一句话会让何之洲一贯冷漠的面容上出现那么大的欣喜。他苍白的面颊上染上了玫瑰色的红晕，极力让自己冷静，"知道了。下个月，我们一起去挪威参加会议。现在，你好好休息。"

何之洲说着，神情自若地走了出去，没想到一下子撞到了桌子上，他淡然地说了声"抱歉"后，又撞到了门框上，脸上终于露出了尴尬的神色。看到他几乎是仓皇离去的身影，夏小满摸摸滚烫的面颊，忍不住笑了起来。

她推开房间的门，看到何之洲正在不远处和吴婶说着什么。吴婶年纪大了，说话的声音很大，耳朵又听不大清，何之洲微微侧身仔细聆听，表情没有丝毫的不耐烦。她闭上眼睛，眼前浮现的都是何之洲的温柔与淡雅，他年少时拿着提琴，独自一人在教室里演奏的样子也好像就在眼前一样。

所以，你千万不要是害死尤娜的凶手啊，何之洲。

夏小满想着，沸腾的血液突然变得冰冷了起来。

第 14 个梦想：你是我生命中的那道光

1

自从夏小满答应尝试和何之洲交往后，何之洲的追求越发猛烈。他每天都接送夏小满上下班，更是经常去夏小满家的面馆报到。他知识渊博，和夏大锤从上下五千年谈到了中年男人该如何保养身体，让夏大锤瞬间把霍知非抛到了脑后。夏大锤曾悄悄告诉夏小满，何之洲才是做丈夫的最好人选，夏小满对此也只能苦笑一声，从来没有回答。

当何之洲在报社宣布，他要和夏小满一起去挪威参加会议的时候，没有人露出诧异的神色来。大家都好像很自然地接受了夏小满的飞黄腾达，倒是夏小满不知道为什么有点儿心虚。现在的她早就不需要给大家泡茶了，当她想给自己泡杯咖啡的时候，居然有几只手同时伸了过来，夏小满吓了一跳，有人殷勤地说："小满姐，您怎么还亲自动手啊，要喝什么告诉我就好了啊。"

"是啊，你快回位子上吧，有我们啊。"

大家硬生生把夏小满推回了座位，一杯热气腾腾的咖啡也放在了她的桌子上。夏小满真的没想到，她有生之年居然还有脱离"泡咖啡小妹"的那天，一时之间简直感动到想落泪。她刚喝了一口咖啡，一只手就拿过了她手里的杯子。何之洲淡淡地说："喝咖啡对胃不好，你该喝点柠檬水。"

虽然何之洲的语气是那么平静，但是他们的奸情简直是呼之欲出，所有人都露出了"果然如此"的眼神来。大家的眼神让夏小满有点儿不习惯，可是她想起自己的决心，深吸一口气说："谢谢……何之洲。"

当听到夏小满叫自己名字的时候，何之洲的眉头轻轻挑起，他觉得心似乎被最温柔的春风拂过，身体的每一寸肌肤都好像浸泡在最温暖的水里，柔软异常。他的脸色控制不住地泛红，声音依旧是淡淡的，"下班后，一起去看电影？"

"好啊。"

"下班见。"

何之洲故作淡然地往前走，没想到一下子撞到了一边的招财树上，发出了巨大的响声。他眼神犀利地看着四周，见每个人都把笑声憋在了肚子里，这才故作镇定地离开。他走后，夏小满想起了那天在他家里发生的类似事情，忍不住扑哧一笑，然后整个办公室都笑了起来。

"夏姐啊，你以后可要和社长说说，叫他别一天到晚那么像冰山啦，你看他刚才多可爱。"

"你们什么时候结婚啊？还缺伴娘吗？"

"别闹。"面对同事的调侃，夏小满无奈地说。

"哟哟哟，脸红了！夏姐，你结婚千万要喊上我啊！"

夏小满想，她的演技真是越发进步了，除了周围的同事和亲朋好友都认为她和何之洲在交往之外，连她自己都快觉得，她正和何之洲谈着一场轰轰烈烈的恋爱。她一方面接近何之洲，另一方面抓紧时间调查何庆魁、何之洲和尤娜之间的关系，发现何庆魁和尤阿姨曾经在一个文工团共事过。

所以说，他们确实认识，尤娜也有可能是何庆魁的女儿吗？

可是，现在他们两个人都已经离开人世了，唯一知道真相的只有……

夏小满终于鼓足了勇气，决定亲口去问当事人尤阿姨。她趁着周末和陈江一起到了安镇，轻轻敲尤阿姨家的大门。尤阿姨没想到她还会来，冷漠地问："夏小姐，你来这里又有什么事吗？"

夏小满一看到尤阿姨就觉得畏惧，可是她这一次必须勇敢面对。她和尤阿姨寒暄了几句，虽然没得到任何回应，还是轻轻咬着嘴唇问："尤阿姨，你是不是认识一个叫何庆魁的男人？"

尤阿姨面部肌肉微微抽搐了一下，沙哑地说："不认识。"

夏小满不死心，"他是我们报社的老社长，曾经和你一起在文工团工作，你真的不认识吗？"

"文工团有那么多人，我怎么可能每个人都认识？"尤阿姨冷笑。

夏小满虽然做好了尤阿姨会矢口否认的准备，但心还是沉了下来。她轻轻叹气，只能摆出了证据，"我曾经见过，你和老社长在一起的合影。尤阿姨，你们是认识的，对吗？"

夏小满讲得含糊，但是尤阿姨的眸色中满是愤，她的身体不知道是因为气愤还是恐惧而颤抖，她目光犀利地看着夏小满，最后猛地站起身，"出去吧，我不欢迎你们，你们快滚！"

她说着，就要关门。陈江嬉皮笑脸地想继续留下来，夏小满却用力推门，大声地说："尤阿姨，我很理解你的心情，可是你的秘密可能和尤娜的死有关系！我发现了你们的照片，然后被不明人士攻击，如果不是保安及时赶到我可能就死了！有人不想让我知道这个真相，你该明白这里面会有什么样的阴谋！如果尤娜的死不是意外而是有人想杀她呢？你真的要因为一己私利，放过杀死尤娜的凶手吗？"

尤阿姨的脸色在瞬间变得苍白，陈江也诧异地看着夏小满。夏小满说着说着，眼中已经满是泪水，"尤阿姨，对不起……我知道我是罪人，无论如何都没办法赎罪，但这一次请你相信我。尤娜她有个梦想，就是成为爸爸的骄傲，我真的很想帮她……求求你。"

夏小满说着，缓缓下跪，陈江急忙去扶她，"小满姐，你做什么啊，有话好好说啊。"

"尤阿姨，请你告诉我，尤娜是不是老社长的亲生女儿？"夏小满执着地想知道答案。

尤阿姨没有回答，而是猛地关上了房门。

现在已经是深秋了，夜晚的风是那么冰冷，夏小满站在外面冻得瑟瑟发抖。有好几次，陈江都想给她披上一件衣服，但是夏小满坚决拒绝。陈江披着大衣陪她一起等，打着哆嗦说："小满姐，今天晚上好冷啊，我去给你买点热的东西。"

"不用。"

"你看你冻得脸都白了，你这样会感冒的！"

"是啊。"

我最多只是感冒，可是尤娜已经死了。比起死亡来，我现在算什么？尤娜，你在河里的时候，肯定比现在还要冷吧。夏小满悲伤地想着。

陈江终于放弃劝说她，脸色难得的严肃，"小满姐，你说尤娜姐的死不是意外，这是真的吗？"

"我也不知道，只是一个猜测。"

"那你……"

"现在，只有等她告诉我真相了。"夏小满看着那扇紧闭的房门。

她在门口执着地站着，感受着寒风侵入骨髓的感觉，但是她觉得这一切都是她应该承受的。其实，她也不知道，如果何之洲真的和尤娜的死有什么关系的话，她到底会怎么做。现在，她只是想尽自己最大的努力，帮尤娜实现那个成为爸爸骄傲的梦想。

夏小满从傍晚一直站到了第二天黎明，身体寒冷到麻木，门终于开了。夏小满抬起头，看着逆着光的尤阿姨，眼睛一阵刺痛。她的呼吸急促了起来，听到尤阿姨疲惫地开口："进来吧，你一个人。"

2

夏小满走进了尤阿姨家，发现尤阿姨的家里烟雾缭绕，地上满是烟蒂，她忍不住咳嗽了起来。尤阿姨点上了香烟，声音是那么沙哑，"夏小姐，我们就不要客套了。你是怎么知道我和何庆魁之间的关系的？就因为看到了那张照片？"

夏小满摇头，"其实，要更早些。有一次去学校采访，我听有个学生说起遗传基因的知识，突然想起了尤娜和老社长的小拇指都不能弯曲。当时我只是觉得这件事很巧，等看到你和老社长的照片，才觉得她可能真的是……老社长的女儿。尤阿姨，是这样吗？"

尤阿姨没有正面回答，狠狠吸了一口烟，"呵，那张在仓库里的照片是你拿走的？"

"不是，我后来在别的地方发现了它，也有人不惜一切代价都要找到它。尤阿姨，尤娜和老社长是不是父女关系？"

"是。"

夏小满终于从尤阿姨这里得到了答案，只觉得手脚冰凉。她所有的话都噎在了嗓子里，尤阿姨的笑容是那么淡，"你不说，我真的都要忘记那个人了……想知道我们的故事吗？"

这一次，尤阿姨没有等她回答，慢慢向夏小满讲述了她和何庆魁的故事。

这是一个很老套的故事。尤丽瑛和何庆魁的父母都是知识分子，他们从小就是邻居，一起游戏一起上学，更是一起在街头偷偷亲吻。双方父母对此乐见其成，商量好等他们大学毕业后就结婚。可是，他们都没想到，在那一年发生了巨变。

一夜之间,曾经的知识分子成了造反派,他们唯一能为子女做的,就是在事情不可收拾之前,把他们送入了文工团。相似的命运,让两颗年轻的心紧紧靠在了一起,他们相互扶持、相互依靠,甚至在激情下有了一个小生命。尤丽瑛准备告诉何庆魁这个惊喜,何庆魁却在她开口之前坦白,他为了自己的前途,已经决定和另外一个女人在一起。他告诉她,他不爱那个女人,可是她能解决他的工作,甚至可以帮他救出他的父母。

高傲的尤丽瑛受不了这个侮辱,发誓和何庆魁再也不见,匆忙回到乡下嫁给了一个裁缝,可是因为身体已经不清白,受到了非人的侮辱。7年后,当何庆魁重新找到尤丽瑛的时候,他才发现他们居然有一个女儿。他想和妻子离婚,接回尤丽瑛和女儿,可是尤丽瑛拒绝了。

"你以为我是什么,你呼之即来,挥之即去的吗?"尤丽瑛这样冷漠地对他说。

何庆魁没能接走尤丽瑛,曾经努力想把尤娜带回家,但是也没有成功,后来,他终于放弃了,不再打扰她们。他没想到,尤丽瑛在这个小镇上逐渐被磨平了棱角,尤丽瑛也没想到,她再也见不到他了……

夏小满听完了这个故事,不知不觉中泪流满面。尤阿姨的骄傲,老社长的绝情和悔恨,他们明明相爱却不能在一起的痛楚,好像就在她的眼前一样。她觉得她似乎也是其中的参与者,明知道是悲剧却无法抽身。夏小满擦干泪水,轻轻咬着嘴唇,"尤阿姨,既然尤娜是老社长的女儿,你觉得她的死会不会是因为有人知道了他们的关系?她死之前手机到底为什么会不见了?"

夏小满心中的疑问越来越多,而尤阿姨疲惫地说:"夏小姐,我谢谢你为尤娜做的一切。但是,她已经去世了,这些事情就让它随风而去吧。"

"可是……"

"如果按照你所说,尤娜真的是被人害死的,我想何庆魁的儿子何之洲的嫌疑最大吧。我没记错的话,你们似乎关系很好。如果真的是他做的,你准备怎么做?"

"我……"

尤阿姨的犀利,让夏小满脑中一片空白,一句话也说不出来。尤阿姨的眼神是那么悲凉,"夏小姐,尤娜是意外去世的,这件事警方都有了定论,请你不要再瞎想,也不要再打扰我的生活。夏小姐,我曾经怨恨你,我很抱歉,也谢谢你为尤娜做的一切。我最近才发现，原来宽恕有着比仇恨更强大的力量……我真的不恨你了，感谢你来看我，也谢谢你的礼物。我想，尤娜的爸爸一定会为了她骄傲，因为她是那么讨人喜欢的孩子……夏小姐，我希望你以后也快乐一些。"

夏小满不记得是怎么从尤阿姨的住所离开，直到坐上了回城的大巴，满脑子还是乱哄哄的。她确实证实了自己的猜想，找到了尤娜的亲生父亲，但是那又怎么样？她不是警察，她查不出尤娜死亡的真相，如果何之洲真是尤娜死亡事件的关键人物的话……

尤娜，你能不能告诉我，你到底是不是被人害死的？害死你的人到底是谁？

尤娜……夏小满眼前浮现出闺蜜甜甜的微笑，突然那么想她。

到了S市后，夏小满和陈江告别，独自坐车去了公墓。她上次来这里的时候还是炎热的夏天，现在却已经是深秋了。萧瑟的叶子落在了尤娜的墓碑上，她伸手把落叶拂去，轻声说："尤娜，我来看你了。"

在尤娜的墓碑前，夏小满絮絮叨叨地告诉了她最近发生了什么新闻，有哪些娱乐八卦，她喜欢的甜食有没有出新口味。后来，她终于苦笑着说："尤娜，我找到了你的爸爸，可是好像让尤阿姨更难过了，你说我是不是做错了？尤阿姨说过，当初你爸爸想把你抱走，可是为了你妈妈还是放弃了——我想他应该很爱你们，你一定会是他的骄傲。尤娜，尤阿姨让我放弃，你说我到底该怎么做？是真相重要，还是现在的幸福和安稳更重要一些？"

墓碑上，尤娜的笑容是那样明媚，但夏小满的心简直沉得喘不过气来。她的直觉告诉她，何之洲和这件事有着千丝万缕的联系，可是她现在要怎么做？是把这个几乎没有任何证据的猜测告诉警察，还是在何之洲身边找到疑点，又或者不再追查下去？

尤娜，如果是你，你会怎么办？

"我的梦想，是做一个为了正义发声的记者啊！"

她的眼前，突然浮现出尤娜有些泛红的面颊来。那天发生的一切突然那么清晰，她甚至能看到温暖的阳光，闻到青草的香味。尤娜的愿望是为了正义而发声，不管结局怎么样，她求的只是一个真相！她怎么可能不完成她这个梦想？

即使，她只有一个人，而对手可能是何之洲……

当夏小满在墓地陪伴尤娜的时候,手机突然响了。夏小满此时才发现,她去安镇关机期间何之洲打了几十个电话来,心里说不清到底是什么滋味。她深吸一口气,接通了电话,"喂?"

电话那头,何之洲的声音是那样焦急,"小满,为什么一晚上没接电话还关机了?你出什么事了?"

夏小满听出了他的担心,但是她只能硬着头皮撒谎,"我跟张莹看了一晚上的电影,没想到手机没电还睡着了。对不起啊,何之洲。"

何之洲一怔,语气逐渐平静,"没关系,你没事就好。小满,你现在在哪里,我来接你。"

夏小满继续编着谎言,"我还在张莹家,不用你来接啦,我一会儿自己回去。"

"小满,下周就要出发去挪威了,东西都准备好了吗?有什么缺的?"

"准备好了,没什么缺的。"

"我现在开个会,晚上一起吃饭?"

"好啊。张莹在叫我了,我先挂了啊。"

夏小满说着,如释重负地挂了电话,而何之洲看着不远处的罗燕平和张莹,紧紧握拳。他苦涩地勾了勾嘴角,"小满……"

3

夏小满知道,现在距离她和何之洲去挪威的日子越来越近,她该做的事情是准备好行李,挑选得体的礼服,但是她的心思根本不在这上面,几乎每一分每一秒,她都在思考尤娜的事情。

她无法判断何之洲和尤娜的死到底有什么关系,但无论事情的真相是什么,尤娜那只丢掉的手机会是她死因的关键证据——到底要怎么样才能找到那只手机?假设,只是假设,这件事真的是何之洲做的——他既然没有把手机销毁,那么一定把手机藏了起来。他会把手机藏在办公室的保险箱,还是会藏在家里的某个角落,又或者是干脆藏在一个不为人知的地方?到底会在哪里?

夏小满想起,她在暗恋何之洲的时候曾经搜集他的一切资料,更了解了他的许多怪癖,比如说,他对电子产品一点儿都不感兴趣;比如说,他喜欢洗澡的时候唱歌;比如说,他喜欢把珍贵的东西放在身边,曾经随身携带他的小提琴……

如果，他到现在都没有变的话，他很可能把手机带在了身边。那么，会在哪里？到底怎样才能找到？

出发的日子终于到来，何之洲在机场问她有没有准备御寒的衣服，夏小满这才猛然发现她光顾着胡思乱想，连围巾都忘记准备。何之洲轻轻叹气，"幸好发现得早，去挪威再买会很不方便，现在距离飞机起飞还有一段时间，我们去那边看看吧。"

何之洲带夏小满去了一个奢侈品专柜，很认真地为她挑选围巾。何之洲的儒雅和细心，让售货员都用羡慕的眼神看着夏小满，但是夏小满显然有些心不在焉。当何之洲把围巾围在夏小满脖子上的时候，他微凉的手让夏小满的身体微微颤抖了一下。何之洲满意地点头，"这颜色很适合你。"

何之洲为夏小满选的是驼色经典款围巾，柔和的颜色和细腻的质感让夏小满觉得整个人都温暖了起来。她接受了何之洲的好意，犹豫了一下，终于看似漫不经心地说："这颜色让我想起了安镇的麦子，我真是很久没有去那里了。何之洲，大兴集团的项目搁浅，不知道村民们现在过得怎么样，还恨我吗？"

何之洲淡淡地说："他们怎么想都不重要，你无愧于心就好。"

夏小满没有得到想要的答案，不甘心地继续问："何之洲，你以前有没有去过安镇？你喜欢那里吗？"

"去过一次。"何之洲简短地说。

"你去那里干什么？是采访吗？"

夏小满极力让自己装得天真无邪，但何之洲的目光还是凝聚在她的身上，这让夏小满心中一凛。她是那么担心被何之洲看出端倪，只好僵硬地整理一下头发，"何之洲，怎么了？你干吗那么看着我？"

她说着，想把围巾解下来，可是围巾的吊牌缠到了头发上，她越紧张就缠得越紧，她简直恨不得把头发揪断，何之洲握住了她的手，"别动。"

何之洲伸出手，动作轻柔地帮夏小满把吊牌解了下来。他的手指滑过夏小满的肌肤，带来阵阵战栗，夏小满似乎听到了自己心跳的声音。他把围巾递给了售货员，拍拍夏小满的脑袋，"傻瓜。"

何之洲的宠溺让夏小满面颊绯红，也让她忍不住想，如果这件事到头来和何之洲没关系的话，她到底要怎么为这段感情收场。她勉强对何之洲笑笑，失魂落魄地坐上了飞机。当她听到何之洲叫自己名字的时候，发现何之洲已经叫了她好几遍,她急忙露出笑脸,"何之洲,有什么事吗?"

"没什么,我只是问你待会儿想吃什么。小满,你最近一直心事重重的,你在想什么?"

看到何之洲的眸色中带了疑虑,夏小满忙说:"没想什么,就是最近有点累。何之洲,你觉得我们可以看到极光吗?"

看到夏小满期待的眼神,何之洲露出了微笑,"会议所选的宾馆,本来就是看极光的最佳位置,再加上现在正好是在极光的季节里,我想应该可以看到。怎么,这是那个女孩的愿望吗?"

何之洲谈起尤娜的表情,就好像在谈起一个陌生人一样,让夏小满又忍不住猜测自己有没有冤枉他。她轻轻点头,"是啊,是尤娜的愿望,不过这也是我的愿望。"

"怎么说?"何之洲问。

"还记得上初中的时候,地理课上学了极昼极夜,我就好想知道极光会有多么美。当时我和大家说,一定要亲眼看到,可是他们都笑话我异想天开。如果不是看到尤娜的梦想清单的话,有许多儿时的梦想我都不记得了吧。"

"我想,你这次一定可以如愿。"何之洲温柔地说,握住了夏小满的手。

当夏小满结束了10小时的飞行,疲惫地躺在宾馆的床上时,还是有点不敢相信,她居然真的到了地球的另一端——挪威,距离她少女时期的梦想也只有一步之遥。何之洲打电话邀请她一起用餐,她随手披上羊毛披肩就下了楼。奢华典雅的餐厅里,何之洲示意服务生为夏小满送上了菜粥,"小满,我看你在飞机上都没吃什么东西,一定饿了吧。你的胃不好,我给你点了一碗粥,在吃牛排之前先喝一点比较好。"

夏小满知道,这粥在中国随处可见,但是要想在挪威吃到却不太容易,由衷感谢起何之洲的温柔体贴来。温热的粥让她的胃舒服了很多,她轻声说:"何之洲,谢谢你。"

何之洲微微一笑,"紧张吗?"

夏小满苦着脸说:"你非要提起明天的颁奖典礼吗?我不紧张,反正我也不可能得奖……"

何之洲喝了一口红酒,语气平稳地为她分析道:"入选的人一共有50名,你有十分之一的得奖概率,希望并不算小。而且,这一次候选人以欧美地区为主,亚洲一共只有5个人,我想主办方肯定会考虑到这个问题,所以你得奖的概率很可能是五分之一。亚洲其他候选人的新闻我看了，并没有你所写的肇事案的新闻有话题性与争议性，这样看来……"

"这样看来，我越来越有希望得奖了。"夏小满恬不知耻地说。

夏小满的玩笑，让何之洲的眼睛弯出了好看的弧度，"不管你能不能获奖，在你这个年纪可以入围已经是绝无仅有，这会是你职业生涯里的一大里程碑。小满，我想你终于是一个优秀的记者了，我先敬你。"

"谢谢。"

夏小满和何之洲的水晶杯碰撞后发出了清脆的声音，她的面颊在灯光下显得有些绯红，眼睛更是亮得惊人。何之洲从座位上拿出了一个大盒子，示意夏小满打开。夏小满打开一看，发现里面是嫩黄色的中式旗袍和配套的首饰，一看就价格不菲，忍不住倒吸了一口凉气。她的手指不自觉地抚摸旗袍上精致的牡丹刺绣，目光炯炯地看着何之洲，只听何之洲貌似漫不经心地说："前段时间找了设计师，根据你的尺寸设计了这套礼服，不知道你是不是喜欢？"

"喜欢。"夏小满咽咽口水，轻声说。

光是想象，她都能预料到她在这样寒冷的天气，穿上属于春天的颜色会有多惊艳，又有多吸引这些欧洲老外的眼球。她真心实意地向何之洲道谢，何之洲带了一丝笑意，"喜欢就好。据说这几天会有极光出现，到时候我们可以一起去看。小满，你高兴吗？"

何之洲看起来是那么期待，夏小满急忙做出兴高采烈的样子，"当然高兴，我真的没想到会来挪威，而且可能看到极光。何之洲，谢谢你，没有你的鼓励，我不会有今天，也看不到生命中最美的那道光。"

夏小满说着，只觉得苦涩逐渐弥漫了心头，她猛地喝了一大口红酒，带了一点儿慵懒的醉意，笑嘻嘻地看着他，"何之洲，我以前真的想不到，会有一天能和你在一张桌子上吃饭。你知道吗，你以前真是大众情人，全校性取向正常的女生都暗恋你。"

"是吗？也包括你吗？"何之洲淡淡笑着。

夏小满拼命点头，"是啊是啊，大家一起暗恋你，谁也不会吃醋妒忌，简直就好像亲姐妹一样……哈哈，现在想起来还真是挺有意思的，这也是我们青春最美好的回忆。"

"如果早知道会爱上你，我也许不会错过那么多的时间。"

清冷的男人，用最清冷的语气说出的情话仿佛具有最神奇的魔力，因为夏小满觉得她的心也好像喝了红酒一样，变得温暖又沉醉了起来。借着酒意，她好奇地托着脑袋，"何之洲，我们认识那么久你都没喜欢我，你为什么会突然爱上我？"

何之洲一顿，然后缓缓地说："是啊，是什么时候爱上你的？是从看到你在店里吃辣椒的时候，还是你举办演唱会却唱得五音不全的时候？又或者，你在安镇，面对危险也不肯离开的时候……小满，我从来没有见过，有哪个女孩像你这样坚强。"

何之洲看她的眼神是那么温柔，而夏小满的思绪已经飞到了远方。她透过何之洲，看到的是那个永远优雅暴虐，也总是惹她生气的霍知非的身影，她发现她对他的思念简直就快无法控制了。

霍知非，我们已经那么久没见了，你最近在忙什么？你应该在准备和安紫陌的婚礼了吧,我又有什么资格想起你……霍知非,你真的一点都不想我吗？难道我们曾经的爱情，你就那么容易放弃了吗？

"小满？"

何之洲的声音让夏小满回到了现实，她很不好意思地发现她居然又走神了。她在心里暗暗告诉自己，今天也许会是她接近何之洲、检查他行李箱的最好时机。她拼命打气，尽量让眼神显得娇媚多情，"何之洲，如果我们真的在一起了，我想那帮女生们都会杀了我。到时候，你怕不怕？"

"小满，我怎么会怕。"

何之洲握住了夏小满的手，冰冷的温度让她有点想退缩，但她偏偏用力地反握住了何之洲的手掌，她轻轻说："你的手好冷……你一直很冷啊，何之洲。"

"是，但是现在不冷了。"

就在夏小满和何之洲相互对视，气氛要多暧昧就有多暧昧的时候，大厅里突然传来一声巨响，原来是屋顶上的水晶灯掉在了地上，溅成了一地的残渣。客人们都尖叫了起来，服务生一边道歉一边去查看到底出了什么事，夏小满也觉得心怦怦直跳，她喃喃自语："高级餐厅还会有这事儿？"

何之洲没有心情再吃下去，拉起夏小满的手，"小满，我们回去吧。"

"好。"夏小满心有余悸地说。

夏小满和何之洲一起进了电梯，突然感觉似乎有人在看着她，那目光让她觉得好像被蛇缠绕了一样冰冷刺骨，她忍不住打了个哆嗦，猛地回头，可是什么都没有看到。

"小满，怎么了？"何之洲低下头问。

"没什么……何之洲，我还不想睡，去你的房间里喝茶好不好？"

夏小满发誓，她只是想借机去何之洲的房间看看，但是她的脸颊不知道为什么开始泛红。她莫名其妙的尴尬，让何之洲的脸色也变得奇怪了起来，他深吸一口气，"你确定？"

"啊？"夏小满愣住了。

"那就走吧。"何之洲拉起她的手，帮她下了决定。

4

主办方为何之洲准备的房间在酒店最高层，可以看到整个"北极之门"特伦姆瑟的夜景。这个安静的城市，因为到了极光的季节变得热闹非凡，到处都是彩灯与歌声，就算夏小满和他们距离那么远，似乎也能看到他们脸上的笑靥。他们的欢乐，让她的心情不知不觉中变得好了起来。她趁着何之洲转身的瞬间，飞快地吃了一颗解酒药，这样可以让她保持足够的理智。何之洲没有发现她的小心机，把新泡的红茶递给了夏小满，在她对面坐下，"小满，你的脸很红，是不是今天喝多了？"

夏小满喝了一口茶，舒服地眯起了眼睛，"哪有喝多，我就是很久没喝酒，特别高兴罢了。何之洲，你的房间真大、真好，比我的房间景色好多了。"

"那你想在这里住下吗？"

何之洲饶有意味地看着夏小满，发现她的脸色果然越来越红，他只是玩笑一句罢了，可是她脸颊的颜色似乎让空气都变得炽热了起来。何之洲掩饰性地咳嗽一声，脱下大衣挂在了衣架上，然后被人从后面抱住了腰。夏小满的身体紧紧贴着他，好像带着某种魔力，激起他体内所有的欲望，带着他一起沉沦。他猛地回过身，听到夏小满说："何之洲，你先去洗澡……好吗？"

"小满……"何之洲沙哑地叫着她的名字。

夏小满羞怯地不敢看何之洲，让何之洲觉得他如果不抓住这个机会，简直愧为男人。他没有改变自己目前性别的意愿，所以他拿起了换洗的衣服，快步去了浴室。当浴室里传来淅淅沥沥的水声时，夏小满一改刚才的迷离，动作迅速地翻起了何之洲的行李箱。

剃须刀、内衣内裤、书籍……她翻遍了他箱子的每一个角落，但是什么都没有找到。她坐在床上，有点庆幸地想，也许何之洲并不是她想的那样，然后她把目光投到了何之洲放在床头的手机上。

报社的同事都曾经偷偷议论过何之洲实在有够古怪，一只手机用了很久都不换，但夏小满知道他只是太过恋旧罢了。尤娜也是一个恋旧的人，许多东西都舍不得丢，手机更是摔了几次依然继续用下去。现在想来，尤娜和何之洲用的都是当时风靡一时的同款手机，这样的缘分也真是说不清道不明。

不知道，何之洲的手机里是不是会有什么秘密？

夏小满悄悄拿起了何之洲的手机，发现他的手机和他这个人一样简单干净。他的通话记录和短信都和工作有关，除了微信外没有其他社交工具。她点开微信，惊讶地发现何之洲的微信里居然只有一个群，也只有一个好友。当看到自己熟悉的头像时，夏小满的心里真的说不出是什么滋味。

何之洲……她想，也许何之洲比她所想象得还要爱她一些，她却骗了他的感情，还在怀疑他的清白。

夏小满轻轻叹气，准备把何之洲的手机放回原处，却突然在他的手机上发现了一道细细的痕迹。这样的摔痕很多手机上都有，尤娜的手机上也有，但是他们连这个都一样是不是太巧了？真的会有这么巧的事情吗？

夏小满只觉得心脏剧烈跳动了起来，把手机放在灯光下看，在屏幕上看到了一个不起眼的"X"。她的手剧烈颤抖了起来，猛地闭上了眼睛，眼前浮现了那一天和尤娜喝酒的每一个细节，包括小吃店桌子上那可爱的鸭子摆设……

呵，何之洲，你要怎么解释你的画册里画着小吃店的摆设，又要怎么解释尤娜的手机在你手里？换了壳子、换了颜色，有谁会想到那么关键的证据就堂而皇之地摆在我的眼前？何之洲，你真的和尤娜的死有关系！你，你真的杀了她……

夏小满的手颤抖到握不住手机，手机掉在了柔软的地毯上，当她想捡起来的时候，何之洲已经裹着浴巾出了门。他的身上带着沐浴露的清香，额前的碎发还在滴水，他皱着眉看着夏小满，"小满，你怎么了？"

夏小满看不到自己的脸色，但是她知道自己现在的表情一定很难看。何之洲的手触碰到她的面颊，她的身体情不自禁地往后缩了一下，何之洲的手顿住了，声音也低沉了下来，"出什么事了？"

冷静，冷静，一定要冷静！夏小满，如果被他看出了端倪，你就无法收场了！尤娜，给我力量，尤娜……

"何之洲，我发现我好像喜欢上你了。"夏小满说。

何之洲一愣，眼睛突然变得和星辰一样闪亮，一把把她搂到了怀里。他的身上是沐浴后清新的味道，手指轻轻划过夏小满的面颊，然后吻了下去。他的吻在疯狂中带着喜悦，灼热到要燃烧她的灵魂。他用尽力气，把她环在怀抱里，"小满，我爱你。"

夏小满只觉得心猛地一颤，浓郁的悲伤让她几乎不能自已，她轻轻咬着嘴唇，"何之洲，对不起，我今天心情不好，原来是想和你……可是我想，我这样太不尊重你了。"

何之洲抚摸夏小满长发的手一顿，低声说："没关系。不管你的心里还有谁，你能在我身边，那就好。"

"何之洲……"

"小满，你肯定会忘记他。你会知道，没有人比我更适合你。"

何之洲的眼中，是夏小满从未见过的认真和势在必得。她强忍住慌乱，主动亲吻了一下何之洲的嘴唇。这个浅尝辄止的吻，把何之洲整个人都点亮了，他的呼吸急促了起来，可她轻声说："所以……慢慢来，好吗？"

"好。"何之洲说。

当夏小满离开何之洲房间的时候，她简直连路都不知道该怎么走了。她跟跟跄跄地回到房中，瘫坐在地毯上，开了一瓶红酒，眼前浮现的一直是何之洲的手机，那个普通的、已经被淘汰的手机是那样不起眼，可是那个记号……

夏小满怎么会忘记，她曾经有一次不小心把尤娜的手机掉在了地上，留下了一道痕迹。夏小满当时心虚到不行，尤娜却笑嘻嘻地说："不就是摔了一下嘛，根本看不出来。你看，这道划痕有点像X，我拿发夹改一改……真是X了啊！这是你的姓的字母，我每天把你放在口袋里，是不是很棒啊，小满？"

"你够了啊，奇葩……"

夏小满还记得自己当时那无语的样子，现在想来却是好笑到让她都笑出了眼泪。她猛地喝干了杯子里的红酒，头越发眩晕了起来，意识却依旧清醒。她知道，世界上不可能有一模一样的手机，更不会有一模一样的划痕，何之洲的手机根本就是尤娜丢掉的那个……换了手机壳子以后，没有人会想到它是属于那个落水女孩的遗物。他能把那么关键的证据一直带在身边，真的很符合他的个性，也真的很聪明！没有人会发现他的秘密，除了和尤娜那么熟悉，又亲手把她的手机摔坏的夏小满！

尤娜，这是你在冥冥之中指引我发现的吗？可是，如果只有这个手机，能不能证明何之洲就是杀害你的凶手？尤娜，我到底该怎么办？为什么那个男人，会是，会是杀你的凶手……

夏小满不记得自己喝了多少酒，也不记得自己流了多少泪，到后来终于昏昏沉沉地睡去。一片朦胧中，她似乎感觉到一只大手在抚摸她的脸颊，那么温暖，让她情不自禁一把抓住了那只手，含含糊糊地说："霍知非……"

屋子里的温度似乎上升了一点，她听到了一个愉悦的声音，"在想我吗，小满？"

"霍知非，霍知非……"

夏小满迷迷糊糊地叫着霍知非的名字，继续陷入了梦乡，一晚上都做着光怪陆离的梦。她一会儿梦到她年少时暗恋何之洲的样子，一会儿梦到和尤娜手拉手逛书店的场景，又一会儿见到了尤娜浑身是水、阴森可怕的样子，她想问尤娜到底发生了什么，可是尤娜露出了凄然的笑容，"夏小满，难道不是你害死我的吗？"

"不，不是我……"

夏小满拼命解释，可尤娜的手还是掐住了她的咽喉，把她一起带入了看不到底的深渊。夏小满拼命挣扎，想摆脱这窒息的感觉，但尤娜的手是那样有力，她怎么都无法脱身。在她痛苦至极的时候，她终于喊出了那个人的名字："救我，霍知非……"

"小满，我在这里。"

男子的声音熟悉又温柔，让夏小满离开了黑暗的深渊，尤娜也突然消失不见。梦境中，她好像被最细软的沙子包围，又好像躺在最温暖的阳光下，是那样舒适又安全。她的心逐渐平静，继续昏昏睡去，感觉到脸上有什么东西轻轻落下。

好熟悉的感觉啊，这是什么呢……算了，明天再想吧……夏小满想着，翻了一个身。

5

当第二天的阳光照进房间的时候，夏小满被耀眼的阳光晃到了眼睛，她打着哈欠起身，自嘲地想她居然又错过了一次日出，连这个简单的梦想都完成不了。她迷迷糊糊地想去洗手间洗漱，突然被什么东西绊了一跤，发现罪魁祸首居然是一个空酒瓶。

昨天的记忆瞬间在她的脑中回放，夏小满想起她居然不知不觉中喝光了一瓶红酒，忍不住轻轻叹了一口气。她是那么庆幸，自己吃了解酒药所以没有发酒疯，更没有说出一些不该说的话。她敲敲还有些疼痛的脑袋，瞄了一眼镜子，然后愣住了。

蓬乱的头发、巨大的黑眼圈、嘴角处口水的痕迹……这些都很熟悉，可是脖子上的红点是怎么回事儿？难道这么冷的天还有蚊子吗？这分明就是吻痕！难道昨天，比记忆里的还要更进一步？真的和何之洲……那啥了？

夏小满的手指轻轻触碰那个怎么看怎么像吻痕的痕迹，心里突然打了个颤，她不甘心地撅起嘴巴，企图亲到自己的脖子好留下一个一模一样的痕迹，可最后的结局是脖子扭曲到无法动弹。她尝试许久后无奈放弃，摸摸嘴唇，"只是一个吻罢了，应该没关系吧？！"

夏小满不再去想这件事，这时房间的电话响了。她迟疑了一下，还是接了电话，来电人果然是何之洲。他的声音，充满前所未见的温柔，"小满，醒了吗？"

"啊，刚醒……"夏小满的心猛地一跳，急忙装出睡眼惺忪的样子。

"我猜你可能还在睡觉，就没有叫你一起去吃早饭。服务生一会儿会给你送点吃的来，你先随便吃一点，等会议结束后我们再去吃大餐。"

"好，谢谢你。"

"小满……"

"嗯？"

"晚上，我和你一起去看极光。"

……

"好。"

夏小满挂断电话后，想起何之洲对她的温柔和他对尤娜的心狠手辣，心里真的不知道是什么滋味。这时，门铃响了，服务员果然送来了何之洲为她准备的早餐，夏小满吃了几口就放下了，认真思考自己到底要怎么办。

虽然她不愿意承认，但是何之洲确实与尤娜的死有很大的关系。当意外变成了谋杀，警察一定会去调查何之洲当时的行踪，那个手机也会是最珍贵的证物。她现在唯一要做的事情，就是装作什么都没发生，然后回国报案……可是，为什么偏偏是何之洲？为什么偏偏是那个清雅绝伦、君子如玉的男人？

为什么，她暗恋了那么多年的男人，杀了她最好的朋友……

夏小满想着，只觉得心痛到窒息的感觉又来了。她清楚地知道，就算她再难过，再伤心欲绝，她也必须在何之洲面前装得若无其事，必须要忍耐到回国。只要一想到何之洲可能面对的命运，她就觉得这一切实在太讽刺，但她怎么可能看着尤娜死得不明不白？

夏小满自嘲地想，等一切都结束了，她也许会选择离开，开始一段新的生活。她要去一个没有任何人认识她的世界，远离一切烦恼与哀伤，而她现在，必须要笑着参加宴会，也必须要笑着面对何之洲。

她一定可以做到。

夏小满看看手机上的时间，发现现在距离会议还有3个小时，她要好好打扮的话就得抓紧了。她拿出了化妆包，脸色在化妆品的装饰下有了前所未有的好气色，微卷的头发调节了脸庞的弧度，脖子上的吻痕被掩盖到毫无痕迹，紧身衣更把小腹牢牢收住，好身材简直呼之欲出。可是，就算镜中的她再光彩夺目，她也没有心情欣赏自己，甚至觉得这一切是那样索然无味。当夏小满结束了化妆，准备换上何之洲为她准备的黄色旗袍时，突然发现旗袍上面满是鲜红色的酒渍。她不可置信地摸着旗袍，头一下子就大了起来。

糟了，昨天怎么会把红酒洒到了旗袍上？现在距离开场还有半个小时，要去找新礼服的话肯定来不及！到底怎么办才好？

夏小满怎么都记不起来，她昨晚到底有没有把旗袍从盒子里拿出来，但是现在想这个已经无济于事，她只能换别的衣服去出席会议了。她认命地打开衣柜，没想到一条陌生的裙子突然出现在眼前，让她的呼吸都有了瞬间的停滞。

衣柜里那条烟灰色的礼服裙样式很简单，只有在裙摆处点缀着渐变的粉色花瓣，简洁中不乏娇嫩与优雅。虽然不知道这条裙子到底属于谁，夏小满还是着了魔一样抚摸它柔软的质感，把它穿在了身上。她配上放在裙子旁边的粉色水晶手链，和灰色的高跟鞋，只觉得这身礼服就好像为她量身定做的一样，每一处都是那么适合。

有些暗淡的灰色，因为她粉色的头发显得明艳了起来，裙摆处的花瓣也让她的脸庞就好像玫瑰一样娇媚。合身的尺寸，让她的身材越发显得玲珑有致，夏小满忍不住自恋地想，也许全世界最适合穿这条裙子的那个人就是她。她简直舍不得脱下来，然后在衣柜里发现了一张纸条，上面用英文写着："Please accept the gift, my queen"字条下端，是一行奇怪的字符"Mg+ZnSO4=MgSO4+Zn"。

这花体英文看起来是那么华丽，还有着淡淡的香水味，作风简直熟悉到惊人，让她都无法自欺欺人。夏小满拿着纸条发怔，突然发现会议时间就要到了。她知道现在重新梳妆打扮已经来不及了，干脆穿着这身礼服出去，然后在大堂里看到了一身正装的何之洲。

在那么多穿着正装的男人里，何之洲不是最高的，不是最英俊的，但是他偏偏有着让人无法忽视的清冷气场。他是那么孤傲，显得与喧闹的世界格格不入，但是当他看到夏小满的瞬间，他周围的空气突然变得柔和了起来。他的眼中闪过一抹惊艳，然后转为幽暗，"小满，怎么不穿我送给你的礼服？"

夏小满急忙道歉："昨天不小心把红酒洒在上面了，何之洲你别生气。这身衣服是我从国内带过来的，怎么样？"

"很美。"何之洲弯起了手臂，"小满，准备好进场了吗？"

"准备好了。"夏小满深吸一口气，挽住了他的臂弯。

何之洲和夏小满一起进入会场，坐在了靠前的座位上。会议正式开始后，主持人向大家介绍各位来宾，每一位都是夏小满以前只能在教科书上仰望的大佬，让她觉得能和他们出现在同一个会议上有点儿不太真实，简直就好像是一场最美丽的梦。当宣布金笔杆名单时，夏小满的心怦怦跳了起来，何之洲伸出手，握住了夏小满的手掌。

"不要怕。"他那样温柔地看着她。

夏小满没有把手掌抽出，紧张地等着命运的宣判。一连4个都没有她，虽然做好了心理准备，但她还是失望地叹气，苦笑着看着何之洲，"何之洲，我好像落选了。"

"还有一个名额,你怎么知道不是你?"

"已经有一个亚洲的记者当选,怎么可能是我。"夏小满轻声说。

"你现在在难过吗?"何之洲问。

"我没有难过,因为能站在这里已经是我无法想象的,我已经比许多人都幸运。不管结局是什么,我努力过了,无愧于心。谢谢你一直帮我,何之洲。"

夏小满的眼眸中满是感激与痛苦交织的神色,何之洲注视着她乌黑的眼睛,紧紧握住了她的手。就在这时,最后一个人的名字终于被主持人揭晓。

当会场回响着她的名字时,夏小满简直不敢相信自己的耳朵。她第一反应就是去看何之洲,看到他对她点头,才终于相信她似乎……真的得了这个国际大奖。巨大的喜悦突然砸中了她,她急忙往台上走,高跟鞋不小心踩到了裙子踉跄了一下,四周也传来了善意的笑声。当她接过了奖杯,主持人递给她话筒示意她发言的时候,她早先准备好的感谢词突然变成一片空白。她看着台下黑压压的人群,手心冒起了冷汗,后来干脆闭上了眼睛。

在闭上眼睛的瞬间,夏小满觉得四周的喧嚣突然消失不见,那些被遗忘的回忆也突然浮现在她的面前,她看到了年少的她和尤娜躺在草地上聊天,微风拂过她们的面颊,吹乱了她们的马尾辫,夏小满捏捏尤娜圆鼓鼓的脸庞,笑嘻嘻地问:"尤娜,你长大以后想做什么?"

"想做记者,为了正义发声!"

"哇,你好伟大!"

"小满,那你的梦想是什么?"

"我啊……"

那时候的她是怎么回答的,她已经不记得了,但是她还能想起尤娜充满活力的笑容,和对于未来的向往。现在,她终于有幸站在了这个舞台上,和那些曾以为高不可攀的大佬们一起说笑谈天,一起面对闪光灯和掌声……她能走到今天,都要感谢尤娜。

"我能站在这里,是因为一个女孩的梦想。"拿着话筒,夏小满静静地说,"记得上初中的时候,她说过她长大以后想做一名记者,可是她后来做了一名甜点师,我反而进入了这个行业……有时候,命运真是非常奇妙,我想,如果没有她的梦想,我也许不会坚持到现在。还记得在刚入行的时候,我以为能站在这里,见到老师们就是此生最辉煌的终点,谢谢你们让我知道了,这只是一个开始，我的道路还可能更长。但是无论如何，我不忘初心——要成为一个为了正义发声的记者，这也是她的愿望。谢谢你们，能让我站在这个舞台上，谢谢何之洲社长对我的鼓励，谢谢尤娜……"

夏小满想起了入行时的热情，面对现实时的心酸，因为尤娜的梦想硬着头皮往前走的场景，哽咽地说不出话来。台下突然响起了如雷的掌声，她看着一张张善意微笑的面容，心里温暖成一片。她不好意思地擦擦眼泪，正准备拿着奖杯下台，突然看到何之洲站起身来。

在夏小满诧异的眼神中，何之洲一步步往台上走去。令她惊讶的是，保安居然没有出面阻拦，脸上挂着神秘又乐见其成的笑容。何之洲越接近夏小满，夏小满就越觉得紧张，总觉得有什么不可控制的事情就要发生了。在她觉得心脏跳到不能控制的时候，何之洲突然拿过了话筒，声音传遍了整个会场，"小满……"

夏小满从来不知道，她的名字在何之洲的口中会饱含着满满的深情。闪光灯中，何之洲拉起她的手，"小满，我们在上初中的时候第一次相遇，到现在为止已经认识了15年。命运安排我们再次重逢，我看着你从一个小记者变成如今的独当一面，我知道你有多努力，你是我见过的最可爱的姑娘。小满，我比我想象中的，还要更早地爱上了你。我知道婚姻要慎重，但是人生苦短，我不想再等下去，何况我已经确定了我的心。你愿意，给我一个机会，让我永远照顾你吗？"

何之洲说着，全场响起了尖叫声和掌声，他的眼眸熠熠生辉。夏小满知道，何之洲的个性一向成熟又低调，要他在这么多人面前表白，简直是一件匪夷所思的事情，但是他偏偏这么做了……她看着何之洲单膝下跪，从口袋里拿出了一个蓝丝绒盒子，盒子里的钻戒是那样耀眼，何之洲的目光又是那样坚定和势在必得，"嫁给我好吗，小满？"

他的声音好像带着某种魔力，让夏小满的脑中一片空白，虽然理智告诉她，应该先接过戒指给彼此一个台阶下，但她的身体根本不听使唤，犹豫地不想接受。她的沉默让场面尴尬了起来，四周的气氛突然变得安静又凝重，而何之洲的手执着地停在了半空，等待着她的答复。时间一分一秒过去，夏小满看着何之洲，内心开始动摇。

要不，就先接了戒指，回国再说？反正回国以后，他们也不可能在一起了啊……到时候，警察会把他带走，她也一定会和他再见了吧……

夏小满想着，突然伤感了起来。她轻轻叹气，伸出手准备接受戒指，可是会场的灯突如其来地全灭了，整个大厅一片漆黑。有人尖叫了起来，工作人员急忙跳出来解释电路出现了问题，一会儿就会恢复照明，而夏小满感觉到有一只手抓住了她的手腕，一个熟悉的声音，在她的身后响起："小满，我们走。"

夏小满猛然回头。

第15个梦想：没有人比我更幸福

1

红色的跑车上，夏小满觉得自己真是疯了。她看着窗外不断后退的异国夜景，再看着那个一手握着方向盘，另一只手紧紧抓住她掌心的男人，简直头痛欲裂。她想，她一定是被猪油、葵花油和地沟油蒙了心，不然她为什么会在霍知非出现的时候，那么顺从地跟着他一起逃离了会场，上了他的车？她为什么不大声叫"有奇怪的生物混进来了"，然后顺手给他一个耳光？

为什么，会在他出现的时候，心里那么那么高兴……他们明明分手了，她现在在做什么？她还能更丢脸一点吗？

夏小满恼火地发现，虽然她和霍知非已经很久没见了，但是霍知非居然没有一点改变，还是那么得体的装扮，还是那么整齐的头发，甚至比以前越发神采飞扬……他为什么不沧桑点，不消瘦点，为什么看不出一丝思念入骨的样子来！该死的，难道他真的一点都不想她吗？这个混蛋！

"放开，我要下车。"恢复理智后，夏小满冷着脸说。

霍知非没有停车，语调中带了一丝宠溺，"小满，还在生气？"

夏小满听到他那么熟络的语气，火气越来越大，"霍知非，我们分手了，分手了！你别说得好像我只是在闹脾气好吗？今天是什么日子啊，是我人生中最大的日子！我得到了金笔杆的大奖！我高高兴兴拿着奖，你突然出来把我带走了，一会儿我怎么去面对他们啊！"

"既然不喜欢这种交际的场合，那就不要去。"霍知非淡淡地说。

夏小满再次炸毛了，"去不去是你说了算的吗？我是不是喜欢这样的场合你怎么知道？就算再不喜欢，我也不能那么任性啊，你以为谁都和你一样吗？"

"任性一点，那才是我喜欢的夏小满。你完全有这个资本，可以由着你的性子来。"

霍知非的手抚摸上了夏小满的长发，这样习惯性的动作让夏小满的眼睛开始发酸。她发现，她是那么想扑到霍知非的怀里，告诉他，她最近都经历了什么，又在害怕什么。她有好多好多话想对霍知非说，最后却问了一句她也意想不到的话，"你来挪威做什么，和安紫陌度蜜月吗？"

夏小满说完后，立马后悔地咬住了嘴唇，这语气，简直太像吃醋，可是她有什么立场吃霍知非的醋？他们早就分手了啊！霍知非没有正面回答，唇角勾起，笑容优雅迷人，"原来，你在介意这个。"

夏小满心知今天注定要丢脸了，干脆破罐子破摔地说："怎么，被我说中心虚啦。听说男人在婚前都会最后放肆一下，你是来找我重温旧梦来了吗？我告诉你，我可不愿意，做你的白日梦去吧！你停车，我要下车。"

"然后回到会场，继续面对那个家伙的求婚？你以为我会让你这么做？"霍知非冷哼道。

巨大的压迫感突然迎面而来，可是夏小满没有恐惧，反而挺直了胸膛，"我是不是答应何之洲的求婚，和你有任何关系吗？"

霍知非从后视镜里看着夏小满因为生气而鼓起来的面颊，发现他现在最想做的事情就是亲吻她的嘴唇。他以为自己可以承受离别后的孤单，可是当习惯了温暖的阳光，又有谁会甘心回到阴暗之中？他是这样，何之洲也是这样，更何况，他真是喜欢她这样精力充沛的样子啊。

"小满，不管安紫陌和你说了些什么，我从来没有打算和她结婚，也没有任何人能强迫我。"霍知非缓缓开口，"还有，你想知道的尤娜的秘密……我通通会告诉你。"

尤娜的秘密……

夏小满不可置信地瞪大了眼睛，只觉得时间好像在瞬间停滞了一样，她涩然地问："你，你到底想说什么？"

霍知非没有再回答。

夏小满不知道霍知非开了多久，等他终于停车的时候，她的面前的是一个荒凉的小山坡。一下车，夏小满就被寒风冻得哆嗦了一下，但是她无暇顾及这些，因为出现在她面前的是万千星光。

作为在城市里长大的孩子，夏小满从来不知道星星可以这么多、这么亮，简直触手可及。繁星在夜幕上仿佛一颗颗璀璨的明珠，好像对她招手希望她前去探访，又好像在诉说着一个个古老又忧伤的故事。漫天的星光，让夏小满觉得她在大自然中是那么渺小，自己被美景震撼到忘记了寒冷，突然觉得身上一暖。她看着披在她身上的质地精良的羊绒大衣，再看着只穿着羊绒衫和薄裤子的霍知非，心里突然说不出是什么滋味。"谢谢"到了嘴边，却变成了冷哼，"霍知非，你带我来这里到底想做什么？"

"等极光。"霍知非淡淡地说。

夏小满只觉得心脏最坚硬的外壳被人蛮横地撬开，甜蜜与悲伤交杂的感觉占据了她的整个心灵，她真的很想揪住霍知非的衣领，警告他不要这么做，因为……因为她真的会心软啊……

夏小满口中苦涩难言，而霍知非看着星空，用最平稳的语气说："小满，很抱歉之前瞒着你一些事情，因为，这是我的秘密，也因为，我不想把你卷入危险……那天伤害你的人，我已经找到了，他是何之洲派来的。他是杀了尤娜的凶手。"

"是吗？"

虽然早就做好了知道真相的准备，但是当霍知非说出来的时候，夏小满的心还是猛地抽了一下。霍知非挑眉，看着他身边那个貌似平静的姑娘，"小满，你是什么时候知道的？"

"就在不久之前。霍知非，你为什么要查尤娜的下落？你和她到底有什么关系？"夏小满疑惑地问。

霍知非沉默，夏小满听着呼啸而过的风声，她的心中也是一片荒芜。她想起，上次他们就是因为这个问题闹得不欢而散，这也是霍知非心中最大的秘密……就在她以为霍知非不会回答的时候，霍知非突然开口，"还记得我说过，我曾经犯下一个无法挽回的错误吗？呵，在我一年级的时候，因为我的失误，有个小女孩被绑架了……这么多年来，我一直想找到她的下落，在安镇才知道了她的消息，她叫尤娜，住在安镇，当初绑架她的人，叫尤丽瑛。"

虽然许多信息都是夏小满知道的，但是她从来不知道尤娜居然被绑架过，而且是被亲生母亲绑架，她诧异地捂住了嘴巴，"绑架？可是尤阿姨本来就是她的妈妈啊。"

霍知非轻声说："我想，是何庆魁使了某些手段希望把女儿留在身边，后来被尤丽瑛重新抢了回去吧。呵，真是有意思，倒让我自责那么多年……他们应该是达成了某种协议，才可以从此以后相安无事，不过，结局依旧是一场悲剧，这可真是讽刺。"

"是啊，悲剧……"夏小满喃喃重复。

这个故事里，每个人都有着他们的立场，但是没有一个人是快乐的。夏小满眼睛又开始酸涩了起来，木然地问："何之洲是什么时候知道这件事的？为什么会对尤娜下手？"

"多半是为了遗产——你的老社长的遗嘱规定了，如果尤娜30岁之前愿意认他为爸爸，会把三分之二的财产给她。"

"那何之洲社长，他到底是什么身份？"夏小满只觉得脑子乱糟糟的。

"根据材料显示，他是何庆魁从乡下领养的孤儿，从时间来算，应该是在尤娜回到亲生母亲身边之后。一个孤儿一跃成为富二代……如果尤娜回来的话，他就什么都没有了，所以，他的选择可以理解，虽然很不明智。小满，等你们回国后，他会受到应有的制裁——以你喜欢的方式。她的死，和你毫无关系，你终于可以解脱了。"

夏小满知道她应该高兴，但她真是厌恶透了这样无力又压抑的感觉！为什么？何之洲真的杀了她最好的朋友，他为什么要这样……

当夏小满的眼泪控制不住落下的瞬间，霍知非轻轻一叹，低头吻了她的泪珠，薄荷草的味道就这样停留在了面颊，温热的触觉好像能驱散冬天的所有寒冷。夏小满瞪大了眼睛，看着这个近在咫尺的男人，觉得他此时简直英俊到令人意乱神迷。与此同时，一道绿色的光芒突然出现。

那道划破夜空的绿色，在夜幕中跳跃着，让山坡上的所有人都沸腾了起来，夏小满呆呆地看着这精灵一般起舞的光芒，不知道用什么词语可以形容大自然的瑰丽与神奇。她只觉得这道光驱散了所有黑暗与寒冷，让霍知非近在咫尺的面容显得俊美无双。所有人都在激动地拍摄极光，只有霍知非不理会这难得一见的景色，"夏小满，你听好了，我爱你。"

听到霍知非近乎虔诚地说出这3个字，夏小满的眼泪再次落了下来。她没想到，她最期盼的一幕会在这里发生，但是她真的可以和霍知非有未来吗？就好像尤阿姨和老社长，他们年轻的时候那么相爱，最后却有了这样的结局……

他们，真的可以在一起吗？

在绚丽奇妙的极光中，霍知非单膝下跪，眸色比星辰还要闪亮，"小满，当极光像五彩绸缎般地当空起伏摆动时，挪威人认为是神仙在跳舞，芬兰人认为这是狐狸正跃过山谷,格陵兰人认为这个神灵和生育有关……它是那么短暂,可是它起舞的时候是那么绚烂,正如我们的爱情一样。我不会承诺什么永远,但我能承诺每一个今天。从现在开始,你喜欢的事情我会去做,你不喜欢的事情我一样不做;我的工资卡通通交给你,我负责赚钱养家,你负责貌美如花;你的事情需要我帮助我会帮你解决,不需要我的时候我绝对不会出现;你高兴的时候我陪你高兴,谁让你不高兴了我让他全家不高兴……小满,我爱你。所以,我们结婚吧。"

夏小满想,也许是今晚的风让她醉了,也许是极光有着神奇的魔力,不然她为什么那么想搂住霍知非的脖子,大声说我也很想你,我也很爱你!她觉得这道极光简直跳到了她的心里,让她发现霍知非才是她生命中最重要的那道光。她不想像尤阿姨和老社长一样在骄傲和犹豫中错过彼此,就让她鼓足勇气做一个任性的女人吧!她只要,把握眼前的幸福就好。

她转过身,看着霍知非紧紧抿住的嘴唇和前所未有的紧张表情,微微笑了起来,大声说:"好!"

巨大的喜悦瞬间包围了霍知非,他从来不知道爱情会让他如此患得患失,又让他如此甜蜜。他把夏小满抱了起来,在原地转了3个圈,在夏小满的尖叫声中亲吻她的嘴唇。和以往狂热到令人近乎窒息的吻不一样,他这个吻极其温柔,好像夏小满是易碎的玻璃娃娃一样,值得他花一辈子来珍藏和疼惜。他的表情看起来实在太愉悦,让夏小满忍不住泼凉水,"如果……我说如果,今天我没答应你的求婚,你会不会很难过?"

难过这样的情绪,会对事情的发展有任何影响吗?不管怎么说,极光这种来自地球磁层和太阳的高能带电粒子,再加上一些无聊的传说可以起到讨小满喜欢的作用,才终于有了它们的存在价值,也不枉费他的一番算计。

霍知非在心里冷笑,但是他坚毅地点头,"会。"

夏小满果然心花怒放,"那你会怎么办?"

"继续求婚,直到你答应为止。"

霍知非那么真诚地表明心迹,暗想如果夏小满真的拒绝,他只能把她绑架到婚姻登记处,然后用一辈子的时间来让她爱上自己。夏小满没有看懂大魔王眼中的威胁与势在必得的决心,脸后知后觉地发烫,"这样啊……霍知非,我身上的礼服是不是你给我准备的?"

霍知非一脸赞赏,"我的小满真是聪明。"

夏小满黑线，"你的字迹那么风骚，我怎么会认不出来……不过字条上那奇怪的字符是什么意思，你是怎么知道我的三围的？"

霍知非云淡风轻地回答了她的第二个问题，"我有手。"

……

夏小满突然后悔太轻易原谅他，她现在更想掐死他！她用眼神凌迟霍知非，忽然听到霍知非低醇的声音："小满，我爱你。"

"哦。"夏小满的杀气散了，脸开始泛红。

"小满，我爱你。"

"嗯。"夏小满脸蛋的温度继续上升。

"小满，我爱你。"

……

"我也爱你。"夏小满终于说。

夏小满不记得她和霍知非在郊外待了多久，又好像傻子一样和霍知非互相说了多久的情话。她只知道，她简直变成陷入初恋的少女，幸福在她心中怦然绽放。回去的路上，夏小满从随身小包里拿出了日记本，认真地划去了"去挪威看极光"那条，发现距离把这些梦想全部实现的日子，并不那么远了。她想，等这些梦想通通实现了之后，她会重新列一个愿望清单，然后尽最大努力去实现它，因为这样，生命才会变得那么有意思，又会有那么多的惊喜。

霍知非派人去宾馆给夏小满收拾行李准备立刻回国，他则下车去帮夏小满买早餐。夏小满在车上百无聊赖地等着，突然想起霍知非给她的那张纸条。想到那上面奇怪的字符，她就百爪挠心地想知道答案，暗想这么有纪念意义的纸条可不能丢在宾馆，准备回到房间亲手把它收好。她远远看着霍知非在早餐店的身影，暗想她上楼反正只要几分钟，犹豫了一下还是没有告诉他。她进电梯的时候无意中看了一下手机，发现上面果然有来自何之洲的几十个未接来电，心里有点儿发虚。其实，她也很想对何之洲解释一下她的不辞而别，但是她要怎么开口？说她昨天突然想起来有东西没有买，或者说她被外星人绑架了？还是说，她知道了他的所有秘密，又或者说她已经接受了霍知非的求婚？

夏小满轻轻一叹，低头去拿房卡开门，突然听到了一阵急促的风声。她想回过头去，后颈猛地一疼，然后，她软软地瘫倒在地，闭上了眼睛。

宾馆客房门口，何之洲抱起了夏小满。他轻轻抚摸夏小满的面颊，看起来是那样悲伤，"小满，你为什么就是不听话……"

2

当夏小满再次醒来的时候,发现自己身处一个幽暗又陌生的地方,唯一的光亮就是不远处的火光。火烧木炭的声音在安静的房子里显得格外响亮,也为她慌乱的心里增添了一点莫名的安全感。她努力睁开眼睛,想站起身来,但是身体软软地不听使唤,连手指也动弹不了。

怎么了,我的身体到底怎么了?

夏小满很惊恐,努力回想记忆中的最后一幕,想记起那个袭击她的人的面容,但脑中一片空白。她很快就发现,回忆谁是罪魁祸首其实根本没有必要,因为,灯突然亮了起来,他也出现在了她的面前。

柔和的灯光下,夏小满终于看清楚她身处一个北欧风格的房间里,无论是屋顶的水晶吊灯还是燃烧着柴火的壁炉,又或者是墙壁上的麋鹿挂饰都带着温馨的味道,但是她没有心情欣赏,身体因为恐惧而瑟瑟发抖。炉火前,何之洲正在喝茶,神情是那样淡泊,眼见夏小满睁开眼睛,他微微一笑,"小满,你醒了。你不喜欢喝咖啡,喝茶好吗?"

"何之洲……"

在看到何之洲的瞬间,夏小满如坠冰窟,心一下就凉了,她努力想站起来,可是身体还是纹丝不动。她不敢表现出她现在有多不对劲,只好试探地问:"何之洲,这是哪里?宾馆里还有这样的房间吗?"

何之洲站起身,走到夏小满的身边,他伸出手,轻轻抚摸她的长发,语气温柔,"当然不是在宾馆,是在挪威的森林木屋里。村上春树写过《挪威的森林》,我记得你一直很喜欢这本书。小满,你喜欢这个小屋吗?"

"是啊,我很喜欢……不过,我们还是回去吧,还有一堆事情要做呢。"

夏小满极力装出正常的神情,身体因为尝试起身而剧烈颤抖,额头上的汗水也顺着脸颊流淌了下来。何之洲替她擦拭汗水,轻轻抚摸她的嘴唇,目光是那样爱怜,"回去……当然不。我们在这里永远生活下去好吗,小满?"

何之洲的手指是那样冰冷,让夏小满打起了冷战,她的忍耐也终于消失殆尽。她紧紧咬着嘴唇,怒气冲冲地质问他:"何之洲,你到底想干什么?你对我做了些什么?"

"小满,我给你注射了麻痹神经的药物,让你没有行走的能力,但是可以继续说话。你放心,药剂的量我控制得很好,不会让你感觉到丝毫痛苦。这样,你才不会像上次那样,从我身边逃走。"

何之洲抚摸着夏小满的面颊,脸上的表情看起来是那么哀伤,简直就好像他不是变态,只是苦恋夏小满这个负心汉的可怜人罢了!夏小满想起自己昨晚确实不算厚道,莫名心虚了起来,只能放软了语气哄他,"何之洲,你为昨天的事情生气的话,我真的很抱歉。我也不知道怎么了,颁奖的时候我太紧张了,趁着灯光灭了就……"

"就跟霍知非一起离开了我。"何之洲平稳地说。

夏小满不知道他是怎么知道这件事的,心猛地一跳,只能硬着头皮说:"我和他没什么,就是想和他把话说清楚,以后见面不至于那么尴尬。何之洲,要么你和我一起去找他,我们一起告诉他我们现在在一起?"

夏小满觉得自己的提议还是挺有诱惑力的,何之洲却摇头,他的目光是那样悲凉,"然后,等警察来抓我,等我因为谋杀了尤娜入狱,以后再也看不到你吗?狡猾的小东西,你明知道我舍不得。"

当何之洲提起尤娜的时候,夏小满浑身的汗毛都竖了起来。她知道,何之洲应该已经发现了她的怀疑,也知道她刚才的演戏在何之洲眼里只是笑话一场罢了。她深吸一口气,终于问出了那个问题:"尤娜,你把尤娜……"

"是,我杀了她。"何之洲淡淡地说。

当从何之洲口中得到那个答案的时候,夏小满心中那仅存的一丝侥幸终于消失殆尽。她只觉得浑身的力气突然被抽干,身体虚弱到不像话。她是多么想反手给何之洲一个耳光,却听到自己平静地问:"为什么?"

何之洲的声音,就好像最清澈的小溪,干干净净,不见任何血腥,"小满,你应该知道我的身世了吧——我根本不是什么名门公子,我的爸妈只是最庸俗的市井之徒,贫穷、赌博、家庭暴力……他们死了以后,别人都觉得我很可怜,可我知道不是那样,我有的只是解脱。我以为可以开始一个人的生活,没想到,父亲他会第一眼就喜欢上了我,要领养我。"

何之洲说着,陷入了回忆,脸上浮现了一抹温柔,"他把我带到了家里,亲手教我功课和做人的道理,更为我准备好舒服的被子和干净的饭菜。你知道吗,在那之前,我简直不敢相信这个世界上会有那么好的人,更不相信我也可以过着这样幸福的生活。我发誓要成为他最骄傲的儿子,我付出了那么多努力,我以为我做到了，可是他最爱的那个人，居然是那个女孩……小满，血缘的羁绊真的就有那么无法抗拒吗？为什么他会喜欢那个一无是处的面包师，还要把财产都给她？我到底哪里做得不好？在他心里，我到底是儿子，还是一个陌生的养子？"

何之洲一脸迷茫与痛楚，夏小满也不知道说什么好。虽然她心里也觉得老社长在找到尤娜后，就完全把何之洲抛之脑后有点不地道，但是从中国的传统思想来看，把财产留给自己的亲生骨肉也没什么不对。她自己都有点混乱了，喃喃地说："不管怎么样，尤娜都是无辜的，你不能杀人！何之洲，你为什么会变成这样？"

何之洲抚摸夏小满的面颊，笑容有点凄然，"是啊，我也不知道为什么会变成这样……明明，当时不想那么做的，可是有个声音告诉我，她死掉的话，父亲的目光就会完全在我身上……小满，为什么父亲知道了她的死讯后就会来质问我，为什么他会心脏病发作也离开了我？小满，我很不快乐，她死后我越来越不快乐。我现在，只有你了。"

何之洲轻轻搂住了夏小满，但是夏小满怎么可能让这个杀了她最好朋友的人接近她？她的身体不能动弹，就猛地把头偏向一边，努力离何之洲远一点。她的脸上是毫不掩饰的愤怒和厌恶，何之洲的笑容是那么惨淡，"你也怕我了，对不对？小满，为什么你当初那么喜欢我，现在对我却这么绝情？如果你不爱我，为什么要让我爱上你？"

夏小满真的不知道该怎么解释，只能艰难地劝他："何之洲，人都是会变的，更何况我们曾经有十几年没见。你去自首吧，不要错上加错了。"

何之洲的目光逐渐变得冰冷，"你不再爱我，是因为霍知非？"

夏小满生怕激怒了他，沉默着没有回答，但是何之洲已经从她的表情上知道了答案。他突然暴躁了起来，"那个家伙，偏偏要查我的事情，不然你怎么会发现这些，怎么会和我作对？小满，你放心，上次在霍知非办公室里伤害你的人已经被我教训了，从此以后不会有任何人让你受伤。只要你听话，我会永远宠爱你，好吗？"

可是现在伤害我的人就是你啊！放开我，你这个变态！

夏小满简直愤怒到了极点，但是她冷静地问："何之洲，你觉得你可以把我在这里关一辈子吗？霍知非他一定会找到我的！"

"这里是挪威森林的深处，就连护林队都不一定能找到，更何况霍知非。

你在这里安心住下,我会好好照顾你的。如果,他真的那么不幸找到了我们……那我们也许,只有一起离开这个肮脏的世界了。"何之洲摸着她的头发,用最温柔的语气说。

3

夏小满觉得何之洲真的是疯了,或者说,他早就疯了,他只是在人群中伪装成最正常的样子。有谁能想到,高冷的社长居然是一个杀人犯!又有谁能想到,他为了留夏小满在身边,居然会使出这样令人胆战心惊的手段。

为了不让夏小满逃走,他每天都会注射让她下肢失去知觉的药物,不管她如何咒骂他都充耳不闻。可是,除了给她注射药物外,他还会温柔地喂她吃饭,请一个聋哑的老用人照顾她生活起居,更是对她呵护备至。有时候,他会推着轮椅,带着夏小满一起到森林去看壮丽的雪景;有时候,他会为夏小满烹饪最可口的菜肴;有时候,他会在火炉边念一本小说给她听……他的所作所为,简直就好像是世界上最完美的情人。可是,何之洲越温柔,夏小满就越是害怕,她是那么担心何之洲在下一秒会把她像杀尤娜一样杀了,更担心她真的会和何之洲在这里待上一辈子。

霍知非,霍知非,你到底在哪里?你什么时候才能找到我?

夏小满至今还记得,当她在电视上看到霍知非身影时的心情,这也许是她支撑到现在还没有变成疯子的唯一动力。她看到电视上,那么多闪光灯和话筒都对准了霍知非,拼命采访他对于女朋友失踪的心情时,一下子就紧张了起来。霍知非一把推开了记者,他的食指指着屏幕,脸上的表情是那么冷漠,又是那么嚣张,"小满,不要害怕,我一定会在一周内找到你。何之洲,你记住了,你动了不该动的人,我会让你生不如死。"

霍知非的表情是那么阴鸷,夏小满简直感觉到了阵阵杀气扑面而来。这一次,她没有任何恐惧,反而是由衷地赞叹,霍知非不愧她喜欢的男人!这样的强大,这样的为所欲为,这样的自信……她又怎么能拖霍知非的后腿?

夏小满目光中的激动,让何之洲很不高兴。他不想看到她痴迷的眼神,随手换了个频道。夏小满怒视他,而他摸摸夏小满的头发,"小满,我在世界各地都散布了我的'踪迹',还找人扮演了你上飞机的样子,他根本不可能知道我们还在挪威。我想,过不了一个月,找你的风声会越来越少,到后来他也会慢慢放弃。所以，你最好早点习惯和我在一起的日子，早点爱上我。"

"可是我永远不会爱上你，不会爱上一个杀人犯。"夏小满冷冷地说。

她多么希望何之洲生气，希望他气得摔碎杯子或者干脆给她几巴掌，因为这样也许会有人因为何之洲的暴力去报警。可是，何之洲只是摸摸她的脸颊，"小满，那太遗憾了。"

不管夏小满温柔或者冷漠，也不管夏小满会不会用最恶毒的语言讽刺，何之洲都好像活在了自己的世界里一样，对一切都漠不关心。就算夏小满从不回应，他也会讲一些过去的事情，他很喜欢谈起年少时对夏小满的感觉，偶尔也会提起他的父亲。

"小满，其实我的初中并没有你们想象得那样高高在上，老师经常拿我举例子，男生们和我的关系都不太好，我也不喜欢和任何人交流。可是那天，在毕业舞会上，我看到了你，你穿着太阳花的衣服，全场就数你最抢眼。当时我就想，这个女孩子实在太有趣了。

"为了做父亲眼中优秀的孩子，我学习了很多东西，没有一刻空闲。有时候我会想，如果我没有那么优秀，父亲会不会还爱我。呵，真是很傻的执念啊，对不对？小满，其实一开始我并没有在公司里认出你来，因为你的变化真的非常大。我到现在还记得，有一次开会的时候，你把热水洒了自己的身上，你当时一定很疼，可是你没有尖叫，坚持给我加水……我当时忍不住想，这个小姑娘真是很有趣，一点也不娇气。回到家，我画了你当时微笑的表情。

"你被萧姗骂到哭，一下冲到了天台。我以为你会想不开，悄悄跟在你的身后，却看到你一口气喝了一罐啤酒。你气冲冲地说这罐子就是萧姗的头，然后一下子把它踢飞了……我那时候觉得，你真是有点可爱。

"父亲并不喜欢商业联姻，他最喜欢的就是活泼有朝气的女孩子。他如果见到你了，一定会很喜欢你。

"你为什么非要去查尤娜的消息？我不知道那本日记本里有什么秘密，所以想把它找到后销毁，可是你一次次没让我如愿。你这丫头啊，真是让人不省心。

"上次让你受伤了，非常抱歉，我真没想到你也会去霍知非的办公室。我知道霍知非找到了他，我没有阻止，他确实需要受到教训！他怎么敢伤害你？呵，废了他一条手臂、一条腿都是轻的！

"当我在她的手机里看到她和父亲合影的时候，我真的觉得我的人生只是一场笑话。我把她推下了河，看着她在河里一下子就没有了踪影……我知道这只手机应该被销毁，但是我怎么舍得把爸爸的照片丢到垃圾桶？我可以每天都带着它，看着我的父亲和……妹妹。要不是那天晚上，我突然换了手机卡，想看看有没有人会想起那个女孩，你是不是也不会发现这手机的下落？小满，我有时候想，如果那天没有那么做，一切又会怎么样？可是，我看到她的瞬间，妒忌埋没了所有的理智。

"小满，我很抱歉杀了尤娜，让事情发展到如今的地步。但是，我回不了头了。"

慢慢地，何之洲的声音越来越不清晰，夏小满也觉得她越来越疲惫，越来越嗜睡。她敏感地发现何之洲给她注射的药剂不对劲，于是在何之洲给她注射的时候剧烈挣扎，可是何之洲细心安慰她，"小满，快了，你就快要解脱了。"

"解脱……什么解脱……"

夏小满用力睁开眼睛，发现面前的景象越来越模糊。她是那么恐惧和慌张，想战胜扑面而来的睡意，听到何之洲的声音忽远忽近，"小满你放心，我把剂量控制得很好。还有两天，就是尤娜死去的日子了啊。你那么想为她完成梦想，不如就在那一天，和她一起陷入沉睡吧。"

他在说什么……

夏小满努力不让自己睡过去，感觉到何之洲的嘴唇落在她的额头上，"你啊你，到底为什么要帮她实现什么梦想，不然也许我们也不会到今天这样的局面。既然你不会爱上我，那么你就在我的身边，永远陪伴我吧。你会慢慢丧失意识，可是我不在乎，我会继续爱你。小满，我爱你，我爱你啊……"

夏小满已经听不清何之洲在说什么，不受控制地陷入了沉睡。虽然她的潜意识告诉她，如果她睡下去的话可能再也醒不过来了，但是她还是无法抵抗药物的力量。在陷入昏迷的那一刻，她好像看到了尤娜焦急的面容。

"小满，你怎么了？"尤娜担心地问。

"尤娜，我好想你。"她笑着对尤娜说，世界变成了一片黑暗。

当夏小满再次醒来的时候，已经是深夜了。她不知道自己到底昏睡了多久，但是从腹中的饥饿程度和窗外月亮的圆缺来判断，很有可能是两天。她觉得胸口有点凉意，低下头一看，发现她居然穿着洁白的婚纱！无论是胸口处的水钻，宽大的裙摆，还是层层叠叠的蕾丝，无不显示出婚纱的精致，可是她到底为什么会穿上这个，又是谁给她穿上的？

何之洲,他到底想怎么样?夏小满的脑子一下子就乱了。

她环视四周,发现房间里摆满了花朵和玩偶,点着精致的蜡烛,粉红色的气泡充满着这个小屋。当门被推开的时候,她看到了穿着一身正装的何之洲,白色的西服让他的身材显得越发高大挺拔,胸口的红玫瑰给他苍白的脸色添了一分生机。也许是夏小满惊慌的表情实在太鲜活,何之洲微微一笑,"小满,你比我预预想中醒得还晚。这婚纱,很适合你。"

我才不要穿这个该死的婚纱,我更不要嫁给你!放了我啊,变态!

夏小满想大声骂他,却发现自己连声音都发不出来了。她努力张嘴,却只能发出微弱的气息,一下子就着急了。她的泪水簌簌落下,想用眼神表达愤怒,可是眼睛被何之洲的大手轻轻蒙上了。他低沉地说:"说不出话来了吧……这样也好。小满,我们会在这里结婚,然后我为你打上最后一针,从此我们就永远在一起了。你高兴吗,小满?"

夏小满吓得泪流满面,身体忍不住剧烈颤抖。她的眼神是那么惊恐,何之洲为她擦拭眼泪,轻轻叹气:"这丫头,还是那么爱哭啊。时间不早了,我们开始吧。"

何之洲根本不管夏小满的抗拒,自顾自地问:"何之洲,你愿意娶夏小满为妻子,无论贫穷与疾苦,都对她不离不弃,和她生死相依吗?我愿意,小满。"

说完,又面对夏小满,"夏小满,你愿意嫁给何之洲,无论贫穷与疾苦,都对他不离不弃,和他生死相依吗?"

我不愿意,我绝对不愿意!

夏小满拼命摇头,可是何之洲用力按着她的头,硬生生逼着她点了头。夏小满精致的发型在他的强压下乱了,他为她细心地整理发丝,拿出了戒指,"现在,交换戒指。"

当钻戒戴到夏小满手指上的时候,夏小满真的很想跳起来给他一耳光,让他清醒一点,不要再活在自己的世界里了!她不愿意,她不愿意,她绝对不愿意嫁给他!可是,现在的她只能任由戒指牢牢戴在了手上。何之洲拉着夏小满的手,戴了男戒在他的左手无名指上,然后轻轻亲吻夏小满的手背,嘴唇的潮湿和寒冷,让夏小满的身体不由自主地颤抖。何之洲从盒子里拿出了针管,看着夏小满因为恐惧而变形的脸,温柔安慰,"最后一针以后,你就再也没有痛苦了,也可以在梦中和尤娜见面了。如果见到她,请对她说一声'对不起'……

但是，我并不后悔。小满，我会永远照顾你，对你不离不弃。小满，我的小满……"

夏小满看着针管就要扎进自己的皮肤，努力往后缩。她是那么想逃离何之洲，可是她怎么能挣脱一个健壮的男人。针管刺入皮肤没什么感觉，她觉得身体越来越轻，不受控制地想睡觉。有个声音告诉她，只要闭上眼睛，所有痛苦就能结束，尤娜也能原谅她。那声音实在太美妙，让她的眼睛慢慢合上，可是她的面前突然出现了霍知非熟悉的面容。

是啊，到了那个世界，就再也见不到霍知非了……她还没有和霍知非一起环游世界，还没有和霍知非一起去天空，还没有为他生一个可爱的宝宝……一切就要结束了吗？不甘心，她真的不甘心！

夏小满努力抗拒着幻觉，用力睁大眼睛，看到何之洲站起身来。何之洲看着窗外，笑容是那么冷漠，"来了那么多警察，还有直升机……他居然找到这里来了。小满，看来我们要暂时回避一下。"

他是谁？难道是霍知非来了吗？霍知非来救我了！

夏小满猛地瞪大了眼睛，然后她被何之洲抱了起来。

4

门外呼啸的冷风是那么刺骨，也带来意想不到的惊喜，夏小满只觉得她溃散的意识慢慢变得清醒了起来。她不知道何之洲带着她跑了多久，当何之洲停下脚步的时候，她看到了不远处那个一脸冰霜的男人。他的身影在月光下显得格外清冷，他的脸色是前所未有的阴沉，但在看到夏小满的瞬间，他突然缓缓绽放了一个温柔的笑容来。他伸出手，和往常一样说："小满，过来。"

霍知非，我很想到你的身边，但是我过不来啊……不管结局是怎么样，我真的好高兴你找到我了……

夏小满看着霍知非，希望把他的样子永远记在心里，眼泪也弥漫了眼眶。她看霍知非的目光是那么痴迷，让何之洲情不自禁地暴躁了起来。他一手抱着夏小满，一手拿枪对准了她的太阳穴，"霍知非，想不到你能找到这里。你最好让警察退后，不然我不能保证枪会不会走火。你是聪明人，对吗？"

"你对她做了什么？"霍知非紧紧握拳，手背上青筋暴起。

和霍知非的愤怒相比，何之洲显得要平静得多，他轻描淡写地说："一点点药剂罢了——你如果再晚来一会儿的话，她会永远睡着，永远在我身边，真是太可惜了。所以你该知道，我是真的会动手。现在，你考虑好了吗？"

何之洲毫不畏惧地和霍知非僵持，嘴角的笑意越来越明显，霍知非的脸色越来越难看。当看到霍知非往后退了一步的时候，夏小满闭上了眼睛。

霍知非……那么骄傲，那么暴虐，永远不会退让的霍知非，居然为了她退让了。

霍知非，和我在一起真的给你添了不少麻烦吧。我觉得我在忍耐你的坏脾气，你何尝不是在改变自己？而我，居然那么轻易地对你说了再见……如果我们有缘在一起的话，我一定会抓住你的手，永远不松开。

夏小满抗拒着汹涌的睡意，看到霍知非到一边和为首的警察说了些什么，似乎也起了一些争执。后来，警察们果然撤退，整个黑漆漆的森林里安静到好像只有他们3个人一样。何之洲露出了淡淡的笑容，"你是聪明人，这样做才对。现在，给我准备直升机，半小时内我要看到飞机。"

"好，但是你要放了小满。"霍知非阴冷地说。

何之洲嘲讽地说："霍知非，你还不明白吗？现在是我威胁你，而不是你和我讨价还价。夏小满，我一定会带走。她是我的。"

夜晚的森林是那么黑，可是夏小满把霍知非脸上阴沉的表情看得清清楚楚。她真的很想伸出手，揉散他紧紧皱起的眉头，告诉他没关系，她一点也不疼，让他不要担心。可是，她费尽最大的力气，只露出了一个虚弱的微笑，啊，霍知非，我的霍知非。能在这里见到你，真是太好啦。

她的笑容，仿佛把霍知非撕裂成了千万片，他第一次觉得自己是那么无力——他居然让她一个人回了宾馆，他居然不能保护好他的女人！

霍知非，不要慌，千万不能慌！如果你丧失了理智和冷静，小满就会更加危险！

所以，就算内心如何痛苦煎熬，霍知非还是笔直地站在风中，没有露出丝毫的怯意。寒风吹乱了他的头发，他眯起眼睛看着何之洲，突然笑了，"何之洲，你只能用药物控制我的小满，因为她根本不爱你，每一分、每一秒都想逃离你。你真是一个可悲的男人啊，你的父亲不爱你，你喜欢的女孩不爱你，你的亲生爸妈也不爱你……啊，这么天怒人怨地活着，真的很孤单吧。"

霍知非的语气充满嘲讽，夏小满感觉到何之洲抱着她的手臂慢慢收紧。可是，何之洲的声音还是那样平静，"如果你想激怒我，在我走神的瞬间把我击毙的话，那你就太不理智了。我们之间有20米的距离，因为天黑能见度很低，你掏枪的速度不可能比我射中小满太阳穴的速度快。退一万步，就算你真的可以掏枪对准我，你怎么知道你不会射中在我面前的夏小满？你也不想这样的，对吗？"

"当然。"霍知非耸肩，"我怎么会伤害我家小满。我说那些话，一方面是为了让你分心，另一方面是因为，我真的很讨厌你。所以说，贫穷和偷盗真的是会遗传的，看到你现在这样，你的赌徒爸爸和做妓女的妈妈一定会很欣慰，大声说'不愧是我的儿子'吧。就算被再富裕的家庭领养，还是改变不了你的穷酸啊，何之洲。你的爸爸是老鼠，你的妈妈是老鼠，你这辈子也只可能是看不到白天的老鼠。"

霍知非的尖酸刻薄，让何之洲的身体轻轻颤抖了起来。有好几次，他都想对准霍知非来一枪，可是他知道那样只会让他有机会瞄准自己，救走夏小满罢了！他努力深呼吸平复情绪，又听到霍知非说："小满，我已经不想再等了，等这一切结束了，我们就结婚。我们选你最爱的巴厘岛作为婚礼主会场，给你去米兰定做婚纱，啊对了，还要举行一场泳池派对作为告别单身的仪式……小满，你想嫁给我吗？"

我想，我想啊！

夏小满拼命点头，这一举动终于压断了何之洲脑中的最后一根稻草。看到何之洲茫然不知所措的瞬间，霍知非的笑容缓缓扩大，"准备好，接受我给你的惊喜了吗？"

什么惊喜？

何之洲警觉地看着霍知非，突然听到天空传来巨大的响声。绚丽的烟花，在挪威黑暗的森林里绽放，是那么华美灿烂，也一下子点亮了漆黑的夜空。在何之洲抬头看烟花的瞬间，霍知非的枪悄无声息地响起，夏小满只觉得什么腥热的东西溅到了面颊。

漫天的烟火中，她看到何之洲缓缓倒下，身体也不自觉地向后跌倒。她的后背跌到了软软的雪地里，然后一只有力的手臂把她搂在了怀里。霍知非怀里的温度是那么让人安心，夏小满突然想起和霍知非上次在热气球上的情形来，总觉得只要这个男人在身边，她永远是那么安全。

霍知非，有你在，真是太好了。

夏小满看着霍知非，发现天空突然开始泛白，一缕阳光就这样穿过了森林。阳光从树林的缝隙中折射到雪地，驱走了黑暗与寒冷，也照在她深爱男人的脸颊上，他整个人好像沐浴在最夺目的金色里。她看着从森林那一边冉冉升起的红日，知道她终于可以完成看日出这个梦想了，虽然，是在这样的情形下……

尤娜，一切都结束了，我终于可以解脱，你也终于可以得到救赎。我们该快乐，不是吗？

夏小满含泪看着霍知非，霍知非为她擦拭额上的血迹，冷笑着丢掉了她无名指上的戒指。巨大的钻戒在雪中不见了踪迹，他轻吻她冰冷的嘴唇，"小满，找到你了。我们回家。"

5

何之洲被警察带走了。他涉嫌杀害尤娜的新闻，在 S 市引起了轩然大波，直到 3 个月后才慢慢平息。当报社的新社长终于到岗，在开大会时问起最出色的记者夏小满的踪影时，大家的表情都很精彩。后来，还是一个记者打破了沉寂，"社长，夏记者今天结婚。"

"啊？"新社长愣住了。

与此同时，S 大的校园里也一片沸腾，因为他们最可怕、最阴险、最英俊、人气最高的的教授霍知非终于要结婚了！有的人奔走相告，有的人喜极而泣，也有的人发誓要一辈子不嫁，给霍知非守节……与国内的热闹非凡相比，远在巴厘岛的夏小满显得有点异常平静，甚至还有点呆滞，她目瞪口呆地看着面前的女孩，舌头打了结，"你说，你是林欣欣？"

"是啊，小满姐！换了黑色的头发还真是不太习惯，不过你喜欢就好！"林欣欣摸着头发，动作有点僵硬。

夏小满记忆中的林欣欣，要么化着浓重到几乎看不清五官的妆容，要么染着桃红柳绿的头发，要么穿着带铆钉的皮衣皮裤……谁能想到，她面前这个穿着香槟色伴娘裙，清纯又乖巧的女孩子，居然就是那个林欣欣？她下意识地想揉眼睛，手刚伸到脸前就被林欣欣一把抓住，林欣欣好像老妈子一样操碎了心，"小满姐，你别乱动，婚礼半小时后就要举行了，你把妆弄花了可就来不及了！你的脸上冒油了，来来来，你让我补个妆。"

"小满，我的小满，我对不起你！"

就在林欣欣帮夏小满补妆的时候，门突然开了，张莹风风火火地进来，一把抱住了夏小满的大腿。夏小满被吓了一跳，伸出手拍拍张莹的脑袋，无奈地问:"又怎么了?"

张莹漂亮的脸上满是悲愤:"小满,我们是最好的朋友,可我居然不能给你当伴娘!你说我的命怎么就那么悲催!"

看到张莹一脸愤恨地盯着自己的肚子,简直恨不得对着它来两拳的样子,夏小满忍不住笑了,林欣欣也捂住嘴巴笑了起来。夏小满轻轻咳嗽一声,言不由衷地安慰她,"算了算了,谁让你当时不小心……话说,你真的不准备和罗总结婚吗?"

"别提了,看心情。这儿有咖啡吗?我真是馋死了。"

张莹说着,急吼吼地为自己泡了一杯咖啡,闻着诱人的香味时狠狠咽了一口口水。她从来没想过要和哪个人结婚,可是她更没想到,她会在罗燕平的手里翻了船,一不小心怀上了他的娃。她舍不得把孩子打掉,心想做个未婚妈妈也就算了,可是罗燕平不知道从哪里知道了这个消息,就跟打了鸡血一样亢奋起来。

罗燕平每天都会向张莹求一次婚,求婚的手段简直是千奇百怪,无论她怎么咒骂,他都毫不气馁。父母的压力令张莹无奈,最让她郁闷的是她怀孕后所有人都自发组成了"看管张莹小分队",每时每刻都出现在她的身边。他们告诫她不能喝酒,不能喝咖啡,不能这样不能那样……她真的要憋疯了!

张莹目光炯炯地盯着咖啡杯,刚准备喝上一口,咖啡就被夏小满抢了过去递给了林欣欣。张莹的火气噌地一下子就上来了,夏小满悠悠地说:"如果你不怕罗总念叨你一个月,你尽管喝。"

张莹想起罗燕平"逼逼叨叨"的神功,忍不住打了个寒战——说好的花花公子呢?说好的片叶不沾身呢?怎么现在就像个老妈子一样!张莹看着林欣欣,羡慕地红了眼珠子,"小妞,如果我没怀孕,你的位子就是我的。"

林欣欣顿时警惕地说:"那也是我的,因为我一定要保护小满姐出嫁。小满姐,你真的要结婚了吗?我给你准备好了飞机,你现在悔婚还来得及。"

眼看林欣欣一副谨防霍知非强抢民女的样子,夏小满无奈地叹息,但是心里是说不出的温暖——无论怎么样,她的朋友们都会站在她的这一边啊。她用力敲林欣欣的脑袋,"胡说什么呢,我怎么会悔婚。能嫁给他,我很高兴。"

林欣欣顿时露出一副"天啊,她已经疯了"的表情,张莹也握住了夏小满的手,"小满,你真的分得清楚,什么是尤娜的愿望,什么是你的愿望吗?你一开始只是想接近霍知非,可是你现在都要嫁给他,你确定你的心意是正确的吗?"

"如果你说的是日记本上那梦想清单的话……它们其实是我自己的愿望。"夏小满不好意思地说。

"什么?"

"小满姐你说什么!"

张莹和林欣欣一起尖叫了起来。夏小满默默捂住了耳朵,忍不住想起了当她回忆起一切时的心情来。

夏小满在医院住了两个月以后,何之洲为她注射的那些有害药物才逐渐代谢出身体,她也终于得到了可以出院的许可。她想一个人静一静,所以没有告诉霍知非,而是独自办理了出院手续。她突然发现现在已经是春天了,嫩绿的枝丫绽放着强烈的生机,阳光洒在身上也温暖无比。她呼吸着与冰冷的挪威截然不同的温暖气息,决定从医院慢慢走回家,好好欣赏一下初春的风景。

经过曾经的初中时,夏小满看着熟悉的大门,决定进去看看。虽然记忆中的老式教学楼变成了新型办公楼,矮小的树木长成了参天大树,操场上玩闹的学生也都是陌生的面容,但她还是找到了许多回忆。

在这里,她参加了升旗仪式;在这里,她跑步得了第一名;在这里,她和同学们聊着八卦;在这里,她和尤娜一起躺在草地上,说着彼此的梦想……尤娜说她的梦想是做一名为正义发声的记者,她的梦想是什么来着?到底是什么?

"那我也要做一名为正义发声的记者,和你一样!"

当被尘封的记忆终于被唤醒的瞬间,夏小满的眼前突然浮现出无数画面。画面中,尤娜笑眯眯地点头,"哇,我和小满有着一样的梦想,真是好棒!那除了要做记者外,小满你还有什么梦想?"

"还有很多很多呀。比如,把头发染成粉红色啊;比如,打一场架啊;比如,让那个霍知非疯狂地爱上我啊……"

"哇,小满你居然会喜欢那个转校生!"

"是啊,我觉得他打篮球的样子很帅。"夏小满的脸红扑扑的,"哇,我算了下,我有 20 个梦想,是不是太贪心了?"

"没有啊,我觉得小满你好有活力。我们约定,在我们 30 岁之前完成各自的梦想,好吗?"

"30 岁,好远啊,尤娜。"

"就算到了 30 岁,我们也是最好的朋友,不是吗?"

夏小满终于想起,自己曾经雄心壮志地说,她要在 30 岁之前完成那么多梦想,再也控制不住泪流满面。她没想到,年少的戏言被她轻易忘记,而尤娜却深深记住了她的所有梦想……所以,当看到她浑浑噩噩的样子,尤娜才会那么失望吧。她最后,终于用生命让夏小满找到了曾经的自己……

尤娜……

夏小满再次想起了尤娜,捂住了胸口。她的心脏温柔而有力地跳动,虽然有悲伤,但更多的是对于未来的希望和向往。她知道,从今以后,她会更努力地生活,尤娜也会永远住在她的心里,和她一起精彩地活下去。

尤娜,对不起,我竟然忘记了我曾经是那样积极努力的女孩。

尤娜,我居然不记得曾经暗恋过霍知非,可我们现在在一起了,这真是好神奇。

尤娜,何之洲已经入狱,受到了应有的惩罚,你会高兴吗?

尤娜,我完成了年少时期的大部分梦想,你会为我骄傲吗?

尤娜,我现在很幸福,我会和你一起幸福下去,你会微笑吗?

巴厘岛暖暖的阳光照射在身上,夏小满觉得浑身充满了温暖又坚韧的力量。她发现,她的婚纱在阳光下显现出温柔的橘色,就好像尤娜在祝福她一样。现在距离婚礼的时间越来越近,林欣欣心不甘情不愿地为夏小满带上了面纱,郁闷地问:"小满姐,你真的不逃走吗?"

"不逃走。"

"为什么啊?"

"因为,我爱他。"夏小满轻声却坚定地说。

当大门开启,夏小满站在眼圈泛红的夏大锤身旁,一步步朝着霍知非走去的时候,全场都安静了。海风拂过夏小满的面颊,她看着不远处那个恍如天神的男人,微微眯了眼睛。宣誓、交换戒指、亲吻的环节简短又一气呵成,主持人宣布他们正式结为夫妻后,盛大的婚礼舞会终于开始。霍知非的手臂揽住他新婚妻子的腰,声音好像带了蜜,"小满,你今天真漂亮。"

"讨厌,别老说实话。"夏小满丢了一个媚眼过去。

霍知非微微一笑,轻轻亲吻夏小满的手背,"小满,你的梦想还有多少个没完成?"

夏小满掰着手指,"还有好几个,比如,去太空站啊,见到明星啊……不过,我现在正在完成其中一项啊。"

"哦，那是什么？"

"和真正的王子一起跳舞啊。"

童话故事里，王子总是骑着白马，英俊潇洒，风度翩翩，心地善良，乐于助人……好吧，她承认"王子"的形象确实和霍知非有点出入，但这并不妨碍她认为这个大魔王就是她的王子。夏小满看着霍知非，眨眨眼睛，"我想，还有个梦想也能去掉了——成为世界上最幸福的人。我现在，就是世界上最幸福的人。"

夏小满的目光如此闪耀，胜过了所有星辰。霍知非出神地看着她，别有用意地勾起了嘴角，"不，你要完成了一个梦想，才是世界上最幸福的人。"

"什么啊？"夏小满好奇地问。

"当然是生一个最可爱的宝宝。"

当霍知非在夏小满耳边，低沉地说出那几个字的时候，夏小满的脸一下子就红了。她看着婚礼上的一张张笑脸，闻着海风清新的味道，最后把目光落在了海边的太阳上，她的脑中突然浮现出他们宝宝可爱的样子来，紧紧抓住了霍知非的手，用最温柔的声音说："好啊。"

就算还有几个梦想没完成……那也没关系，她的路还很长。

她有那么棒的丈夫，那么好的朋友，那么和睦的家人，其实她早就是世界上最幸福的人了。

感谢尤娜，让她找回了曾经的自己。

所以，和我一起幸福下去吧，亲爱的尤娜。

"对了，你之前送我衣服的时候留下的字符到底是什么意思？你说等我嫁给你才告诉我，你现在可以说了吧。"

"呵，$Mg+ZnSO_4=MgSO_4+Zn$吗？你的镁（美）夺走了我的锌（心）。"

霍知非番外：他其实很爱你

在何之洲入狱后，霍知非曾经去看望过他。

当看守把何之洲带过来的时候，霍知非眯起了眼睛。他看着即使在监狱里，依旧整洁干净，神情如远山般清雅闲淡的何之洲，绽放出华丽的笑容，"何之洲，很久不见。"

何之洲没有动怒，淡淡地说："是啊，很久不见。她，现在怎么样？"

虽然何之洲没有说出那个"她"是谁，但是霍知非当然明白他的心思。他的眼中一片阴霾，"拜你所赐，那些药物过了两个月才完全代谢出去，我的小满真是吃了不少苦头，一想到这个，我就会觉得很不开心。你说怎么样才能让我开心一点，何之洲？"

何之洲面无表情，"是吗……她的身体好了，看来你们要准备结婚了。"

霍知非挑眉，露出了得意的笑容，"当然，婚礼就在下个月，地点选在她最喜欢的巴厘岛。我家小满的清单上还有几个没完成的梦想，我会和她一起完成，所以未来的生活一定会很有趣的。不过，这一切都和你毫无关系，何之洲。"

虽然早就做好了夏小满会彻底把他从生命中开除的准备，但何之洲的心还是猛地抽了一下。霍知非欣赏着他隐忍的表情，微笑着说："何之洲，我不想让夏小满掺和进我们之间的事情，所以找了杨友德去扮演尤娜的父亲，可是你居然也找到了他，还让他离间我们的感情……我不得不说，这步棋你走得很糟糕。"

何之洲沉默不语，霍知非继续问："当时，你为什么要杀尤娜？别告诉我是为了财产，你不会计较这个。"

何之洲看了霍知非许久，缓缓开口，"的确不是为了财产。应该说，在父亲身边的每一天，我有多幸福就有多诚惶诚恐。我用最大的努力，想成为他满意的儿子，却总是忍不住想，如果哪天他对我失望会不会把我抛弃，更会想如果他有亲生孩子的话我该置身于何地……所以,当我知道尤娜是父亲的亲女儿,看到她那么平凡却又那么快乐时,我根本控制不了妒忌的情绪。我知道父亲把财产都留给了她,我的努力……真是笑话一场。他,从来没有爱过我吧。"

何之洲的声音是那样平静,霍知非却冷冷地笑了,"如果,事情不是你想的那样呢?如果你的父亲,根本没准备把三分之二的财产都给尤娜,你才是他的继承人呢?"

何之洲的瞳孔在瞬间紧缩了,他平淡的表情消失不见,如果不是隔着玻璃墙的话,他真的要揪起霍知非的衣领!他猛烈地喘气,咬牙切齿地问:"你,你说什么?"

霍知非悠闲地说:"你知道,我调查过尤娜,也调查过你,当然也调查过何庆魁和尤丽瑛当年的事情。调查告诉我,是有人向你告密了尤娜的身世,然后你在律师那里看到了遗嘱……你不觉得,一切太巧了吗?"

何之洲的神色剧烈变幻,沉默地紧咬嘴唇。霍知非微微一笑,继续开口,"我去调查了尤丽瑛,有了很有趣的发现。他们当年的事情我想你也不在乎,但是不管当年她离开时有多么坚决,现在看到昔日的恋人成为社会精英,自己却在社会底层,你觉得她会依旧平静吗?她曾经带着尤娜去见了何庆魁,然后要求何庆魁写下遗嘱把所有财产都给尤娜,不然她就登报爆料他们之间的关系,更会把你的老底都公之于众……何庆魁知道你有多敏感,于是写下了把三分之二的财产都给尤娜的遗嘱。可是,在两个月后,他把遗嘱改了,他写明,现金财产都给尤娜,但是他的产业还是交给你。他希望,你能和妹妹和睦相处,因为他早就把你当成了他的家人。"

"父亲改了遗嘱……不可能,这不可能!为什么律师没有告诉我!"

何之洲说完,突然想起自己为了谋算父亲的财产,在尤娜和父亲双双去世后,买通律师把他送到国外去的事情来,只觉得如坠深渊,他恶狠狠地说:"霍知非,你觉得我会相信你?"

"能被钱买通的律师,当然不会告诉你这个对你有利的条款,当然也会被我买通。只是可惜何庆魁,那么信任的儿子和律师双双背叛了他,亏得他还为了你思虑周全……何之洲,你的父亲真是很爱你啊。可惜,他领养了你这个白眼狼。"

霍知非把文件递给何之洲。当看到父亲熟悉的字迹时,他的眼前突然变得一片模糊,他想起了练琴时父亲给他擦汗的场景,他带病学习时父亲严厉地让他注意身体的场景，他取得优异成绩时父亲欣慰的眼神……是啊，他怎么可以怀疑父亲？他怎么可以伤害父亲？

他还伤害了夏小满，他伤害了他爱着的所有人……

为什么，为什么他的手上满是爱人的血腥味……

何之洲看着自己洁白的手掌，突然笑了起来。他的笑容越来越大，最后转为了痛苦的哀鸣。狱警担心他会有暴力倾向，急忙把他带走，霍知非也轻快起身，出了监狱。他回到夏小满的家里，闻着空气中面汤的味道，看着坐在对面的夏小满，心里是那么满足。夏小满正大口吃着面，好奇地问："霍知非，你怎么了，看起来那么开心？"

"没什么，只是刚才讲了一个很有趣的故事罢了，一想到他未来那么多年会活在这个故事里，就觉得很有意思。"

虽然霍知非的语气是那么平静，但夏小满还是从他愉快的神情中看出来他貌似又算计了什么人，撇了撇嘴。她犹豫了一下，还是问："何之洲……他现在怎么样？"

"我想，这30年的有期徒刑他会很难熬。更何况，他现在应该很后悔。"

"后悔？他后悔杀了尤娜吗？"夏小满的心里说不清是什么滋味。

"谁知道。小满，不要想他了，你想好选哪个设计师的婚纱了吗？"霍知非搂住了夏小满的腰。

他不会派人去折磨何之洲，因为这样太便宜他。

何之洲的余生，都会在他的悔恨中度过，真是想想就有趣。

至于他所说的故事是真是假，遗嘱是真是假……有那么重要吗？

霍知非勾勾嘴角，露出了最愉悦的笑容。

林欣欣番外：我的老妈子人生

林欣欣想，如果哪本杂志要做一个"富二代苦命生活排行榜"的话，她若占据第二，简直没有人敢占据第一。她看着镜子里那个化着淡妆，穿着得体职业装和高跟鞋，浑身散发着优雅端庄气息的女人，突然不敢相信这个人是自己。

她真不明白，她明明就是一个叛逆的人，为什么要乖乖地在大兴集团上班，而且要收拾安紫陌的烂摊子。她们明明只是表姐妹罢了！

"欣欣，既然你那么喜欢夏小满，那么属于她的责任只能你来承担了。"

直到今天，她还记得安紫陌拍她肩膀时那别有用意的笑容，简直恨不得掐死当初那个被她诡异逻辑给骗了，代替她在大兴集团卖身的自己！可是，当时年少不经事的她，居然对安紫陌非常同情，"姐，我知道你不喜欢霍知非，可是他就这么悔婚的话也确实有点不给你面子……无论怎么说，你至于抛弃一切去法国吗？"

安紫陌的脸上，带了一丝哀伤，"欣欣，我们这样的人，婚姻哪有什么自由可言……我原来想和霍知非好歹比较熟悉，结婚的话也无所谓，可是现在婚约取消了。如果我继续留下来的话，估计父母会逼着我和其他陌生人订婚……幸好，有你。"

安紫陌握住了林欣欣的手，看起来是那么娇弱，就算林欣欣一直知道她有多腹黑，心也忍不住软了，她纠结地说："那也不一定要给我啊……"

安紫陌轻轻摇头，"集团是安家和霍家的心血，虽然我们不能结婚，集团也不能落到外人手里。你既是我们家族的人，又是夏小满的好友，这样的安排大家都不会有意见。欣欣，这一年真的要辛苦你了，等我避了风头就回来，好吗？"

当时的林欣欣，天真地相信了安紫陌的誓言，没想到这混蛋去了法国就死皮赖脸地不回来，还说什么她最爱的是艺术，她要去追求她的梦想！林欣欣气急败坏,又无可奈何地学起了公司管理,一转眼5年的青春都贡献给了公司!可是,这还不是最悲催的……

"林总,有您的电话。"

当陈江一脸肃穆地把电话递给林欣欣的时候,林欣欣披上了惯有的冷静外衣。可是,当她听到电话那头在说什么时,所有的冷静消失殆尽,"什么,娜娜又离家出走了?快去给我找!"

林欣欣觉得自己真的很可怜!她不光要照顾那个总是忘记吃饭,一点都不靠谱的报社主编夏小满,她还要照顾夏小满家的小崽子霍娜!好吧,她承认霍娜是她见过的长得最可爱的小孩,可是这孩子真是令人头痛到不行……

"陈江,我们去游乐园。娜娜应该去了那里。"林欣欣下了命令。

"是。"陈江简洁地说。

陈江带着林欣欣到了新开的游乐场,和林欣欣一起寻找霍娜,果然在过山车那里看到了她矮矮的身影,看到她正极力向工作人员陈述,她绝对可以一个人坐过山车不会有任何危险的若干理由,林欣欣偷偷笑了起来。然后,她端正了神色,严厉地喊她的名字:"霍娜!"

"林妈妈!"

看到林欣欣的瞬间,霍娜就扑了过来,小藕节一样的手臂勾住了林欣欣的大腿。林欣欣的严厉表情一下子绷不住了,无奈地摸摸霍娜的头,"娜娜,怎么又不乖跑出来了?和爸爸吵架了?"

霍娜气鼓鼓地嘟囔:"谁要和爸爸吵架啊,这个家伙只会和我抢妈妈!哼,人家都说女儿是爸爸的小棉袄,我看我连个小袖套都不如!"

林欣欣看着霍娜鼓成包子的小脸,极力对自己说不许笑!她摸摸霍娜柔顺的头发,暗想这么可爱的孩子不愧是她的小满姐生出来的,但是一想到她的爸爸就头痛了起来,她叹气:"都结婚5年了,霍知非还是那么缠着你妈?"

霍娜的嘴一扁,"是啊,真是受不了他,他简直恨不得天天挂在我妈身上。"

林欣欣脑中浮现出,霍知非好像寄居蟹一样在沙滩上爬行的情景;他好像向导鱼一样围绕在鲨鱼身边的场景……突然打了个冷战。她言不由衷地安慰霍娜,"好了,你爸爸妈妈都是爱你的,但是他们也需要一点二人空间。"

霍娜的嘴巴越扁越厉害,"还二人世界呢,很快就4人世界了!我妈又怀孕了!"

林欣欣的身体剧烈颤抖,险些摔倒,幸好被陈江稳稳扶住。林欣欣眼前浮现出夏小满怀孕时，她每天给她肚子里的孩子做胎教，坚持给她看夏小满照片的画面；夏小满坐月子时，她手忙脚乱地给霍娜换尿布的画面；夏小满被霍知非拉去二人世界，她苦命地给小霍娜讲故事的画面……所以说，这一切要重新来一次吗？不，她不要！

林欣欣紧张地拉住了陈江的手，"快告诉我我听错了，我的小满姐没有再次怀孕！"

陈江怜悯地说："没错。"

"我晕，你以前明明是个话痨，现在多说两个字会死吗？不行，小满姐已经是高龄产妇了，她怎么这么不爱惜自己的身体！她前几年跟着霍知非去太空站啊，去美国逮明星啊我都忍了，她现在居然……"

看到林欣欣焦急的样子，霍娜微微勾起了嘴角，可是她的笑容很快就维持不住了，因为，她看到了霍知非和夏小满正朝自己走来。夏小满一脸焦急，霍知非却从上而下地审视她，目光中满是警告的意味。霍娜急忙躲到了林欣欣身后，听到霍知非开口："娜娜，听说你今天从幼儿园逃课了？"

他的声音是那么平淡，可是所有人都起了一身鸡皮疙瘩，空气都好像冷了几度。看到霍娜撅着嘴巴，一副要哭出来的样子，霍知非单手捏住了她的嘴巴，"我说过，我最讨厌看到那么相似的脸做出这样的表情。不许哭。"

霍娜被捏住了嘴巴，看起来就好像是一只奇怪的鸭子，哭泣也瞬间停住了。林欣欣再次努力忍住了笑容，无奈地打圆场，"好了，小孩子不懂事，霍知非你有必要和她计较吗？听说小满姐怀孕了？"

她那么期待夏小满给个否定的答案，可是夏小满的脸一下红了。夏小满瞪了霍知非一眼，尴尬地说："意外，咳咳，意外……"

林欣欣真是服了，"小满姐，报社今年正在大转型，你在这个节骨眼儿怀孕，你的工作怎么办？"

霍知非冷冷地看了林欣欣一眼，毫不掩饰的威胁让林欣欣乖乖闭嘴。霍知非搂住了夏小满的腰，温柔地安慰她："你只是主编，不至于担起那么重的责任。实在不行，还有我。"

霍知非的安慰让夏小满心中一片柔软，她赏给丈夫一个媚眼，然后拉起了霍娜的小手，她轻声说："娜娜，你是不是生气了？你别信电视剧里什么'爸妈生了二胎就不爱你了'这样的剧情。你是妈妈第一个孩子，如果非要说偏心的话，妈妈肯定会偏爱你一些。爸爸妈妈的工作都很忙，可是妈妈不是每周都陪你去玩吗？娜娜，妈妈真的很爱你。"

夏小满的温柔，让霍娜的心逐渐软了，她觉得有个小弟弟或者小妹妹欺负也不错——最好长得像妈妈，和她一样长得像爸爸就太悲剧啦。她叹了一口气，搂住妈妈的脖子，表示和妈妈和好了。就在全家团聚、其乐融融的时候，霍知非突然开口："娜娜，听说你想坐过山车？"

霍娜疑惑地看着霍知非，轻轻点头。霍知非勾起嘴角，"走吧，既然那么喜欢，就去坐30遍吧。"

霍知非拉着霍娜的手去了过山车那里，林欣欣看到霍娜一脸苦状真是又心疼又好笑，她忍不住埋怨，"小满姐，你也不管管你家霍知非！"

夏小满乐呵呵地说："霍娜这孩子主意太大，她爸这样压着她挺好。"

林欣欣叹息，"好吧，你不疼她我来疼！小满姐，你现在还差一个拯救世界的梦想没实现，其他的居然都完成了，我真是太佩服你了。拯救世界什么的，你打算怎么办？"

"我已经拯救世界了啊。"夏小满意味深长地说。

林欣欣一愣，然后明白了夏小满在说什么——是啊，让那个大魔王醉心于家庭生活，没有时间和心思去残害其他人，这不是拯救世界是什么！夏小满摸着肚子，一脸期待，"真希望小宝多像我一点，乖巧又省心。"

林欣欣听到后不受控制地说："小满姐，你放心，我一定会好好带你的小二子的！我总结了一下，虽然你怀孕的时候房子里贴满了你的照片，可是产房里没有贴，娜娜生下来第一眼看到的又是霍知非，她才会长得和霍知非那么像！这个小二子我们一定要慎重，我现在就准备起来，把你经过的所有地方都贴上你照片，这样保证他像你！营养品你现在都吃什么，月子中心选好了吗？上次的医院还是小了点，我们不如去……"

林欣欣紧紧握拳，打响了老妈子战役的第二枪！

奋起吧，老妈子！为了保护小满姐的幸福，奋斗一生！